国家社科基金项目
批准号：09XZJ011

西北民俗文化研究丛书　赵宗福　主编

青海宝卷研究

刘永红　著

中国社会科学出版社

图书在版编目(CIP)数据

青海宝卷研究/刘永红著.—北京：中国社会科学出版社，2013.9
(西北民俗文化研究丛书)
ISBN 978-7-5161-2635-6

Ⅰ.①青… Ⅱ.①刘… Ⅲ.①宝卷(文学)—文学研究—青海省
Ⅳ.①I207.7

中国版本图书馆 CIP 数据核字(2013)第 097192 号

出 版 人 赵剑英
选题策划 刘 艳
责任编辑 刘 艳
责任校对 吕 宏
责任印制 戴 宽

出 版 中国社会科学出版社
社 址 北京鼓楼西大街甲 158 号（邮编 100720）
网 址 http://www.csspw.cn
中文域名:中国社科网 010-64070619
发 行 部 010-84083685
门 市 部 010-84029450
经 销 新华书店及其他书店

印刷装订 三河市君旺印装厂
版 次 2013 年 9 月第 1 版
印 次 2013 年 9 月第 1 次印刷

开 本 710×1000 1/16
印 张 18.75
插 页 2
字 数 327 千字
定 价 56.00 元

凡购买中国社会科学出版社图书，如有质量问题请与本社联系调换
电话:010-64009791

总　序

赵宗福

2011 年秋天，在印第安纳举行的美国民俗学会年会和在潍坊举行的中国民俗学会年会上，我提出了推进“地方民俗学”的学术设想，意在实实在在地发展繁荣区域民俗文化学事业。

中国民俗文化不仅源远流长，而且由于地域辽阔，民族众多，文化样式繁多，民俗文化更是丰富多彩，多元一体是中国民俗文化的一大特色。正因为此，钟敬文先生在 20 世纪 90 年代就总结出了中国民俗学的独特性格是“多民族的一国民俗学”[①]。即使是分布区域很广，人数近十亿的汉族，也由于极为广泛的分布与地方化，其民俗文化也具有极强的地方性。所以各地民俗文化的地方性特点极其明显，不可一概而论，或者说一言以蔽之，需要更有针对性地对具体对象进行研究。这就需要有地方民俗学的存在。我理解的“多民族的一国民俗学”就是我国诸多地方民俗学的整体概括。

由于各地的民俗学研究队伍状况和学术兴趣点不同，逐渐就形成了富有地域性的学术个性和研究倾向，形成了不同风格的地方民俗学。特别是已经成立了地方民俗学学会和有高校民俗学学科点的地区，往往在学会或学科点的主导下，基本上有自己的学术侧重点和表述风格，成果也相对集中在某些方面。如青海民俗学界的成果往往集中在 6 个世居民族的民俗文化和在青海具有代表性的民俗文化上，古老的昆仑神话、多民族民歌花儿与花儿会、土族狂欢节纳顿、藏族史诗格萨尔、热贡文化、各民族婚礼以及歌舞风情等等，是当地学者特别关注的研究对象。这也说明事实上具有

① 钟敬文：《建立中国民俗学派》，黑龙江教育出版社 1999 年版，第 29 页。

地域特色的“地方民俗学”是客观上已经存在的。

但是，不论地方民俗学如何发展与繁荣，都不可能与全国民俗学界绝缘，孤立地闭关而自得其乐。而是作为中国民俗学的有机组成部分，自愿地聚集在中国民俗学的大旗之下，至少与国内同行频繁交流，相互切磋，共同进步。同时，不同风格、多彩多姿的地方民俗学，也有力地支撑了中国民俗学这座学科大厦，丰富了中国民俗学的学术内涵，其地位贡献是不可忽视的。

正是以上这种局面，才形成了真正意义上的中国民俗学学科建设与学科繁荣。这里借用日本学者佐野贤治教授的一句话：“21 世纪的民俗学应当在乡土、国家、世界三者的关联中推进自己的学科研究。”① 我暂且把他说的“乡土”理解为地方民俗学。就是说中国民俗学的繁荣发展离不开地方层面的民俗学研究和民俗文化土壤，同时也离不开国家层面如中国民俗学会及其相关学科点的整体发展规划、组织协调和引领指导，以及世界前沿的学术眼光和理论方法创新。

事实上三者之间是相互交叉甚至融汇的，因为民俗文化资源是大家共享的，同时地方的民俗文化所面临的问题和价值基本上也是全国性的甚至是国际性的。所以对某一地方的民俗文化研究不仅仅是本地区的学者，往往有外地（特别是北京）甚至国外的学者来直接研究，其成果既是全国性的，也是地方性的。比如青海的花儿、格萨尔、黄南六月会、土族纳顿会等，国内外的学者都在研究，而且与地方学者相互借鉴，甚至相互合作，共同建构起了青海民俗文化研究的事业。

民俗文化是我们的父老祖辈们在生产生活中创造的最具有历史底蕴和生活气息的文化。她既是历史的，也是现实的，还是未来的；既是传统的，也是现代的，更是我们的文化 DNA。自从我们降临到这个世界上，就被自己所处的民俗文化所熏染、所教化、所塑造，最终把我们社会化成了一个民族文化的享用者、传承者和创造者。而我们作为民俗文化工作者，不仅仅是一个个民俗生活者和文化传承者，还是一个个民俗文化的田野者、探索者、诠释者，我们肩负着重要的历史责任和学术使命。

---

① 佐野贤治、何彬：《地域社会与民俗学——“乡土研究”与综合性学习的接点》，《民间文化论坛》2005 年第 4 期。

地方民俗学者研究的对象虽然大多是地方的民俗文化，但其意义不凡。一是科学地挖掘地方民俗文化内涵，弘扬地方优秀传统文化，为保护发展民族文化传统尽到一个地方学者的责任；二是通过民俗学的学术资源，参与和支持地方文化建设，发挥民俗文化在构建和谐社会与促进文明进步方面无可替代的作用；三是通过民俗研究与学科建设业绩，推助中国民俗学科的发展和国家学术事业的繁荣。这就是作为一个地方民俗学者对民俗文化应有的情感认知和责任担当。

作为地方民俗学者要真正实现以上的目标，首先必须要遵循学术规范，追求学术品质。唯其如此，方有可能以优异的业绩来实现学术愿望，否则就只能是理想上的巨人，成果上的矮子。

学术品质基于学术规范，而学术规范对学术来说就是道德品格，学术与非学术的最大区别在于是否遵循学术规范。就跟一个人一样，对社会对他人没有诚信，没有感恩之情，没有敬畏之心，没有正确的耻辱感和是非观，这个人就不可能是一个有道德的人，他所做的事情也就不可能真正有益于社会，他也不可能得到绝大多数人的认同。所以，人品是一个有道德的人的基本保证，而学术规范就是学术品质的基本保证。我们的民俗文化研究必须要自觉遵守学术规范，不断提升学术品质。

这些年来，由于整个社会大环境的影响，学术浮躁之风盛行，一些人把天下利器当成了“不食人间烟火”的玄学游戏，从概念到概念，不切实际，洋洋数十万言，管用的没几句；有的人把学问当成了坑蒙拐骗的黑市场，复制加粘贴，抄袭加改编，洋洋万言不见一个文献出处，不见自己一点个人见解，人云亦云，甚或以讹传讹，严重影响了社会科学应有的学术严肃性和文化软实力。这种现象自然也不免污染到了民俗学界，“民俗主义”乃至伪学术甚至部分地占据了神圣的学术殿堂。这是值得警惕防范的。我们主张在民俗文化研究中要“仰望星空，脚踏实地”，提倡经世致用的学术价值取向和扎实严谨的学风文风，坚决反对学术不端，严格遵守学术伦理。我相信学问无愧我心，公道自在人心。

在我们的民俗文化研究中，不仅要自觉遵守学术规范，还要大力鼓励学术创新精神。文化的发展繁荣要靠创意，科学的发展繁荣要靠理论观点方法的创新。创新是人文科学的使命和责任，人力、物力、财力的投入必须要有理论观点上的新收获，没有创新的科研过程实际上就是一种资源的全方位浪费，甚至是一种犯罪。所以我们的地方民俗学者必须要始终不渝地追求学术创新，以创新的高质量的成果来为民俗学学科建设和文化强国建设增光添彩。具体地说，就是要坚持立足地方民俗文化的实际，放眼国内国际的学术语境，以地方民俗文化研究为内核，运用学科前沿的理论方法，推出一批代表地方学术水平乃至在全国具有一定影响，能够经得起实践和历史检验的民俗文化调查研究的优秀成果，让我们的民俗文化研究走出地区，走向全国，在国内外学术平台有一席之地，从而体现出地方民俗学者应有的价值。

青海民俗学会推出这套《西北民俗文化研究丛书》，就是以严谨的学术态度，在学术规范和学术品质上下功夫，试图从较高学术层次来展示青海地方民俗学的业绩，同时也从地方民俗学层面来为中国民俗学学术事业添砖加瓦，共同推进"多民族的一国民俗学"建设。

青海是中华民族文明的发祥地之一，是中华民族文化的交融地之一，是中华民族精神的展现地之一。而以昆仑文化为主体的多元一体民族民俗文化就是这三个"之一"的鲜活表征。从古老的昆仑神话到丰富多彩的各类非物质文化遗产，都给世人留下了神圣、神奇、神秘而令人神往的大美青海印象，同时也彰显出了极为丰厚的文化内涵和十分鲜明的文化特色。因此历来得到学人们的关注和重视，至少在唐宋以来的大量古籍文献中就有对青海民俗事象的诸多记载，而在20世纪前叶，出现了像杨希尧的《青海风土记》、逯萌竹的《青海花儿新论》、李得贤的《少年漫谈》等民俗志记录和评论文章。新中国成立后，民族民俗文化得到了空前的重视，英雄史诗《格萨尔王传》、青海花儿、藏族拉伊、各民族民间叙事诗、民间故事、民间歌谣以及其他民俗文化的搜集整理出版卓有成效，至今惠及学界。特别是改革开放的30多年里，不仅整理出版了"民族民间文化十套集成"等大型资料丛书，而且高层次高质量的学术研究成果也不断涌现，呈现出了前所未有的繁荣局面。尤其是近年来，青海民俗学者先后推出了《青海花儿大典》、《昆仑神话》、《土族民间信仰解读》以及《青海省非物质文化遗产丛书》等一批富有特色的成果；还连续举办了"昆仑文化与西王母神话国际学术论坛"、"昆仑神话与世界创世神话国际学术论坛"、"昆仑神话的现实精神与探险之路国际学术论坛"、"格萨尔与世界史诗国际学术论坛"、"土文化国际学术研讨会"等高端学术会议。

而青海民族大学民族学学科点、青海师范大学民俗学学科点的建设，为青海民俗文化研究队伍的学历层次提升、学术成果的规范起了重要的作用。

特别是我们多年来对昆仑神话和昆仑文化的研究与论证，得到了青海省委省政府的认可和采纳。2011 年 11 月召开的全省文化改革发展大会上，把青海文化定位为“以昆仑文化为主体的多元一体文化”，正式开启了建设青海文化名省的新征程。这既是对青海民俗学界研究成果的认同，同时也为青海民俗文化的研究带来了历史性的发展机遇。

于是，青海省民俗学会在 2012 年 5 月应运而正式成立。中国民俗学会、美国民俗学会、日本民俗学会、中国社会科学杂志社、台湾“中国民俗学会”、“中华民俗文化研究会”、中国少数民族文学学会、中国艺术人类学会等国内外 50 多家学术单位以贺信贺函方式进行了支持。学会的成立，为青海民俗文化研究从零散无依、各自为阵形成学术合力、走向集约化发展奠定了良好的学术环境和组织基础。

青海省民俗学会是目前青海省各学会中学历层次和学术阵容最强大的学会，目前有会员 100 多人，其中拥有民俗学或相近专业的硕士博士学位者近 80 人。理事会 27 人中，博士 8 人，硕士 16 人。在地方学会队伍中，这无疑是一支专业素养很高、学术研究潜力很大的难得的精良部队。如何调动全体成员的积极性，真正形成具有团队精神的地方民俗学学术力量，充分展现他们民俗文化研究的优势，发挥为地方文化建设服务的功能，为中国民俗学学科建设和中国的学术大厦实实在在地尽一份力量，这是我重点思考的问题。

青海的民俗文化是青海乃至国家的重要文化资源，是青海文化软实力的组成部分，发展文化产业离不开民俗文化，“非遗”保护离不开民俗文化，建设文化名省离不开民俗文化，建设新青海也离不开民俗文化。青海民俗文化的研究任重而道远，民俗学会当然要顺应时代，乘势而上，发挥自己的学科优势和学术优势，在文化名省建设中积极进取，做出应有的贡献。

在我看来，青海民俗学会作为本土的地方民俗学会，首先立足于青海的民俗文化实际，以青海民俗文化为研究对象，以田野作业为基本功，深入基层调查研究，推出为地方文化建设服务的调查研究力作，这是毋庸置疑的。但是，立足于青海不等于学术视野局限于青海地域，而是要把青海民俗文化放置在全国乃至全世界的民俗学学术视野中。惟其如此，才能做出具有国内国际水准的学术成果来，也才能真正建设好具有青海特色的地方民俗学，在学坛上才能赢得话语份额。事实证明，没有自己的学术话语，就没有相应的学术竞争能力和文化输出能力，就不可能成为一个有实力的学科或学术团体。所以，必须立足青海民俗文化实际，面向国内外民俗学领域，追踪本学科前沿，了解相关学科及整个学术界的发展动态，兼容并蓄，提升品质，努力形成具有青海特色的理论表述风格和学术研究实绩，不断增强学术软实力，不断赢得学术话语权，真正树立起青海地方民俗学者的形象，树立起以昆仑文化为主体的多元一体民俗文化形象。

正是出于这样的思考，自学会成立之日起，我就把学会的奋斗目标定为立足青海，放眼国内国际学术语境，努力推进具有青海特色的地方民俗文化研究。也就是在采用民俗文化学及其相关学科的普遍性学术理论方法的同时，坚持青海民俗文化研究的本土化与民族化，致力于青海特色、民族特色、时代特色的民俗文化研究，以独到而不俗的学术业绩来形成具有青海特色的地方民俗学。这样的定位也得到了同仁们一致的认同。

按照学会“开展学术活动，追求卓越品质”的原则，学会对学术发展做出了具体安排。一是以不同形式不同规模开展民俗文化田野工作，摸清青海民俗文化家底，重点研究具有代表性的民俗文化事象；二是每年至少召开一次年会，选择某一主题进行民俗文化研讨，力求推出一批新成果；三是积极参与青海省各级各类学术活动，多方位地为地方文化建设服务；四是积极策划主办或者协办全国性乃至国际性的学术会议，借以提升学术层次和学会影响力；五是积极与其他学会合作开展民俗文化调查和学术研究。同时提出集中力量办几件学术实事。其中之一就是在会员成果中精心遴选组织，争取由国家级出版社出版“民俗文化研究丛书”。这套丛书就是根据这一思路，从会员中的国家社科基金项目结项课题、优秀的硕博论文和个别确有前期研究基础的自选项目中筛选，然后统一规划，统一目标，并根据出版社和编辑的要求进行修改完善，再统一推荐出版。我们的目标是做成一套具有较高品质和学术含量的纯学术丛书，计划出版20本左右。

需要说明的是，这并非是简单的把大家的成果集中出版。这些年来，我们以学会筹备组和青海师范大学民俗学学科点、青海省社会科学院为核心，每年积极组织省内民俗学者高标准地策划申报国家社科基金项目，从选题确定到申报文本写定，从获批立项到开题论证，做了大量艰苦细致的工作。比如在2012年青海民俗学者获批国家基金项目10余项，几乎无一例外地是通过我们的“民间”形式组织学者反复开会论证申报文本的，一遍遍地修改完善，个别文本甚至经过了三到五次论证才完成，最后以学者所属各单位的“官方”程序上报获批。这就是有同仁开玩笑的“辛苦归我们，荣誉归别人。”作为民间团体的工作，不仅仅是开会的费用，还有到处找会议场所、邀请专家学者、牺牲大家的休息时间、一次次地修改和打印文本，其中的酸甜苦辣，只有当事者才能体会到。当然天道酬勤酬善，多年来我们帮助策划论证后申报的民俗文化方面的项目也几乎是“无一漏网”地被获批立项。几年来的会员课题研究中，我们也是多次以不同形式参与讨论，甚至相互合作，共同完成。而一些优秀硕博论文，也基本都是在学会学术骨干的指导或协助下完成的。因此，可以问心无愧地说，我们组织出版这套丛书，在一定意义上是青海民俗学会（前期为筹备组）多年来学术成果的一次集中展示，也是我们从一个侧面对“多民族的一国民俗学”做出的一点微薄贡献。

丛书的策划在青海民俗学会成立之前就已经开始，我在2011年5月应中国社会科学出版社领导的邀请赴该社座谈中，就提出了出版青海民俗文化研究丛书的设想，得到社长总编们的赞同，回青海后与同仁们开始商量具体的丛书规划。之后在曹宏举副社长的关心下，我与编辑刘艳女士多次沟通协商，同时各位同仁按规划进行撰写或修改。2012年5月，我拜访了赵剑英社长和曹宏举副总编，正式汇报丛书立意和学术标准以及进展情况，两位领导听后大加鼓励，于是进入了正式实施阶段。在编辑出版过程中，刘艳女士认真负责，一丝不苟，专业素养和敬业精神令人钦佩；宏举副总编多次过问，具体指导，关心支持学术事业和西部文化的情怀也让我感动。所以我当然无法脱俗地要真诚感谢中国社会科学出版社的领导和刘艳女士，同时也感谢多年来与我兄弟姐妹般亲密合作的青海民俗学界同仁和本丛书的各位作者。

2012年9月20日于西宁上滨河路1号

目　录

绪　论

宝卷是民间“念卷”或“宣卷”的宗教信仰活动中一种集信仰、教化和娱乐为一体的民间讲唱文艺的说唱底本。宝卷产生于元末明初，已有八百多年的历史，是中国历史文化的珍贵典籍。据车锡伦《中国宝卷总目》统计，目前海内外公私藏元末明初以来的宝卷有一千五百多种，版本五千余种，[①] 其中专讲民间宗教教义思想的宝卷百余种，多为印本；另外大部分是讲述佛道故事、民间传说、戏曲故事的宝卷，多为手抄本。这些宝卷的搜集与研究，解决了中国民间通俗文学史上从唐变文到宋说经、元末明初宝卷的源流问题，以及中国民间宗教史上一些教派、组织、领袖和重要事件的问题，它对了解明清以来的下层民众的宗教信仰与文化生活具有重要的价值。

一　西北地区现存的宝卷念卷

据文献记载，明代初期演唱宝卷的活动开始被称作“宣卷”。明代正德以后，各新兴民间教派均以宝卷的形式编写宣传宗教教义的经典，演唱宝卷（宣卷）成为这些民间教派信徒的宗教活动。明末清初，演唱宝卷（宣卷）发展为广大民众参与的民间信仰、教化、娱乐活动，在南北各地流传。在北方包括甘肃河西地区、山西介休、甘肃中部洮岷地区、青海东部河湟谷地称作“念卷”；在吴方言区一般仍称作“宣卷”，江苏常熟（包括1962年从常熟地区划分出去的今张家港地区）和长江对面的靖江

① 车锡伦：《中国宝卷总目》，北京燕山出版社2000年版，第19页。

地区，又称作“讲经”。由于“宣卷”（讲经）又是同民间信仰活动“做会”结合在一起的，所以又称“做会宣卷”（或“做会讲经”）。山西宝卷念卷于20世纪50年代后衰亡。80年代中后期，由于各方面的原因，特别是在现代媒体技术和商品经济的冲击下，吴方言区“宣卷”活动转型为有艺人班子的专业宗教活动。

在青海东部农业地区的民和、乐都、互助、湟源、湟中等县，至今还保留着宣唱宝卷的传统。这些宝卷以河湟地区的宗教群体“嘛呢会”为载体，传播地域位于河湟谷地，为方便研究，我们称这一地区的宝卷为青海宝卷。1989年初冬在青海民和麻地沟发现的《目连僧救母》手抄本，共十卷，存八卷、佚二卷，是目连戏的剧本，据专家研究，是青海唯一的目连戏，十分珍贵。西沟乡麻地沟村的目连戏又和汉传佛教能仁寺的刀山会结合在一起。《目连僧救母》目连戏就是根据宝卷《目连僧救母幽冥宝传》（宝卷）改编的。民和发现的《目连僧救母幽冥宝传》是目连戏的最初底本。青海宝卷的念卷和抄卷在当下也保存的较为完整，民间流传有大量的2000年之后的手抄本。

青海东部河湟地区当代民间传抄宝卷和念卷活动是集信仰、教化为一体的民俗文化活动。青海东部青海宝卷宣唱活动呈现两种形态。其宝卷念卷已不再唱前期宝卷中大量的俗曲曲牌，转而以民间小调为音乐节奏来念诵。这种简便的说唱文艺在民间易于普及。作为善行功德，一些识字的人也乐于传抄宝卷。念卷活动的参与者多为汉、藏、土等族的普通中老年人，以汉族为活动主体，一般在岁时节日如春节、端午节等节日和农闲时举行，村落中心的村庙成为地域性民俗文化活动的重要场域。这是宝卷现存的第一种形态。宝卷存活的第二种形态与当地的宗教活动有密切的关系。宝卷宣唱是当地民间宗教的主要活动之一。当地这种多民族民间宗教兴盛于20世纪，每逢重要的岁时节日，或举行丧事活动，或祈福禳灾，或求雨除祟，都要举行念唱宝卷活动。参加者为中老年妇女，一般一个班子有十到二十来人。宣唱的文本以宝卷为主，但也融进了佛教的诸如《香赞》、《心经》、《观音赞》等世俗化的、简单易记的佛经。但当地人在这些场合不称之为宝卷，而是称之为念嘛呢经。这样的称呼一方面可能与当地浓厚的藏传佛教的影响有关，另一方面可能与其提高自身的地位和吸引信众有关，从中可以看得出这些信众将自身的信仰正统化努力的程度。由于历史上宝卷同民间宗教的关系密切，所以至今该地区正统的佛教徒和道教徒都不承认它是佛教或道教的宗教活动，也不承认其宗教地位，但也默许它们的存在。纵观全国在宝卷和宣读宝卷这一民俗文化事项中，青海东部的宝卷——嘛呢经的转化是很少见的。

在今天甘肃河西地区的广大农村，每年春节前后及农闲时节，许多农村地区举行宝卷“念卷”活动，因而保存了大量的以手抄本为主的宝卷。甘肃河西武威、张掖、酒泉地区的二十多个县区都保存着宝卷“念卷”。据初步整理，现已搜集到的河西宝卷达700篇以上，去其重复，得宝卷100种以上。宝卷在河西流传的过程中，融入了许多当地人情风俗、方言俗语等内容，其中部分篇名可见于郑振铎《中国俗文学史》第11章所列宝卷目录和车锡伦《中国宝卷总目》。这一地区的宝卷除了一些在其他地区流传的宝卷外，还有少数是河西民间艺人自己创作的，如反映张掖民众斗争和生活的《仙姑宝卷》、反映武威大地震的《遭劫宝卷》和反映古浪大靖民众在武威大地震后又遭兵、旱、瘟疫等灾祸的《救劫宝卷》等。这些宝卷多为手抄本，短的有五千多字，长的有八九万字。当地宝卷的传承方式一是口头流传，二是文本传承。念卷和抄写宝卷是当地的一种文化传统。在民众观念中，念卷和抄写宝卷是一种积功德、行善事的活动。

2006年5月20日，河西宝卷经国务院批准列入第一批国家级非物质文化遗产名录。（时间：2006年；类别：民间文学；地区：甘肃；编号：Ⅰ—13；申报地区或单位：甘肃省武威市凉州区、酒泉市肃州区）2007年6月5日，经国家文化部确定，甘肃省酒泉市肃州区的乔玉安为该文化遗产项目代表性传承人，并列入第一批国家级非物质文化遗产项目226名代表性传承人名单。20世纪80年代，活态的河西宝卷和念卷活动引起了研究者极大的兴趣，研究者陆续整理出版了甘肃河西走廊的宝卷辑录五种。21世纪初，又有张掖市和山丹县出版宝卷集两种。

据笔者调查，在甘肃岷县、漳县、临潭、卓尼等地汉族、藏族民众也有宝卷念卷活动。这些地区中，岷县、漳县原属古岷州地区所辖，所以岷县文化部门在整理、申报非物质文化遗产时称这一地区宝卷为“岷州宝卷”。但临潭、卓尼等地属原洮州所辖，这一地区在地理区划上多称为洮岷地区，在本文中，我们把这一地区的宝卷称为“洮岷宝卷”，这样就覆盖了原岷州、洮州的这些地区。当地民众又称念卷“念嘛呢”或“念佛爷”，有些体式短小的佛经或宝卷中的一部分又被称作“念佛词”，与河西地区的宝卷不同，这一地区的宝卷很少有人关注，这一地区的宝卷流传文本还未进行全面整理。1992 年 7 月漳县陈俊峰等人在漳县遮阳山一个山洞里发现一木箱抄本宝卷，可以辨识的有 8 部。1992 年 11 月在漳、岷县交界的山村中发现清康熙初年刊行的宝卷。1996 年又发现一种清初刊宝卷《古佛天真收圆结果宝忏》，这批宝卷有 8 部为新发现的孤本。[①] 陈俊峰等人先后发现古老宝卷 14 本，多为宗教宝卷。在岷州地区，宝卷念卷也是民众喜闻乐见的民俗活动。2008 年岷州宝卷被列为甘肃省第二批非物质文化遗产保护名录。目前发现的西北地区的宝卷分布及宝卷念卷活动只集中于这三个地区，青海宝卷的历史渊源与河西宝卷和洮岷宝卷有关。在历史发展中，三者文本、念卷仪式、抄卷传统与信仰互相影响。在本课题中，主要对青海宝卷的历史、文本、念卷仪式、信仰和念卷群体等内容进行调查和研究。从文化特质、地理因素、民俗语境、地域性文化特质等方面来观察，这三个地区都有相当程度相同的或相似的特点，我们可以把这三个地区的宝卷及活态念卷视为在相同地域环境下存在的相似的文化现象，因此在本课题中，将在调查的基础之上，对这三个地区的宝卷及宝卷活态念卷作一比较研究，在比较的基础上，整体描述青海宝卷这种民间说唱与民间宗教的整体文化形态，这样将在本课题的深度和广度方面有所拓展。

二 研究的意义

宝卷传承了自唐宋以来的俗讲、变文等民间文艺的语言、结构、仪式等特点，利用了千百年来民众所创造的喜闻乐见的娱神又娱人的民间文艺形式，在民间诗学的框架内，不断地被民众传承和享用。宝卷具有的地方性、民间性和口头传统的叙事模式，是民众思想、感情、价值观乃至整个生活的承载体。中国文化并不仅仅是“《三坟》《五典》”、“《八索》《九丘》”，作为下层文化、草根文化、民间文化属性的宝卷也是中国文化的重要组成部分。宝卷研究可以复原民间生活的整体面貌，呈现民间思想的

---

① 陈俊峰：《有关东大乘教的重要发现》，《世界宗教研究》1999 年第 1 期。

精髓。宝卷所体现的传统文化中的正面价值和智慧结晶的部分，也是民族精神的优秀遗产。正如马西沙所说构成中华民族主体的是底层社会，是下层民众，虽然他们数千年被压在金字塔的下层，终身贫困，而且得不到文化的布施，在帝王将相、神仙佛祖的茫茫人寰中，劳作着、构筑着、奉献着，熙熙攘攘，奔走于途，但他们亦有所思所欲，所喜所惧，所依所持，他们也有自己的幻想和理想，此岸和彼岸，有喜闻乐见的文化与信仰。虽然它可能粗糙、低级，甚至怪异、荒诞，没有正统神学的威严、沉郁的格调，或飘逸着上层文化特有的气韵，但它们也自成体系，古朴、率真、较少伪善、直抒胸臆。不仅如此，它还是一切高雅文化的、正统神学的孕育之母。下层文化，民间信仰也有板起面孔、分化的时代，那恰恰是宗法社会影响的反映，是一种不平等世界带来的恶果。的确，民间信仰布施的也是不现之果，而是空洞的慈悲。那么儒学的“大同之世”与“民胞物与”的乌托邦又如何呢？人类美好的理想在残酷、专制的中世纪是根本无法实现的。①

民间宗教在中华文化中有特定的位置，是信仰主义世界的重要领域，构成了千千万万底层民众的笃诚信仰，影响着各个地区的民风、民俗，下层民众的思维方式、生活方式。它对中华民族性格的形成起过不可忽视的作用，对中世纪的宗教生活、政治生活产生过重大的影响，表现出惊心动魄的力量。因此对它的研究是无法回避的。几十年来，宝卷的民间文学和民俗学研究基本解决了中国民间文学史上从唐变文到宋说经、再到元末明初宝卷等源流问题，从而推动了中国民间文学史研究，而且更为重要的是为人们洞悉中国古代社会特别是明清时代下层民众的道德情操、伦理信念、求索取向与理想境界打开了一片新天地。同时活态宝卷及宝卷念卷的研究，可以部分复活明清以来民间生活的面貌，也可以揭示当下民众的精神生活与信仰追求。

就全国宝卷的研究而言，青海宝卷的搜集、整理、研究还处于起步阶段，这一地区的宝卷念卷都是活态的民俗文化，是明清以来遗存下来的“宝卷流民间宗教”的重要表现形态，而且在当下的历史境遇中，宝卷的存活形态和与之相关的宗教信仰也有新的变异与传承，这一地区的宝卷和

① 马西沙：《中国民间宗教史》，上海人民出版社 1992 年版，序言。

念卷的研究是中国宝卷研究重要的一个部分，对于开拓全国宝卷的研究有重要意义。因此，对青海宝卷的研究具有重大的学术价值。

青海宝卷现存的宝卷演唱活动，由于其信仰特质而造成的保守性，地理偏僻所形成的“文化孤岛”的现象等方面的因素，使之保存有大量的弥足珍贵的历史文化积淀。更为重要的是宝卷作为承载民众的民间信仰载体，在其他地区已经很难看到，因此这种民间讲唱活动成为研究当地信仰的“活化石”。青海宝卷由于历史文献记载极少，宝卷文本难以获见，加上一些社会因素，宝卷的研究实际上仍处于起步阶段。由于观念上的束缚，民间宗教的研究长期以来是学者们不愿涉猎的禁区，加之宝卷存活地区的地理位置较为偏僻，地方文化不被学者所重视，几乎没有人注意到这一宝贵的文化资源。青海宝卷的数量有多少，在该地区的分布情况如何，它的产生和发展过程，宝卷信仰与佛教和道教的互动；处于丝绸之路要道、唐蕃古道南道的重要地理位置，它同佛教俗讲、敦煌变文及全国其他宝卷的关系；它的演唱形态；青海宝卷发展的阶段性及各发展阶段的特征；宝卷演唱形式的发展，宝卷的区域性特征及其与该地区民俗文化和口头传统的关系；当代宝卷演唱活动的存在空间和社会功能，等等，目前大多尚未涉及，尚无定论。以上这些问题，有待于发现新的文献资料（包括各个时期的宝卷文本）来研究，也有待于对当代留存的宝卷演唱活动进行深入的调查和发掘。

青海宝卷的总体研究，特别是这一地区活态的宝卷念卷活动研究，是中国宝卷研究的重要组成部分，可以填补中国宝卷研究的空白。宝卷中蕴含的优秀传统文化资源对于重塑当代价值观、构建和谐新文化，起着潜移默化的作用。青海宝卷在汉族、藏族和土族多个民族中讲唱，对于多民族文化互融、互享、构建多民族和谐文化也有重要的作用，对于多民族地区文化的保护与发展也有重要的意义。

青海宝卷和念卷活动当下的处境令人担忧：许多历史久远，木刻和手抄的宝卷得不到完好地保存；宝卷现存的数量、流传状况都没有摸清楚；宝卷念卷的传承后继乏人。对这一珍贵的民族非物质文化遗产的研究，也是保护的一种手段。

三　学术综述

宝卷的搜集整理和研究的历史，可分为国内和国外两个方面。国内的研究，可分为两个时期。

（一）国内宝卷的整理研究

第一个时期：20 世纪 20 年代到 60 年代。

现代学者中最早注意到宝卷的文学价值，并将其推荐给学术界的是顾颉刚先生。1925 年，顾颉刚先生在《歌谣周刊》上分六次刊登了 1915 年岭南永裕谦刊刻的《孟姜仙女宝卷》，并作了考证与研究。同时期郑振铎先生也开始搜集和研究宝卷，做了大量工作。他于 1928 年在《小说月报》第 17 卷号外上发表了《佛曲叙录》，将其所藏清末民初宝卷 38 种（另有变文 6 种），各作一叙录，并注明年代、版本、作者等。郑振铎将其成果录入《中国俗文学史》第 11 章。顾颉刚、郑振铎二位先生首先以学者的睿智，从民间通俗文学角度，对他们所收藏的宝卷进行了整理与研究，是中国宝卷研究的开拓者。郑振铎先生也被学界称为“中国宝卷研究第一人”。1934 年，向达首先发现了部分宝卷的秘密宗教性质，在《文学》1934 年 2 卷 6 号发表了《明清之际之宝卷与白莲教》一文。其后，恽楚材编有《宝卷续录》（1946 年）、《宝卷续志》（1947 年）、《访卷偶识》（1947 年），傅惜华编有《宝卷总录》（1951 年）。胡士莹编有《弹词宝卷书目》（1957 年），该著作总计著录宝卷 243 种。由于当时条件所限，这些书目还未对宝卷做详尽的记录。李世瑜是较早对宝卷从民间宗教角度研究的一位学者。他在 1957 年发表了论文《宝卷新研》，后来又完成一部工具书《宝卷综录》（中华书局，1960），共收国内公私收藏宝卷 618 种、版本 1487 种，成为此后涉及宝卷研究必备的工具书。60 年代中期以后，中国大陆的宝卷搜集与整理成为禁区，在屡次的政治运动中，许多珍贵的宝卷被焚烧毁掉，宝卷的研究停顿了下来。民间秘密宗教成为牵涉政治的敏感问题，学者多不愿意涉及。许多学者不甘心完全中断这一研究，但也只能尽力做些文献资料的搜集与整理工作。

第二个时期：20 世纪 80 年代到 21 世纪初。

学界对宝卷的研究呈现出不同的兴趣和角度。一项重要的工作是对宝卷的搜集和整理。特别是20世纪80年代以后，随着民间宗教与民间文学研究的不断深入，宝卷的搜集与研究也开始进入高潮。与宝卷有关的中国民间宗教的研究也逐渐成为一个引人注目的新学科，80年代末，天津图书馆、北京大学图书馆、北京师范大学图书馆、扬州大学图书馆等单位，先后对馆藏宝卷进行了重新整理、编目，并写成专文向学术界介绍。在这些公家收藏的宝卷中，尤以天津图书馆馆藏宝卷珍贵，计有百余种，其中有66种为明清刊本。①

在搜集整理的基础上，宝卷研究工作进一步深入。80年代后，对宝卷研究的重点转向民间宗教方面，学者利用明中叶以来的宝卷，研究明清社会的秘密宗教组织，不仅解决了中国民间宗教史上诸如教派、教义、仪式、修持、组织、领袖人物以及重要事件等许多长期悬而未决的历史问题，也推动了中国民间宗教史研究并取得了丰硕的成果。一些从事民间秘密宗教研究的学者对宝卷的深入研究，推动了民间秘密宗教学科的建设。80年代初，喻松青开始专注于民间宗教研究。她的若干论文后来集为《明清白莲教研究》（四川人民出版社，1987）。马西沙撰《黄天教源流考略》（《世界宗教研究》1985年第2期）、喻松青撰《新发现的〈佛说利生了义宝卷〉》（香港《大公报》1985年8月2日）、韩秉方撰《罗教“五部六册”宝卷的思想研究》（《世界宗教研究》1986年第4期）、李世瑜撰《顺天保明寺考》（《北京史苑》第3辑，北京出版社1985年版）、谢忠岳撰《大乘天真圆顿教考略》（《世界宗教研究》1993年第2期）、濮文起撰《〈家谱宝卷〉表微》（《世界宗教研究》1996年第3期）、濮文起撰《〈定劫宝卷〉管窥》（《世界宗教研究》1998年第1期）、濮文起撰《弓长论》（《中国文化研究》1998年冬之卷）等。师从李世瑜的濮文起全力研究民间秘密宗教，他著有《秘密教门——中国民间秘密宗教研究》（江苏人民出版社，2000）、《中国民间秘密宗教》（浙江人民出版社，1991）等著作，主编《中国民间秘密宗教辞典》（四川辞书出版社，1996）。马西沙在这一研究领域成就最突出，他于1989年发表专著《清代八卦教》，又与韩秉方合作，经过十几年的努力，包括田野考察、档案

① 濮文起：《宝卷研究的历史价值与现代启示》，《中国文化研究》2000年冬之卷。

搜检，发掘了大量第一手资料，撰成百余万字的《中国民间宗教史》（上海人民出版社，1992），堪称民间秘密宗教里程碑式的巨著。这些成果就本人来看，是民间宗教成为与佛教、道教、基督教研究并列的二级学科的原因，这也与研究民间宗教的学者对宝卷价值的重视不无关系。

另外一些学者重视宝卷的民俗文化的价值，对宝卷研究侧重于民间艺术和民间信仰的开拓。这一领域研究用力最勤、成果最多的首推扬州大学的车锡伦。他对宝卷的着眼点并不仅仅局限于宝卷与民间（秘密）宗教的关系，在关注宝卷的历史、宗教价值的同时，他着力于对宝卷的民俗文化价值的探讨，获取颇丰，可以说他的研究成果推动了中国宝卷研究的进程。车锡伦先后在国内外发表了《宝卷叙录》（《东南大学学报》1986，3）、《宝卷叙录二》（《扬州师院学报》1987，2）、《宝卷叙录三》（《扬州师院学报》1988，1）、《明清民间宗教与甘肃的念卷和宝卷》（《敦煌研究》1999，4）、《中国宝卷研究的世纪回顾》（《东南大学学报》2001 第 3 卷第 3 期）、《中国宝卷的形成及演唱形态》（《敦煌研究》2003，2）等几十篇文章。车锡伦有关宝卷研究的论著有《中国宝卷研究论集》（台海出版社，1997）、《中国宝卷总目》（北京燕山出版社，2000）、《信仰·教化·娱乐——中国宝卷研究及其他》（台湾学生书局印行，2002）。其中《中国宝卷总目》共著录国内外公私收藏宝卷 1585 种，版本 5000 余种，每种版本都注出收藏者。该书所整理的宝卷目录是迄今为止最为完备的一部，这本著作成为宝卷研究的必备参考书目。车锡伦反对近年来把宝卷的研究多注重民间宗教方面，他认为“展望 21 世纪的宝卷研究，首要的任务是深入研究宝卷这种特殊的民间说唱形式发展过程中的诸问题，在此基础上，各方面的研究始可自然整合，而逐步形成跨学科的‘宝卷学’”。[①]

台湾对宝卷的研究主要集中在一些高校，主要成果是一些博士、硕士论文。主要有曾子良的《宝卷之研究》（政治大学中文研究所硕士论文，1975）、陈兆南的《宣讲及其唱本研究》（台湾文化大学中文研究所博士论文，1992）、曾友志的《宝卷故事之研究》（中国文化大学中文研究所，1999）、郑如卿的《清代宝卷中的妇女修行故事研究》（国立花莲教育大学民间文学研究所，2006）等。中国台湾对宝卷文本的辑录有王见川、

---

① 车锡伦：《中国宝卷研究的世纪回顾》，《东南大学学报》2001 年第 3 期。

林万传编《明清民间宗教经卷文献》(12 册，台北新文丰出版公司，1999 年)、王见川等编《明清民间宗教经卷文献续编》(12 册，台北新文丰出版公司，2006 年)，这两部文献比较全面地辑录了明至民国的宗教宝卷文献。

80 年代后，在田野调查的基础上对各地区区域性的宝卷和宝卷念卷活动的发掘和研究，是中国宝卷研究的一大发展。吴方言区的靖江宝卷研究有多项成果面世。陆永峰、车锡伦所著《靖江宝卷研究》(社会科学文献出版社，2008，9) 对靖江宝卷作了全面研究。作者通过对靖江当地的地域文化背景的探讨，阐明了靖江宝卷发生的原因、靖江宝卷的发展历史与其主要的类别，对靖江宝卷中的民俗和宗教信仰内容作了描述与探讨，并重点讨论了其中为民间信仰重要组成部分的冥府信仰。该书是国内外首部对靖江宝卷作全面、深入研讨的专著，但该著作侧重于文本的研究，其他方面有所忽略。靖江宝卷研究也有多篇文章问世，如车锡伦《清及近代吴方言区民间宣卷和宝卷概况》(《温州师范学院学报》，2003，3)、车锡伦《对江苏靖江做会讲经和宝卷的调查与研究》(《河南教育学院学报》，2008，4)、廖明君《靖江宝卷与非物质文化遗产保护》、陶思炎《靖江宝卷的文化价值与保护方略》、孔庆茂《靖江讲经宝卷源流考》、高小康《靖江宝卷与非物质文化遗产的空间转换》(以上见《民族艺术》2007，3)。吴方言区宝卷的宣卷主要由一个在宗教活动中服务性的艺人班子“做会”、“讲经”完成，艺人们所用的宝卷都在组织内部传承，对外秘而不传，具有私密性的特点，这与青海地区宝卷念卷的开放性的、民众都可参加的形式完全不同。

河北中部易县、涞水等地区的宝卷是 1993 年钟思第、薛艺兵等在河北省中部等地农村做“音乐会(民间音乐组织)”的考察中发现的。河北中部的宝卷与当地后土崇拜的民间信仰关系紧密，对这一地区的宝卷考察多从宝卷音乐和仪式的角度进行。宝卷作为神圣文本，是后土祭祀仪式的重要部分。尹虎彬老师《河北民间表演宝卷与仪式语境研究》(《民族文学研究》，2004，3) 探讨了后土宝卷的多方面价值，并认为宝卷作为后土信仰和崇拜的神圣文本，是当地口头传统的一部分。该文以宝卷为中心，以仪式为角度，强调了宝卷的表演性，是一篇运用民俗学方法解析宝卷的精辟论文。另有中央音乐学院音乐学系傅暮蓉的硕士论文《论宝卷及其演变》（2004，5）、中国艺术研究院研究生部王延泓的硕士论文《南北高洛宝卷研究》（2006，3）对冀中宝卷进行研究，这两篇硕士学位论文主要是从民间音乐的角度对宝卷音乐与当地宝卷信仰的关系进行探讨。目前当地人能够讲唱的宝卷只有几种，宝卷艺人对其他保存不多的宝卷大多不会"唱宝卷的调子"，这一地区的宝卷宣卷传统已经衰落，当地留存的宝卷，多为静态文本。

甘肃的研究者陆续发表一批甘肃河西走廊地区民间念卷和宝卷的调查研究成果，如段平《河西宝卷的调查研究》（兰州大学出版社，1992）、本书收《河西宝卷的调查研究》、《河西宝卷的昨天、今天与明天》、《对河西念卷活动的剖析》等论文12篇，方步和《河西宝卷的调查》（收入方著《河西宝卷真本校注研究》）、谢生保《河西宝卷与敦煌变文的比较》、(《敦煌研究》，1987，4)、谭禅雪《河西宝卷概述》(《曲艺讲坛》，1998，4）等。上述论著介绍了河西走廊地区现当代民间念卷流传的地区、形式（仪式、演唱曲调）、演唱风俗。

由于河西走廊的敦煌是发现唐五代说唱文学（变文）手抄卷子的地方，许多研究者将河西念卷和宝卷同敦煌变文作了比较。在探讨河西宝卷的来源时，认为河西宝卷同敦煌变文有直接的继承关系，如伏俊连《河西宝卷》（《文史知识》，1997，6）称："河西宝卷是敦煌变文的嫡传子孙，是活着的变文。"。有的研究者不同意这一结论，车锡伦指出：并未发现联结两者跨越近千年的材料。但根据历史文献的考证和清康熙三十七年（1698）编刊于甘肃张掖的《敕封平天仙姑宝卷》（现存编刊于甘肃本地的最早宝卷），说明宝卷于明代后期随着民间宗教传入甘肃地区，清代前期在甘肃东部和河西地区都存在民间宗教的宣卷和宝卷，它们的传播方式和演唱形式同内地的宣卷和宝卷相同；由于特殊的地理环境，在从宗教宝卷到民间宝卷的发展过程中，河西宝卷形成了具有地区文化特征的民间念卷。[①] 车锡伦的观点接近于这一地区宝卷历史发展的真实状况。近期发表的张爱民的论文《河西宝卷——我国民间曲艺艺术瑰宝》（《甘肃社会科学》2008年第2期），主要内容是：1. 河西宝卷的产生与发展、河西宝卷的仪式。2. 河西宝卷的曲种及其特点。3. 关于方

---

① 车锡伦：《明清民间宗教与甘肃的念卷和宝卷》，《敦煌研究》1999年第4期。

言语音。4. 宝卷的艺术特色。附河西宝卷目录66种。该论文对河西宝卷有比较全面的介绍。

90年代后，甘肃的研究者陆续整理出版了几种宝卷文献辑录，如郭仪、谭禅雪等编《酒泉宝卷（上编）》（收宝卷8种，兰州大学出版社，1992），方步和编著《河西宝卷真本校著研究》（收宝卷10种，兰州大学出版社，1992），这部著作系由选录的十部宝卷和六篇文章组成，体系较为零乱，但文中六篇文章对河西宝卷的历史、结构和其他一些问题进行了探讨，有些结论符合宝卷在河西的发展。段平整理《河西宝卷选》、《河西宝卷选续编》（共收宝卷33种，台湾新文丰出版公司，1992、1994分别出版）。郭仪、谭禅雪等编《酒泉宝卷（上编）》，方步和编著《河西宝卷真本校著研究》对所收宝卷依据的底本均作了说明，校点整理力求保存民间抄本原貌；《河西宝卷选》、《河西宝卷选续编》对来源宝卷未作说明。2000年后，河西地方文化部门又编辑出版了两部重要的地方宝卷集。一是张旭主编的《山丹宝卷》（甘肃文化出版社，2007，7），其中收集了流传在山丹的宝卷44种。二是徐永成、崔德斌主编的《金张掖宝卷》（甘肃文化出版社，2007，8），其中编有张掖地区流传的宝卷51部。另外作者还把当地宝卷中部分曲牌和小调也收入其中，这在其他的宝卷选集里是没有的。总体上说，河西宝卷在近20年的研究中，取得了不小的成绩，河西宝卷在研究者的推动下，也彰显了自身的文化价值，特别是河西宝卷的搜集和整理工作，走在全国宝卷搜集研究的前列。

洮岷宝卷的搜集和整理工作刚刚开始。1992年7月陈俊峰等人在漳县遮阳山一个山洞里发现一木箱抄本宝卷，可以辨识的有八部。1992年11月又在漳、岷县交界的山村中发现清康熙初年刊行的宝卷。1996年又发现一种清初刊宝卷《古佛天真收圆结果龙华宝忏》，这批宝卷有八部为新发现的孤本。陈俊峰等的发掘工作非常重要，证明在中国民间仍藏有大量宝卷，有待专家学者开发、利用。有关这次发掘成果，已由陈俊峰写成专文《有关东大乘教的重要发现》①。这些宝卷的发现也说明洮岷宝卷与民间教派在甘肃的流传有密切的关系。2008年洮岷宝卷被列入甘肃省第二批非物质文化遗产保护名录。据当地文化工作者说，在申遗的过程中，

① 参见陈俊峰《有关东大乘教的重要发现》，《世界宗教研究》1999年第1期。

当地文化部门辑录了近三十种宝卷的目录，现已丢失。洮岷宝卷的研究仅见前面所提到的陈俊峰《有关东大乘教的重要发现》，载《世界宗教研究》1999 年第 1 期。笔者在洮岷地区的田野调查中，见到四十多种宝卷，其中有些是清末手抄本，并绘有彩图。这一地区的宝卷蕴藏丰富，尚待以后整理研究。

青海宝卷的研究开始于 80 年代，受当时多种因素的制约，对宝卷的研究未深入展开，宝卷研究还处于较低的层次，成果不多。1984 年《青海社会科学》第五期发表了许英国的《简评青海省第一部民间叙事长诗〈方四娘〉》一文，文章介绍了从青海搜集到的《方四娘》的故事梗概，并从各个不同的角度，评介了《方四娘》宝卷的社会意义和艺术成就，论证了这部作品产生的时间和民族归属，对于广大读者了解封建社会中妇女遭受压迫与虐待的悲惨遭遇，认识那个社会的反动与黑暗，有着积极的意义。文章只涉及方四娘宝卷的思想内容和社会影响，受历史的局限，研究的思路还是传统的社会内容与思想意义的研究。这篇文章是对青海宝卷的第一次研究。马光星的《略论方四娘宝卷》（《青海民族学院学报》1990，2）也是通过对方四娘人物形象的分析，对方四娘悲剧产生的社会背景、封建礼教、个人因素作了说明，研究尚未突破文本限制。高启安发表于 1988 年第一期《青海社会科学》的《〈四姐宝卷〉与〈方四娘〉》，认为许文介绍并论述《方四娘》的文章，“拓宽民间文学研究领域，推动西北地区民间文学研究的深入发展，也具有重要的意义”。“但《简评》把《方四娘》说成是‘青海省第一部民间叙事长诗’，并说它产生在明末清初，却失之于考究。为了正本清源，就《方四娘》的来源以及宝卷等诸问题，提出自己的看法，向专家请教”。高启安认为，《方四娘宝卷》来源于河西流传的宝卷之一《四姐宝卷》。它虽然已从宝卷的文学形式蜕变为口头文学形式，但从其故事情节和散文式的对话来看，还大致保持着宝卷的内容和体制，称之为叙事诗是不妥的。

除了以《方四姐宝卷》为中心的三篇论文外，学界对青海宝卷的关注和研究一直处于沉寂状态。这是因为一方面青海宝卷多被称为“经”，如果不做田野，不进一步分析其内容，就很容易主观地得出这些经文是与佛教或道教有关的经文，与宝卷没有太大的关系；另一方面作为通俗文学或民间宗教内容的宝卷，在学术界特别是在学术研究较为薄弱的青海较少为人所知，而外地学者却难得一见；再者作为民间秘密宗教传播其宗教思想的文本，研究宝卷者必涉及明清以来甚或现存民间秘密宗教的问题，受多方面因素的影响，多年来学界对此领域的研究多视为禁区。这些原因是青海宝卷至今不被人所重视的原因。

1989 年初冬在青海民和麻地沟发现的《目连僧救母》（剧本）手抄本，共十卷，存八卷、佚二卷，还发现了说唱本《目连僧救母幽冥宝传》（宝卷）。目连戏从母体讲唱本脱胎后，和子体并存、共同流传。由于讲唱形式不受时间、场所等条件限制，所以讲唱活动能经常进行，而且传播范围还扩大到青海省东部广大农业区。在民和麻地沟发现的《目连僧救母》手抄本用毛边纸书写，疏漏处颇多，错字、别字满篇皆是，除个别卷以外，大部分人物的道白简单、重复、公式化，水词随时可见。这一现象的产生，缘于 1953 年的一场大火，这场火烧毁了麻地沟村民精心保存的《目连僧救母》脚本。1954 年，村民们邀集目连戏老演员聚在一起，一字一句凑集并辑录了十卷本《目连僧救母》。这两个散佚近一个世纪的手抄本，在 20 世纪 80 年代被《青海日报》社高级记者辛存文和民和回族土族自治县教育局指导员范文翰在民和麻地沟发现，引起了很大的社会反响。由此，目连戏作为一个地方剧种也被收入《青海省志·文化艺术志》中。2001 年 1 月，我国文化部专家组对青海目连戏进行了实地考察，认为“青海民和现有的《目连宝卷》戏剧剧本在我国戏剧史上属前所未有，而且在我国黄河以北也是第一次发现目连戏，在黄河以北是青海独有”。现今，作为宗教剧的青海目连戏已经消亡，手抄本成为这个剧种的一份遗产。2006 年青海文化厅霍福撰写论文《青海目连手抄本述略》，对《目连宝卷》和《目连僧救母幽冥宝传》作了详细的介绍。剧本《目连宝卷》共 10 卷，除第 9 卷原有 6 册外，其余各卷为 1 册。20 世纪 60 年代，第 5 卷和第 9 卷共 7 册书被毁。现存的 10 卷本中，第 5 卷和第 9 卷各 1 册为后来补充，其文字和风格与其他各卷有别，剧情简单，内容也较为简略。这 10 卷是：《白云犯戒》、《员外上寿》、《父子从军》、《天仙送子》、《员外下世》、《刘氏开斋》、《青提归阴》、《目连出家》、《阴曹救母》、《刀山地狱》。说唱本《目连救母幽冥宝传》分上、下两卷。霍福文对戏剧本和说唱本内容的不同作了比较说明，在研究的基础上，出版了一部专著《青海目连戏》。[①] 这些研究侧重于《目连宝卷》剧本的研究，在研究中，对一些关键问题尚未解决，如对剧本与宝卷的历史研究缺乏科学根据，以调查中的传说为依据，而不是放在中国整个目连文化的历史发展中去论证，另外也有过分强调研究对象与过度阐释的问题。但以青海目连文化包括对目连宝卷的研究，尚属首次，取得了较大的学术成果。

拙作《神圣文本与行为——西北宝卷抄卷传统》一文通过对西北三地的民间宝卷抄卷传统较为详细的调查，认为由于西北三地地理位置比较偏远，宝卷和宝卷念卷作为一种地域性的民间宗教和民俗文化反而保留得较为全面，宝卷和与宝卷念卷有关的宗教民俗活动一直流传至今，宝卷抄卷成为这种宗教民俗活动传承的重要环节。文章对西北三地宝卷抄卷题记、经费与仪式，宝卷的评判与装帧，宝卷的保存与流通等问题做了探讨，受到佛教抄经传统的影响，宝卷抄卷是一种带有浓厚信仰因素的宗教与民俗文化活动。抄卷与念卷一样被当地民众视为与信仰有关的神圣性文本和行为。西北宝卷的抄卷活动是宝卷文化中一个重要的传承环节，宝卷的抄卷成为当地传承宝卷的一个重要文化传统。包括青海宝卷的西北宝卷之所以成为全国范围内现存几个宝卷活态念卷的民俗与宗教活动之一，当地宝卷抄卷传统是其存活的重要原因之一，因此宝卷抄卷的研究对于宝卷这种历史久远文化的传承和保护有重要的意义。[②]

在青海有多部关于西王母的宝卷，这些宝卷在嘛呢会上念诵。青海东部地区有浓厚的西王母信仰语境，也是传说中西王母的故乡，这一地区西王母宝卷的传承与传播与当地西王母信仰的语境是密不可分的。2011 年 7 月，笔者参加第二届世界昆仑神话研讨会，在会期间笔者宣读了《明清宗教宝卷中西王母形象与信仰》，文章认为明清“宝卷流民间宗教”的兴起与传播，汲取了传统文化资源中的西王母形象与信仰，创造了作为至上神的西王母和影响更大的无生老母。与以往神话、仙话、道教和民间信仰中的西王母不同的是，民间教派宝卷与信仰中的西王母神格和形象得到了

---

① 霍福：《青海目连手抄本述略》，《青海社会科学》2006 年第 2 期，另参见徐明、霍福《青海目连戏》，青海人民出版社 2007 年版，第 17 页。

② 参见拙作《神圣文本与行为——西北宝卷抄卷传统》，《青海社会科学》2011 年第 5 期。

极大的提升，西王母的这种新的形象与信仰也随着民间宗教及其信仰载体——宝卷的流传，扩展到台湾和东南亚地区。

2011年10月，笔者在“首届中国土文化学术研讨会”上提交论文《青海宝卷中的土地意象》，该文研究认为流传于河湟地区的几种活态的宝卷，呈现出了多种土地意象，其中既有天庭的叛逆者，也有创造了自然与文化的“万物之母，大地母亲”的地母，还有有别于中原土地信仰的，建构于地域化、多元文化基础之上的土主崇拜，多种土地意象构成了河湟地区多元的、丰富的、多民族的土地崇拜与信仰。《先天原始土地宝卷》是一部极富文学想象力的宝卷，宝卷中塑造的土地“斗士”的形象以及呈现出来的狂欢化和诙谐幽默的特点，从一个层面反映了民间文化的一种特性，即它是一种话语权建构的努力。《地母经》被当地民众称为“众经之母”。地母是民间宗教中农耕民族对土地的崇拜和信仰的大地女神，被视为“万物之母，大地母亲”。《地母经》秉承了中国先秦以来的创世神话，并赋予哲学化的思辨，因而具有创世诗史的内涵。宝卷中的地母意象一改明清以前土地神卑微、琐小的神格，成为在民间信仰中与悠久农耕文化相匹配的女性大神，与其他地区的的土地信仰不同，河湟地区既有“地母”、“土地爷”为中心的土地崇拜，还有与西南少数民族白族、彝族相似的“土主”信仰。土主为村落、家庭保护神。这些信仰集中体现在《土主真经》里。

嘛呢会是宝卷的传承组织，近年来也有一些论文涉及青海嘛呢会的调查与研究。2006年土族学者文忠祥的博士论文《土族民间信仰研究》，对土族的民间信仰做了较为成功的解构与研究，其中涉及土族嘛呢会在不同场域的民俗宗教活动。在该论文中，作者首次提出，土族的嘛呢经念卷“类似于汉族地区的宝卷”的观点，这是在诸多对土族信仰研究中第一次对土族的嘛呢经与宝卷的关系提出看法，认为嘛呢经文本即为宝卷，只是作者对二者的关系没有展开论述。由于该论文全面论述土族的信仰，而嘛呢会与嘛呢经的论述是土族信仰一部分，这些论述分散于论文各部分中，没有集中呈现出其文化形态。①

裴丽丽、李文学《土族民间团体嘛呢会调查》在田野调查的基础上，

---

① 文忠祥：《土族民间信仰研究》，博士学位论文，兰州大学，2006年，148—150页。

对嘛呢会的历史、构成、组织活动以及与村落管理系统的关系做了一些探讨。文章认为，嘛呢会是地缘、血缘和神缘关系三者结合的产物，反映了土族在宗教信仰体系上的多元特征。嘛呢会对于传承土族文化、整合土族社区发挥着重要的作用，同时又是土族老年人进行社会参与和情感交流的重要途径。①

商文娇在《青海民和妇女念唱嘛呢经的调查研究》一文中，通过田野调查，对嘛呢会的历史传承、念卷时空、嘛呢经的社会内容等方面做了较为细致的描述，作者认为嘛呢经是流行于青海省东部农业区乡村妇女生活中的一种珍贵而又濒临灭绝的非物质文化遗产，念唱嘛呢经是当地大多数中老年妇女日常生活中不可缺少的一项重要课业，从侧面反映了她们的生活情趣及道德取向、精神信仰等。嘛呢经与民和当地的各种民间宗教信仰、文化生活息息相关，从总体上反映了这一地区的民族文化、宗教信仰、生活习俗等特性，同时也是研究该地区民众（主要指妇女）物质形态和精神形态的重要依据，具有很高的民俗文化价值和女性文化研究意义。②

对土族嘛呢信仰的研究还有翟存明的《土族女性祖母期的宗教行为述略》。文章对土族妇女祖母期的宗教行为之一——念嘛呢作了描述，作者观察到念嘛呢是信仰主体最为普遍的宗教行为之一，尤其是对于老年人和多病的人来说，更是每天早晚的一项必修课。笔者描述了土族女性祖母期的宗教行为实事，而宗教行为是宗教奥义的物化形式，并以自己的存在诠释和体现着宗教存在的意义和价值。无论它们的存在带来了怎样或复杂或广泛的影响，但有一点是毋庸置疑的，即它们调节了土族女性的心理机制，满足了土族女性的心理需要，在其晚年的精神生活中，发挥着非常重要的平衡作用。作者从宗教学的角度认为，就主位认识来说，念嘛呢、转古拉这些宗教行为，含有两个方面的意思，即一是度众，二是利己。③

以上几篇论文侧重于田野调查，对嘛呢会及念诵嘛呢的宗教行为研究较为充分，但对嘛呢经的文本涉及较少，对嘛呢会及其宗教活动与传统宝

① 裴丽丽、李文学：《土族民间团体嘛呢会调查》，《民族研究》2007 年第 1 期。

② 商文娇：《青海民和妇女念唱嘛呢经的调查研究》，《青海社会科学》2010 年第 4 期。

③ 翟存明：《土族女性祖母期的宗教行为述略》，《青海民族研究》2003 年第 1 期。

卷的关系只字未提，因而在研究中有可能造成的误导是嘛呢会，特别是土族的嘛呢会及其宗教活动是土族自有的、民族的文化形态。

（二）国外宝卷的整理研究

宝卷也引起了外国学者的关注，其中以日本的成绩最为显著。早在“二战”期间，许多“支那专家”就深入中国民间搜集宝卷达数百种之多，后分别由日本某些大学和个人收藏，仅京都大学人文科学研究所就收藏清末民初宝卷120种，泽田瑞穗个人收藏则达139种。“二战”结束后，日本学者开始整理与研究宝卷，出现了泽田瑞穗、吉田义丰、仓田淳之助、冢本善隆等一批学者。这些学者从20世纪50年代陆续发表论著，其中最有权威的首推泽田瑞穗，他的三部论著《宝卷的研究》、《校注破邪详辩——中国民间宗教结社研究资料》、《增补宝卷的研究》代表了日本当代研究的最高水平。[①] 除日本外，前苏联也是搜集与研究宝卷的主要国家之一，现存宝卷26种，分别藏在前苏联科学院东方研究所列宁格勒分所和前莫斯科国立列宁图书馆，其中有明刻珍本。宝卷研究成绩较为突出的是已故前苏联的司徒洛娃。美国虽藏宝卷不多，但有些极珍贵的孤本。[②] 法国、英国也藏有少量宝卷。西方国家的宝卷多是新中国成立前在中国活动的传教士搜集并带到国外的。

四　研究的理论与方法

宝卷是一种有明显宗教色彩的民间讲唱艺术的文本。总体而言，对宝卷的全面研究是一种跨学科的研究，具体的理论方法涉及宗教学、民俗学、人类学、音乐学等诸多学科。首先，宝卷的念卷活动是民众喜闻乐见的民俗活动，也无疑是一种民间文化现象，就其本质来说，是一种有特定群体、在特定的条件和环境下创作、传承和享有的带有信仰特质的文学艺术作品。其次，宝卷念卷是带有信仰特质的民间宗教活动。因此，宝卷的研究须包括文本研究和语境研究两个方面。

---

① 郑天星：《中国民间秘密宗教研究在国外》，《世界宗教资料》1985年第3期。

② 濮文起：《宝卷研究的历史价值与现代启示》，《中国文化研究》，2000年冬之卷。

1. 文本研究。目前存世的宝卷，绝大多数以文本的形式存在，所以文本研究和文本批评是宝卷研究的重要内容。文本这个意义在不同的场合和不同的学科有不同的含义。在民间文艺学中，一般所指文本有三种，一是口头文本，指一段口头叙事或抒情的即兴创作；二是来自口头的文本，指对口头文本的记载文本，这种文本也有明显的口头特征，是口头创作的真实记录，宝卷多属于这一形态；第三种文本是书面文本，广义上包含作家文学和对民间文学的改编文本。从宝卷的结构、语言、程式等各方面分析，宝卷文本来自于口头的文本，几百年来流传下来的书面形式的、静态的宝卷文本，是对口头叙事创作的记载，是以物化的符号形式呈现出来的口头表演的文艺形式。宝卷承载了千百年来民众的思想、感情、信仰、生活，因此，通过对宝卷文本的内容和形式的分析，可以获得对宝卷和与之相关民众的社会文化问题的关怀。

文本的研究，立足于民间宗教与民间文艺学的研究，是指对作品本身所含信息的分析。宝卷首先是一种民间宗教与民间信仰的传承与实践方式，宝卷中承载的民众的精神生活、理想追求与宗教信仰，是民间文化的宝贵财富，也是民众生活的真实体现，因此，对宝卷信仰特质的研究是宝卷研究的一个重要方面；另一方面宝卷是一种民间文学，是一种语言艺术。宝卷作为一种民间讲唱，具有自身的独立性，是一个自立自足的艺术系统。它固然承载多种社会功能，但它同时是一种文学形式，也是艺术，它的种种文化功能和社会功能，是以艺术的形式来实现的。老百姓在讲唱宝卷时，大多被艺术所吸引，并带有强烈的宗教情感和道德体悟。所以，宝卷研究的一个重要的方面首先是文本研究，其中涉及宝卷的内容和形式、语言艺术、审美形式和审美功能、类型性与程式性的问题等。一个世纪以来，民间宗教与民间文学的文本研究和文本批评已经产生了诸多有效的、丰富的经验和理论方法，这些理论方法对本研究将有所裨益。

2. 语境研究。语境的概念首先来自于人类学家马林诺夫斯基。在特洛布里安德岛的田野调查中，他认识到要了解当地人的文化，首先要了解他们说话的情景，了解语言使用者的文化背景和生活环境。马林洛夫斯基首先提出“情景语境”，这个概念指语言行为发生时的具体情景；后来他又提出了“文化语境”，这个概念指说话人生活的社会文化背景。20 世纪 90 年代后，越来越多的民间宗教、民间文学研究者对宝卷的研究，从以前单纯的文本研究转向对文本和语境的综合研究。语境研究强调田野作业，在田野中观察民间文艺与民间宗教活动的表演，表演的当下的情境，表演者和听众的互动，民俗表演和社会生活、社会关系、文化传统之间的复杂关系。就像马林洛夫斯基所说："文本固然是十分重要的，但是离开了语境，故事就没有生命。对土著来说，整个讲述过程——语音，模仿，对听众的激发及他们的回应——都与故事文本同样重要。我们还必须认识到个人私有制的社会语境以及娱乐故事的社交功能和文化作用。所以这些因素都是同样重要的，都必须像文本那样受到重视。这些故事植根于土著的生活中，而不是在纸上。学者草草将它们记下并不能营造出讲述的气氛，只能提供给我们关于现实的碎片。"①

语境研究体现了民间文艺研究新的学术取向和学术范式，体现了民俗学、宗教学研究的从文本到田野的理论取向。宝卷的研究要涉及宝卷的历史传承、社会语境、文化背景、宝卷念卷的时空关系、宝卷念卷的仪式、念卷当下情景中的人的关系、宝卷与地方文化传统的密切关系等问题。因此，把宝卷视为地域性文化中活态的口头传统，自然必须重视宝卷的语境研究。在整个社会语境和文化语境的透视之下，凸显宝卷作为地方文化资源和民众信仰与生活的形态。以前的宝卷研究多注重于宝卷的文本的、历史的、静态的研究视角。我们现在侧重于结合文本的研究方法，把宝卷放在宝卷念卷当下的情境下去考察，把宝卷视为几百年来当地文化中重要的宗教信仰实践方式与口头传统，更深入地考察宝卷与民众的生活关系。在对当下情境的调查和描述中来解构宝卷念卷情境下念卷人与听众的互动、人与信仰的互动以及地方文化传统对宝卷文本的形成和传承的影响。

宝卷是带有浓厚宗教色彩的民间说唱，在宝卷中有大量的民间宗教思想。宝卷中的民间宗教思想与佛教、道教等传统宗教的关系密切，特别是宝卷的仪式受到佛教俗讲、唱导仪式的影响，甚至可以说是从佛教仪式借鉴而来。宝卷中的大量的作品都与民间宗教思想相关，宝卷流传到青海地区，与当地的地域性文化结合，吸收了当地文化中信仰性因素，特别是当地浓厚的藏传佛教的文化因子，不断调适并适应当地文化生态，传承了下

---

① 马林洛夫斯基：《神话在生活中的作用》，载于阿兰·邓迪斯《西方神话学读本》，朝戈金等译，广西师范大学出版社 2006 年版，第 247 页。

来。因此，通过田野作业，对宝卷念卷仪式、信仰、宗教民俗活动以及宝卷所依赖的宗教念卷群体的调查和研究是论文不能回避的问题。

另外，宝卷讲唱中的音乐性非常强。在民间宝卷念卷中，衡量一个宝卷念卷人的艺术水平的高低，是看他（她）能唱多少种"调子"，即宝卷中的小调和曲牌，以往的研究中，对宝卷中这些音乐成分重视不够。宝卷在青海能扎根生存并传承下来，与宝卷念卷中对当地民间音乐的借用密不可分。宝卷中民众们耳熟能详的地方音乐是宝卷体现地域性文化的一个重要方面，而这些音乐成分恰是宝卷除信仰的因素之外，能够吸引民众乐于参加宝卷念卷活动的主要原因，也是宝卷形成和传承中重要的因素。因此，用民间音乐的理论和方法来分析部分问题也是本论文的一个重要方面。

本论文所用的研究方法，首先是文献法。青海宝卷的研究要涉及地方方志、宝卷文本辑录、地方文化传统的记载等资料的查询。特别是搜集整理现有的宝卷文本，是本课题的重中之重。本课题的研究建立在对青海民间宝卷的全面调查基础之上。由于各方面因素的影响，特别是经过"文化大革命"的打压，民间宗教活动一直被视为"封建迷信"，老百姓对调查仍心有余悸，民间宝卷文本的调查搜集较为不易，与宝卷有关的民间宗教活动的调查面临重重困难。因此，宝卷文献的搜集整理与民间民俗宗教活动调查将是本课题的中心，所有的研究都建立在这个基础之上。宝卷的历史渊源、宝卷所存的文化环境、宝卷所反映的民众思想等问题也主要通过文献法来完成。其次是比较的方法。比较法是民间文学常用、有效的方法。因为本论文的研究对象要涉及甘青三个地区的宝卷及宝卷念卷，以及三地区宝卷的共性和个性特征，所以比较法是首选的方法。再次，本论文要运用的另外一种方法是演进法。演进法是一种历时性的研究方法，这种方法并不是西方方法论的引进，而是中国学者自创的一种研究方法。在中国民间文学的研究中，顾颉刚先生运用演进法成功地分析了孟姜女故事的演变。在本论文中要对一些类型的宝卷进行历史渊源、变异以及传承的分析，因此演进法也是本文所采用的研究方法之一。

另外完成本论文所要运用的主要方法是田野作业。20 世纪中后期，诸多学科像民族学、民俗学、民间文学都把学科学术研究从静态的、历史的研究转向动态的、当下的研究，体现了当代学术研究重实际、重实证的学术取向。这种学术转型与田野作业方法的运用有重要的关系。在本论文的研究中，强调对宝卷的语境分析，论文的撰写也要突出宝卷活态的文化特征。车锡伦对田野调查在宝卷研究中的作用有明确的观点："田野调查是从事宝卷研究必须做的工作，因为这些仍在民间存活的宝卷演唱活动，不仅向研究者展现了宝卷演唱的形态，同时，田野调查所得到的材料也可以'以今证史'，补文献记载的不足，以便勾画出不同时期宝卷发展的历程。自然更需要探讨的是：这种古老的民间说唱形式，历尽沧桑巨变，何以不绝如缕，至今在民间流传，激动民众?"① 宝卷的搜集整理是田野工作的重要内容。对宝卷念卷仪式、宝卷念卷的情景、宝卷念卷的群体及宝卷信仰是本文研究的重点。青海宝卷没有现成的宝卷记录资料，这些地区的文本搜集是研究的基础，文本分析建立在田野作业中文本搜集的基础之上，也就是说宝卷研究的基础是田野作业。本选题最大的困难也是田野调查。青海宝卷存活的地区，区域广阔，全面调查需要大量的时间和物力，田野作业中必定存在着众多的困难和挑战，但做好田野作业是本论文成功的保证。因此，田野作业的方法是本论文最主要的方法。

简而言之，本文既要注重文本的研究，也不能忽视语境的问题。文本研究是以文本为中心，从叙事、语言、信仰、传承、宗教思想等角度入手，建立宝卷的文本批评。语境研究从历史、社会、文化、宗教语境、传统等方面挖掘宝卷外在的文化特征。语境和文本研究的结合，可以避免单一文本研究的局限。把宝卷文本与民众的现实生活结合起来，把文本和对文本的表演、表演者、宗教语境、社会生活和念卷组织综合起来，通过人们的信仰观念、行为观念、社会制度等因素联系起来看，宝卷已经不是单纯的宝卷，而是社会文化系统中的文本；从整个地方的文化传统和口头传统来考察宝卷，传统的意义就大于文本。因此，我认为文本研究和语境研究相结合，进行综合的、整体的研究，体现一种民族志式的研究取向，力图使本论文的研究呈现静态与动态相结合、历时与共时相结合、文学与宗教相结合、社会与文化语境相结合，最大限度地呈现青海宝卷整体的文化面貌。

---

① 车锡伦：《信仰、教化、娱乐——中国宝卷研究及其他》，台湾学生书局2002年版，自序，第6—7页。

第一章

青海宝卷的传承语境、历史与现状

宝卷已有约800年的历史，从明朝初年到民国末年，宝卷宣卷（念卷）这一民间文化事象曾活跃于华北、西北、江南的农村和城市，甚至在民国初年宝卷宣卷曾在上海也风靡一时。但在传承的过程中，受多方面因素的影响，宝卷在全国其他地方逐渐式微乃至于消失。西北河西、洮岷、青海河湟地区是目前全国宝卷念卷所存活的仅有两个地区中的一个（另一个存活宝卷宣卷的地区是江苏靖江地区）。青海地区宝卷蕴藏丰富，宝卷流传区域较广，宝卷是这一地区带有信仰特质的民俗宗教活动的重要载体。宝卷在青海的传播、传承，与当地的自然地理、历史民族、宗教民俗语境有密切的关系。

第一节　青海宝卷的文化语境

一　地理生态环境

黄河从青海西南的巴颜喀拉山发源，一路曲折流经千里，在甘肃省境内的达家川与从青海流来的湟水会合。黄河在青海东部地区区内流程189千米，流域面积5069平方千米，过境水205.5亿立方米。在区内流经化隆、循化、民和县，至寺沟峡入甘肃省境。湟水发源于青海海北州海晏县境内的包呼图山，向东流经湟源、湟中、西宁、互助、平安、乐都、民和等8个县，汇入黄河。湟水作为黄河上游的最大支流之一，曾经是黄河上游的主干道，因为地质演变，新的黄河主干道开辟后，湟水便退居支流。以湟水为纽带的青海东部农业区被称为湟水谷地，湟水谷地以及湟水与黄河交汇的地域就是河湟地区。湟水流经地区，形成川峡相间的河谷地貌，蕴藏着丰富的水力资源，也是区内东西相连的交通要道。峡谷之间形成宽谷盆地，区内主要有湟源、平安、乐都、民和等盆地。两岸气候湿润，水丰流缓，为农牧业生产提供了较为便利的灌溉条件。黄河、湟水主要流经青海西宁和海东地区。海东地区位于祁连山脉东段、青海省东北部。东西长200千米，南北宽180千米，面积12801平方千米，占全省总面积的1.8%，东与甘肃省为邻，向西环抱省会西宁，其他三面分别与本省的海北藏族自治州、大通回族土族自治县、海南藏族自治州和黄南藏族自治州接壤。全区地处祁连山支脉达坂山东南麓和昆仑山系余脉日月山东坡，属黄土高原向青藏高原过渡镶嵌地带，海拔1650—4636米，平均海拔2000余米，大部分地区处于2200—3000米。山地占全区总面积的96%。其特点是冬长夏短，春秋相连，冬无严寒，夏无酷暑，气候温和，人口相对集中，经济较为发达，是青海重要的农牧业经济区和乡镇企业较发达地区之一。全区辖6县（平安、乐都及互助土族自治县、循化撒拉族自治县、化隆回族自治县，民和回族土族自治县），行政公署驻平安县平安镇。

"青海因地势崇高，四周又围以山脉，完全为大陆气候，少暑多寒，且寒暑变迁甚剧。夏日午热而早晚仍寒，冬夏两季多烈风，空气密集，形成最高气压，风势遂烈，春季空气渐疏，至夏季改变低气压之际，风力绝猛，沙石飞舞，昼晦日冥，即为黑鹰，雨量极少。夏季始有，冬季绝无。六月多雨雹，惟因地势高低不一，各地气候，亦因之而殊异，西宁附近，黄河上流及海东一带，气候温和，寒暑适中，雨量亦较多。"① 历史上的河湟地区大致是指青海东部农业区的西宁市（包括大通、湟中、湟源三县），海东地区的互助、平安、乐都、民和、化隆、循化六县，海南州贵德县以及甘肃省的临夏回族自治州等地。这里是湟水流域及湟水与黄河交汇的地区，因此并称为河湟。今天河湟地区大致包括西宁市三县五区和青海海东地区。河湟地区北面与甘肃河西地区接壤，东面与甘肃兰州市接壤。湟水流域位于青藏高原的东北边缘，是青海省内地势最低的地区，这里平均海拔2400米左右，黄河、湟水河两岸植被良好，所有谷地和大部分山区适宜于农耕栽培，部分山区宜于牧业，农牧相间，东部农业区是青

---

① 康敷镕纂：《青海记》，《中国西北文献丛书续编》第55卷，第143页。

海重要的农业区，一直被看作青海省的天然粮仓。但脑山地区无霜期较短、河流北岸较为干旱，部分地区山大沟深，不能有效地利用河水灌溉，素有“黄河岸边渴死人”之说。特殊的自然地理环境养育了这里的各民族人民，滋润了独特的民间文化。

二　历史民族语境

青海东部地区——河湟地区，其新石器时代文化属于著名的马家窑文化（1923 年发现于甘肃临洮马家窑村而得名），河湟地区是马家窑文化的主要分布范围，该文化以原始农耕经济为主，制陶业发达。这一地区出土的精美的彩陶，数量多、构图精美，多种文化类型的存在，说明这一地区是中国文化的起源地之一。继马家窑文化后，这一地区相继兴起了齐家文化、辛店文化等多种青铜文化，从分布地理、时间测定等方面，学界认定从新石器时期的马家窑文化，到后期的多样类型的青铜文化，是早期活动于此地的羌人文化。

春秋一直到两汉，这一地区一直是羌人活动的历史舞台。西汉、东汉王朝通过屯田、屯军、移民等各种措施加强对此地的经营。公元前 138 年和公元前 119 年，张骞两次出使西域，开拓了中原通西域的路线。西汉时开辟的古丝绸之路由长安（今西安）出发，经过河西走廊，到达新疆。再继续西行，前往印度、波斯、希腊、罗马帝国。后来这条路线成为中原通往西域和中亚、西亚诸国的交通要道。东汉（26—220 年）时期，内地与西域以丝绸为主的商业贸易逐步繁荣，中国丝绸通过河西运往西域，远销大夏、安息、大秦，直至地中海沿岸地区。从长安经河西走廊到西域丝绸之路北路和经长安通过湟水谷地到西域的丝绸南路的开辟，加速了中西文化的交流，也使这一地区成为丝绸之路的重要的孔径，带动了当地文化的发展，同时这里也成了吐蕃与中原的缓冲地带，也是防守的天然屏障，自古是兵家相争的要冲，也是必经的交通要道。东晋时期，高僧法显、慧景、道整，南朝宋武帝时僧人昙尤劫（法勇）去印度等地取经求法，都经过了河湟地区。隋大业五年（609 年）隋炀帝西巡，自临津渡（今民和官亭西）过黄河西进青海。自唐起，民和土族地区成为唐蕃古道必经之地，文成公主进藏曾经河湟。11 世纪中叶，宋人进入青海的第一站，即过黄河入三川，再到青唐城（西宁）。明起，西宁卫与河州卫之间设立七个驿站，经平安驿到乐都，再经民和巴州驿、古鄯驿经三川达河州。海东地区成为西藏与中原的重要孔径，也是民族交往的重要舞台。

青海地区是中国历史上少数民族驰骋的舞台，不同时期的少数民族对这一地区的历史和文化以及民族格局产生了深远的影响。唐宋时期，中原王朝与吐蕃的交替统治加速了民族融合，也促进了不同民族之间的文化交流。特别是唐宋时期这一地区的吐蕃政权的建立，使藏传佛教在这一地区迅速传播，多元文化与多民族格局开始出现端倪。隋之屯田主要在长城以北及河西走廊地区，唐朝东起辽东、西至新疆、青海沿边都有屯垦。自汉以后唐时内地汉人进入青海地区又形成一个高潮。这个时期汉人进入青海地区的主要形式有掳掠、被俘、流放、屯田、逃户、留戍、和亲等。其中屯田移民仍是汉人进入青海地区的主要形式。在此期间，吐蕃在此地的统治在很大程度上影响了青海其他民族。7 世纪中叶，吐蕃占领青藏高原东部以后，原来居住在这里的吐谷浑、党项等民族被迫东迁或内附。由于汉族在文化、经济方面处于领先地位，加上生活和生产条件的改变必然导致文化的变迁，因此，这些内迁者的多数最终接受了汉族文化，逐渐融合到汉族之中，使汉民族像滚雪球一样越滚越大。755 年的“安史之乱”后，整个陇右、河西地区尽陷于吐蕃，吐蕃统治这一地区长达近一个世纪。此间，包括汉族在内的当地各民族，在吐蕃的强制同化政策以及自然交往中，大量的非吐蕃人融合到了吐蕃民族中，这使吐蕃人（藏族）的分布区域进一步扩大，藏族遂成为黄河上游地区主要民族之一。

元代在我国多民族国家的形成与发展的历程中具有十分重要的地位。元代空前规模的大一统在中国各民族的发展历史上留下了非常深刻的影响，使中华民族的多元一体格局基本形成。有元一代，历史上曾经活跃一时的一些民族逐渐退出了历史的舞台，一些新的民族如回族、撒拉族、土族、东乡族、裕固族、保安族等在甘青地区开始孕育和形成。蒙古族入主中原，无论在人口规模还是分布范围上都有飞跃发展，给这些新的民族提供了族源成分。元朝不仅奠定了中国大一统的民族格局，民族分布特点也形成了各民族杂错相处的局面，而且是青海民族多元文化形成的最重要的时期。各民族的文化互相影响、互相交融，促成了多民族格局的形成，形成了自身文化的特性。

河湟地区一直到明朝初年，居住此地的民族仍是多为“番”、“夷”，散布着大量的游牧、半游牧的番族部落，这些部落分属“西番诸卫”。“西番诸卫”辖下的里甲编户，民族成分也主要是少数民族。如河州卫，“所属地方多是土韃番人”。西宁卫编户4里，其民族成分或称“达民”，或称“土民”；岷州卫编户17里，其中16里都是番族。由此可见，明初的河湟洮岷地区基本上是一个以少数民族人口为主的区域。一直到嘉靖年间，河州卫有番族部落56个，西宁卫14个，洮州卫56个，岷州卫40个。①

历代王朝对少数民族的经营，采取了各种各样的策略。其中一项重要且有效的策略是对少数民族地区进行大规模的移民。另外在民间也由于各种原因，形成了移民浪潮。在历史上，青海曾形成过三次移民浪潮，其中最后一次是明朝初年。例如在西宁地区，随着“西番诸卫”的建立，大批明军将士留戍各卫，形成了一次大规模的军事移民活动。明初河州、西宁、洮州及岷州四卫总计有军户8万人。② 明代的军事卫所制度实行家属一同驻守的世袭兵制，家属同守是卫所制度一大主要特征。朝廷每设置一个卫所或千户所必然要带来一定数量的军事移民，再加上随同迁来的家属，这种移民的数量应当是相当庞大的。洮岷二卫、西宁卫、河州卫及河西之地地处西北边陲，山高谷深，交通运输较为不便，卫所设立后，军粮供应问题成为头等大事。明初经济尚未恢复，为了解决戍守将士的给养问题，朝廷在洮岷地区、河湟地区开设屯田。在洮岷地区、河湟地区进行屯垦的主要是军户及其家属。这些军士战时持戈上阵，平时种地务农，成为明初洮岷地区第一批从江淮迁来的汉人移民。洮岷、河湟属于边地，有时朝廷也会将一些囚徒、无业游民等流放到此充军，发配充军的罪犯及其家属，也成为军屯的军户。移民过程作为集体记忆深深地刻写在了移民以及后裔的脑海中，洮州人的“路远歌”中唱道：你从哪里来/我从南京来。你带得什么花儿来/我带得茉莉花儿来……岷县北路则唱：“路远儿哥/路远儿哥啊路远儿哥啊/你那啊里来啊路远儿哥/我那苏州城里来/苏州城里什么来/带着茉莉花茶来/茉莉花茶香得格……”河湟流域一带汉族中一

① （明）张雨：《边政考》，卷九（西羌人口），国立北平图书馆善本丛书本。

② 杜常顺、郭凤霞：《明代“西番诸卫”与河湟洮岷边地社会》，《青海民族研究》2010年第9期。

直流传着“祖先是明初从南京珠玑巷（又作竹丝巷）迁来的”传说。这些历史与群体记忆反映了那一时期的移民的历史。

明清时期，这些江苏、安徽、山西、陕西、湖北等地汉人移民的到来使得河湟地区形成一个以汉人为主导的移民社会。随着社会的发展，汉人移民的文化在调整与适应当中不断发生变迁，当移民后裔取代番民成为社会的主体，原有的社会特征发生转变之后，河湟地区逐渐从移民社会转变为定居社会。从前的军户转变为纳粮输役的普通百姓，当年所修的军事寨堡变成了今天的村落。由于军戍和屯田主要在河湟、洮岷和河西一带，民族格局的变化，就不能不对这一地区的文化产生深远的影响。从“南京迁来的”移民记忆成为这一地区的共同族群记忆，在此记忆的基础上，形成了一种新的有别于原来当地文化的新文化。这一新的文化是以传统汉族文化为中心建构的，当宝卷这一在华北、江南广泛传播的文化事象流传到以移民文化为根基的地区时，因带有中原与江南文化的因子，似曾相识的信仰、叙事、仪式与熟悉的南北小调，便很快被民众所接受，并迅速传播开来。同时，在这个具有同质文化因素的语境下，宝卷也因此传承了下来。

明末清初，在中原兴起的民间秘密宗教，西传到甘青地区。宝卷是民间秘密宗教宣传教义的文本，民间秘密宗教的传播，也促进了宝卷在青海的流传。清中叶后，清政府严厉打压民间秘密宗教，民间教派组织被迫流入经济凋零，偏远的农村地区。从这一时期开始，宝卷及念卷已不再是民间秘密宗教专有的宗教活动，在吸收当地文化因子的基础上，宝卷及念卷开始转化为一种带有地域性文化特征，宗教性与娱乐性为一体的民俗宗教活动。清朝是甘青地区历史上最为混乱的一个时期，这一时期战争不断，兵祸连连。从清前期开始，罗卜藏丹津反清，战火延续到河湟乃至蒙藏地区。乾隆年间爆发苏四十三领导的撒拉族反清斗争，回族教派之争引起的咸丰、同治年间的回族撒拉族反清事件、光绪年间的“河湟事变”，引起非常严重的民族仇杀，经过多年战乱，甘青地区社会经济遭到严重的破坏，整个青海地区满目疮痍，一片荒凉，原来陕西“汉七回三”，甘肃“汉三回七”，而经过历年战乱，陕甘地区“回汉人民空亡大半”。同治十三年，正月二十一日，西宁办事大臣豫师由平番进驻辗伯，为所见情形深感恻然：沿途“率皆触目荒凉，田原茂草，间有零星各残堡逃回难民，或数家或数十家不等，苦无生计，殊堪悯恻”[①]。清末至民国后期，河湟地区民生凋敝，社会动荡。林鹏侠在《青海行》中记载：

> 据茅店老人言：“乐都在二十年前，满清时代，人民安居乐业，生活甚低。自入民国，捐税日重，名目更多，几至数十种，令人头脑皆昏。以致百物昂贵，生活日高，终日动劳，难得一饱。卖儿鬻女，视为常事，而官府追比，犹不稍贷。”老年人七十余，言罢，频频叹息，几至落泪。余等亦为之黯然神伤。[②]

1929年，青海地区在当时马家军阀势力的操纵下，从甘肃分化，成为一个独立的省份。民众的贫困与压迫日甚一日，凋敝的民生，艰难的生活，使民众转向于宗教来寻求对现实的解脱和来生幸福的追求。宝卷的信仰性因素也因满足了当时民众的这种精神需求而在当地流传。

三　宗教民俗语境

在元朝形成的民族格局的基础之上，明清时期民族彼此之间的交流逐步加深和扩大，相互吸收彼此的优秀文化成分，最后青海民族成为华夏多元一体格局中的一元，青海不同民族的文化也成为中华民族多元一体文化中不可缺少的重要分子。多个民族杂居相处，形成了相互认同，和睦共荣的多民族、多宗教、多文化的局面。青海地区是文化多样性资源最丰厚的地区，也是中国文化宝库中最具斑斓色彩的资源。这些依托于各个少数民族的文化资源，表现在语言文字、宗教信仰、文学艺术、民间史诗、饮食、服饰、医药、建筑、生产技术等社会生活的各个方面，蕴含了当地多个民族丰富的传统智慧和生活经验。

首先在这三个地区都先后产生过重大影响的是藏族文化。唐朝吐蕃的兴起，与这一地区的唐朝力量开始角逐。从承风岭之战，到赤岭分界，再到天宝年间的大规模战争，鄯、廓两州易手吐蕃，秦、成、渭、洮、河诸州也相继被吐蕃占领，陇右之地尽没。吐蕃一度打进长安，大掠而还，此

---

① 吴丰培：《豫师青海奏稿》，青海人民出版社1981年版，第134页。

② 林鹏侠：《青海行》，甘肃人民出版社2002年版，第82页。

后又逐渐吞并河西诸州。吐蕃对河西、陇右的统治一直延续到9世纪，长达百年之久。宋朝青唐政权的建立，其势力范围深入到以上三个地区。藏族在吸收了汉传佛教和印度佛教精华后，创造了地域化和民族化的藏传佛教，并影响了周边土族、裕固族和蒙古族等民族。元朝对藏传佛教的重视，使藏传佛教传播遍布西部各地。藏族在历史上对这一地区的影响逐渐地积累下来，特别是藏族文化对这一地区的影响。藏族文化、藏传佛教的影响体现在从饮食起居、宗教信仰各个方面。生活在这一地区的汉人的风俗习惯、宗教信仰、民俗文化不时地体现出了较强的藏族文化的特色。唐代之后，吐蕃人代替羌人成为河湟地区的主要居民，苯教和藏传佛教信仰逐渐出现在河湟番人的信仰体系中，并对汉人的民间信仰产生了重要影响。洮岷地区的汉族民众在信仰龙神、山神、土地等神灵的同时，在村庙与家户中还供奉藏传佛教的历代活佛、度母和护法神。在当地的许多龙神大庙中也出现了藏传佛教的欢喜佛、度母等神灵，在龙神、城隍的塑像、牌位上搭满了藏民献上的哈达。有些龙神庙的大门上还绘有藏传佛教的璎珞图和骷髅链，院内的树上系满了风马旗。这种现象的产生与唐代以来苯教与藏传佛教在洮岷地区的传播有关。如果我们去河湟地区走一走，看到的情景和岷州、洮州的差不多。元朝建立后，随从蒙古大军的回族人在各地定居下来。回族和撒拉人等在元时均属于色目人范畴，享有较高的社会地位，所建清真寺和伊斯兰宗教活动也受到保护。这一时期信仰伊斯兰教的回民分布很广，当时有“元时回回遍天下”之说。甘肃（包括当时的青海东部地区）回民更多，有“回七汉三”的说法。穆斯林民族进入甘肃、伊斯兰教传入甘肃，为当地文化加入了新的成分，包括藏族文化、伊斯兰文化、汉族文化所构成的多元文化已经形成。

汉族的到来，带来了较为先进的生产方式和生产工具，多年的积累效应使汉文化成为这一地区的主流文化，不能不对这一地区的文化格局产生影响，也不能不对周边的民族产生影响。汉族传统信仰道教和佛教，同时儒家文化深深扎根于民族的文化之中，更多的是儒、道、佛的融合。以儒家文化为中心的农耕文化对周边的少数民族产生了深远的影响。

世居于青海的土族（甘肃天祝、卓尼也有部分土族），在婚礼中，首先请一位与女方家庭相好的人做媒人，通过媒人向女方转述求婚之意，得到女方父母的同意后，媒人和男方父亲拿两瓶酒、两个焜锅（一种烤制

图 1－1　各民族参加的民和弘化寺正月十五庙会

的食品）、一包砖茶及一套衣服去女方家定亲，在砖茶上要系上一股白羊毛；在娶亲的时候，等新娘已梳妆完毕，在中堂铺一条白毡，毡上置一八仙桌子，新娘坐在上面，一位长者拿上述东西来祝福新娘；在土族过年的时候，要特意在酒壶上系上白羊毛。那么这些白羊毛具有怎样的象征意义呢？其实白羊毛就是土族一种内隐的文化事项，它表达了土族民众对自己民族历史的追忆和认同。土族的一个主要的族源是元末明初的蒙古人。明朝大军横扫青海，元末原安定王卜烟帖木尔部众散亡，明朝迁蒙古军队部众于青海沙棠川、威远镇一代，融合于当地民众中，形成土族。土族的祖先之一蒙古人原是游牧民族，为了缅怀祖先，白羊毛就成了土族的后代追述族源的文化认同和文化记忆的实物。土族在明初时期，与汉族有了较多的交往，受汉族影响日深，开始向汉族学习农业技术，农业规模逐渐扩大，畜牧业逐渐缩小，最后大多土族从事农业生产。在另一土族居住区民和回族土族自治县的土族每年都要举行规模宏大的庆丰收的“纳顿会”，在“纳顿会”上要演出一个节目，当地人叫“庄稼其”。故事内容是有小两口，不想种庄稼，总想出去做买卖，地里的农活一点都不会干，父母亲非常担心，就请来村里的几位长者，批评教育小两口，让他们知道农业的重要，从商不是为人之本。在这出小剧里，明显地表达了土族传统的农业文化和土族的价值观，同时也显现了土族受周边民族特别是汉族农业文化的影响之深。土族接受了汉族文化的一些成分，其中用汉语唱诵宝卷（嘛呢经）也是一个特例。从这些例子，我们可以看出在土族文化中，农业文化和牧业文化都占有重要的地位，其民族文化具有多样性和多元性的特点。以往我们每说到文化多元性，往往与多民族多元文化相关联，其实多元文化认识论在体现了多民族文化特点的同时，也反映了每一个民族文化的多元性的特征。明清时期的汉人向洮岷地区、河湟地区大规模移民之后，汉文化成为两地的主导文化，甘青联合申报的被列入世界文化遗产目录的“花儿”，在西北九个民族中传承，也是一个多元文化构建与互享的典型例子。

河湟地区在历史上的行政区域中，一直属于甘肃管辖，这种局面一直延续到1929年青海建省。河湟、洮岷、河西三个地区都有宝卷及宝卷念卷，历史上这三个地区原属于一个省，也可以看作一个文化圈，从历史、民族的角度来看这个文化圈，它具有比较明显的共同特点：一是彼此相邻，都依赖于农耕加之牧业的生计方式，自然地域都属于高寒阴湿地区，或为干旱半干旱的多山地带。二是历史上这里一度是多民族聚居区，当地汉族多是军屯或民屯而进入甘肃的移民，他们带来了自己家乡的文化，并在当地适应性地创造了适合于在这一地区生存的民俗文化。三是这一地区是典型的藏汉交接地区，多民族杂居的格局，使多种文化有可能在不同民族彼此交流的过程中，借鉴、融合、互补，从而形成了你中有我，我中有你的多元文化。四是藏传佛教、伊斯兰教、汉传佛教、道教、形态各异的民间宗教，形成了丰富多彩的、兼容并蓄的宗教语境。多种宗教和睦相处、互融共存是这一地区宗教语境的特点。五是民俗活动多种多样，在发展中保持着原生态的特点，多个民族参与一种民俗活动的例子比比皆是，民俗生活中互通有无，形成了“你中有我，我中有你”的多元特点，不仅如此，在民俗活动中还蕴含着不同民族的文化特质。

如上所述，青海是多元文化并存的典型地域之一，在中国历史中的地理位置非常重要，正如有的学者所言：“青海处于中原、西藏、西域、北方草原民族四大文化圈的交融地带，这里多种文化共存，互相采借，求同存异，生动体现了多民族文化和而不同的相处原则。”① 河西与洮岷地区莫不是如此。集中体现在河湟地区、洮岷地区和河西地区的文化交汇上，来自中原的儒释道文化和来自西域的伊斯兰文化，来自北方草原的萨满教文化和各种东西方文化在这里交融并存，形成了各种特征的民族宗教文化，在如此的多元文化场域中，丰富多彩、和而不同，美美与共、各具特色的民俗文化也就应运而生，形成了这三个地区多姿多彩的民俗文化事象。宝卷及宝卷信仰的演唱、传承建立在这三个多元文化、多元宗教与丰富的民俗文化的语境之上，成为地域性民间文化的宝贵财富。

青海宝卷及念卷传播地区民族众多，历史久远，文化蕴藏丰富。历史上的多次移民浪潮，在这一地区形成了以汉文化为中心的农耕文化；众多民族所孕育的多元民族文化在这里汇合、交融，形成了多元文化的土壤；建立在多元民族文化基础之上的多元宗教，互融互补，兼容并蓄。当宝卷从东向西流传到这一地区，在吸收地方文化因子的基础之上，成为一种富有地域性文化特征的宗教民俗文化。

第二节　青海宝卷的历史

和其他种类的民间说唱艺术与民间信仰一样，青海地区的宝卷及宝卷念卷活动在历史典籍和地方文献中记载很少。推究其原因，首先，民间说唱作为一种民间文化，历来不受官方和封建士大夫的关注，在历史上一直处于自生自灭的状态；以儒家思想为代表的官方文化和精英文化对民间文化和民间艺术抱着漠然处之，甚至抵触、诟责的态度；宝卷因带有浓厚的宗教因素，加之它与民间秘密教派的密切关系，被视为“邪经”而屡受压制，所以对宝卷的记录和整理就很少。其次，青海地区由于偏居一隅，为历史上的“华夏边缘”，文化不甚发达，当地地方志多为清代末期所修，所以清中叶以前的地方文化的记载资料阙如，清代地方方志又对当地的地方民间文化记载很少，这对该地区宝卷的起源和流传情况的研究客观上造成了困难。再次，宝卷是甘青地区的口头传统，口头性和变异性是宝

① 班班多杰：《和而不同：青海多民族文化和睦相处经验考察》，《中国社会科学》2007年第6期。

卷的艺术特征。青海地区宝卷印刷本留存极少，手抄本散佚情况严重，历史文献对这一地区的宝卷几乎没有作有价值的记载，宝卷口传的不确定性等因素都不利于后人了解这一地区的宝卷的历史。因此，对青海宝卷历史的探讨只能根据现有的材料进行试探性的推究。青海在历史上一直属于甘肃管辖，一直到1929年青海独立建省，在历史上，甘、青一直是被看为一个地区，其文化也具有某种相似性，因此，在讨论中，我们无法摆脱西北其他地区的宝卷念卷和宝卷的发展历史，也应该在西北历史与地域的视野中推断青海宝卷的历史发展脉络。

一 西北民间宗教的兴起与宝卷的流传

（一）民间宗教在西北的传播

由于河西走廊的敦煌是发现唐五代说唱文学（变文）手抄卷子的地方，许多研究者将河西念卷和宝卷同敦煌变文作了比较。在探讨河西宝卷的来源时，地方学者多认为河西宝卷同敦煌变文有直接的继承关系，如伏俊连《河西宝卷》称："河西宝卷是敦煌变文的嫡传子孙，是活着的变文。"① 有的研究者不同意这一结论，车锡伦指出：研究者并未发现联结两者跨越近千年的材料，而根据历史文献的考证和清康熙三十七年（1698年）编刊于甘肃张掖的《敕封平天仙姑宝卷》（现存编刊于甘肃的最早的宝卷），说明宝卷于明代后期随着民间宗教传入甘肃地区，清代前期在甘肃东部和河西地区都存在民间宗教的宣卷和宝卷，它们的传播方式和演唱形式同内地的宣卷和宝卷相同；由于特殊的地理环境，在从宗教宝卷到民间宝卷的发展过程中，河西宝卷形成了具有地区文化特征的民间念卷。②

从一千多年前的变文，一下子过渡到宝卷，这时间的跨度实在是太大，中间二者的传承和变异无法说得清楚。许多河西本地的学者认为宝卷是变文的"嫡系子孙"的原因，一方面是受到郑振铎对宝卷研究的影响，一方面是从当地宝卷的内容得出结论。郑振铎在研究宝卷时，限于当时条件的影响，所见宝卷不足，加之当时对宗教宝卷研究很少，从而得出

---

① 伏连俊：《河西宝卷》，《文史知识》1997年第6期。

② 车锡伦：《明清民间宗教与甘肃的念卷和宝卷》，《敦煌研究》1999年第4期。

"宝卷是变文的嫡传子孙"的结论。另一方面，从河西宝卷在宝卷题材、故事内容、讲唱形式方面看，有些确实是与唐及五代的一些变文相似。但民间文学作品的题材传统性很强，一部孟姜女故事可以传承几千年，而民众仍乐此不疲。作为一种传统，讲唱文学有很强的传统性、稳定性，变异仅仅是其中一个很小的因素。宝卷从俗讲到宗教宝卷，再到故事宝卷的传承过程是较为清晰的发展脉络。如果忽视一些比较明显的事实而硬把宝卷和千年前的变文拉上关系，其结论未免难以叫人信服，因此，车锡伦对宝卷来源的结论是令人信服的。

正德四年出现的罗祖"五部六册"宗教宝卷，是继早期佛教宝卷后出现的成熟的宝卷，罗教（无为教）的出现以及他们所使用的宝卷对后期民间教派和他们的宗教文本宝卷有深远的影响，一时间，民间宗教教派风起云涌，华北大地、江南水乡、华南地区以及当时远离统治中心的西北地区，都有民间教派及宝卷的流传。在这一过程中，随着民间教派在西北的流传与传播，把他们宣扬宗教思想的宝卷也带到了西北地区。早在万历四十六年九月，甘肃固原白莲教首李文自称"李老真君达摩下生"，纠结同党数人，拟于十月十日举事于庆阳府。其党曹世泰等人出首，致使李文等皆被捕，于次年十二月被杀。陕西大乘教教首胡守龙聚众数万举行暴动，随即被清军镇压，胡守龙被擒斩。[①] 清中叶时期，和全国其他地区一样，在甘肃一带，是民间宗教教派迭起并屡受打击、镇压的时期。乾隆四十二年（1777）十一月初，甘肃狄道州沙泥站红济桥人王伏林自称"弥勒佛下世"，在河州白塔寺树幡念经，宣称其教为"元顿教，又名红单教"，集合数千人，并谋攻打河州、兰州。清政府派兵"围剿"，杀毙444人，捕获500余人。嘉庆六年（1801）春，陕甘交界宝鸡、灵台等六县悄悄会聚众谋起事，被清政府镇压，杀死会众2000多人。[②]

嘉庆十年（1805），甘肃兰州府红水县、皋兰县地方当局发现悄悄会聚众念经活动，查获的经卷有《皇极还乡》（即《皇极金丹九莲正信还乡宝卷》）、《龙华经》（即《古佛天真考证龙华宝经》）、《合同经》等。教

① 濮文起：《中国民间秘密宗教辞典》，四川辞书出版社1996年版，第445、448页。

② 悄悄会因信众常在夜晚聚集念诵经文，秘密举行宗教活动故命名悄悄会，又因其组织常把圆顿教经卷《古佛天真考证龙华宝经》作为该教的经典，所以也称圆顿教。

首石慈等人借修炼内丹“传丹”之名，奸污妇女。此案共拿获在教者137名，分别斩、绞、流、徙。

嘉庆十一年（1806），安定、皋兰两县地方当局查获悄悄会，逮捕42名教徒。这次教案起出了大量的经卷和宝卷，计有：《九莲正信宝卷》（即《皇极金丹九莲正信归家还乡宝卷》）、《皇极收圆宝卷》（又名《皇极收圆出细宝卷》）、《灵感出细宝卷》、《地狱钥匙通天宝卷》、《定劫经》（又名《定劫宝卷》）、《合同经》、《传法经》、《大乘经》、《归一经》、《十二愿》、《度常经》、《万圣朝元》、《符药样式》、《四生总忏》等。

自乾隆四十二年（1777）起，经过近三十年的残酷镇压，圆顿教（悄悄会）的活动被压制下去了，但是三十年后青莲教又传入甘肃。青莲教源于清初黄德辉所创先天道（又称金丹道），道光初年改名为青莲教。它以湖北武昌为中心，向全国各地传播。其道首之一李一沅负责四川、陕西、甘肃教区。道光二十四年（1844）李派夏长春、毛智源携带《斗牛宫普度规条》、《灵犀玉玲珑经》等赴甘肃传道。道光二十五年（1845）正月，甘肃皋兰县当局查获夏长春、毛智源及他们发展的会众多人，及《金丹口诀》、《斗牛宫普度规条》等经卷。这一民间教派虽不断遭到清政府镇压，但在同治、光绪间已流向全国，继之而起的一贯道等承其道统。①

从这些教案来看，清乾隆到道光年间这些教案多发生在甘肃中部地区，即狄道（今甘肃临洮）、安定（今甘肃定西）、红水（今甘肃景泰红水堡）、皋兰（今甘肃兰州皋兰县）。宝卷随着民间教派的传播也在这些地区为民众所念唱。但是民间教派在自身发展中，由于自身多带有反叛性，加之这一地区为兰州府周边地区，官方对民间教派及教派宣扬教义的宝卷密切关注，一概视之为“邪教”和“邪经”，一旦发现就严加打压、查抄。民间流传的秘密宗教及其宝卷不得不向更偏远地区转移，有可能向西沿河湟谷地传播到青海东部农业区，向西北传入河西地区，向西南传入岷州地区。

河西在民国时期还有各种民间宗教组织。《创修临泽县志》中记载：

---

① 以上教案参见车锡伦《明清民间宗教与甘肃的念卷和宝卷》，《敦煌研究》1999年第4期及马西沙、韩秉方《中国民间宗教史》所载甘肃明清教案。

信仰佛教者，占全县人口五分之二。信孔、道、耶各教者，共五分之三。大乘会、三阳会皆佛门信徒得道者所创设。入大乘会者，不茹荤，名曰："清斋"；所诵之经，为五部六册。入三阳会者，忌食五大荤，有谚云"天上斑鸽雁，地上鱼龟虾"是也。其经旨与大乘会相似，无非劝人改恶从善，因果报应之类，并无政治意味。①《创修临泽县志》原成书于民国三十一年。地方志中记载的"皆佛门信徒得道者所创设"的大乘会、三阳会实是民间宗教组织。不过在普通民众眼中，这些宗教组织和念佛烧香修行的佛教没有什么两样。其中提到的"五部六册"就是最早刊行在明武宗正德四年的"罗祖五部经"又叫"罗祖五部六册"、"罗教五部经"，共五部经分为六册。五部六册对后世宗教宝卷的影响很大。后世民间秘密宗教宝卷多以五部六册作为范本编创宝卷。这说明在20世纪40年代河西地区仍有宗教宝卷的念卷。

中华人民共和国成立后，在河西部分地区仍有民间宗教组织。据《山丹县志》记载："查清境内流传的会道门有八种：同善社、中华理教会、白蜡会设佛堂三处，道首（当家）5人，会长1人，承办4人，道徒123人。黄极归根道、龙华会会址设东乐，有道徒20人，信奉者多为农民，无其他活动。还有清茶会、一心堂（原在青海一带活动，1936年山丹县有几个农民迁居青海，参与其道，1949年回县，企图发展道徒，但无人参加）以及洪帮、一贯道。"②

在洮岷地区，宗教宝卷较多。这一地区由于各方面的原因，民间宗教组织和宗教宝卷保留得较多。在漳县解放后的调查中，发现有青帮、洪帮、会道门、一贯道、同善社、三保门、圆通教等会道门组织。其中三保门，又名天真门、老门儿；圆通教系民国年间，由岷县传入漳县境内，岷县周某某是甘肃陇东、甘南的负责人，道内称为"八辈太爷"。其组织为三宗、五派、九杆、十八支，宗、派、杆、支之间，互无等级关系，均与所谓岷县太爷直接挂钩。宗、派、杆下俱设九堂十八护法，左右堂、左右副堂。支下设一堂十八护法，各堂均有信徒若干。首宗从末放领；二宗在甘谷董家窑，爷家是董某某；三宗在临潭。一派在徽县，二派在甘谷，三

① 张志纯等点校：《创修临泽县志》"信仰"篇，甘肃文化出版社1998年版。

② 山丹地方志编纂委员会编纂：《山丹县志》"会道门"篇，甘肃人民出版社1993年版。

派在陇西，四派不详，五派在通渭。一杆在武都，二杆在陇西，三杆在通渭，四杆在陇西，五杆不明，六杆不明，七杆在陇西，八杆在通渭，九杆在陇西。三保门主要以信佛念经、吃素还愿、烧香点蜡、敬奉神灵、祈求平安为活动主要内容，漳县主要在遮阳山一带活动。新中国成立后，县人民政府下令取缔，1958 年后自行解散。还有瑶池道、大乘门：清光绪年间由陇西道首传入漳县，1944 年分为上下两堂，上堂道首赵某某，下堂道首李某某。一直到改革开放后，“由于漳县偏僻，群众对封建迷信认识不够，因而各种会道门尚有个别残余分子。1986 年以来，对县境内残余的 502 名会道门成员逐人进行了调查核实”。①

三宗、五派、九杆、十八枝，原是圆顿教的派系组织。这里的“圆通教”可能是圆顿教的误写。这个教派与后文提到的临潭四季龙华会有一定的关系。

四季龙华会是甘肃临潭新城镇的一个宗教组织，堂名叫福寿堂。从所用的宝卷和仪式及组织来看，这个宗教组织是清初康熙年间所创立的圆顿教的一个分支。这个宗教组织在今天已不具有民间宗教教派组织的性质，而演变成当地一个带有信仰的民俗组织，参与当地的多种民间信仰活动。但是，几百年来，这个组织的宗教活动延续了当初民间宗教的大部分仪式，特别严格地传承了组织内的宝卷念卷活动。

进入近代后，青海地区出现了许多宗教社团，如嘛呢会、同善社、清茶会、慈善堂、大乘会、清斋门等。同善社、清茶会是典型的佛道混合团体。抗日战争期间，与河南省传入的“普化救世佛教会”联合更名为“西宁普化救世佛教会”，又名“一心堂”，教众多为小商贩和手工业者。此外，抗日战争时期出现的慈善堂多系一些同善社、清茶会更名而来，拥有较多教众。会址在湟中西山堡普济寺的大乘会因有不少政界人士及知识分子的参加，因而稍具规模。上述社团一般规模不大，信徒有限，且介于佛道之间，多有迷信色彩，影响不大。② 近代以前民间教派在青海的传播情况我们尚不了解，但从近代青海一地所存的民间教派的活动来看，在这一地区流传的民间教派数量还是比较多的。从地理位置来看，以上发生教

---

① 漳县志编纂委员会编纂：《漳县县志》，“宗教”篇，甘肃文化出版社 2005 年版。

② 崔永红、张得祖、杜常顺：《青海通史》，青海人民出版社 1999 年版，第 843—844 页。

案的地区，如轰动乾隆朝的甘肃狄道州沙泥站红济桥人王伏林自称“弥勒佛下世”教案，就发生在河湟地区的河州（今甘肃临夏），当时途经老鸦峡的甘青公路尚未开通，河州是通往青海的主要通道之一。从河州大河家过黄河，向西进入现在民和官厅，由官厅途径甘沟、马营、古鄯等乡，进入乐都境内，再向西进入西宁。河州的教案规模较大，其宗教组织的传教活动可能在当时已经西传到青海境内。兰州周边地区狄道（今甘肃临洮）、安定（今甘肃定西）、红水（今甘肃景泰红水堡）、皋兰（今甘肃兰州皋兰县）在清初以后曾发生过几起教案，从兰州进入永登，再由永登进入现青海东大门的民和县，仅仅有几十之遥，当时在兰州周边地区传教的民间宗教教派也有可能向西发展，把他们“狂热”的事业向西推进到青海地区，他们宗教的载体——宝卷也同时流入青海地区，这是完全有可能的。

（二）宝卷流入青海后的地域化

元末明初，青海东部就成为藏传佛教统治地区。特别是藏传佛教“后弘期”以后，这一地区成为藏传佛教格鲁派的发祥地与主要传播地区。大大小小的藏传佛教寺院星罗棋布，塔尔寺、瞿坛寺、郭莽寺等许许多多的寺院遍布青海东部。在民和一地，就有建立于明朝的弘化寺、卡迪卡哇寺、甘沟寺等十来座藏传佛教寺院。宝卷流经的地区如现在甘肃临夏、永靖等地也是藏传佛教的势力范围。当宝卷传播到青海，在所传途径和所到之处，不能不受当地藏传佛教的影响。再者，在当时清政府对民间秘密宗教和其传教文本宝卷的高压态势下，宝卷急需改变其本来的面目，从而地域化为当地的一种民间宗教，获得一种合法的身份。事实上，从现在发现的青海最早的宝卷《佛说大明六字真言》可以看得出，最迟在清嘉庆朝青海已经有了具有当地地域性文化特色的宝卷了。青海地区所见宝卷最早的是青海民和《佛说大明六字真经》，卷末题有：

前任平番县僧会司正王宣微

元门弟子包安庆沐手谨书　校正、无讹

《佛说大明六字真经》并题有写序的情况：

嘉庆岁次丙子黄钟月长至日

郡学生白复初敦甫代沐手　谨识

这部宝卷的特色是宝卷已经和当地浓厚的地域文化——藏传佛教文化特色紧密地结合在一起，在此部宝卷中“和佛”已经用藏传佛教六字真言“唵嘛呢叭咪吽”，这是青海嘛呢经宝卷中，最早记载嘛呢六字真言进入宝卷念唱的记录。说明至迟在清嘉庆年间，青海已经有宝卷念卷，不仅如此，与传统的宝卷念卷不同，宝卷念卷中加入了藏传佛教的因素，即采用藏传佛教势力所至地区最常见的念诵嘛呢六字真言的方式来“和佛”。宝卷流入青海的时间应该会更早，具体年代尚缺乏资料证明。

嘛呢调是藏传佛教信徒们经常吟唱的宗教祈祷歌。它用于信徒日常围绕寺院的嘛呢轮转经、朝神山、圣地、磕长头，寺院举行宗教仪式活动，某些地区办丧事时也唱嘛呢调。在藏民中，无论是僧侣俗人，六字真言“嘛呢”都是神圣、力量、功德、佛法的象征。反复念诵，可利今生造福来世，亦可洗尽一身罪孽，免受地狱之苦。他们在日常生活中嘴里总是不断小声念诵“唵嘛呢叭咪吽”，辅以手指不停拨动嘛呢珠。特别是上了年纪的老年人，无论什么时候都带着嘛呢廓罗（小转经筒）和嘛呢珠，逛街时也是右手摇转嘛呢廓罗，左手数着嘛呢珠。有的老人自己规定每天念诵多少万遍六字真言，规定每隔四至五天到寺院转经。在家中也设有各式各样的转经筒，有手摇的，有放在炕桌上的，随时可以拐转。全家各转各的转经筒，并不断念诵六字真言，睡觉前齐唱几遍嘛呢调。有些虔诚的朝圣者，跋山涉水、千里迢迢，历尽人间的苦难，从自己的家门起，长头磕拜，口中一边念诵六字真言“嘛呢”或唱嘛呢调，一步一叩头一直叩到拉萨，或佛教名山、圣地、名寺院等。嘛呢歌唱的形式有独唱、齐唱，有轻声吟唱、放声唱。藏族嘉绒地区办丧事时最盛行唱嘛呢歌。亲属请十几位喇嘛到家念经，为死者超度亡魂和免罪。白天全寨老年人聚集到亲属家为死者念嘛呢，晚上喇嘛在经堂内诵经，经堂外在塔形的铁灯架上点一百零八盏酥油灯，亲朋好友和全寨男女老少都围坐铁灯架下，由一人起头大家跟随反复齐唱嘛呢调，要唱三四个小时才告结束，火化那天离火葬处十几米外搭帐篷，帐篷内喇嘛诵经，其他人坐在帐篷外同样齐唱嘛呢调，直到火化完止。[①]

另外在藏族中还有喇嘛嘛呢的说唱艺术，喇嘛嘛呢是由寺院的诵经调发展而成的一种演唱艺术，因喇嘛诵经是必须唱“唵嘛呢叭咪吽”的“嘛呢”六字真言，所以叫作“喇嘛嘛呢”，说唱喇嘛嘛呢的艺人被称为“嘛呢哇”。

喇嘛嘛呢的演唱者均为喇嘛或尼姑，他们以说唱嘛呢化缘谋生，每到一处地方，先在自己所穿的红氆氇藏服上披上袈裟，挂上绘有佛本生和传记连环画的“喇嘛嘛呢唐卡”，在唐卡右角上摆上一座白塔，左角摆上一尊度母像，唐卡前摆上供水、供品及酥油灯。演唱前吹海螺召集听众，演唱时，手持小铁棍，指点着唐卡上的画面，用许多固定的诵经调子演唱一个个故事内容。在开头、句中、结尾，不时插入反复诵唱的嘛呢六字真言。一般多为一人说唱，当说唱大型故事时，有时也有几个喇嘛或几个尼姑集体说唱的。其演唱程序是：念诵皈依调、吟唱四段嘛呢调、唱书前礼赞词（正本前对佛陀、菩萨和天神所作的赞词）、说唱正本书、吉祥的收尾等，这种说唱的结构和形式为以后藏戏的形成创造了条件。

喇嘛嘛呢唱本有宗教故事也有民间传说，文本由散韵相间体构成，叙事用散文，独白、对话用韵文，到后来，在叙述故事情节的时候也大多使用韵文。如嘛呢调中吉祥的收尾曲：

唵嘛呢叭咪吽！
左有一尊佛陀无量光，
右有一尊菩萨悲观音，
左右一尊慈善慈悲佛，
均具佛恩众生父母像。
无比安乐美妙福田处，
自他一旦由此寿终时，
祈求来世受生福田处，
殊胜大宝菩提慈悲佛，
祈求一切众生众有情，

① 旦木秋：《藏传佛教六字真言“嘛呢”及嘛呢调》，《民族艺术》1997 年第 1 期。

都能不断定趋色界处。

祝吉祥！

唵嘛呢叭咪吽！

由于喇嘛嘛呢的演唱形式是说唱结合，讲唱中根据唐卡画卷来敷衍故事，这一特点似与唐以来的变文的说唱形式比较相似，所以有些学者认为这种说唱形式是在唐变文的影响下形成并传承至今的。但从说唱形式来看，在开头、句中、结尾，不时插入反复诵唱的嘛呢六字真言；念诵皈依调、吟唱四段嘛呢调、唱书前礼赞词（正本前对佛陀、菩萨和天神所作的赞词）、说唱正本书、吉祥的收尾等与青海宝卷——嘛呢经的说唱形式较为相似。另外在早期的宝卷中，多绘有与故事相配的彩色图画，这在今天洮岷地区的一些清末的手抄宝卷中还可以见到。但在调查中，在青海东部地区未见到喇嘛嘛呢这种民间说唱艺术，据一些老人讲在以前听说过这种说唱艺术，可能随着藏传佛教势力的西移，这种讲唱艺术已经退出了青海东部河湟地区。喇嘛嘛呢和青海宝卷念卷之间的关系，尚无法证实，但仅从演唱形式来看，二者似有必然的联系。

这样，这一地区的宝卷念卷就有了藏传佛教的特色。但宝卷的内容，并没有发生特别大的变化，仍然是民间宗教宝卷的那些传统内容（参见《宗教宝卷》一章），也就是说念卷的形式发生了些许变化，有了藏传佛教的文化特色，而内容保留了传统宝卷的内容。这很可能与当时官府对民间宗教以及宝卷的打击、禁断有关。

当宝卷向西进入青海，受当时严峻的生存环境所迫，受当地浓厚的藏传佛教文化的影响，地域化为貌似当地藏传佛教的一种形式而顽强地生存了下来。在这个过程中，肇始于华北大地的，产生于农耕文化土壤上的宝卷及宝卷念卷，在青海东部这个具有浓厚藏传佛教的文化氛围中，“伪装”了自己，使自己适应当时严峻的生存环境，吸收了藏传佛教文化的因子，这样青海一地的宝卷念卷就具有了多元文化——农耕文化和藏传佛教的双重文化特质。这种变形，与当时清政府对宝卷及念卷的高压态势有关，这也是不得不为之的灵活的变通之举。由于青海宝卷带有浓厚的藏传佛教的形式，其民间宗教教派的内容被成功覆盖和伪装，因此在青海东部流行的过程中，很少引起官方的注意，民众也视其为佛教的宗教组织与修行活动而普遍接受，这种成功的“身份”转变，为宗教宝卷在这一地区的流传创造了良好的生存环境，这也是为什么在清中叶以后，尽管在青海东部这一地区有民间宗教教派活动，却不被官方发现、打击的原因，至少在文献中我们很少见到这些组织宗教活动的记录。

（三）民和土族与宝卷

青海民和是甘肃进入青海的东大门，也是宝卷流入青海的重要孔道，这一地区是多民族聚集地区，有汉、回、土族等多个世居民族。土族聚居区民和成为内地进入青海的要冲，从今之甘肃临夏过黄河进入民和境内的渡口有二，一为东边的凤林渡，经塔城、转导、马营、古鄯，一为西边的临津渡，经官亭、甘沟、满坪至古鄯，汇为一路。“官亭”地名，就是由于过去是渡过临津渡进入青海的首站，于此地设立“接官亭”而来，后来简化为“官亭”。在凤林渡附近的“接宫岭”、黄河南的“接唐寺”等地名均为历史的见证。新中国成立前，官亭与川口之间是驮道，民国二十七年（1938 年）整修沙土路面，但崎岖难行，不足百里的路程需两天行程。水路有筏运顺黄河而下到兰州、银川等地。

从甘肃临夏、永登地区进入青海都要经过这一地区。特别是民和土族聚居地三川、官厅、甘沟、满坪等地，是原来甘青公路未通之前进入青海的古干道，宝卷流经这一地区，对当地的土族信仰首先产生了影响。土族有自己的语言，其中有大量的蒙古语借词和少量的汉语借词。在当地土族中，多能听懂汉语，许多人会说汉语。在这一地区的生存中，土族长期受到汉族农耕文化的影响，开始从事农业生产，兼有牧业等生计方式，在周边民族的影响之下，土族就有了多元的文化特色。宝卷流传到此地，逐渐地域化，与当地藏传佛教嘛呢结合起来，土族逐渐接受了这一新的信仰。三川地区作为土族聚居区，构成了区域性的土族文化主流性文化聚落。土族嘛呢经很有特色，他们有自己的语言，但他们在念诵嘛呢经时用汉语念诵，其文本多为从内地传入的宝卷文本，其中上面所述的《大明六字真言》是重要的一部，其他还有《亡人经》、《灯科经》、《鹦哥经》，等等，还有一些是宝卷中的“偈”、“五更调”等仪式文，数量不少。较之汉族嘛呢会念诵宝卷，土族嘛呢经的一个最大的特点是，在念诵的过程中，仪式性要素非常明显，比较重视念诵仪式，这些仪式都有自己的民族特色，土族全民信仰藏传佛教，因此宝卷念诵中，所做的仪式带有强烈的藏传佛

图 1－2 青海民和土族嘛呢会念卷

教的特点，且仪式要比同一地区的宝卷念唱严格、规范，宝卷抄卷与装帧也较同一地区的汉族嘛呢会精致、用心，总体来说他们的念卷仪式性强、信仰虔诚、卷子精美。

因此，流传到青海东部地区的民间教派在当地传统文化的影响下，特别是在当地浓厚的藏传佛教的影响下，逐步适应当地文化传统并有所变异而流传至今。青海现存的宝卷大多数有可能是这些民间教派流传下来的宝卷。

青海地区的宝卷在清嘉庆年间就与当地嘛呢结合，形成了一种全新的宝卷念卷活动，这说明宝卷传入该地区的历史或许更早，具体年代尚待新资料的出现来进一步考证。民间宗教及宝卷在这一地区传播并形成气候，需要较长一段时间。从以上对青海现存较早宝卷和清民间教案的综合分析，笔者认为，把宝卷最初传入青海地区的时间定为清中期较为妥当，即清中叶为宝卷传入期，清中叶到清末是宝卷流布和念卷活动的兴盛期，民国以后是宝卷融合地方文化后成为民俗活动的转型期。宝卷在西北三个地区的历史发展既有共性特点也有个性特点，从历史发展来看，属“同源异流”，即都源于民间宗教在西北的传播，但在后期的发展中，根据不同的地方文化环境，融合了不同地方文化特质，从而形成了目前不同的文化特点。相对来说，青海东部的宝卷因具有多元文化的特点与多民族参与念卷，因而显得更加特殊和珍贵。

第三节 青海宝卷、河西宝卷与洮岷宝卷

一 存世较早宝卷

目前所见西北三个地区宝卷刊行最早的是清康熙三十七年刊于张掖的《敕封平天仙姑宝卷》写刻本，卷末刻有“题识”：

> 康熙三十七年五月吉旦板桥仙姑庙住持经守卷板
> 太子少保振武将军孙施刊
> 吏部候诠同知金城谢鏖编辑
> 将军府椽书张掖陈清书写
> 刻字 凉州罗友义 玉璋
> 福建颇顺贵 甘州韩文

这是目前所见时代最早的由甘肃人编写、讲述甘肃发生的故事并在甘肃刻印的宝卷。编辑者是一位“候诠同知”，即候补府、州政府副职官。这部宝卷的助刊者即振武将军孙思克，汉军正白旗人，《清史稿》卷二五五有传。①

《敕封平天仙姑宝卷》以当地民间信仰——黑河仙姑的修行、得道、建桥、显灵、惩恶扬善等事迹演绎传说故事。《甘州府志》“人物”（下）“仙释”载女神的传说，“汉仙姑，未详姓氏，张掖河（今称黑河）北人。修道合黎山（山在今张掖市），见黑河横溢，誓愿建桥一座，以济居民。言曰：‘桥成即我成道日也。’未几，身投水中，起坐片木至今庙处泊焉。经数日鸢鸟不侵，香闻数里。土人埋之，得铁片‘平天仙姑’字，共立

---

① 此卷原为已故马隅卿收藏，今藏于北京大学图书馆。参见车锡伦《明清民间宗教与甘肃的念卷和宝卷》，《敦煌研究》1999 第 4 期。

为庙”。“霍去病西征，迫于虏，抵黑水，遇浮桥逸渡，迫至者俱陷，见仙姑空中。后夷人焚庙，穹庐瘟疫，乃为重修以忏。迄祈祷灵验，户皆尸祝。西夏王尊称贤觉至光菩萨，乾佑七年李仁孝敕云：‘哀愍此河年年暴涨，漂荡人畜，故以大慈大悲兴建此桥。’即指仙姑灵也。”[①] 这部宝卷极富地方色彩，宝卷的格式和其他地区明清宝卷的形制一致。这说明至少在清康熙年间河西宝卷不仅流传较广，而且当地人根据地方传说编写宝卷。那么宝卷及宝卷念卷艺术应早于清朝，至少明朝末年已经传入河西地区。

抄本最早的是20世纪30年代初在宁夏发现的抄本《销释真空宝卷》，据说它是同宋元刻的藏经同时发现的。喻松青《销释真空宝卷考辨》一文通过卷中所述编者法系的考证，指出这本宝卷是罗教传入西北地区一支的传人印宗（俗姓李，名元，陕西人）所著，写作时间约在万历后期。卷中称“有印宗度徒弟进求如意，说陕西有万逢烧火寻真”，这位陕西人万逢是此卷编者印宗的徒弟。明代陕西行省的辖区包括今陕西、甘肃、宁夏。从地理位置上看，这部宝卷应是经过今甘肃东部传入宁夏的，因此可推论罗教同时传入甘肃地区，并把宣卷和宝卷带过去。[②] 从这个宝卷的情况来看，明万历年间罗教传入甘、宁地区时，罗教的宗教宝卷也一同传入西北地区。

这样来看，万历年间到清康熙年间这一时间跨度是西北宝卷初步流传时期。

青海地区所见宝卷最早的是青海民和《佛说大明六字真经》，卷末题有：

前任平番县僧会司正王宣微　元门弟子包安庆沐手谨书

并题有“校正、无讹”字样。

《佛说大明六字真经》并题有写序的情况：

① （清）钟赓起著，张志纯等校注：《甘州府志》“人物（下）”，甘肃文化出版社2008年版。

② 喻松青：《销释真空宝卷考辨》，载《中国文化》第11期。

嘉庆岁次丙子黄钟月长至日 郡学生白复初敦甫代沐手 谨识

抄本中的平番县即现甘肃永登县。清世宗雍正元年（1723 年），青海和硕特部罗卜藏丹津举兵叛乱。居住于庄浪卫西部甘、青边界诸山中的谢尔苏噶等六部落，附同作乱，起兵策应。清政府派年羹尧、岳钟琪率兵前来镇压，采用军事进剿和招抚结合的办法，很快平定了叛乱。为了纪念这次胜利，于次年改原庄浪卫为“平番县”。平番县隶属凉州府。民国二年（1913 年）归河西道，民国三年改属甘凉道，民国十六年废道，归兰山行政区。民国十七年改为永登县，由甘肃省政府直辖。民和这部宝卷系由相距几十公里的甘肃永登县流传到青海民和县。“平番”作为县名从 1723 年（清世宗雍正元年）到 1928 年（民国十七年）一直存在，那这部宝卷传入青海的时间是什么时候呢?《佛说大明六字真经》序言“嘉庆岁次丙子黄钟月长至日，郡学生白复初敦甫代沐手 谨识”说明“郡学生白复初敦甫”在嘉庆八年（1803 年）书写序言。该宝卷应是嘉庆年间抄写。

明代，国家设立“僧录司”，主管称正印、副印。各省府设“僧纲司”，僧官称都纲、副都纲。州设僧正司，僧官称僧正、副僧正。县设僧会司，僧官称会长、副会长。僧会一人。清代基本延续明代设置。在全国各地也承明制对佛教的管理，府设府僧纲司都纲、副都纲，州设州僧正司僧正，县设县僧会司僧会；各掌其属释教之事。宝卷抄写人“前任平番县僧会司正王宣微，元门弟子包安庆沐手谨书”，僧会司正即管理当地僧人的职官。平番县职官与包姓信仰者抄写了宝卷。

这说明至少嘉庆年间青海地区已经有宝卷念卷，不仅如此，当地已经把宝卷这种讲唱形式和当地信仰“嘛呢经”结合在一起，从而形成一种新的产生于宝卷念卷基础之上的讲唱艺术和宗教活动，而且宝卷与嘛呢经被地方宗教管理机构认同，成为当地宗教活动的一部分。

笔者所见青海最早的木刻本宝卷是《韩祖成仙宝卷》，此卷刊行于清道光元年（赵启生藏）木刻本《韩祖成仙宝卷》，二十四品。《韩祖成仙宝卷》又名《韩祖成仙传》、《韩湘子升仙》、《湘子宝卷传》、《韩湘成仙宝传》，民间也发现有新抄本。这部宝卷讲述的是韩湘子修行成道的故事，在故事中加入了大量的民间教派宣传教义的内容，因此是一部民间教派宝卷。

图 1－3　道光元年木刻本《韩祖成仙宝卷》

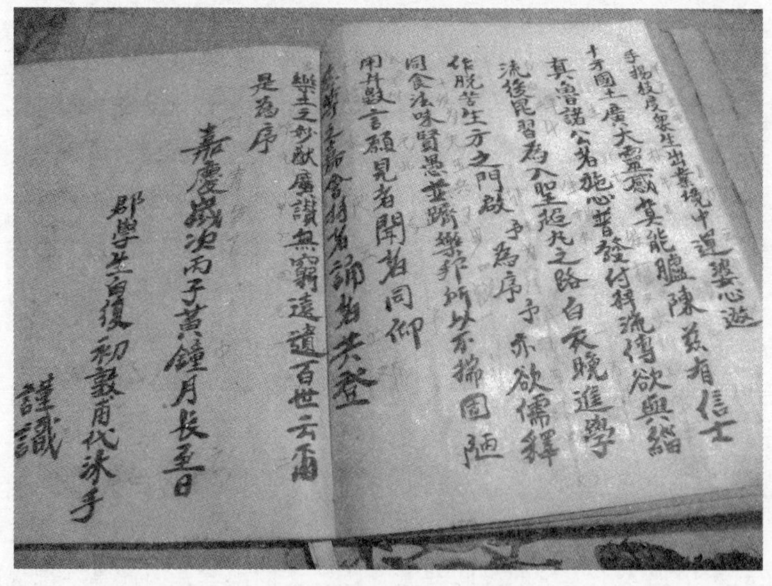

图 1－4 《佛说大明六字真经》

清代甘肃民间宗教和宝卷的传播情况，由于文献中缺乏记载，难言其详。从清政府于乾隆、嘉庆年间查办大乘圆顿教（文献中作“悄悄会”）案和道光年间查办的青莲教案的档案及近年在漳县农村发现的一批当地龙华会三宝门使用的宝卷，可以了解到康熙以后民间宗教和宝卷在甘肃东部地区传播的一些情况。大乘圆顿教系明末号为“弓长”的人所创。该教受东大乘教和黄天教的影响。弓长编《古佛天真考证龙华宝经（卷）》中称，其宗教是“古佛为相，无生为本”，“大乘为法，圆顿为教”。其修持讲究“十步修行”，“结成金丹一粒，点化众盲”。经常用的宝卷还有《皇极金丹九莲正信归家还乡宝卷》等。这个教派在明末形成于河北地区，清初传播到西北。先由陕西传入甘肃东部的灵台县，后传到凉州府平番县（今永登县）及兰州府的河州（今临夏州）、狄道州（今临洮县）、皋兰县等。

漳县陈俊峰等人在漳县遮阳山东溪寒峡一前侧石崖上有北宋石刻“石室”二大字的岩洞中，发现了一木箱古代宝卷手抄本，多为清末刻本。因洞内潮湿，这批抄本毁坏严重，但经自然干燥处理后，发现能辨认出经名的有8部：《佛说大乘通玄法华真经》、《佛说赴命皈根还乡宝卷》、《法舡普渡地华结果尊经》、《还宗佛法身出细普贤经》、《正信除疑无修证自在宝卷》、《叹世无为宝卷》、《古佛天真考证龙华宝经》、《普静如来钥匙宝卷》。

1992年11月，根据遮阳山发现的线索，又在漳、岷二县交界的一个十分偏僻的村庄，从当地群众手中找到了清康熙初年刊印的一批宝卷，共6部：《古佛无生玉华结果尊经》、《三华聚顶性华结果尊经》、《五气朝元命华结果尊经》、《三皇了仪观音经》、《蕴空盼婴儿思乡圣母经》、《古佛天真考证龙华宝经》。

漳岷山区发现的5部孤本宝卷，有3部为东大乘教立教分宗的前期宝卷，内容十分丰富，解答了有关东大乘教历史上长期悬而未决的重要问题。[①] 这些宝卷都是康熙初年刊本，其中一些为国内孤本，非常珍贵。这些宝卷的发现说明清初民间秘密宗教有可能在岷州地区传播，在传播的过程中，民间秘密宗教的经典——宝卷也就流传到了该地区。

---

① 陈俊峰：《有关东大乘教的重要发现》，《世界宗教研究》1999年第1期。

图 1-5 甘肃临潭四季会所用宝卷

岷州地区宝卷手抄本卷末多题有抄写时间，有些为清末抄本。这一地区的宗教宝卷多是明中叶到清初的各民间宗教的宝卷，如《太阳经》、《太上玄灵北斗本命延生真经》、《普贤菩萨度华亭宝卷》、《伏魔经》（《护国佑民伏魔宝卷》，就为清嘉庆年间山东弘阳教所用）；《泰山经》、《娘娘经》（《灵应泰山娘娘宝卷》）、《伏魔经》（《护国佑民伏魔宝卷》）、《源流经》（《天仙圣母源流宝卷》，为直隶混元教所用）；《天仙圣母源流宝卷》（也为道光年间静空教所用）。[①] 这些宗教宝卷的源头多是明中叶"五部六册"宗教宝卷出现之后，各教派编写以宣扬教义。这一地区的民间宗教流传的情况相当复杂，在清初以后有多种民间宗教在民间流传，至今还有民间宗教传统的宗教组织如临潭的四季龙华会、无字门等存在，宝卷的念唱更具有活态的特征，特别是一些会里的老师傅，对宝卷中的古老曲牌的唱诵还得心应手。

① 车锡伦：《中国宝卷总目》，北京燕山出版社 2000 年版，第 400—404 页。

河西宝卷多为故事性宝卷。整个河西三个地区的宝卷有一百余种，其中绝大多数是故事宝卷，但也有一些宗教宝卷。酒泉文化馆收集到的宝卷有58部。但多为近代手抄本，刻印本中最早的是明成祖永乐十三年（1416年）刻印的《观音济渡本愿真经宝卷》，即《观音宝卷》。其中《洞宾老祖宝卷》、《韩祖成仙宝卷》、《李长青游地狱宝卷》、《李都玉参药宝卷》、《月莲救母宝卷》应是宗教宝卷。《月莲救母宝卷》可能是《目莲（连）宝卷》的误写。① 其他地区也有《还乡宝卷》、《护国佑民伏魔宝卷》、《观音宝卷》、《湘子宝卷》、《绣罗红宝卷》等宗教宝卷。这些宝卷流入河西的时间不详，但可以确定的是这些宝卷流入河西地区的时间要比故事性宝卷早一点，其中《绣罗红宝卷》现存最早的刊本是明刊《佛说杨氏鬼绣红罗化仙哥宝卷》。② 这个卷本也是明代民间宗教家的改编本，演唱结构分"品"（或"分"）并唱小曲，其内容也有民间宗教信仰的"无生老母"信仰。嘉靖、万历年间成书的《金瓶梅词话》中，描述几位僧尼演唱的宝卷有《金刚科仪》、《五祖黄梅宝卷》、《黄氏女宝卷》、《五戒禅师宝卷》、《红罗宝卷》，《红罗宝卷》即《绣红罗宝卷》。

青海地区宝卷的宗教性较为浓厚。现存宝卷也有一些是明清以来的民间宗教宝卷，如《目连僧救母幽冥宝传》、《黄氏女宝卷》、《十王宝卷》、《湘子宝卷》、《太皇老母捎书经》、《地母经》。其中《目连僧救母幽冥宝传》、《黄氏女宝卷》为明朝早期佛教宝卷。《黄氏女宝卷》又名《三世修行黄氏宝卷》，由于许多方言中"黄"、"王"读音不分，所以又称《王氏女宝卷》。所述为黄（王）桂香三世持诵《金刚经》修行因果。这一佛教传说最早见宋天台法空大师《金刚经证果·三世修行王氏女白日升天》。罗清《正信除疑无修证自在宝卷》"化贤人劝众生品第六"中也

① 酒泉市志办公室编：《酒泉市志》，兰州大学出版社1998年版，第143页，其中《观音宝卷》称为明成祖永乐十三年刻印，笔者尚未见到该宝卷，无法确证。

② 车锡伦研究介绍：本卷20世纪80年代在山西发现，存山西省博物馆。木刻方册本，蝴蝶装，有插图两幅。封题"佛说鬼绣红罗化仙奇宝卷，'（按，"奇"为"哥"字误刻），扉页题"佛说杨氏鬼绣红罗化仙宝卷，至元庚寅新刻，金陵聚宝门外圆觉庵比丘集仁捐众开雕"。卷首目录后题识："依旨修纂，颁行天下，崇庆元年岁次壬申长至日。"马西沙：《最早一部宝卷的研究》，载《世界宗教研究》，1986年第1期，即据此论定本卷为金编元刊。但上述题识中的"金陵聚宝门"，即今南京中华门，是明初朱元璋所建南京新城"京城十三门"之一。显然，在"聚宝门"外的圆觉庵的比丘们是不可能在元代集资刊印这一宝卷，"至元庚寅新刻"云云系伪托。

提到这一故事："无极祖来托化黄氏贤女，临命终离别哭劝化众生。"可能那时已有演唱这一故事的宝卷。①

这部宝卷明代以来流传很广。《金瓶梅词话》第七十四回述吴月娘请薛姑子等三位尼姑宣讲《黄氏女卷》，从宝卷引文看，它所依据的原本是明代民间宗教家的改编本《佛说黄氏女看经宝卷》。青海《目连僧救母》目连戏根据宝卷《目连僧救母幽冥宝传》改编。民和发现的《目连僧救母幽冥宝传》是目连戏的最初底本。其他一些宝卷也为明清宗教教派所用。青海地区的宝卷总计有八十多部，其中保存完整的仅有十几部，其中大多是一些留存下来宝卷的片段以及类似于"佛曲"的片段，这些宝卷长者五六千字，短者三四百字，与河西、洮岷地区不同的是，这些宝卷多运用于乡村的民俗宗教生活中，因而具有更强的生命力。

二　三地念卷的比较

三个地区的宝卷念卷都有不同的个性，也就是说形成了地域化的特色。宝卷的地域文化的特点是多年来结合地方文化的因子逐渐变异的结果。三个地区的宝卷有一些共同的特征，流传的过程中仍保持了宝卷的核心因素，这是宝卷传承中稳定的方面；但宝卷流经一个地区，不能不受当地文化的影响，从而形成了这一地区宝卷的个性化的特征，这是宝卷变异性的特点。三个地区的宝卷有一些不同的特点，我们从以下几个方面来说明。

（一）文本

青海宝卷散布地域较广，和洮岷宝卷一样，青海宝卷具体数目和内容不详，前人没有做过此方面的工作，笔者目前调查中发现八十几种。应该说对洮岷地区和河湟所有宝卷的调查是一个困难的工作，这两个地区交通不便，地域辽阔，且宝卷多被民众视为经典，清以来的宝卷已成文物，被村民视为珍宝，有些不肯轻易示与他人，完全的调查和具体的数目统计尚待以后再做。

西北三地的宝卷文本绝大多数为手抄本。宝卷流传的地区都有一个抄卷的传统。但不同地区的手抄本也有不同的特点。大致说来，洮岷地区的宝卷抄本最为精致，有些是清末的文本，已经有一百多年的历史。都是经

① 车锡伦：《明代的佛教宝卷》，《民俗研究》1995 年第 1 期。

折大本装，卷前都画有彩色“佛头”，这些宝卷都用宣纸抄写，毛笔抄就，字迹娟秀。部分宝卷在卷中还配合故事内容绘有彩色插图。笔者在调查中所见2008年抄写宝卷也保留着传统的性质。因此洮岷宝卷保留了宝卷形制的传统，从中我们可以看出古老宝卷在过去的面貌。而河西宝卷和青海宝卷抄本多为20世纪80年代以后所抄。抄写多用钢笔、圆珠笔，一般为略识文字的人所抄，装订也较为粗糙，有些直接抄写在学生用的作业本上。古旧的宝卷较少，大多数旧本宝卷在文革期间被毁。这三个地区宝卷流通的情况大致相似，不同宝卷可以互通有无。但像洮岷那些清朝年间的宝卷，持有者多不肯轻易示于他人。

（二）内容

在调查中发现的洮岷地区的宝卷多是宗教性宝卷，这些宝卷多为历史上民间宗教组织的宝卷，这些宝卷至今还大量运用到当地民俗宗教活动中。宝卷曲牌较为丰富，当地人会念宝卷的较多，宝卷念卷仍是当地有生命力的文化传统。调查中发现青海宝卷中有部分故事宝卷，但数量不多，如《黄氏女宝卷》、《方四娘宝卷》、《鹦哥宝卷》等。数量较多的是嘛呢会所用的一些宝卷，这些宝卷多为宝卷中的小卷，用在嘛呢会不同的仪式之中。其余一些是宗教宝卷脱落的部分片段，也被嘛呢会视为嘛呢经来念诵。从现存宝卷的情况来看，由于河湟地区与河西接壤，有些宝卷可能是从河西流传过来的，宝卷念卷也可能受河西宝卷念卷的影响。但青海宝卷所受藏传佛教影响较大，其念卷形式已经和河西宝卷有所不同。相比较而言，洮岷宝卷保留了宝卷较为原始的内容。河西宝卷绝大多数是故事性宝卷，有一百多部，这些故事宝卷多改编于民间故事、传说以及戏曲等，内容丰富。河西宝卷中有少许宗教宝卷，因为这一地区宗教宝卷存在的语境已不复存在，所以这些宗教宝卷不再在民间宗教活动中使用，因此是一种“静态的文本”。

（三）仪式和组织

三个地区的宝卷保留了宝卷信仰性的因素，宝卷念卷前有一些固定的仪式。在宝卷念卷前，念卷人都要净手、烧香、磕头，在念卷期间，听众都要“和佛”。这些仪式是共同的。但比较而言，岷县宝卷由于多用于民俗性宗教活动中，宝卷念卷仪式相对复杂，如宝卷念卷前，要在供桌上摆放宝卷“佛头”（彩画的宝卷卷面），摆放贡品，点灯，烧香。

念卷前要“请神”，念完宝卷要“送神”。念卷结束后，念卷师傅要给主人家的家人和亲戚“扳经”打卦。洮岷地区宝卷念卷多用于民俗宗教活动中，许多村子里都有一个“自助”的念卷群体。但像四季会就是专业的宝卷念卷宗教群体，因此他们保留了较为复杂的、传统的念卷仪式，念卷人都是专业的宗教人士，所做的仪式更为复杂。这些仪式或传达宗教观念，或表象征，在念卷中都是有意义的行为。嘛呢会也是一个民间念卷的群体，固定的群体、固定的念卷时间和较为频繁的民俗宗教活动，使他们的念卷也保留了较多的仪式。河湟嘛呢会在对外（村里）所做的“摆灯”、“还愿”等仪式也较为复杂。念卷的仪式与宝卷念卷的组织或群体之间有密切的关系。而河西地区宝卷，没有一个较为固定的民俗宗教群体，念卷师傅都是各地一些相对有文化的个体，加之河西宝卷念卷多为一些故事类的宝卷，宗教性弱，听众们需要满足的不是宗教和信仰的需求，而是教化和娱乐的需求，所以宝卷在念卷中仪式的因素逐渐丢失，仪式性不强。

（四）念卷者

三个地区的念卷者，从文化水平、教育程度、受当地人所敬仰的程度等方面并不相同。在河西地区和洮岷地区，念卷人多为当地德高望重者，老年男性居多，他们见多识广，比其他人有更为深刻的社会阅历，识字多，受过几年学校教育，对地方文化熟悉并热衷于地方文化的建设，在乡土社会中，是“人缘好”又“人情好”的热心肠的人，在乡民眼中，他们是“在传统的生活道路上行进又在延续传统。他们是深深了解时间的人，是当地历史记忆的代表和讲述者，其行为是在积极延续当地的口头传统，其故事和知识来自于对历史和传统的掌握，讲述的魅力在于将过去与现在联系在一起，通过聆听故事，人们知道了现在的生活是对过去的延续，更是理解当下生活的意义和合理性”。[①] 像洮岷地区的宝卷念卷者，他们大多掌握的并不仅仅只是宝卷念卷，在当地的民俗文化活动，如当地每年一度的重要民俗活动迎“湫神”和其他的迎神赛会中，他们是活动的组织者和管理者；在每年的花儿会上，他们又是名声远扬的“花儿把式”；在庄间邻里的红白喜事中，

① 万建中：《民间文学引论》，北京大学出版社2006版，第90页。

是组织者和领导者。因此，这些老人们都是当地的“文化能人”，加之乡土社会，都有“老人权威”的管理特点，这些老人在乡土社会中的多重角色，使他们赢得了乡民们普遍的尊重和信任。

在河湟地区的嘛呢会中，念卷者多为村子中的老年妇女。当地传统上是一个男权社会，妇女地位普遍不高。这些“嘛呢阿奶”文化程度也不高，受教育少，多不识字。因为各种原因，包括生理上的、心理上的原因，促使她们进入嘛呢会念经。在日常的生活中，她们通过种种方式尽量融入、参与村子里的一些民俗活动。一个是通过对嘛呢会活动的村庙的管理，来融入社区的日常事务管理中；另一个是通过对村子里人家“摆灯”、“还愿”以及村里老人去世后“超度”仪式的参与，来最大限度地提升自己在村落里的地位。通过这些会外的一些宗教性事务和管理性活动，嘛呢阿奶在某种程度上改变了妇女在男权话语中的弱势地位，在调查中，我们不时见到个别老年妇女通过嘛呢会念嘛呢的形式，在村落管理中获得较高的话语权，也被邀请参与全村的一些社会事务、宗教事务的管理活动。因此，除了自身对信仰的追求和其他一些心理因素，我们可以把嘛呢会念卷者的宗教活动看作在乡土社会获得一定话语权的努力。

传承几百年的宝卷，是青海地区重要的文化资源和非物质文化遗产。河西宝卷被列入国家第一批非物质文化遗产名录，岷州宝卷和青海宝卷也是省级非物质文化遗产。在现代化脚步日益加快的今天，这些宝贵的文化遗产和精神财富也面临着消失的命运。在田野作业中，笔者感到当地民众对宝卷的深深喜爱，同时对这些宝贵的财富何去何从也有相当明显的“文化自觉”，即对宝卷的传承有强烈的忧患意识，特别是一些年逾古稀的老人，如临潭四季会的那些，在言行中非常担忧他们的组织和宝卷将会在他们手中消失。那样的话，“将无法对先人和后人交代”。从现在的情况来看，一些古老的宝卷文本会被保存下来，这似乎不成问题，因为近年来即使在比较偏远的农村，由于文物贩子走乡串户，搜集文物，倒卖文物比较频繁，较为古老的宝卷也是他们觊觎的对象，出价也比较高，这样逐渐水涨船高，持有古老宝卷的村民也认识到手中的宝卷是有历史价值和经济价值的“文物”，于是对古老的宝卷有了新的认识，爱惜有加。另外，家中保留宝卷来祈福纳祥、消灾禳祸的宝卷信仰也是民间宝卷文本能够传承下去的重要因素。

国家颁布的一部非物质文化遗产保护的重要法律——《中华人民共和国非物质文化遗产法》已经在 2011 年 6 月 1 日施行，宝卷静态文本的传承即是这部法律中强调的“保存”。但是，青海宝卷更为重要的一个特性是“活态”的念卷，这是这一地区宝卷及宝卷念卷最为重要的一个文化特质，如今宝卷保护与保存的最大的难度即是如何把这种“活态”的文化特质保护与传承下来。就调查的情况来看，宝卷由于在历史发展过程中，与信仰与宗教语境紧密相关，宝卷信仰性因素要大于其娱乐性的因素，宝卷的传承与念卷人和民众对宝卷的信仰和宗教功能有密切联系。如果宝卷所依赖的民俗文化特别是宗教情境一旦失去，宝卷念卷就不复存在。如因为敦煌藏经的发现，以及人们对藏经中敦煌卷子中变文、俗讲的重视，河西宝卷早在 20 世纪 80 年代就引起了学者的广泛重视，也被列入了国家首批非物质文化遗产名录。但是从目前的情况来看，虽然河西宝卷的大多数文本经过文化工作者的努力，被搜集、辑录、出版，保存了下来，但是，河西宝卷原有的宗教信仰环境，从 50 年代到当下的几十年中，在民众信仰被认为是封建迷信、在当下急剧的社会转型情境下已不复存在，河西宝卷的娱乐性功能也在现代化多媒体技术的冲击下缺失，在这样的环境和态势下，宝卷的活态念卷在千里河西走廊已经很少看得到，也可以说，除了不多的个别老人会念卷外，大多数年轻人连宝卷和念卷为何物都没听过。倒是洮岷地区和河湟地区，民众的宝卷信仰虽同样受到上述因素的影响，但由于有较为浓厚的宗教信仰语境，宝卷念卷直接被运用在民间民俗活动、宗教信仰活动中，在民众的生活中，宝卷起着满足民众宗教信仰的重要功能，宗教性的因素大于娱乐性的因素，民众的信仰及信仰语境在宝卷的传承和保护中，起了重要的作用。从这三个地区的情况来看，似乎滑稽的是，国家和文化部门越是过多地介入，宝贵的文化财富消失地越快，这难道是一个悖论？其实，任何一个文化事项的存在，必须有合适的文化土壤和文化语境，一旦其生存的气候和土壤已丧失殆尽，其传承与保护就成了无源之水，任何挽救的措施也无济于事，只有先“保存”下来，虽无可奈何，但最少也是留下来了一部分文化。所以，笔者认为目前这三个地区宝卷的保护与传承，我们应该眼光看得远一点，视野宽阔一点，首先不要破坏其生存的民俗环境和宗教信仰语境，更多地用多元的眼光，更多地以宽容的心态，来看待民众的信仰，还民众一个自我的、自然的、自在的生活状态！

第四节　青海宝卷的现状

一　“闲经”与“真经”

青海地区存世的宝卷，对于民众的生活特别是精神生活方面有不同的影响，其中一部分篇幅较长的宝卷，以叙事为主，通过曲折丰富、跌宕动人的情节，塑造了一个个丰满的人物形象，讲述了一个个完整的故事。这些故事多取材于传统的民间故事、传说，明清以来的戏曲曲艺，为民众们喜闻乐见。这类故事的功能主要侧重于教化、娱乐的功能。例如流传在青海东部地区的《黄氏女宝卷》，讲述黄氏女历尽艰辛而不悔修行的故事；《三公主宝卷》即《香山宝卷》，抒写观世音修行的故事；《方四娘宝卷》讲述的是封建社会方四娘受恶婆婆迫害的婚姻悲剧。这些宝卷产生于不同的历史时期，如《黄氏女宝卷》是宝卷产生初期的佛教宝卷之一，明初以后曾在不同地区流传，历史较为久远，而《金花仙姑成道传》是当地信仰——金花仙姑信仰流传的结果，是一部地域化的宝卷。这一类宝卷被当地民众称为“闲经”，意思是以闲暇时娱乐为主要功能，兼有教化的功能，它们与其他的宝卷相比而言，娱乐性强而宗教性弱，在调查中也发现这些宝卷无论是在当地嘛呢会组织的宗教活动中，还是在当地民众的民俗化宗教活动中很少演唱，其演唱的情境多是在农闲岁余，或节日闲暇之时演唱，演唱语境主要是在家庭或村落中进行。这一类宝卷即为故事性宝卷，类似于江苏靖江宝卷讲唱中的草卷，讲唱一般性的文学故事。

与上述宝卷不同的一些宝卷，主要在嘛呢会会内的宗教实践、修行中演唱，其带有明显的宗教特性，其功能是完成宗教修持；另外在民众的民俗宗教生活中，这些宝卷文本作为满足民众宗教需求的“经文”，主要在度亡、祈求平安，以及祭山、庙会等公共宗教情境中运用。其宗教性强而娱乐性弱。在民众眼中，这些宝卷具有神圣性的特点，青海当地民众称这些宝卷为“真经”。这类宝卷我们归入宗教性宝卷。这类宝卷类似于江苏靖江地区“讲经做会”中的圣卷（主要讲唱神佛出生的故事）。圣卷是靖江宝卷中历史最为悠久的一类，也是靖江做会宣唱最多的一种。与靖江圣卷的功能相似，“真经”是青海念卷中运用最频繁、最重要的经卷。相比较故事性宝卷，这类宝卷数量多，运用频度高，与民众精神和宗教生活关系更为密切。在这类宝卷中，并不都是呈现出一种形态，其内容多种多样，如果进一步区分，我们可以把宗教宝卷分为两类：一是民间教派宝卷；二是小卷。在青海历史上曾有多种民间教派流传入此地，这些民间教派在当地流传的同时，把他们用来宣扬其教义、修持方法和宗教思想的文本宝卷也带到此地，这一点我们在前面有所论述。这些宝卷绝大多数都称为“经”，如《王母经》、《十王经》、《太皇老母捎书经》、《佛说大明六字真言》、《地母经》、《血盆报母恩经》、《太阳经》、《无字真经》等。例如《太阳经》即是清弘阳教与八卦教之宝卷，《地母经》为当地普渡道所用宝卷。这些宝卷至今还被当地嘛呢会在宗教活动中作为经文所用，尽管有很少人知道这些宝卷的历史与内容。

小卷包括两个部分，其一是在民俗宗教活动中经常运用的仪式文。这些仪式文与民俗宗教活动的宗教仪式紧密相关，如请神、上香、奠酒、奠茶、点灯、献饭、送亡、度亡、送神等仪式进行时，作为仪式化的经文。在青海宝卷中，这些宝卷多较为短小，在当地这类宝卷传抄较多，但因为在较为严肃的宗教场景下运用，被认为是“真经”的重要组成部分，类似于靖江宣卷中的仪式卷（主要用于做会），如《上香经》、《十炷明香经》、《大灯科经》、《香赞》、《上茶经》、《奠茶经》、《十王灯科》等。其二是一些从民间宝卷特别是一些民间教派宝卷中脱落下来的片段。由于民间教派宝卷相当长，在流传的过程中，有些经常念诵的片段从宝卷脱落了下来，这些片段经常用当地的某种民间小调的体式演唱，这些片段在流传的过程中就直接用这些民间小调来命名。明清时期受官府的严厉打压，流传到此地的一些民间教派宝卷消失了，但从民间宗教教派宝卷中脱落下来的、民众所熟知的那些片段，却一直传承了下来。这些宝卷在当地流传得较多，如《五更调》（包括《哭五更》、《五更想娘》、《五更修行》、《五更月儿》等多种五更调）、《十二大愿》、《枣儿经》、《葫芦经》、《十渡船》、《十朵莲花》，等等。这些短小的宝卷在当地称为“嘛呢小调”，也被视为“真经”的一部分。以上两类小卷与明清以来传到青海东部地区的民间教派宝卷构成地域化的宝卷念卷文本“真经”，由于这些文本多为嘛呢会所抄写、流传、念唱，在当地也多称之为“嘛呢经”。

二　宝卷的内容

青海地区的宝卷，其念唱题材内容非常广泛，既有赞颂仙佛出家、修行的，歌唱民间传说、传说人物的；也有反映民众日常生活内容的经文，其中有关宣扬孝道、善行的内容更是占了大多数。经文里有神仙，有人物，也有动物。可谓丰富多彩、包罗万象，从中折射出当地民众丰富多彩的内心世界、精神信仰、社会生活及伦理观念。

（一）敬神

民和宝卷中有关敬神、颂佛的内容是最多的，也在宝卷中占据着主导地位，有《金刚经总偈》、《地藏王古佛偈》、《金刚神咒》、《六字真言经》、《十炷香》、《十炷明香》、《十炷烧香经》、《葫芦儿经》、《佛说地母真经》、《灶王真经》、《南海观音古佛降》、《观音菩萨六字嘛呢真经》等，赞颂玉皇大帝、二郎神、十殿阎君的经文也不少。还有敬仙内容的如《八仙谱》、《金花仙姑经》、《韩湘子哭五更》、《金花仙子哭五更》、《三仙里》、《仙家采花词》等。如《十炷明香》：一炷明香一盏灯，举手焚香念观音，早晚调诵三遍经，合家大小保安宁。二炷明香二盏灯，举手口念嘛呢吽，千千诸佛通明行，万万菩萨救世尘。三炷明香三盏灯，三盏明灯放桌心，一炷明香拿手中，救苦救难观世音。……十炷明香十盏灯，十殿阎君善恶分，善男信女勤密念，免得灾难永无侵。南无佛法南无僧，南无救苦观世音，口念七遍一心诚，送过金桥同路行。阳世三间念佛名，阴司地狱无罪乘，有人认得十盏灯，句句调诵观世音。早晚念佛把口净，净手焚香跪地平，大小事情抛世尘，消灾免罪修本身。唵嘛呢叭咪吽！

嘛呢经本中提及嘛呢会成员的信仰对象，既包括观音菩萨、释迦牟尼等佛教系统的神灵，如“太阴经”中有云：“太阴出现天地明，昼夜行来不住停……我今不能下凡间，释迦弥佛来传经，传于善男信女人，迷人不信受灾殃；十万八千诸菩萨，足踏祥云怀抱塔，诸位菩萨西边排，释迦牟尼佛传宝经……”；也包括三官、灶君、龙王和星君等道教系统的神灵，如“地母经”中有云：“一僧一道一俗门，佛母留下万卷书；要得风调和雨顺，开坛先念地母经……父君本是元敦子，伏羲轩辕共神农”；“灯科经”中云：“一盏灯来天地灯，天地恩泽天下通；皇王有道家家乐，天地无私处处春。二盏灯来日月灯，日月昼夜不住停；八方九州都照到，十二时刻轮流行。三盏灯来三官灯，三官世界常一人；天官赐福地赦罪，水官解凶报应灵。四盏灯来四海灯，四海龙王行雨神；恶风暴雨九霄外，甘露和风应时辰。五盏灯来五帝灯，青龙朱雀白虎神；惟有中央戊巳土，玄武过北在池中。六盏灯来南斗灯，南斗六郎主寿星；人能持念南斗经，增福延寿万万春。七盏灯来北斗灯，北斗七星掌死生；人能持念北斗经，消灾免罪子孙星……"；"灶君经"云："吾圣母，大（打）发我，东厨上香；过北斗，官家神，家住皂王；把皂神，家家户，人人供奉；每月的，二十四，要上天宫；把众生，善恶事，上奏玉皇；灶神爷，忙披褂，要奏上皇……"有些土族信众认为嘛呢干本（土语，经本意）是藏文经文的汉译本，但其中明显有许多带有道教以及民间教派色彩的内容，而且往往一部经中既有佛教神灵，又有道教神灵。

宝卷中庞杂的的神佛体系，融合了儒释道三教几乎所有的神灵，反映了民间宗教中多神崇拜的倾向，也是明清以来"三教合一"宗教思想的集中体现。其中许多宝卷都尊奉无生老母为最高神灵，以弥勒下生为基本教义，弥勒佛自兜率宫降世，在龙华树下承继佛位后，世界将变为天堂，只有享乐，没有痛苦。宝卷中也常见"无生老母，真空家乡"、"婴儿姹女"、"金翁、黄婆"、"三期之会"、"六贼、四相"等在民间宗教教派宗教常见宗教术语，因此这些宝卷多与民间教派宝卷相关。

（二）劝善

从历史发展来看俗讲与变文、说经和宝卷，都存在一种布道教化实践与文字总结的关系，这种关系又促成了俗讲与宝卷的源流衍化。这种过程的背后，是佛门劝善化俗的本怀原旨。这种本怀原旨也是宝卷丰富的思想内容的基调，如江苏靖江县"佛头"（宣讲宝卷的人）在讲《大圣宝卷》（讲述佛教高僧大圣的传说故事）前说：说者《大圣宝卷》一部劝善，弟子宣演。总要先宣朝代帝王，后讲贤人出州。总要讲得有头有尾，有始有终，有苦有甜，有前有后，悲欢离合；先要讲到苦中之苦，难中之难，然后讲到修仙成正，登山显圣，流芳百世。方成宝卷一部劝善。

青海宝卷中劝人行善的经文主要有《熬茶经》、《十渡船仙文》、《三宫主训词》、《黑虎灵官降世真经》、《十王宝卷经》等，如《三宫主训词》……人生时好一比花开心绽，临死时又好比叶落树尖。劝世人行好事多发善念，积阴功给儿孙辈辈安然。在人前说好话多行方便，死后了过金桥宝盖幢幡。作恶人全凭着口巧舌变，心不善意如刀口似蜜甜。在人前说是非欺压良善，哄了人速报神上了供单。千尺天百尺地便宜少占，明朗朗天在上一报一还。劝世人休得要行凶短见，杀人贼要偿命欠债还钱。世上人为银钱常把脸变，有酒色和财气谁人不贪？积金银有百年成千过万，临回首拿不去半文铜钱。阴司里用不着银钱打点，买不下生死路也是枉然。……正如日本学者吉冈义丰所言："善"是生存于复杂历史社会的中国人所可以永远依靠的；如果失去了它，人生的凭借将完全崩溃；这是任何东西也难以取代的生活必需品。对于中国人来说，善并不只是平面的伦理道德之劝诫语词，它是中国人谋求社会生活时，视为与生命同价，或比生命更可贵，而谨慎守护的中国之"魂"。[①] 正因为对"善"的关怀是中土民众及中国文化灵魂深处的事，尔后，特别是宋元以后，取材于民间故事的宝卷日益流行，民间宗教、秘密宗教常以"宝卷"的形式创作、制定宗教经卷，如明代的白莲教、罗教、弘阳教、闻香教等，其中明至清道光以前的宝卷，多为民间宗教的经典，处在封建朝廷的取缔异端之列，同治以后的宝卷，又恢复至宝卷出现之初的形态，多以劝善和演讲佛门故事为内容，在思想信仰上呈现出三教合一的特征，在伦理思想上表现为佛教伦理、儒家伦理、道教伦理的糅合。青海宝卷莫不如是，宝卷内容劝人多发善念，念卷的基本动力在于"积德行善"。

（三）劝孝

"孝"是中华民族传统文化的重要内容和特征之一，也是儒家伦理思想中基本的行为规范和重要的道德范畴。在中国传统社会中，孝道一直居于社会价值体系的中心，并由此形成了具有原发性、综合性的儒家文化。孔子及其所创立的儒家学派对"孝"的思想观念加以发挥，"孝"成为古代中国人的立身之根本。春秋末，孝道已经被儒家引入人生的基础命题，成为儒家所倡"仁"的先决条件，并且罗列出数则具体的孝行。把"孝"发展到极致，是从汉朝开始，二十四孝故事的逐渐丰富和发展。"割肉侍亲"的故事原型原出于《二十四孝》，是中国人家喻户晓的故事。为了突出孝，在民间故事中，把孝放大到极端的程度，"割肉侍亲"就成了至孝

---

① ［日］吉冈义丰：《中国民间宗教概念·序》，台北华宇出版社1985年版，《世界佛学名著译丛》卷50。

的代名词。河西宝卷中的《观音宝卷》、《卖妙郎宝卷》、《葵花宝卷》、《张青贵救母宝卷》、《牡丹宝卷》等就运用了这一主题。第一部以“宝卷”命名的宝卷《目连救母出离地狱升天宝卷》言：普劝后人，都要学目连尊者，孝顺父母，寻问明师，念佛持斋，生死永息，坚心修道，报答父母养育深恩。……众生欲报母深恩，仿效目连救母亲。青海宝卷与传统中国伦理中的孝就密不可分。关于劝世人行孝的宝卷文主要有《十朵莲花》、《报恩经》、《地藏王古佛偈》、《十报恩》、《十二报恩》、《十劝人》、《十种深恩经》、《劝孝经》、《世人孝母经》、《鹦哥真经》、《男孝经》、《女孝经》等，如《十朵莲花》：“一朵莲花一盏灯，开天先孝父母生。儿女孝心云厚根，千千万年乐太平。二朵莲花二盏灯，二位女子来孝心。打扫经堂来拜佛，拜天拜地拜神佛。……”

再如《劝孝经》中这样唱：“千说万说孝为先，说来说去把功偏。老者拉小心疼烂，小者拉老难上难……”在《鹦哥报恩经》中最后一段唱词是这样的：“善男信女念宝卷，奉劝世人迷醒语。有佛来不远，何必问西天。参问浑中妙，回头孝母前。孝子忠臣眼前放，礼义廉耻心中藏……”青海宝卷是在唐代俗讲以及宋代说经的基础上发展而成的一种民间吟唱的俗文学。变文、俗讲和说经主要吸收和沿袭了敦煌佛经的结构，同时将之进一步民族化、地方化和民间化，形成了宝卷这种中国民间讲唱文学的一种形式。青海宝卷内容反映了人民群众的社会生活，主题多谴责忤逆凶残，宣扬孝道和善行。显然，嘛呢会的宝卷在吸收接纳、填充改编新的经文内容时，也继承和发扬了这一特点。

（四）新生活及其他内容

青海宝卷除了用于祭祀神佛仙家、劝人行善积德、自身修心养性以外，也处处表现出普通民众日常的生活与情感，如《十把扇子》、《四大名山》、《荷包经》、《多谢经》、《拜山经》、《怀孩童经》、《织手巾》等，都各自表现着不同的内容。有感于现今社会的进步，人们生活水平逐渐提高而唱诵十一届三中全会的，如《十把扇子》中唱道：“一把扇子扇起来，心里喜着乐开怀，三中全会就是好，包产到户是个宝。两把扇子扇起来，家家户户喜开怀，改革春风吹得好，各家显示各家才。三把扇子摇起来，风调雨顺又一载，念经诵佛有好报，好年好景自然来……”由于中国历史上漫长的以农业为主的自然经济形式和生产力发展水平，以及人们认识能力的有限，听天由命、靠天吃饭使民众形成了期盼风调雨顺、五谷丰登、消灾祈福、国泰民安等功利性的信仰，因此，在民间围绕着对自然生态关系周期变化或对幸福平安的企盼，常常伴随着大量的民俗活动与民间艺术相结合的形式。宝卷也是在这样的规律下成长与发展起来的，并呈现出一系列建立在农耕经济基础上的农耕文化的特点。由于农耕经济形式所固有的封闭性、保守性特征，建立在此基础上的文化传统相对稳定，不易变化。然而，在生产力高度发展的今天，农耕经济的主体地位也逐渐被削弱，人们战胜自然的能力大大加强。在这样的背景下，以往的信仰就发生了一定程度的动摇，民俗的内容和功能也在发生转换，从而引起了宝卷在表现内容及题材等方面一系列的变迁。宝卷文从另一个侧面反映了青海乡村妇女的日常生活及情趣。信仰是青海汉族妇女生活中的一个重要的精神支柱，从根本上反映着她们的社会生活与内心情感。宝卷的内容虽通俗，却寄托着民众发自内心的喜怒哀乐，反映着她们的精神需求和道德取向。也因其通俗易懂，寓教于乐，才深深地植根于民众之中，经久不衰。另外在有些宝卷中，还融入新时代的新思想与新观念，如流传于湟源一带的《血盆报母恩经》中说："个别人，当父母，心存偏见。护姑娘，辱儿媳，与理有偏。新社会，家规模，亦不太严。"经文对不孝父母，到处烧香磕头行为也提出批评："南烧香，北拜佛，是何用意。不尊父，不孝母，所为那般。每日间，你磕头，为的甚事。你家中，有二老，现在堂前。请君看，想一想，时光有限。转眼间，就轮到，你的头前。老扶幼，幼敬老，党的示言。损别人，利自己，请君莫做。敬忠良，爱孝子，代代相传。"① 新的内容的加入，使宝卷这一古老的讲唱艺术，成为当下社会一种宣传与教化的有效方式，也是宝卷"与时俱进"不断调适自己以适应新环境的努力。

以上是对青海宝卷内容的初步介绍，对于青海宝卷的具体分析，将在《故事宝卷》和《宗教宝卷》两章中进一步展开。

---

① 此小节主要参考了商文娇《青海民和妇女念唱嘛呢经的调查研究》，《青海社会科学》2010 年第 4 期。

第二章

故事宝卷

研究者从不同的角度，如宝卷的历史、宝卷的内容、宝卷的功能等方面对数量繁多的宝卷进行分类。例如对宝卷用力较多，研究较早的学者郑振铎在1938年出版的《中国俗文学史》（长沙：商务印书馆，1938）是中国俗文学史研究的奠基之作，书中将宝卷列为专章（第十一章），将宝卷分为：（一）佛教的宝卷：1. 劝世经文，2. 佛教的故事；（二）非佛教的宝卷：1. 神道故事，2. 民间故事；3. 杂卷。20世纪50年代李世瑜在论文《宝卷新研——兼与郑振铎先生商榷》（《文学遗产增刊》第四辑，北京：作家出版社，1957）将宝卷分为“演述秘密宗教道理的”，“袭取佛道经文或故事以宣传秘密宗教的”和“杂取民间故事传说或戏文”的三大类。而日本学者泽田瑞穗的《宝卷研究》（日文，1963年初版；增补本：国书刊行会，1975）在第四章“宝卷的分类”一章将宝卷分为“科仪卷”、“说理卷”、“叙事卷”、“唱曲卷”、“杂卷”五类。20世纪80年代后车锡伦把宝卷分为两大类：前期为宗教宝卷，后期为民间宝卷。明正德以前是“佛教世俗化宝卷”，可分为“演示佛经”和“说唱因缘”两类；正德后是民间宝卷，分为“宣讲教义”和“讲唱故事”两类。讲唱故事（因缘）类宝卷又分为“神道故事”、“妇女修行故事”、“民间传说故事”、“俗文学传统故事”、“时事故事”五类。按照宝卷的内容和题材，又可将宝卷分为“文学宝卷”（包括各时期讲唱故事的宝卷及民间宝卷中的“小卷”和部分“祝祷仪式”的宝卷）、“非文学宝卷”（包括宗教宝卷中的“演释佛经”、“宣扬教义”的宝卷和民间宝卷中的“劝世文”及部分“祝祷仪式”宝卷）两大类。这些对于宝卷不同的分类，都是作者根据不同时期所掌握的资料和学术发展的实际情况以及研究的需要而分类的。参照这些先期宝卷的分类方法，对于青海宝卷的分类，在这里主要从宝卷的功能方面考虑分为两类：一是故事性宝卷；二是宗教性宝卷。

第一节　《观音宝卷》

青海宝卷中，有一类宝卷的女主人公都是普通妇女，她们的婚姻或家庭生活中有种种变故，受到种种磨难，甚至是几世遭难，但她们都笃志拜佛修行，历尽苦难，最后得成正果，获得善报。在青海东部以修行为题材的宝卷数量较多，观音修行故事是其中一种。在青海宝卷中《三公主宝卷》、《观音菩萨降世》、《三公主词》、《三公主前文词》等演述妙善公主立志修行，最后终成正果的故事。观音修行故事是最早进入宝卷中的修行故事。我国最早关注宝卷研究的郑振铎先生，曾在他的《中国俗文学史》中，作出如下评断："相传最早的宝卷《香山宝卷》，为宋普明禅师所作。普明于宋崇宁二年（1103 年）八月十五日，在武林上天竺受神之示而写作此卷，这当然是神话。但宝卷之已于那时出现于世，实非不可能。北平图书馆藏有宋或元人的抄本的《销释真空宝卷》。我于前五年，也在北平得到了残本的《目连救母出离地狱升天宝卷》一册。这是元末明初的金碧钞本。如果《香山宝卷》为宋人作的话不可靠，则'宝卷'二字的被发现于世，当以《销释真空宝卷》和《目连宝卷》为最早的了。"①

明代出现了一些以妇女为主角的修行故事宝卷，最早出现的修行题材的宝卷是《香山宝卷》，《香山宝卷》又名《观世音菩萨本行经》。演述妙庄王三公主妙善立志出家修行、自割手眼救父、成道为观世音菩萨的故事，这是中国佛教观世音菩萨的出身传说。今存最早的刻本是清乾隆三十八年（1773 年）《香山宝卷》，在此宝卷影响下，后世出现了许多类型化的宝卷，如《黄氏女宝卷》、《刘香女宝卷》、《红罗宝卷》、《何仙姑宝卷》等，同时也出现了一些男性修行成道的故事，如《韩湘子宝卷》等。这些故事富有生活情趣，故事情节曲折，文学性较强，对后世叙事宝卷的影响很大。郑振铎认为"像《香山宝卷》、《刘香女宝卷》、《妙音宝卷》等都是同类的东西，描写一个女子坚心向道，历经苦难，百折不回，具有

① 郑振铎：《中国俗文学史》，东方出版社 1996 年版，第 479 页。

殉教的精神。虽然文字写的不怎么高明，但是这样的题材，在我们的文学里却是很罕见的”。[①]

实际上，大约从唐代开始，民间就有观音菩萨原为妙庄王三公主的传说。元管道升《观音菩萨略传》叙述了从妙庄王三公主妙音变成千手千眼观世音的过程。《观音菩萨略传》说：“观音生西土，讳妙音，妙庄王之季女也。将笄，王以三女觅赘婿。长妙因次妙缘顺旨，妙音以忤王被贬。后王疾病濒死，乃自幻形上奏：非至亲手眼不可疗。王以二女为至亲，宣取之，俱不用命。僧云：香山仙长济度生灵，一启口必可得。王使臣从仙长求，即自剜其两手眼，付使臣持去。王服之而愈，往见仙长，果无手眼。吁叩天地，求为之完之。少顷，仙长手眼已千数矣。于是叙父子之情，极欢。劝王修善，王从之。”在《香山宝卷》中，观音被说成是妙庄王的三公主，但名叫妙善。其母在梦中上生兜率宫入弥勒佛殿，感而有孕，于农历二月十九日生下妙善。一贯孝顺的三公主却因抗婚触怒父王，招致杀害。妙善因此游遍地狱，后又复活，有猛虎做向导，去惠州澄心县修心。后来妙善公主剜手眼捐手孝亲的故事，感动佛祖前来授记，成为观世音菩萨。《香山宝卷》今存最早的刻本是清乾隆三十八年（1773 年）杭州昭庆大字经房刊本（以下称“乾隆本”），卷首题“天竺普明禅师编集、江西宝峰禅师流行、梅江智公禅师重修、太源文公法师传录”。通行刊本是经“简集”的同治七年（1868 年）杭州慧空经房刊本及各地的重刻、重印本，即《观世音菩萨本行经简集》（以下称“简集”本）。这部宝卷，在清及近现代民间广泛传抄和演唱，有众多的异名和改编本，如《大香山宝卷》、《观音宝卷》、《观音得道宝卷》、《三皇姑出家香山宝卷》等。[②] 明代以后，以妙善得道为题材的戏曲作品，多为民间酬神和祭祀演出，其流传空间极广。高腔、梆子腔及后来的皮黄腔系各剧种均有演出，其剧名一般称作《观音得道》、《大香山》、《三皇姑出家》等，对在中国民间传播观音信仰起了很大的作用。观音（妙善）得道故事不仅在善男信女中狂热传颂，并能在平民百姓中流传。所以，《香山宝卷》不胫而走，迅速流向全国。不同版本《香山宝卷》一印再印，抄本更递转传抄，

① 郑振铎：《中国俗文学史》，东方出版社 1996 版，第 478 页。

② 车锡伦：《明代的佛教宝卷》，《民俗研究》2005 年第 1 期。

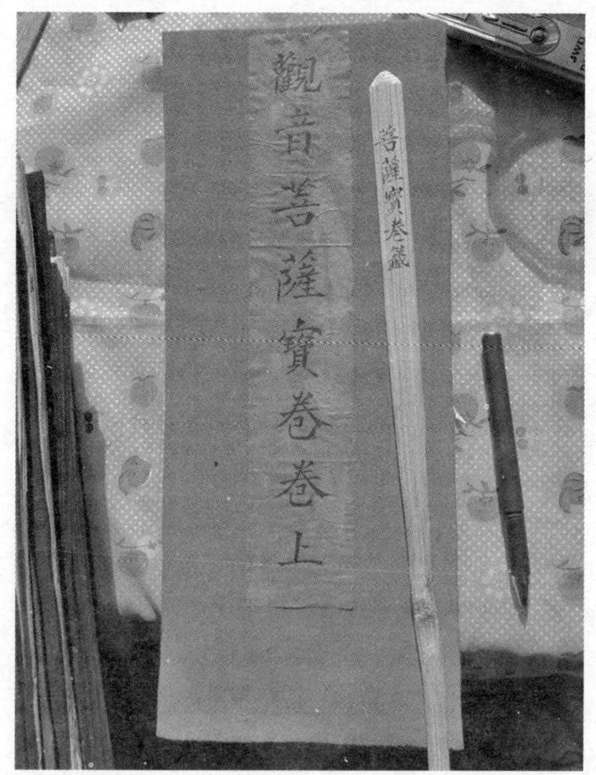

图 2-1 《观音宝卷》2008 年新抄卷

可见社会需要之广。

据近年车锡伦先生所编《中国宝卷总目》载，仅《香山宝卷》前后竟有三十五种版本和抄本（实际上当不止此数），可谓洋洋大观，流传极广，由此而衍生出来的宝卷、戏剧、小说、唱本也纷纷面世风行，如《观世音菩萨普渡授记归家宝卷》、《观音送子宝卷》、《观音大士游十殿阴阳善恶报应人心宝卷》、《观音济度本愿真经》、《鱼篮观音宝卷》、《观音十二圆觉》、《观音释宗日北斗南经》、《观音十叹宝卷》和《普陀观音宝卷》等。戏剧有《香山记》，小说有《南海观音全传》、《全像观音出身南游记传》等。可以毫不夸张地说，《香山宝卷》在社会下层民众中深广的影响，远胜于一部正统佛经。[1] 青海宝卷中的观音修行故事都比较短

① 韩秉方：《〈香山宝卷〉与中国俗文学之研究》，《北京科技大学学报》2007 年第 3 期。

小，是明清以来观音宝卷中的部分片段，从内容来看，可以分为两类：一是观音修行；二是观音劝善。《三公主前文词》讲述的是妙善公主修道成功后，来见母亲的一段，宝卷先以七言八句为开头：

进去庙门抬头看，春夏秋冬不一般，担水浇花三九天，口念神佛苦修炼。

春天嫩芽土里长，夏天嫩芽开了花。秋天嫩芽结了果，冬天嫩芽大雪盖。

中间讲述观音在修行中所受的诸般苦难，句式全为宝卷中最常见的三、三、四句：

半天里，仙锣响，黑风一股。那本是，你的儿，妙善公主。
起来在，云头上，母子相见。我今日，下凡来，母子相见。
我死到，阴曹府，死也心甘。左雷陀，右护法，站在两边。
双双儿，童子们，站在眼前。我师父，叫达摩，站在半天。
一家儿，坐一团，把儿相劝。只劝得，红日落，天黑地暗。
我大姐，劝了我，荣华富贵。我二姐，劝了我，见了招赘。
只劝的，儿不听，父王来劝。打得我，到花园，去把水担。
有山神，和土地，心身不安。三九天，浇花园，百花开鲜。
那时节，我哭得，天昏地暗。就地下，起风云，雷声响连。
风吹儿，在深山，去把身安。

妙善公主在深山经历了磨难，受神仙指点，来到白雀寺：

风吹儿，白雀寺，去把身安。有狗僧，走了风，父王瞒怨。
你这个，白雀寺，男女混乱。派来了，二驸马，火化寺院。
烧化了，五百僧，命丧黄泉。烧你儿，皮肉开，换了金身。
五百僧，到黄泉，诉告阎王。你身上，起凉泡，雨水一般。
我变成，道童儿，眼前一站。若要你，疾病好，亲手亲眼。
我大姐，听一言，泪流满面。我二姐，听一言，后退不见。

为此上，我舍了，一手一眼。我的父，香山寺，去把愿还。

那时节，你的病，才有好转。

大头鹰来把爪散，师父叫我回西天。若要母子重相见，再等来年三月三。

这一段宝卷通过回忆的方式，把妙善修行的经过，修行中所受的磨难展现给听众，最后以亲舍一手、一眼为父亲妙庄王疗疾，终修行成功而幻化为千手千眼观世音菩萨结束。

另一类宝卷的内容是借观音菩萨之口，教化人心。如《三公主宝卷经》中：

三公主，坐云头，慧眼观看。凡世上，闹嚷嚷，绿水青山。

杨柳枝，净水瓶，常清不断。白鹦哥，声声叫，国泰民安。

发慈悲，在世间，多救苦难。提醒了，许多的，信女善男。

观日月，东西转，光阴似箭。催老了，一半的，青春少年。

人生世，好必（比）似，花开生展。临危时，又如似，莲落收乾。

观世人，行为善，多发善念。积阴功，与子孙，辈辈安然。

在后文中，宝卷以观音口气，劝解世人不要贪恋酒色财气，多结善缘，一心向善，多行善念，以免来生再受磨难。结尾“有志人，听命里，自然成仙，有善人，来行善，早上舟船。立金刚，拴意马，关过仙天，太波城，有青山，观古风天”。里有“拴意马”“早上舟船”似为民间宗教宝卷的用语，可能是曾流传在这一地区的民间教派所留宝卷中的片段。明清后，民间宗教宝卷多借无生老母、瑶池金母、观世音菩萨这些女神之口，宣扬民间宗教教派的宗教思想，成为一个传统。

青海土族宝卷念诵前，遍请各方诸神后，要念《观音妙经》：

脚踏莲花千叶现，手执杨柳一枝春。头上顶带弥陀佛，口中常念观世音。朝念观世音，暮念观世音，念念善心起，念佛不离身。慈竹林中观世音，千手千眼观世音。风波浪里观世音，救苦救难观世音。若往西方金桥过，时时救度难中人。人中难，难中人，人离难，难离人，一切灾殃化为尘。南无大慈大悲圣，救苦救难，广大灵感，观世音菩萨摩诃萨，唵嘛呢叭咪吽，唵嘛呢叭咪吽，唵嘛呢叭咪吽。

观音菩萨本是佛教中的神灵，在佛教本土化的过程中，观音菩萨迅速成为民众们喜爱的一位女神。宝卷中各种观音形象的塑造对观音信仰在下层民众中的传播起了很重要的作用。涉及观音出世、修行、成道、普度众生等事迹的宝卷不下十部，这些宝卷都是流布最广的宝卷，明清以来的观音题材宝卷流传很广，这对观音信仰的传播毫无疑问起了非常重要的作用。在西北一地就有与观音有关的宝卷《观音宝卷》、《观音三度华亭宝卷》、《三皇姑出家》等流传。在叙事类宝卷中，观音以主角或配角的形象出现在以女性修行、游历地狱、送子于人、劝善惩恶、度脱试炼、指引救助方面。这些形象不仅为民间宗教提供了崇拜的对象，更成为后世文学的题材。相对完整的观音宝卷，如青海《三公主宝卷》、《观音菩萨降世》、《三公主词》、《三公主前文词》、《观音妙经》虽然篇幅都比较短小，从其形态来看，是不同的观音宝卷在当地流传中的遗留，但流传地域却相当广泛，在宝卷和宝卷流传的地区，都可以看见这些文本抄本的流传。这些文本的流传，与当地浓厚的观音信仰和崇拜密不可分。与中原地区一样，自明清以来，青海就有“时时弥陀佛，处处观世音”的信仰。在青海农村，观音信仰是民间信仰的主要构成部分，当地有“念经先念请神经，拜佛先拜观世音”的说法。在青海东部地区的观音信仰中，宝卷成为一种传承与流传的主要载体。

第二节 《黄氏宝卷》

《黄氏宝卷》，即《黄氏女宝卷》，又名《三世修行黄氏宝卷》等。由于许多方言中“黄”、“王”读音不分，所以又称《王氏女宝卷》。在河西宝卷中，《黄氏宝卷》多被称为、抄写为《王氏女宝卷》。所述为黄（王）桂香三世持诵《金刚经》修行因果。这一佛教传说最早见宋天台法空大师《金刚经证果·三世修行王氏女白日升天》，罗清《正信除疑无修证自在宝卷》（罗祖罗梦鸿编）“化贤人劝众生品第六”中也提到这一故事：“无极祖来托化黄氏贤女，临命终离别哭劝化众生。”可能那时已有演唱这一故事的宝卷。[1]

《黄氏宝卷》是青海宝卷中形制较为古老的一部宝卷。这部宝卷流传在乐都、民和、互助等地区。故事讲述了曹州府南华县清风乡黄家庄黄员外五女，奶名五姐，年小好善，吃斋念佛，天生聪明，秉性温良，每日烧香念佛，一心学念经文。父母苦劝五姐开斋，嫁个富贵人家，五姐苦苦哀告，至死不从。黄员外夫妇无可奈何，心生怒气，找媒人李氏将五姐嫁于一个杀猪宰羊的恶人赵屠赵令方。黄氏女到了赵家，见赵屠杀生害命，屡劝不听，心中闷闷，却无可奈何，每日念经修行。后观音现身，赵令方改恶从善，夫妻二人吃斋念经修善。

阴曹地府阎君见黄氏女经念得好，派童子去阳间，带黄氏女来对经文。黄氏女哭别丈夫与儿女，来到阴曹地府，在金桥边有金童玉女，幢幢宝盖来迎接黄氏女。来到阎王殿，十殿阎君以金刚经诸问题一一提问，黄氏女回答非常清楚，没有差错，阎君命童子送黄氏女回阳，享阳寿四十年。童子带黄氏女观看十二司诸大地狱。黄氏女观看十二大地狱，但尸身已坏，无法还阳。阎王命送黄氏女转世为男身，投生到善根人家。黄氏女投生到曹州府安乐县张员外家，取名张士亭。张士亭智慧聪明，广读五经，心慈性善，长大后连中三甲进士，即选曹州太守。张士亭派差人去南安县，招来赵令方，叫他带儿女来相认，母子团圆，是以念经行善果报为证。

青海《黄氏宝卷》开头保留有早期佛教宝卷的“炉香赞”：

> 炉香乍热，法界蒙熏，莲池海会悉遥闻。随处结祥云，诸佛现金身。南无祥云盖菩萨摩诃萨。

以上即早期佛教宝卷开头的“恭请十方圣贤现坐道场”与“炉香赞”。宝卷念卷前要恭请十方圣贤，现坐道场，持公布三宝。宝卷开讲一般以七言四句诗一首恭请十方神圣，奉请八大金刚、四菩萨、护坛，各处

---

① 车锡伦：《明代的佛教宝卷》，《民俗研究》2005年第1期。

神灵，虚空过往神灵等，提示宝卷的功能和意义。这种开经的形式类似于唐以来俗讲和变文的“押座文”，起着唤起听众注意力，渲染严肃的宗教气氛的作用。“炉香赞”在后世的宝卷中，多被简省，或被通俗化的民间小曲所代替，如青海念卷开始的“十炷香”即是。

《黄氏宝卷》中的这种开讲仪式在现存的宝卷念卷中，比较少见。明清以后的宝卷逐渐省略了这种开讲仪式，多以“讲解经题”来开始念卷。《黄氏宝卷》“炉香赞”后的七言即为这种形式：

> 黄氏宝卷奥秘深，内藏金刚度缘人。若遇缘人回心转，度回西方见吾神。
>
> 菩萨领旨下天空，降身曹州度化人，脱化黄氏女衩裙，后来成佛度众生。

这种开经的形式在河西故事性宝卷中较为常见，如：

> 神姑宝卷才展开，诸佛菩萨降临来。
> 天龙八部神欢喜，保佑大众永无灾。（《三神姑下凡宝卷》）

有些宝卷开讲，除恭请诸佛菩萨的宗教仪式之外，另加上道德警示的一些诗句，这样，开讲的类似于俗讲的“押座文”就有七言四句、七言八句、七言十句等，如：

> 红罗宝卷才展开，诸佛菩萨降临来。
> 天龙八部神欢喜，保佑大众永无灾。
> 宝卷相传有原因，奉劝大众仔细听。
> 为人在世莫害人，害人反害自己身。
> 善恶到头终有报，恳请诸位记心间。（《绣红罗宝卷》）

在一些宗教宝卷中，开卷七言称之为“开经偈”，如《护国佑民伏魔宝卷》：

伏魔宝卷立意深，流传后世劝贤人。

有人信受伏魔卷，万劫不踏地狱门。

在青海宝卷中，这种开经形式也叫偈子，类似于其他地区宝卷念卷中的“开经偈”，如青海宝卷《十封书一卷》（即《太皇老母捎书经》）中，即为这种形式：

偈子：

金砖一页铺善地，家乡老母捎书籍。

不知去向在哪里，十二时辰泪泣涕。

《黄氏宝卷》结尾较长，延续了宝卷结束时要说唱“道场圆满”，诵“结经发愿文”、“随意回向”的传统：

夫妻两个得团圆，一家三口得升天。吾劝世人修行好，吃斋念佛办前程。

黄氏宝卷常持念，护法龙天在眼前。善男信女要诚虔，功圆果满上西天。

愿以此功德，普及于一切。诵经报平安，诸佛降吉祥。

在有些宝卷中，常在结尾唱“十大愿”、“十二大愿”等，现在青海宝卷中的仪式文“十大愿”、“十二大愿”即为宝卷结尾时的“结经发愿文”，只不过在仪式中独立演唱而已。

车锡伦对宝卷的宣讲形式进行过分析，认为宝卷的宣讲承袭了“俗讲”、“说经”的形式：开经偈、香赞、收经偈相当于“俗讲”的押座文、开题、表白；白文、十言韵文借用了“俗讲”的说解、吟词，但改“俗讲”的七言为十言；词调则是“说经”的变体。同时，它又杂糅了佛道经卷和各种词、曲、戏文等形式。从存世最早的明代演释佛教经典、教理的宝卷《大乘金刚宝卷》看得出，宝卷演唱开始时，要举行“恭请十方圣贤现坐道场”（“请佛”）、“讲解经题”、“举香赞”、“请经”“开经”等复杂的仪式，结束时要说唱“道场圆满”、诵“结经发愿文”、“随意回向”等。①

《黄氏宝卷》中的“游地狱”是多种宝卷中最为常见的主题。“游地狱”的主题出现在多种宝卷叙事的结构之中。在青海宝卷、河西宝卷、洮岷宝卷中的《目连宝卷》、《观音宝卷》、《唐王游地狱宝卷》、《张四姐大闹东京宝卷》、《劈山救母宝卷》、《包公错断查颜散宝卷》、《刘全进瓜宝卷》和《葵花宝卷》等宝卷中都有这个主题的运用。“游地狱”的这一主题首先出现在早期的佛教宝卷《目连宝卷》，而这并不是它最早的源头，早在唐朝《目连变文》中，就可以见到这一主题的运用。如果追溯的更远，则涉及离去和回归、神话式的死亡与再生主题，世界各地的著名史诗中都有这样的叙事模式。在《奥德赛》和《伊利亚特》中也屡见这样的叙事模式。在此类型的叙事模式中，主人公或因为犯了错误进入地狱，或因冤屈致死而进入地狱，或被迫远走他乡，故事发展的高潮是主人公在地狱中得到公平的对待，并由此得以死而复生，并回归阳间，最终成功地解决危机或报仇雪恨。故事的主人公“游地狱”的主题建立在中国传统文化的基础之上，即民间信仰中冥府和地狱信仰之上。这个主题一旦在叙事中出现，就给听众一种心理期待，期待故事按照自己所熟知的口头传统而进行，一旦违背这一传统，宝卷的叙事就不会被认可。作为诗歌创作中一种世界性的现象，主题并不只是作为记忆手段出现在长篇叙事诗的创作中，而是作为一种从听众那里得到本能的、固定的程式创作的普遍方式，而出现于长诗或短诗之中。用于演唱的诗歌，不管它们是叙事的还是抒情的，都把听众的直接认可作为成功的首要标准，而主题创作即是引导听众认可的最方便也最合适的方式。

借用主题，除了念卷者易于在其控制下的叙述结构继续讲述某一故事而外，主题还可以限定听众的联想，并统一所叙事件的先后顺序。在《刘全进瓜宝卷》中，“游地狱”的主题一再被运用。宝卷讲述李世民因在地府许下进瓜之事，发出榜文，招募前往阴间进瓜之人。富翁刘全怀疑妻子不忠，将妻子李翠莲痛打一顿，李翠莲上吊自杀。刘全后悔不已，埋葬了妻子。因不行善事，逼死妻子，天庭传火神下界，将刘全家业尽数烧

① 参见车锡伦《宝卷的形成和早期的佛教宝卷》，《文史知识》2006 第 1 期；濮文起《宝卷学发凡》，《天津社会科学》1999 年第 2 期。

毁。刘全父子三人上街乞讨，揭了榜文，种瓜以待完成唐王差事。刘全种下北瓜，来到阴间，阎君因刘全进瓜有功，增加阳寿三十六岁，并带妻子李翠莲还阳。从《唐王游地狱宝卷》中生发的“游地狱”主题，进一步引发《刘全进瓜宝卷》中刘全“游地狱”的叙事结构，二者同属一个主题，具有相同的叙事模式。《唐王游地狱宝卷》的结束也引起了唐三藏取经的故事。宝卷作者在传统之内用谙熟于心的叙事结构，根据叙事模式不断地用同一个主题衍生出不同的故事。经过无数次地听卷，宝卷念卷者在开始演唱前，便已经熟悉了这种主题的模式。他无数次听过主人公悲剧故事，而解决悲剧的最好的模式（在现实的观念中）是在地狱中得到公平；进入地狱的顺序，十八层地狱的逐次描述，阎君以及判官、小鬼的形象，公平的判罚，脱离地狱进入阳间，戏剧性的结尾，这些对听众产生了深深的印象。念卷人在最开始的时候，吸取了这些主题的结构，就像他吸收了程式的节奏和模式一样。

一些大的主题，特别是一些担当故事核心的主题，是最大化的程式，因为编创者不断地沿袭这些主题——程式敷衍出新的故事。这要比一些描述情景的程式更为重要。但是这并不是说这些主题因是一个口头叙事中大的程式就会一成不变。“主题的形式在歌手的脑子里是永远变动的，因为主题在现实中是变化多端的；在歌手的脑海中，一个主题有多种形态，这些形态包括他演唱过的所有的形态，虽然他最近的表演自然而然地在脑海里记忆犹新。”① “游地狱”为主题的叙事模式中，对游地狱的过程描摹有长有短，情景的描述有详有略，如在《目连宝卷》中，用了占全篇五分之四的篇幅，八千多字来描述目连在地狱中所见的可怖情景和救母的艰辛历程，《唐王游地狱宝卷》中则用了三分之一的篇幅，《刘全进瓜宝卷》中只简略地描述刘全和李翠莲在地狱中相见的情景。这说明宝卷变化的、有适应的创造。演唱者在运用该主题的时候，可以随心所欲地根据叙事的需要和听众在当下情景中的反应，拉长或缩短该主题，也就是说宝卷内容可长可短，取决于念卷人对情节的取舍上。

据车锡伦考证，《黄氏宝卷》是早期佛教《香山宝卷》、《王文宝卷》、《红罗宝卷》、《刘香女宝卷》和《黄氏女宝卷》之一。宝卷《黄氏

---

① ［美］洛德：《故事的歌手》，尹虎彬译，中华书局2004年版，第136页。

宝卷》较为严格地、完整地传承了早期宝卷的这些仪式性要素。这部宝卷明代以来流传很广。《金瓶梅词话》第 74 回薛姑子宣讲《黄氏女卷》，与宣讲《金刚科仪》一样，《黄氏女卷》开头也是以赋体文导引，接着唱诵偈子，其后演唱佛曲。说白与吟唱、散文与韵文参差齐用。与第 39 回王姑子宣讲《五祖黄梅宝卷》不同的是，此处偈颂为四、三句式的七言韵文，四句、八句、十一句为一组，参差排列，而且，在宣卷中，还有歌妓弹奏琵琶、演唱时曲助兴。

从宝卷引文看，它所依据的原本是明代民间宗教家的改编本《佛说黄氏女看经宝卷》。清代所传有两种卷本，一是《三世修行黄氏宝卷》，又名《黄氏宝传》、《对金刚经宝卷》等，它是清代先天道的改编本；另一种是《王氏女三世化生宝卷》，简名《三世化生宝卷》，又名《王氏女宝卷》、《王氏桂香宝卷》等。另外还有多种民间宣卷艺人的手抄本。

《黄氏宝卷》在中原地区广为流传，曾一度流传到西南白族地区，《黄氏女对金刚经》（以下简称《黄氏女》）在白族文学史上并不是思想与艺术最出色的民间叙事诗篇，但其在民间流传广远。1963 年出版的《云南民族文学资料》11 集中，载有从剑川采录的《黄氏女对金刚经》两篇异文，其一是刘举才抄本，共 2310 行。另一份出自歌手张明德之口，只有 700 余行。这件作品以长诗和故事形式流传于剑川、洱源、鹤庆、大理等县市。白族《黄氏女》在宝卷的基础上世俗性、悲剧性和抒情性因素的增强，具有新的民族特色，体裁上转化为民间长诗。从长诗的艺术特点看，它与南诏以前及南诏大理国时代的白族文学都有显著不同。这篇长诗中的人物性格不是由作者介绍和说明，而是通过人物自己的语言和心理活动去表现。其篇幅之长，所反映的社会关系之复杂，描写之细腻，心理刻画之深刻，在古老年代白族文学中是不大可能找到的。[①] 从形制上看，青海《黄氏宝卷》符合早期佛教宝卷的一些特征，是较早流传到青海地区的一部宝卷。至今在土族中流传的《黄氏宝卷》仍是如此，保留了宝卷早期的特点，其稳定性较强的原因是在青海地区，民众把宝卷视为

---

① 刘守华、刘晓春：《白族民间叙事诗〈黄氏女〉的比较研究》，《民间文学论坛》1997 第 4 期。

“经”，在传抄中，要尽可能保持“母经”的内容、特色，一般不允许随意改动，念卷时也要照本宣科，不能念错，如果抄卷时错误太多，则被视为对经文的不敬，也是对神灵的不敬，因此，有些宝卷在经历了漫长的岁月之后，仍保留着原初的内容和形态，宝卷的稳定性要大于其他民间文学和民间宗教文本。

第三节 《金花仙姑成道传》

《金花仙姑成道传》是青海宝卷中唯一一部以地方传说而改编的宝卷。这部宝卷以民间传说为肇始，从兰州向西，以甘肃临洮、兰州、永登为中心，进入青海民和等地，从而形成一个金花娘娘的信仰圈，在信仰圈的基础之上，民间宗教教派又把这个传说和信仰编创为一部宝卷。有意思的是，以金花娘娘为中心的信仰的建立，既有民间力量的参与，也有官方的参与，朝廷以“神道设教”为目的，促使金花娘娘信仰进入官方的祭祀序列，成为民间与官方信仰建构互动的一个特例。

金花娘娘传说的历史背景是明朝初年。据当地口头传说，明朝洪武年间，兰州井儿街（今兰州南关十字附近）有一户人家，男的叫金应龙，女的方氏，农历七月初七晚，方氏生下一女，取名金花。金花自幼与众不同，端庄聪慧，从 3 岁开始不食荤腥，不穿帛衣，4 岁开始捻麻纺线。金花一直不长头发，这导致没有一家上门求婚，到了永乐三年（1405 年），金花父母便托远在临洮县王家沟村的亲戚做媒说合，父母将刚满 17 岁的金花许配给兰州南山大马莲滩（今属兰州市七里河区）的王尕福子，金花执意不从。迎娶前的晚上，金花一手拿火棍，一手拿麻线，将线头系在灶龛，出门离家西去。金花出兰州西稍门，去下西园与舅舅告别后，便一路向南，上晏家坪，经摸石湾、泉神庙，至神树岘稍歇。父母发现不见女儿踪影，心慌意乱，四处寻找。母亲追至晏家坪，不见金花身影，心中茫然，骂声“小冤家”，便返回。从此这里得名“冤家坪”，后改名为“晏家坪”（今兰州七里河区晏家坪）。方氏回家后，见金花所纺麻线垂空，下系灶龛，即让其兄天元依线追寻。当金花行至大岭山（今永靖县神树岘）时，被哥哥追到，金花直言：“妹妹乃慈航分形，光分南海，肩负普度众生脱离苦海之重任。如今功果圆满，已成正果，此行此别，不能后退半步。”哥哥不相信妹妹的话，就说：“你若真的成仙，可与我当面显个灵验。”金花遂将手中的火棍插于道旁巨石之上，只见火棍瞬间生枝吐叶，变为一棵枝繁叶茂的青松。哥哥目瞪口呆，方知妹妹所言不虚，只好长叹而归。兄妹分手，金花继续西行。又经关山乡蒲家沟，折向西行，过小干沟梁、格水岭、歇马殿、黑山顶，直达塔什堡浪头山。金花登高俯视，只见吧咪山山势奇特，形如左狮右象，山上森林茂密，清丽美好，心知到了地界。这年农历四月初八，线尽功成，金花将躯体抛入吧咪山无影洞中，羽化成仙。据传，金花仙姑在吧咪山羽化成仙后，每当连年大旱，民不择食，单单吧咪山中生长出一种野糜，满山遍野，俗称“吧咪”，人以其为食，救活了无数生命，故当地百姓认为这是菩萨显灵，故将此山称为“吧咪宝山”。

金花仙姑的主庙在永靖吧咪山。《甘肃古迹名胜辞典》载：“传言光绪年间，大旱饥馑，满山忽生吧糜，味美能食”，百姓赖以度过了荒年，感谢金花仙姑保佑，故称黑山为“吧咪宝山”。《黄河三峡移民志》以为此地为道教圣地，常常诵读“唵嘛呢叭咪吽”，吧咪山因而得名。也有人认为“吧咪”为梵语，意为“莲花”，比喻心如莲花一样纯洁无瑕，或山形如莲花美妙。

金花仙姑成仙后，当地百姓于明成化四年（1468 年）建庙供奉。初时修建池庙一间，绘画金花菩萨神帧一幅。到了清乾隆八年（1743 年），建了吧咪山池庙金花菩萨大殿三间，泥塑神像供信众敬奉。很快，因其灵感四方，便由起初的地方神转而成为吧咪山方圆百里内信奉者共同尊崇的神灵，吧咪山也随之成为道教圣地，历代有所兴建。

民间传说中的主人公是一位普通的姑娘。故事背景发生在明朝，受元杂剧中神仙道化剧的影响，以及明朝修行故事的大量出现，把金花娘娘的故事置于这一历史时期，是符合当时历史文化环境的。从传说来看，金花娘娘的故事具有浓郁的民间色彩。传说要进入信仰，成为信仰的一部分，那么进一步的仙化是必须的，也就是在民间传说的基础上，进一步渲染金花的神迹，提高金花的神格：

“仙姑源自纣，慈航之化身也。圣德纯固，次化一气，白衣之大士也；大士者，即白衣菩萨也。慈心度世，普济八难；证圣位于普陀圣境，身骑鳌鱼背，水洒柳枝，即南海观音菩萨。普济元君，威镇圣境，普救群生，屡身化气者莫不感应。

因菩萨赴王母娘娘蟠桃大会，观见甘肃临居西海，妖雨精邪害民，菩萨慈悲普度，随化一峰。在兰州东乡金家崖头，有金百万，妻方氏非凡，她是上界仙菩玉女降凡，梦吞日月，渐而临时降生一女，取名天姑，至三岁时，一心向善，百万夫妇屡劝不应，纺麻线于闺门之内。至一十四岁，心猿已定，欲西而游行，正逢明皇成化四年四月初一亥时，拜龛起行，将线拴定灶下，用于拖出门外正西匆行之，至燕子山何家岘，正半夜，歇宿片时，其父并兄天元来到，再三劝女回家，天姑言：女今已归山，怎得回家？女将把火棍插在石板之上，待明日能发青枝绿叶。天元依妹之言，将山后小马莲滩歇息片时，明日再看天姑之言何如。即往山后歇过一夜，至早晨，见火棍生出青枝绿叶，百万父子回家。

天姑往西行，至吧咪山，正当神居之地，游玩三日，遇戴和尚，心生异意，调戏娘娘，时不理。山中有名岩洞官居住，每日梳妆，洞左有一松树，至初八日，飞身在树，泄开池面，捉拿生人，借日传明，生人即戴和尚是也，自此娘娘登神位于吧咪宝山，实守兰临二地。惟哒什哼啰塑造神像，呼风唤雨，逐疫瘟邪魔，有感即通，躬求即应。……

金花仙姑，成道坐化，飞升落降，哒什哼啰庄南一山，古名黑山。”①

在民间传说的基础上，经文人的修饰、加工，金花的出身、神迹、神格有了明显的变化，如普通人家出身的姑娘，被改变为金百万家的千金之躯，捻麻纺线的生活改变为“仙姑源自纣，慈航之化身也。圣德纯固，次化一峰，白衣之大士也；大士者，即白衣菩萨也。慈心度世，普济八难；证圣位于普陀圣境，身骑鳌鱼背，水洒柳枝，即南海观音菩萨。普济元君，威镇圣境，普救群生，屡身化气者莫不感应”。

---

① （清）许尔炽、孙世贵：《金花仙姑飞升出山记》，《皋兰县西固采访稿·仙释》，清光绪十七年，抄本。

金花仙姑信仰的产生、流布与信仰圈的扩大，使官方对此信仰产生了兴趣，遂即对此信仰加以利用，“因庙而祀”，进入官方的祭祀。到了光绪年间，关于金花仙姑修行成道、显应救助百姓的传说影响很大，地方官吏、绅士开始筹划把这一信仰引入官方祭祀，这在清官方文献里有记载，“据皋兰县绅曹炯等秉称，甘肃地方高寒，雨泽稀少，每遇春雨亢旱，地方官民祈祷甘霖，其旋至立应者，惟邑西南一百二十里之巴密山山神女祠。绅等查志载，神女姓金氏，明时生于省城南门外井儿街，自幼端谨不轻言矣。尽意静坐，专事焚修。人咸异之。及及笄，父母欲字之，金氏弗愿，后至巴密山石崖间辟谷修炼，瞑坐而化，时成化四年也。殁后，居民有事祈祷无不立应。近缘亢旱，官民迭次祈祷，立沛甘霖。”兰州地方官绅试图把金花列入官方正祭，“瑾因庙而祀之查明金氏事迹，请奏加封号列入祀典。……臣维祀典能御大灾，则祀之。我朝百灵效职，凡遇祈祷有应着，一经臣工奏请，无不立予封号。兹查金氏女幼秉贞，长登仙籍，数百年后其精灵尤能庇荫桑梓，祷雨辄应，准诸御灾之典，应在从祀之列”。[①]“因金花仙姑祈雨辄应，功德于民，具呈报恳请总督奏禀光绪皇帝旨饬礼部，准加封号，列入祀典。”[②] 其结果是光绪七年（1881 年）农历正月十九钦定后，陕甘总督左宗棠准旨敕建灵感神祠，并自捐俸银 500 两，募集白银 5000 两，在同治二年焚毁废墟上重建池庙及大殿，左宗棠亲笔书写“敕建灵感神祠”铜匾一块。

调查中当地村民说吧咪山建庙伊始，仅限于吧咪山周围村民的朝山敬香活动，随着时间的推移，金花仙姑的影响面扩大，周围朝山敬奉者越来越多，每年农历三月三举行金花仙姑庆祝西王母圣诞的祈祷活动，四月八举行纪念金花仙姑升仙日庙会，七月七举行纪念金花仙姑诞辰等民间庙会蔚为风气。

有趣的是，民众所自创的神，在宝卷为载体的传播下，引起了官方的注意，官方奏请朝廷对其封号。神道设教历来是统治者惯用的手法，同时也反映出统治阶级意在通过这种方式以彰显其顺乎民意，体察民情的姿

---

① 台北故宫博物院：《宫中档光绪朝奏折》第二辑，台北故宫博物院 1974 年版，第 163 页。

② 同上书，第 164 页。

态。其实，在统治者看来，对神灵世界的管理与对人世间的控制是完全一致的。不过，能否赢得官方的认可而被列入祀典，神祇的灵验程度至关重要。金花仙姑的事例说明女神的造神在民间信仰中是一个常见的现象，模仿《观音宝卷》修行、成道、显灵的宝卷层出不穷，地方民众也模仿这些宝卷中的女神创造出自己身边的女神来，毕竟这些来自身边的女神无疑具有更高的亲和力，官方为了方便与自己的教化和统治也参与其中，乐此不疲。

吧咪山位于今甘肃省永靖县内，向西经甘肃永靖大河家渡口过黄河，即进入青海民和境内。青海原为是甘肃省一部分，1929 年建省，这一地区是金花娘娘信仰的流传地域。金花仙姑传说后来向西流传，被编为宝卷《金花仙姑成道传》，今天主要在河湟地区流传，《金花仙姑成道传》约为 140 行，接近 1000 字：

一更接旨离南海，三教会议降凡来。各州府县人心坏，恶多善少咱安排。

兰州府第金儿街，丹凤朝阳寻母来。观音老母把圣胎，抽查换象老嫩来。

神仙下凡清了街，太白金星陪驾来。先天一气智慧间，一洞圣贤离母怀。

早朝晚拜行孝道，日有三餐吾自造。金凤玉兔霞光照，何似鹦哥父母孝。

蕨麻工果在家中，龙女现身黄婆通。城里关外闹哄哄，因此成亲抛红尘。

叫声哥嫂听吾言，恭敬双亲孝为先。麻线拴在灶爷板，翻身越墙出家院。

二更到了大岭山，望见兰州心里酸。丢下父母手足散，泪如雨点心刀剜。

手拿火棍向前探，忽然后面有人喊。慧眼一转哥哥跟，向前三步退后难。

叫声贤妹你且站，口干舌燥腿麻酸。半夜归山为哪端，父母在家泪涟涟。

天地藏宝日月现，成化四年吾出现。观音救劫下了凡，迷人不知隔千山。

若还不信显手段，火棍插在青石板。先天一气枝叶现，一棵松树在眼前。

吾行西来你回东，二人珠泪如雨滚。速回家中把母通，天明定然来相逢。

三更到了吧咪山，功圆果满麻线完。线杆插在半石山，急速生根枝叶现。

一双眼睛如电闪，四大部州在眼前。山跑野鹿圈圈转，虎狼豹子来站班。

后有一座马汉山，一股正脉回龙转。青枝绿叶松柏现，百鸟朝贡在眼前。

黄河迎接洮河缠，山中锦绡说不完。五色浩光层层现，真是生我一洞天。

无影洞里金光现，金花仙姑把身安。山前山后不见人，左狮右象来把门。

双脚立刻水晶洞，玉龙捧圣百脉通。白玉池水流在中，沐浴持念炼金身。

四更接旨上天空，三拜九叩见祖真。八宝供献一起上，金童玉女来跑堂。

八卦仙衣紫罗衫，金帽玉带真齐全。凤冠霞帔不差点，登云朝靴赐面前。

王母真祖来奉赠，万万菩萨你为尊。所有仙佛在其中，无数神将你一统。

三期劫制叫你治，细观细问早谢恩。无数真人不回宫，大赦慈悲要度真。

诸佛菩萨各奉旨，无恩所报真祖恩。三拜九叩两离分，吾领玉旨下天宫。

五更领旨回天官，诸位仙佛来一统。左出右入来朝拜，金杯三盏要常斟。

三期劫制鬼神惊，所有仙佛你细听。玉皇恼怒一摔手，天翻地覆火浇油。

十家之中不留二，看到此劫鬼神愁。雷公雷母一起走，韦陀护法在后头。

五斗阎王结冤仇，东杀西砍何日休。吾叫神将一齐有，哪个违令要斩首。

三期大会吾行舟，善男信女上法舟。四大部州吾游完，一到兰州我府前。

佛公佛母龙眼看，我是何人到此间。忽然母子重相见，好似青天明月现。

金帽玉带金光闪，好似天仙女状元。全家大小上法船，一到天官乐清闲。

五泉山来罗汉洞，缘通西天受香灯。方方设教处处坛，佛子佛孙速上船。

吾领玉旨度众仙，无数真人回官殿。度了天仙度地仙，人间有缘早上船。

善者菩萨恶夜叉，妖精魔怪双足蹋。三十六宝手中拿，祭起宝塔怕不怕。

吾劝世人越高朝，四大部州翻一跤。须弥一劫哪里逃，忠孝节义路两条。

千军万马来往飞，大鹏展翅无故时。三期劫运细不推，指向云头王西归。

全文以第一人称的口吻叙述金花仙姑成道的出身、经历、成道后的神仙气度。《金花仙姑成道传》成书的历史可能为清中叶以后，这一时期是民间宗教教派在青海流传的时期。从内容来看，这部宝卷除叙写民间传说的主要内容外，还加入了民间宗教教派的一些宗教思想，如“全家大小上法船”、“三期劫制”等。民间宗教的宗教思想把道分三期降世，即青阳、红阳、白阳三期，宗教宝卷一般宣扬造世界和人类的是无生老母，她住在真空家乡，最初的世界一片混沌，后她又造出九十六亿特殊的人叫“原子”，让他们生活在人间。不想“原子”被物质迷了本性，作恶多端，老母一怒之下要降下灾劫打算消灭这个世界。但经诸天佛的哀求，老母终于答应在降下灾劫以收杀恶孽的同时，也降道挽救贤良。道分三期降世，即青阳、红阳、白阳三期，每期各派一位祖师掌道，即先天燃灯佛，中天释迦佛，后天弥勒佛。但前两期渡回的原子不过四亿，余下的92亿就要在白阳期渡完，为此只好大开普度。大开普度的措施首先是“三教归一”。我们能够看出在这部宝卷中，民间宗教教派把民间传说和民间信仰——地域化的信仰作为自己可以利用的宗教资源，进一步加工、充实，加入自己的教派思想，使其成为其教派宗教思想的一部分，并通过民众们耳熟能详的民间传说和信仰，扩大影响，吸引信众。这种对地方文化的吸收与借用是民间教派能够适应地方文化环境并传播的主要方式。

值得一提的是在河西宝卷中也有把地域性信仰改编入宝卷的情况，清康熙三十七年刊于张掖的《敕封平天仙姑宝卷》即以当地民间信仰“黑河仙姑”为中心编写的宝卷，该宝卷为刻本。

这是目前所见时代最早的由甘肃人编写、讲述甘肃故事并在甘肃刻印的宝卷。编辑者是一位“候诠同知”，即候补府、州政府副职官。这部宝卷的助刊者即振武将军孙思克，汉军正白旗人，《清史稿》卷二五五有传。①

《敕封平天仙姑宝卷》以当地民间信仰——黑河仙姑的修行、得道、建桥、显灵、惩恶扬善等事迹来演绎传说故事。《甘州府志》“人物”（下）“仙释”载女神的传说：“汉仙姑，未详姓氏，张掖河（今称黑河）北人。修道合黎山（山在今张掖市），见黑河横溢，誓愿建桥一座，以济居民。言曰：‘桥成即我成道日也。’未几，身投水中，起坐片木至今庙处泊焉。经数日鸢鸟不侵，香闻数里。土人埋之，得铁片‘平天仙姑’字，共立为庙。”“霍去病西征，迫于虏，抵黑水，遇浮桥逸渡，迫至者俱陷，见仙姑空中。后夷人焚庙，穹庐瘟疫，乃为重修以忏。迄祈祷灵验，户皆尸祝。西夏王尊称贤觉至光菩萨，乾佑七年李仁孝敕云：哀愍此河年年暴涨，漂荡人畜，故以大慈大悲兴建此桥。’即指仙姑灵也。”② 这部宝卷极富地方色彩，宝卷的格式和其他地区明清宝卷的形制一致。这说

① 此卷原为已故马隅卿收藏，今藏于北京大学图书馆。参见车锡伦《明清民间宗教与甘肃的念卷和宝卷》，《民俗研究》1999年第3期。

② （清）钟赓起著，张志纯等校注：《甘州府志》“人物（下）”，甘肃文化出版社2008年版。

明至少在清康熙年间河西宝卷不仅流传较广，而且当地人根据地方传说编写宝卷。以宝卷为载体的仙姑信仰是当地至今仍为兴盛的信仰之一。该宝卷提供给我们的信息是，西北宝卷及宝卷念卷艺术应早于清朝，至少明朝末年已经传入河西地区。与河西相邻的青海地区，宝卷的传入和宝卷念卷活动如果保守估计，在清中叶以后就已经存在了。

传说广为流传的结果是推动了金花仙姑的信仰圈的进一步扩大，而金花仙姑进入官方祭祀范围，使金花仙姑信仰灵验故事急剧增加，正如曹炯在奏折上所书“金氏女幼秉贞，长登仙籍，数百年后其精灵尤能庇荫桑梓，祷雨辄应”，金花仙姑在民间的神格为主管甘霖。金花仙姑就担当起了降雨的重任。据传，清康熙八年（1669 年），天久不雨，“晒得石头上生火，柳树上冒烟”。于是，金花仙姑威灵有感，始行取神水。清刘尔炘撰《善长孟翁祈雨记》曾记载过这样一个求雨的事例：

> “陇上自昔多亢旱，从事祈祷术者无虑千百，而莫劬于吾皋兰马莲滩之术，俗呼之曰行旱水者，盖往往以身殉也。其术主者一人，号曰捧；次捧水者二人曰炉头；又次二人曰湫夫；又次八人曰居士，共十三人。必皆妻原配有子若孙，行谊孚众，方可入选；而主者尤必年逾六十。选定黑巾白衣，跣其足，沐浴讫，即水浆不入口，遍谒各庙，遍于各庙池为文祷之，名曰下请书，如是者七日，乃往吧咪山金花仙姑祠取水。祠距村约六十里路，口诵佛号，一步一拜，尽一日始抵祠，默祷仙姑前取神水，而后归。其取水也，瓶用黄蜡封，系以红绳。主者捧瓶，背立池侧，颠其瓶由背下注于池。炉头伏池侧，谛视时许，挈瓶上开蜡封验之，得水分许，吉。或过或无，皆不祥。归时拜诵如初。既归，供瓶神前，合村膜拜，以俟。而主者已不饮不食约旬有余日矣。噫！古之忠臣义士，如灵辄申包胥之俦，其不饮不食不过三日耳，七日耳。而今竟如是，可不谓之苟难乎？清光绪二十有四年，岁大旱，村人谋举行旱水事，以村中耆德善长孟翁适符选格，卜之神，又吉。翁时年逾六十，闻之慨然为己任。一遵礼俗，罔敢或訾比归，惫不支。其夕大雨如注。次日，翁卒，雨三日夜不休。呜呼！天人之际亦难言矣。村祈里祷，往往沿古昔乡傩之遗意，事同儿戏而道在人为。语云：“精诚所至，金石能开”。此盖有不可以常理解者。

尝读《范史》《谅辅传》，称辅为五官，掾觅太守祈雨不应，乃自暴庭中，积薪柴聚茭茅，将举火自焚，未及日中，澍雨沾润，翁之格天，其此类也，夫翁名守元。（摘自《果斋续集》）

在青海东部，金花仙姑被称之为“带雨菩萨”，金花仙姑神格提升在民间还有一个传说。民国初年，张广建主甘时，连年大旱。城乡绅民呈请省府迎请吧咪宝山金花仙姑到兰州祈雨。张广建对绅民说：迎请金花仙姑祈雨，如三天内降下好雨，我将仙姑请到辕上隆重报答；如果三天内无雨，我就将仙姑金身扔入黄河。城乡绅民抱着忐忑不安的心情，从吧咪山将金花仙姑请到兰州，供奉于井儿街行宫（道光二十年竣工，址在井儿街西口路北，今不存）设坛祈雨。在祈雨的头两天，烈日炎炎，晴空万里。信众个个心急如焚。第三天限期已到，时至中午，天空仍不见一丝云彩，人们的心一下子悬了起来，眼巴巴望着碧空发呆。就在人们紧张企盼之时，东方升起一片浓云，渐渐向天空蔓延，霎时，浓云覆盖兰州上空，细雨沥沥，越下越大。兰州民众冒雨奔向井儿街金花仙姑行宫，敬香叩拜，感谢金花仙姑灵感。前往朝拜者人山人海，水泄不通。这时，张广建总督也派自己的轿夫赶来，请金花仙姑的神轿到辕上接受隆重报答。神轿抬至辕门，张广建带文武官员出辕门迎接，但八抬神轿却不进辕门。有绅老提醒总督：金花仙姑显灵降雨，你曾有言在先，要按功将金花仙姑的神位提升。张广建会意，便脱口而出：那就称“总统菩萨”吧。话音刚落，金花仙姑的神轿款款进了辕门。后来，这件事在省城兰州及各地广为流传，金花仙姑的尊号也因此改称“灵感金花仙姑总统带雨菩萨慈悲普济元君”。

从兰州向西，到永靖、民和、乐都等地，是黄土高原与青藏高原的交会之地，近百年来生态恶化，水土流失严重，多年干旱，即使在黄河边的民和，就有“黄河边上渴死人”的说法，在严酷的自然条件下，生产力尚未达到一定的水平，只能靠天吃饭，民众就把生存的希望寄托在神灵之上。传说辄遇大旱，民众向金花仙姑求雨，非常灵验。民间祈雨，由来已久，作为一种民俗文化现象，源于原始信仰和原始习俗。甘肃地处黄土高原，气候干旱，雨量稀少，尤其是地处甘肃中部和青海东部的永靖县、民和县、乐都等县，十年九旱，人们盼雨心愿更切。历传吧咪山金花仙姑祈雨灵验，周边永靖二十四庙、临洮十八庙、兰州大马莲滩六庙的信众，为求得神灵保佑，风调雨顺，常来吧咪山求雨取水，通称“水会”。由于各地水会的形式不同，各赋其名。永靖二十四庙俗称“玉女神会”。

吧咪山水会由当地政府委派官员按神规举行，委派官员称把总。后因官府委派官员加重了农民的负担，便下放地方，由哒口什哼啰村民推选德高望重者担任把总，统领玉女神会。每当遇到旱年，村民众议祈雨，便举行水会，沿袭至今。民国三十四年（1945 年）曾举行玉女神会，2001 年经县宗教局批准，又举行了一次，在调查中，民众普遍认为祈来的及时雨的确缓和了旱情。

由灵验故事，推动金花仙姑的信仰与祭祀圈迅速扩大。隶属吧咪山总庙的尚有后山（永靖）二十四庙、前山（临洮）十八庙、大马莲滩（兰州）六庙。分散在兰州、临夏、东乡、永靖等地区的金花菩萨庙有数十座，主要有兰州市柳沟大坪、寺儿沟、梁家湾、青石咀、新城、河湾、段家滩、钟家河、五泉山、桃园，临夏县赵关、大庙山、辛傅、大河、泉眼、贾家塬，临夏市金花占坛，东乡县河滩金花坛，永靖县砂子沟、龙汇山、陈家沟、雾宿沟、下铨、三塬、新塬、陈家、上古、太极川等，青海民和官厅、甘沟、满坪、马营等几乎全县乡镇，以及青海乐都、互助、平安等县。虔诚信众遍及青海东部各县、甘肃兰州、定西、临洮、甘南、临夏、东乡、皋兰、榆中等市、地、县。吧咪山金花仙姑大殿，供奉的金花菩萨塑像为坐神；哒口什哼啰金花仙姑总庙供奉的菩萨神像为八抬轿行神。遇有神事活动，须请菩萨外出时，请的时候八抬行神，赴各地活动。不需外出的一切神事活动都在吧咪山池庙举行。每当天旱的时候，民众就抬出金花仙姑的神位，上香、供祭，祈祷行雨菩萨降下甘霖，保佑五谷丰登。

《金花仙姑成道传》是祈雨仪式中重要的文本。从金花仙姑传说、信仰以及宝卷起源与形成过程的分析，我们可以看出民间宝卷的成型过程，这在地域性宝卷的形成中比较明显：从最初肇始的某一位神灵的传说、故事，开始扩大、传播，因而在更大范围内产生了对这一神灵的崇拜与信仰；崇拜与信仰的结果是在原来传说的基础上，又产生了大量的与这位神灵有关的传说或故事，这就是大量的灵验故事的产生；而这些灵验故事进一步推动了信仰圈的扩大与信仰民众的增多；同时这些信仰与传说，包括灵验故事也进入了民间说唱（如说书、宝卷讲唱等）、民歌等民众喜闻乐见的民间艺术形式中，且产生了有关信仰的文本（经文，如宝卷）。这不仅稳定了这一信仰，也推动了信仰的进一步流传。有些情况下，民间宗教家也借民间信仰中的神灵形象，自己的宗教思想融入其中，借而推广其宗教思想体系。前面所说的张掖黑河仙姑的成道故事与信仰，《仙姑宝卷》的编创，和甘肃、青海金花仙姑的传说、成道、信仰圈的建立与《金花仙姑成道传》宝卷的产生，莫不是如此。

第四节 《目连宝卷》

《目连宝卷》中的主人公目连的原型来自于印度佛教传说。目连为摩揭陀国王舍城人，属于婆罗门种姓，原名没特迦罗。自幼出家，成名后与舍利佛各领一百人讲道。后带弟子皈依佛教。目连皈依后法名摩诃目健连，与舍利佛同为释迦摩尼座前十大弟子之一。目连救母的故事最早见于《佛说盂兰盆经》。日本学术界有人提出，这部《佛说盂兰盆经》在印度梵语原典和西藏译经里都找不到原型，因此应该是中国人创造的所谓的佛经。[①] 敦煌佛经里有一部《佛说净土盂兰盆经》（敦煌卷子伯 2185 号），在这部经里，目连故事的情节有了很大的发展。俗讲出现后，目连故事被改编成通俗讲唱。敦煌发现唐、五代及宋初手抄卷子中保留下来的目连救母故事题材的说唱文学作品有十余种。《敦煌变文集》收入两种完整的本子：一是转变的底本《大目乾连冥间救母变文并图》一卷（S2614）；一是说因缘底本《目连缘起》（P2193）。[②] 在敦煌卷子里还有《目连救母变文》、《目连缘起》等多种残本，故事情节进一步完善，其中《大目乾连冥间救母变文》是一个最为完整的本子。《目连救母》变文则主要依据《盂兰盆经》开始的一百多字，推演出一篇洋洋万字的富于文学色彩的故事。在《大目乾连冥间救母变文》中，目连的出生有详细的交代，变文说目连为南阎浮提人，父亲名辅相，母亲号青提，目连名罗卜。目连下地

---

① 廖奔：《中国戏曲史》，上海人民出版社 2004 年版，第 353 页。

② 王重民等编：《敦煌变文集》，人民文学出版社 1984 年版，第 714—745、701—713 页。

狱救母的情节基本趋于完整。从文学材料来看，目连故事是当时变文经常讲唱的故事之一，这个故事在中唐已成为家喻户晓的故事了。

从唐朝开始兴盛的目连文化，在宋朝以后迅速发展，目连故事开始进入民间说唱中，特别是在宗教因素较强的宝卷中，有多部目连宝卷问世，故事的情节开始变得曲折复杂，跌宕起伏，故事的人物形象变得丰满。民间中元节盂兰盆会的民俗宗教活动，进一步推动了目连故事的流传，目连故事的传播以民俗宗教为基础的宝卷念卷活动为一主要方式，另外民间目连戏的不断丰富和演出为另外一种方式。由唐代发展而来的目连故事，成为中国民俗宗教文化中一种瑰丽的、历史跨度非常长远的文化现象，也为中国文化留下了一笔丰富的文化遗产。

中国第一部以“宝卷”命名的宝卷《目连救母出离地狱生天宝卷》为元宣光三年（1372 年，亦即明代洪武五年）写本，本卷简名《生天宝卷》，或《目连宝卷》。孤本原为郑振铎收藏，现藏北京图书馆。仅存下册，方册本。原为蝴蝶装，后又重新装裱为方册（约 30 × 30cm）。封面为硬纸板裱装黄彩绢，内文为页子，共 54 页。工笔小楷精抄，每页 12 行（单页 6 行），行 16 字，其中有 8 页为彩绘插图。郑振铎先生认为：“这个宝卷为元末明初写本，写绘极精。插图类欧洲中世纪的金碧写本，多以金碧二色绘成（斯类写本，元明之间最多，明中叶以后便罕见）。”郑所述本卷的时代，可为卷末页彩绘龙牌题识证明。此龙牌上部及左右绘金黄色三条龙盘绕，边框为红黄二色。题识为金粉涂写，因年代久远，字迹已模糊，仔细观察，仍可识读：

敕旨
宣光三年穀旦造
弟子脱脱氏施舍

“宣光”系元顺帝退出北京后北走和林，其子爱猷识理达腊所用年号，史称“北元”。宣光三年即明洪武五年（1372 年），恰是元末明初。本卷是作“功德”施舍的，佛教徒以抄写经卷为功德，敦煌莫高窟发现的那些出家人抄写的经卷即属此类。因此，他们作功德施舍的宝卷，所署抄写年代，没有必要去作伪。这是目前所见最早以“宝卷”为名、可考实抄写年代的佛教宝卷。传抄者脱脱氏为蒙古族姓氏，结合此卷抄绘、装帧金碧辉煌的形式，它可能是元蒙贵族之物。①

《生天宝卷》上册不存，下册的故事如下：

目连寻娘不见，在狱（火盆地狱）前禅定，夜叉报告狱主。狱主知目连为佛弟子，低头礼拜。目连告诉狱主，为寻母亲青提夫人而来。狱主遍查牢内没有其人，告诉目连，前边尚有阿鼻地狱，可去寻访。目连到阿鼻地狱铁围城下，无门而入。回还火盆地狱，哀求狱主。狱主告诉他：若开此狱，须去问佛。目连回到灵山，哀求如来。佛给目连袈裟、钵盂、锡杖。目连又来到阿鼻地狱，身披如来袈裟，手持如来钵盂，振锡杖三声，狱门自开。狱主知目连为佛弟子，让青提夫人暂出狱门，与儿相见。目连见娘枷锁缠身，遍身猛火，口内生烟，昏倒在地。醒来扯住亲娘，放声大哭，把钵盂中的香饭与母食。食未入口，即变为猛火。母子二人诉苦未尽，狱主催促。目连再到灵山礼佛。佛告诉目连：吾当自去。便领大众，驾五色祥云，放万道豪光，照破诸大地狱。一切罪人，蒙佛愿力，俱得超生。青提夫人因生前作孽深重，未得超升，而入黑暗诸恶地狱。目连得佛指示，礼请诸佛菩萨、十方圣众转念大乘经典。青提夫人仗佛神通，离开黑暗地狱入饿鬼城。目连见母亲受饿鬼形，又到灵山求佛。依佛言，请三世诸佛菩萨燃灯造幡，放生忏悔。青提夫人得出饿鬼城，去王舍城中托生为狗。目连又依佛言，于七月十五日中元节修建血盆盂兰会。启建道场，引母到会，受佛摩顶授礼。青提顿悟本心，永归正道。目连孝道感天动地，天母下来迎接，青提超出苦海，升忉利天，受诸快乐。

宝卷最后普劝后人，都要学目连尊者，孝顺父母，寻问明师，念佛持斋，生死永息，坚心修道，报答父母养育深恩。并劝人抄写这部宝卷："若人写一本，留传后世，持诵过去，九祖照依目连，一子出家，九祖尽生天。"

明清以来目连救母故事的宝卷一直十分流行，并出现许多不同的改编本。明正德初年刊无为教创教祖师罗清编《巍巍不动泰山深根结果宝卷》第24品所列"外道邪宗"经卷中，有一本《目连卷》；明嘉靖七年

① 车锡伦：《最早以"宝卷"命名的宝卷——谈〈目连救母出离地狱生天宝卷〉》，《宁夏师范学院学报》2007年第2期。

(528) 刊《销释金刚科仪》卷末书牌题识载同刊 11 种宝卷中也有一部《目连卷》。它们都是早期的佛教宝卷，可能就是上述《目连救母出离地狱生天宝卷》。嘉靖、万历年间，无为教徒便根据这部《生天宝卷》改编了一本《目健连尊者救母出离地狱生天宝卷》，其中目连出家后便向佛说："弟子要修无为大道。"明清流传的目连故事宝卷有《地藏王菩萨执掌幽冥宝卷》、《目连救母幽冥宝卷》、《目连三世宝卷》及各地民间宣卷人大量的手抄本《目连宝卷》。

图 2-2　岷县光绪年间《目连宝卷》手抄本

笔者在甘肃临潭、岷县等地做宝卷调查时发现当地流传一部《南无地藏王菩萨救苦经》，当地简称《目连经》或《目连卷》。这部宝卷不见于目前的宝卷辑录中。临潭等地的《目连经》最早的抄本卷末题有"光绪二十年岁次甲午全月朔八日抄写彩画功竣，发心善士　刘克一书"[①]，

① 这部光绪年间手抄的《南无地藏王菩萨救苦经》发现于甘肃临潭刘旗，大经折本装。

这本《目连经》的内容大致是：

新罗国王舍城有一王员外娶妻刘氏，刘氏是刘长者第四女名叫刘四娘，刘四娘与王员外配婚过门，夫妻如胶似漆，不觉数年，后来所生一子取名罗卜，罗卜自幼在九华山出家为僧，法名叫目健连，修行数年后在灵山如来佛下为徒，参禅悟道以成正觉。王长者修道成满脱体归天，员外自死之后五七当临，刘四娘请高僧高道修斋设醮追荐亡魂。邻右有一赌徒李狗，哄骗刘四娘杀猪宰羊，安排筵席，宰杀耕牛，大开五荤。刘四娘正与众人饮酒之间，有地伴业主听得刘四娘开荤未曾请他，叫骂而来。

刘氏正与众人饮酒，被业主骂得满面通红，心中愤恨。李狗设下奸计，把业主请上位坐下，将酒灌醉把他杀了，埋在后花园。每日天下雨，出入难行，刘四娘将五谷米面撒在路旁，在上面行走。这些事让日夜游神、刘四娘家下土地灶王府君、本境城隍都尉等神各具本章奏上玉帝案下，玉帝大怒，派雷神将李狗轰死。目连听说母亲开斋杀生，犯下无边罪恶，回家劝告母亲改过，刘四娘将目连大骂一顿。玉帝命东狱帝君酆都大帝传旨于幽冥地府阎君速差牛头马面判官小鬼，将刘四娘拿去地狱拷打问罪，受刑命罪，永不超生。目连来到金銮殿礼佛参拜哀告如来世尊，世尊见目连是孝子，赐了袈裟一领、明珠一颗、锡杖一根，去救母亲。目连来到地狱，上了望乡台，进入鬼门关，过了奈何桥，进入破钱山，过了枉死城，前后经过锯解地狱、血河地狱、滚汤地狱、拔舌地狱、寒冰地狱、磨研地狱、平等地狱，最后到了铁围城。各殿阎王不肯让目连母子相见。目连抡起明珠锡杖，“锡杖震动铁城响，铁壁就如风卷云，明珠锡杖来抡起，万里铁城一起崩”，城内恶鬼都逃出城来，目连母子才得相见。

目连母子相拥而泣，不防刘四娘又被转轮王殿上鬼使掠去，带到转轮王前发落。转轮王见目连请了西天佛旨救他母亲归天，遵佛旨将刘四娘发落阳间王员外家，变一白犬看家。目连来到王员外家，见到白犬，泪落下来，目连把事情原委给王员外说了，恳请员外让他带走白犬，员外欣然同意。目连带白犬到了灵山，如来世尊封白犬为坐下金狮子，封目连为幽冥教主本尊地藏观音，掌管幽冥地狱。

相对后期宝卷，这部宝卷的特点是对白较多。岷州《目连宝卷》和最早的这一部《目连救母生天宝卷》有一些一致的特点，首先，这两部宝卷都不分品，而宝卷分品是明正德“五部六册”后宗教宝卷的特征，早期宝卷多不分品；其次，两部宝卷的内容情节基本相同；再次，个别用词如“世尊”颇为一致，而后期其他《目连宝卷》经常用如来佛。这两部宝卷应该是有渊源关系。岷州《目连卷》应是一部早期的佛教宝卷，但具体年代尚无法考证，有待新资料的出现。《目连救母生天宝卷》中目连的母亲被称为“青提”，或“青提刘四”。岷州《目连卷》一概称为“刘四娘”，故事情节中加入了一个重要的人物——李狗，文章更多地渲染了地狱的恐怖，其中目连经过望乡台、鬼门关、奈何桥、破钱山、枉死城、锯解地狱、血河地狱、滚汤地狱、拔舌地狱、寒冰地狱、磨研地狱、平等地狱，最后到了铁围城，受尽诸般磨难，故事情节比《目连救母生天宝卷》丰富曲折，有可能是在《目连救母生天宝卷》的基础上，进一步通俗化，结合民间信仰改编而成。

岷州《目连卷》描写也很生动，笔触细腻，文学性较强，如写刘四娘在铁围城里想念儿子：

> 想儿想得肝肠断，望是望得眼睁红。
> 母子好似离弦箭，娘在东来儿在西。
> 千般苦情说不尽，万般凄凉诉不明。
> 何日与儿重相见，几时才得去脱身。

又如目连母子相见：

> 光头赤脚带枷锁，浑身打得血淋淋。
> 头发为何都拔起，脚手瘦如棍两根。
> 看来如同是饿鬼，为儿举目认不真。
> 只有声音全不改，方才认得我母亲。
> 刘氏认得目连子，就如云开见日明。
> 放声大哭齐□手，扯住孩儿诉真情。

目连虽然是个佛教人物，《目连卷》中对目连孝道的宣扬，毫无疑问是承载了儒家文化的孝，以佛教故事为躯壳，目连宝卷所承载着的是以孝为中心的道德观。岷州《目连卷》常用于民间“度亡”、给神佛还愿等仪式中。一般每次仪式中都要念唱目连宝卷中的几段，目连宝卷以一种深层民俗文化的面目，周期性地出现在民间的日常生活中，它给下层民众带来的精神和心理的影响更是其他宝卷无法比拟的。

青海现存有两个目连手抄本，一是戏剧本《目连僧救母宝卷》，当地简称《目连宝卷》；二是说唱本《目连救母幽冥宝传》。1989 年初冬在青海民和麻地沟发现的《目连僧救母宝卷》手抄本，共十卷，存八卷、佚二卷，还发现了说唱本《目连僧救母幽冥宝传》。从文本来看，《目连僧救母宝卷》并不是明清以来的宝卷，而是目连戏的演出剧本；《目连僧救母幽冥宝传》则是实实在在的宝卷。[①] 目连戏从母体讲唱本脱胎后，和母体并存、共同流传。在民和麻地沟发现的《目连僧救母幽冥宝传》手抄本用毛边纸书写，疏漏处颇多，错字、别字满篇皆是。除个别卷以外，大部分人物的道白简单、重复、公式化，水词随时可见。这一现象的产生，缘于 1953 年的一场大火，这场火烧毁了麻地沟村民精心保存的《目连僧救母宝卷》脚本。1954 年，村民们邀集目连戏老演员聚在一起，一字一句凑集并辑录了十卷本《目连僧救母》。由于讲唱形式不受时间、场所等条件限制，所以讲唱活动能经常进行，而且流播范围还扩大到青海省东部广大农业区。

这两个散佚近一个世纪的手抄本，在 20 世纪 80 年代被青海日报社高级记者辛存文和民和回族土族自治县教育局指导员范文翰在民和麻地沟发现，引起了很大的社会反响。2001 年 1 月，我国文化部专家组对青海目连戏进行了实地考察，认为“青海民和现有的《目连宝卷》戏剧剧本在我国戏剧史上属前所未有，而且在我国黄河以北也是第一次发现目连戏，在黄河以北是青海独有”。现今，作为宗教剧的青海目连戏已经消亡，手抄本成为这个剧种的一份遗产。说唱本《目连救母幽冥宝传》分上、下两卷，上卷《目连求道访明师》，下卷《刘氏开斋堕地狱》。[②] 剧本《目连宝卷》共 10 卷，除第 9 卷原有 6 册外，其余各卷为 1 册。20 世纪 60 年代，第 5 卷和第 9 卷共 7 册书被毁。现存的 10 卷本中，第 5 卷和第 9 卷

---

① 宝卷在明清以来的流传中，有多种称呼，其中“宝卷”、“经”、“宝传”等多见。

② 《目连宝卷》手抄本现藏于民和县西沟乡麻地沟村村民王存瑚家中。《目连救母幽冥宝传》手抄本的上卷抄于光绪十六年，抄录者为建康郡善信、金声、王镛；下卷由范承贤抄录于 1980 年。全本由杨正荣刻印。

各1册为后来补充，其文字和风格与其他各卷有别，剧情简单，内容也较为简略，这10卷是：《白云犯戒》、《员外上寿》、《父子从军》、《天仙送子》、《员外下世》、《刘氏开斋》、《青提归阴》、《目连出家》、《阴曹救母》、《刀山地狱》。手抄本《目连宝卷》传说原为南京皇家寺院——碧峰寺能仁禅院的镇院之宝，后院中高僧不满朱元璋以元宵社火讥讽马皇后脚大而发配竹子巷（音译）人到西土，遂于洪武九年带着宝卷，与发配者一同来到民和麻地沟，另建能仁寺，将《宝卷》密藏寺中。[①]

说唱本《目连救母幽冥宝传》分上、下两卷，上卷《目连求道访明师》，下卷《刘氏开斋堕地狱》。开篇先引一首《西江月调》，对整个故事的主题作了一个定调："世间善恶两类，果报看来无偏。暗室衾影细究研，神灵刻刻窥鉴。造孽多遭凶报，积德可列仙班。报应远近甚显然，丝毫不漏半点。"先说梁武帝存心好道，传旨创修庙宇，五里一寺，十里一庵，收留鳏寡孤独、无依无靠之人，又发银两，供给口粮。他的善行感动了西方二十八祖达摩尊者，来度武帝，武帝不识，得遇神光，将道遗于中华。梁武帝在位48年，被反贼侯景困死在台城，运粮前来的湖南长沙知府傅天斗也遭杀害。后来文武群臣扶元帝恢复了帝位，清查忠良之臣，其后裔准荫世袭。傅天斗之子傅崇在表兄李伦的撺掇下，背着母亲禀明上报，子顶父职做了长沙知府。傅母李氏劝解无果，忧思成疾，卧床不起，后来病故。

傅崇上任后，清廉正直，深受民众爱戴。但李伦暗起贪欲，与门公萧自然暴虐百姓，百姓有怨难申，怨声载道。上天震怒，用雷击死萧自然。傅崇得知母亲去世消息后，丁忧回家。傅家庄连遭三年大旱，颗粒无收，刁滑的李伦利用傅崇赈济灾民时借银还原秤、借粮还原斗、不加利息的约定，私造灌有水银的秤和双底斗，乡邻还不完欠银欠粮。上帝大怒，差破、败二星投胎傅崇家，傅崇妻子王氏生下二子，取名傅仁、傅义。这两人在李伦的引诱下，凡事不学好，无心上学，欺压乡党，强奸妇女，浪费家财。傅崇知道李伦引诱儿子，又查出他造假坑害乡邻的事实后，把李伦逐出家门。

---

① 以上资料为青海文化厅霍福提供，特表感谢。另参见徐明、霍福《青海目连戏》，青海人民出版社2007年版，第17—21页。

有一天星桥被水冲塌，傅崇捐资三千六百串重新造好了桥。桥修好之日，傅仁、傅义遭雷击死亡。李伦也口吐鲜血而亡，家中又遭火灾，家产化为灰烬，妻子谢氏和儿子李狗无处安身，被傅崇收留。后谢氏改嫁给张长秀，儿子李狗也随母下堂。李狗长大后，终日游手好闲，好吃懒做，遭到匪人连累，侥幸逃脱了官府追捕，来到傅家庄，被傅崇收留。

后来傅崇又添一子，取名傅象，在洗三之日，黄游主做媒，将刘万[illegible]之女约为娃娃婚姻，后来又收留父母双亡的伊俐做傅象的伴读。傅象16岁时，与刘四娘成亲，刘万[illegible]买来丫環金娄和小子金枝作为陪嫁，一家人生活得美满幸福。

傅崇死后，傅象夫妇遵照父亲教诲，乐善好施，看经念佛。家中内事由金娄、李狗、金枝、伊俐照应，外事由刘氏侄儿刘义（外号刘假）经理。燃灯佛造访傅府，与傅象谈论道行，不料李狗、刘假等人从窗外听得说有宝贝无数，逢人就说："我家主人宝贝无数，另修一房装之。"讲得王舍城中人人皆知，府衙中的人捏造傅象藏宝不轨的假词，县官贪图钱财，把傅象扣在公衙。幸亏丈人刘万筠、家人李狗合谋，向朝廷捐银三万两，得以解灾，并得到皇上的嘉奖，封傅象为员外郎，刘氏为一品夫人。傅象请求回家过田园生活，得到恩准。在回家路上，傅象遇到一人沿街叫卖萝卜，声明识得宝物分文不取，不识则千金不卖。傅象认识宝物，得到萝卜，供在家中，引起乡邻的好奇，纷纷来看稀奇物。人来人往吵得刘氏不得安宁，便把萝卜吃了，不料怀孕生下一子，取名萝卜。

萝卜长大后，伊俐、金枝陪他来到杭州访道。刘氏在李狗、刘假的引诱下，开斋吃肉喝酒，并打死前来劝解的老者，用大粪泼灶君，火化神堂神像，棍打僧道，杀生害命，造下罪孽。燃灯佛和元始变化为一僧一道前来劝解点化，刘氏恼怒，用顶门杠子劈头一棍，失手打死了前来报信的金枝。

萝卜在杭州慧光寺得到真传，参悟七日后，回家探母。路过金刚山时，被山大王张有达掳上山去，在即将开刀之时，受观音点化，张有达醒悟，弃恶从善，与萝卜结拜为兄弟。先叫伊俐回家报信，遭到刘氏的打骂。萝卜回家时，质问母亲为何开斋，刘氏在花园赌咒起誓："倘若开斋，火化葵花"，话音刚落，葵花树起火，刘氏被惊死。

萝卜在守灵时，梦中与母亲相见，见母亲被众恶鬼用绳拴拉，神鞭铁叉，打得刘氏血水淋淋。醒来时哭得死去活来，感动了观音老母，变成贫婆，来点化萝卜，并从怀中取出一本书，交给萝卜，说："你要身披鞍，口念此书，三步一拜，五步一跪，往西而行，不可退志。若有苦难，自有神灵护持。"萝卜救母心切，身披鞍，手捧书，三步一拜，五步一跪，去往西天求佛。一路上受尽饥饿和猛虎的威胁。观音为了考验萝卜的决心，在萝卜必经之路上化出茅庵，观音化为黄婆，玉女化作小女子，在天黑时留宿萝卜。任由小女子百般调戏，萝卜志向坚定，口念阿弥陀佛，不为所动，过了色关。观音为帮助萝卜早日成佛，命白猿将萝卜的书抢走，萝卜追白猿夺书，在即将赶上时，白猿跳入火中，烈烟腾腾，火焰高达数丈。萝卜哭道："天呀，我为母求佛，全靠此书，方能到得西天。如今书已毁坏，怎往西行？费尽辛苦，我母不能相救，事到如今，还要这命做甚？罢罢罢，不如拜过父母养育之恩，舍身罢了。"向王舍城拜别，抱住头，跳入火中，终于成佛，被五龙捧到大雄宝殿，见到如来佛。目连哭求佛祖救他母亲，他的孝心感动了如来佛，如来赐给他一道佛旨，往幽冥地府去救母亲。

刘氏被恶魔夜鬼押到一殿，秦广王审案，与金娄、李狗、刘假等对质论罪，将金娄、李狗、刘假等行抽肠破肚、拔舌挖眼、磨推锯解、油锅刀山诸地狱之刑后，打入阿鼻地狱，永远不得开脱。刘氏遍游十殿，殿殿拷打，狱狱受刑，受尽磨难。目连和尚来到鬼门关，判官出来迎接，告知他母亲已解往一殿受刑，目连便来到一殿寻母。不料，从一殿秦广王、二殿楚江王、三殿宋帝王、四殿五官王、五殿阎罗天子、六殿泰山王、七殿汴城王、八殿平等王一直追寻到九殿都市王处，都不见母亲面，最后寻到铁围城下。目连无法进城，又来到佛祖处，哀求佛祖救他母亲。如来又赐给一根金杖，可以震开大小地狱；一丸红珠，可以在黑暗中照明。目连再次来到地狱，震开铁围城，放走了八百万饿鬼，方才寻着母亲。母子相会，抱头痛哭。正当目连痛哭时，不见母亲，原来是十殿转轮王按照三曹详文，发刘氏投胎，放到山西平阳县，投生为一只白狗。目连又寻到山西，找到一只凶狗，凶狗对目连流泪哀叫。目连向狗主人讲明原委，化得白狗，放入经筐，平担而行，来到西天雷音寺，求佛慈悲，解救母亲。

如来佛嘉誉弟子大孝，叫达摩脱去刘氏的狗皮，转为人形。这时，达摩问刘氏："还是吃素，还是吃荤？"刘氏刚转为人形，神志昏迷，贪图口腹，说："我还吃荤。"达摩又将她还为狗形。如来佛大封傅家，傅象封为福德金仙；张有达封为金刚大帝；伊俐封为金童仙子；目连封为幽冥教主，镇守幽冥；刘氏青提封为狮子吼佛，每逢朔望，大吼三声，十殿王前来朝贺。目连因为打破铁围城，放走了八百万饿鬼，下凡投胎，脱化为黄巢，收回八百万饿鬼。

剧本和说唱本尽管反映的都是目连救母、示孝向善的主题，许多情节大致相同，如刘氏开斋、刘氏鸣誓、观音考验萝卜（罗卜或萝卜是目连的异名）、目连出家、刘氏下地狱等，但也存在很大差异：首先是人物关系不同，在剧本中，伊俐、萝卜和金枝是兄妹三人，与刘氏是母子关系；在说唱本中，伊俐是一名孤儿，金枝是位男童，他们都是仆人。此外，剧本中的王妈妈、一点窍等人物在说唱本中没有提到，而说唱本中的黄游主、刘万筠、金娄、张有达、李伦等人在剧本中没有出现。

其次是故事情节不同。说唱本的时间跨度很大，各人物的命运交代清楚，情节比较完整。刘氏从下地狱到转投为狗，目连救到灵山，佛祖大封傅家，是个大圆满的结局；而剧本只讲到刘氏上刀山就结束了，故事似乎还未讲完，这大概是宗教剧所表现的目的不同所致，也说明剧本不是说唱本的简单改编，而有新的创作。从故事内容和情节来看，剧本《目连宝卷》是依照说唱本《目连救母幽冥宝传》改编的，剧本名虽为《目连宝卷》，但加入了说唱、道白，是戏剧剧本，已不是说唱文艺形式的宝卷文本，而《目连救母幽冥宝传》是宝卷说唱的形制；再者，宝卷命名多有称“宝卷”为“宝传”者。在从宝卷说唱形制到戏剧表演的改编中，为了适应舞台的需要，对情节也做了一些较大的改写。

中国第一部宝卷《目连救母出离地狱生天宝卷》由于上册不存，青提夫人（即后世宝卷中的刘四娘）入地狱前的故事内容无法得知。在临潭、岷县等地流传的《南无地藏王菩萨救苦经》的宝卷中，唆使刘夫人开斋、杀僧、作恶的角色中，有一个重要的角色是李狗。但在元朝时流传的非戏剧类的目连故事中，这个人物并不存在。流传在宋元时期非戏剧类的目连故事，如发现于日本京都金光寺的《佛说目连救母经》，出版于元代中期的武宗至大四年（1311 年）辛亥年，这部珍贵的目连故事资料，宫次男氏在 1967 年第 255 号《美术研究》上公开影印发表。《救母经》的内容是：

昔王舍城中，有一长者，名曰傅相。其家大富，驼驴象马，遍山盖野。锦绮罗织，真珠满藏。诸头放债，莫知其数。长者语常含笑，不逆人情，六度之中，常行六度波罗蜜。长者忽然染患，遂即身亡。夫妇二人唯养一子，名曰罗卜。见父亡殁，葬于阿爷山之所。三年服满，来启阿姨：阿爷在日，钱财无数，今即库藏，并欲虚空，儿欲将钱出往国外经纪。遣奴益利运将钱本出，有三千贯文，分作三份：一份留与阿娘，供给门户；一份留与阿姨，供养三宝，为爷设五百僧斋；儿将一份往全地国，兴生经纪。

《报本忏法》是与《救母经》具有同样价值的资料，但在20世纪末的目连文化研究热中，鲜为人知。《报本忏法》原为钱南杨先生所藏。

《报本忏法》：是故经言，昔王舍城中，有一长者，名曰傅相。其家大富；驼驴象马，遍满山野。锦绮罗织，珍宝满藏。常行六度，不逆人情。忽病身亡，唯养一子，名曰罗卜。父既亡没，葬于山所。三年服满，遂启阿姨：阿爷在日，钱财无数，而今库藏，将欲空虚，意欲出外，经商买卖。娘即听许。遣奴益利，运出钱财，有三千贯，分作三份：一份留奉母，供给门户；一份留与娘，供养三宝，为爷设斋供佛饭僧；自将一份，往与地国，兴贩经纪。①

在这两个重要的资料中，都没有提到李狗这个人物，但是提到了目连的父亲傅相，另外还有一个角色：益利，但这个人物在《南无地藏王菩萨救苦经》并不存在。民和《目连宝传》中，傅崇、傅象、傅仁、傅义、黄游主、刘万[illegible]、金娄、张有达、李伦、李假、伊俐、金枝等非主要角色人物众多，故事相对前期的目连故事曲折复杂。对比这些非戏剧形态的目连故事，特别是目连宝卷故事，主要人物目连（萝卜）、青提夫人（刘四娘）是一脉相承的，主要故事情节如地狱情节从唐宋以来就保持着稳定的状态。但从一些非主要人物的变化和一些游离的故事情节来看，目连故事在不同的历史时代，被不断地丰富、扩大，不断地增加故事情节，在民和《目连救母幽冥宝传》中，我们可以看出，故事枝蔓繁多，洋洋万字，已经同元代以后的《救母经》和《报本忏经》不可同日而语。根据民间故事“层垒”的说法，即早期的民间故事情节简单，人物较少，随着历

① 刘祯：《宋元时期非戏剧形态目连救母故事与宝卷的形成》，《民间文学论坛》1994年第4期。

史的发展，时间的推移，故事不断地丰富发展，情节结构增加，人物不断增多，故事叙事就明显地庞大起来，而且越是情节丰富，人物众多，越是起源较晚，形成较晚。目连故事与目连宝卷也是这样一个不断地在故事母题基础之上“滚雪球”的过程。

和载于周燮潘、濮文起编的《中国宗教历史文献集成·民间宝卷》的《目连三世宝卷》比较[①]，民和《目连救母幽冥宝传》实际上是《目连三世宝卷》，在这部宝卷中，还有民间宗教教派的一些说辞，如佛祖对目连指示说：

我今日　即与你　改了名号，改目连　永远守　即可高超。
地府中　抽姓氏　天傍名标。指示你　先天的　虚无一窍，
四时行　百物生　又离此爻。行般若　波罗蜜　毫光朗照，
一元复　翻卦象　性与命交。九九功　甚辛苦　莫畏魔考，
志不坚　连祖玄　随下阴曹。

因此可以断定这部宝卷是一部民间宗教的宗教宝卷。在河西地区发现的嘉庆二十一年《目连宝卷》，与民和《目连救母幽冥宝传》一样，是《目连三世宝卷》，这两个地区的目连宝卷，则是民间宗教教派改动了早期《目连宝卷》，借用目连救母的故事来宣扬民间宗教的宗教思想。但从目连故事的发展形态来看，这部宝卷是目连宝卷中故事形态最为复杂，人物形象众多的一部宝卷。民和所发现的《目连救母幽冥宝传》，实则是《目连三世宝卷》，这在宝卷的历史发展中是比较常见的现象，民间宗教宝卷同卷异名或同名异卷的现象是比较常见的。

目连宝卷中，《目连救母生天宝卷》最早，这已经得到证明，岷县一带的《南无地藏王菩萨救苦经》要晚一点，青海民和《目连救母幽冥宝传》要晚得更多。民间传说手抄本《目连宝卷》，据说原为南京皇家寺院——碧峰寺能仁禅院的镇院之宝，后院中高僧不满朱元璋以元宵社火讥讽马皇后脚大而发配竹子巷人到西土，遂于洪武九年带着宝卷，

---

① 参见周燮潘、濮文起编《中国宗教历史文献集成·民间宝卷》，黄山书社2005年版，第七册。

与发配者一同来到民和麻地沟，另建能仁寺，将宝卷密藏寺中。这仅为民间的记忆而已，这部宝卷不可能在洪武年间就已经产生，这一时期，是目前发现的中国第一部宝卷《目连救母出离地狱升天宝卷》产生时期。

目连宝卷和目连戏是宋元以后兴起于北方的一种重要的民间文化。从目连宝卷到目连戏都与宗教紧密结合。青海民和目连戏剧本《目连宝卷》是在宝卷《目连救母幽冥宝传》基础上改变而成，这应该是没有疑问的。民间目连戏的演出，主要功能在于驱邪、祈福的宗教功能。青海目连戏是中国戏剧史上最具代表性的宗教剧，上述内容主要是宣讲孝道、劝人向善、阐释宗教教义的。在搬上舞台时，又分为30场演出，场次依次为：第一场《开幕演词》，第二场《白云犯戒》，第三场《员外上寿》，第四场《父子从军》，第五场《金刚岭遇难》，第六场《盛水还家》，第七场《三星送子》，第八场《金星起名》，第九场《城隍奏本》，第十场《三曹对案》，第十一场《员外下世》，第十二场《超度诵经》，第十三场《路经铁叉》，第十四场《刘氏开斋》，第十五场《达摩托梦》，第十六场《兄弟回家》，第十七场《刘氏鸣誓》，第十八场《刘氏医病》，第十九场《青提归阴》，第二十场《人曹审罪》，第二十一场《刘氏逃狱》，第二十二场《兄弟守孝》，第二十三场《白猿垒坟》，第二十四场《青石峡降妖》，第二十五场《灵山拜佛》，第二十六场《阎罗定罪》，第二十七场《十殿寻母》，第二十八场《人曹召将》，第二十九场《上寺降香》，第三十场《归位上山》。其中演8天阳戏（阳间戏）、7天阴戏（阴间戏），共15天，这在全国目连戏演出中是最长的。现今，作为宗教剧的青海目连戏已经消亡，手抄本成为这个剧种的一份遗产。像甘肃临潭的《南无地藏王菩萨救苦经》即《目连宝卷》一样，青海的《目连救母幽冥宝传》也是宗教性很强的宝卷文本。与临潭《目连宝卷》不一样的地方是，青海民和《目连救母宝传》中，加入了大量的故事内容，如《白云犯戒》、《员外上寿》、《父子从军》、《天仙送子》、《员外下世》、《刘氏开斋》、《青提归阴》、《目连出家》、《阴曹救母》、《刀山地狱》等，前四个情节在临潭宝卷中都没有。故事内容的加长，是为了突出娱乐性的需要。但从历史形态的发展演变看，故事的逐渐加长是一个“滚雪球”的过程，青海说唱宝卷《目连救母幽冥宝传》与目连戏《目连宝卷》同属于中国自唐以来的目连文化的一部分，而青海目连戏又来自于目连宝卷，因此二者又是目连文化的同源异流。二者相同的地方是与中国传统的目连文化相似，民和目连宝卷和目连戏都带有强烈的宗教色彩，青海民和的目连宝卷和目连戏，足以代表民间宗教文化中北方目连文化。

第五节 《鹦哥宝卷》

《鹦哥宝卷》又名《鹦鸽宝卷》、《鹦哥经》、《鹦哥真经》。宝卷在抄卷中，"鹦哥"与"鹦鸽"混用，二者没有意义上的区别。早在敦煌词文中就有《百鸟名君臣仪仗》一文。《百鸟名君臣仪仗》词文以几句六言为主的四、六文押韵散说开始，之后是一段杂言韵文唱词，唱词多七言，也有三、三、三、七言组合的散说，文辞有很强的节奏感。明代成化刊本说唱词话原是一批出于明代中叶成化七年到十四年（1471—1478 年）之间的唱词写本。这 16 种说唱词话出自民间无名作者之手，写本中错别字、异体字很多，显示出创作者粗糙的文笔和朴素的思路。这些异体、错字，更有文字训诂学上的价值。《莺哥孝义传》在封面上端有一图，画了两只莺哥，一只歇在树上，一只在空中飞翔，图下是唱本的题目，分成左右两行，右边是"全相莺哥"，左边是"行孝义传"，中间夹一行字："新刊说唱足本词话。"唱本共 19 页，每页 20 行，每行 21 个字。唱本中的插图共 10 帧，每一帧占一页。图画的民俗气息很浓，内容与故事情节相符。①

在《莺哥孝义传》中，小莺儿的母亲想吃荔枝，为了孝顺母亲，便到远方去寻找荔枝，不料却被猎人捉了关在笼子里。小莺儿想念母亲，终于想办法逃回，可是母亲已死。小莺儿极度悲伤，衔母遗骨就想撞死在山林中。玉帝得知，感于小莺哥的孝心，便差百禽下到凡界扶助莺儿葬母。

到了《鹦哥宝卷》② 中，故事基本传承了《莺哥孝义传》的故事情

---

① 这批唱本原是一位明代姓宣的妇人随葬品，于成化年北京永顺堂刊行。这批唱本 1967 年在上海嘉定县的坟墓里被发现，1973 年由上海博物馆照原版样式影印百部，又在 1979 年重印一次。参见赵景深《曲艺丛谈》，中国曲艺出版社 1982 年版，第 3 页；朱一玄《明成化说唱词话丛刊》，中州古籍出版社 1997 年版，第 1 页。

② 《鹦哥宝卷》为高建明搜集整理，载乐都风情编委会《乐都风情二》，内部编印本，1994 年印，第 89 页。

节。《鹦哥宝卷》以七言十二句开经：

鹦哥宝卷才展开，鹦哥童子降凡来。仙果山前沙榴树，黄莺窝里抱儿童。

千辛万苦种善果，阳间世上受奔波。善男信女听一遍，富贵荣华万万年。

有人听了此宝卷，鹦哥扁毛有孝念。有人能念千声佛，子孙兴旺换门庭。

宝卷采用韵散结合的基本形式，韵文为最常见的“十字句”结构，卷末用四行七言结尾。有趣的是，在宝卷中，故事主要角色鹦哥另有两个哥哥。《鹦哥宝卷》中，鹦哥被张三网住，它见张三而两眼落泪，哀求张三放他一命：

小鹦哥，未开言，眼中流泪；叫一声，张三爷，听我原委。
我在那，仙果山，沙柳树上；老母亲，在山中，又名黄鹦。
父和母，费尽了，千辛万苦；在山中，养成了，三个孩童……

鹦哥对李氏夫人哭诉：

那鹦哥，未开言，眼中流泪；叫夫人，你听我，诉说真情。
父打食，母坐窝，千辛万苦；双双来，双双去，度过光阴。
家住在，仙果山，沙柳树上；我母亲，老黄鹦，山中所生。
生下了，三个儿，长大成人；为了我，兄弟们，费尽娘心……

民间文学中“三兄弟”的模式文本在此呼之欲出。故事中，由于哥哥不管娘死活，小鹦哥为了老娘的病急坏了。病老娘要吃张家的梨（在《莺哥孝义传》中是“荔枝”），小鹦哥历尽千辛万苦找来了梨，可是老娘已死，最后是凤凰率百鸟前来助小鹦哥葬母，引出“百鸟仪仗”队。宝卷内容比《莺哥孝义传》说唱词话内容有大幅度的增加和丰富，情节也生动有致，曲折动人。《鹦哥宝卷》中除了加上小鹦哥升天和歌颂中国二十四孝的故事情节外，还添加了包公把鹦哥献给宋皇以邀功的情节，颠覆了包公严明凌厉的传统形象，把包大人肆意嘲笑了一番。与《莺哥孝义传》词话比较，很明显宝卷的故事更通俗化了。

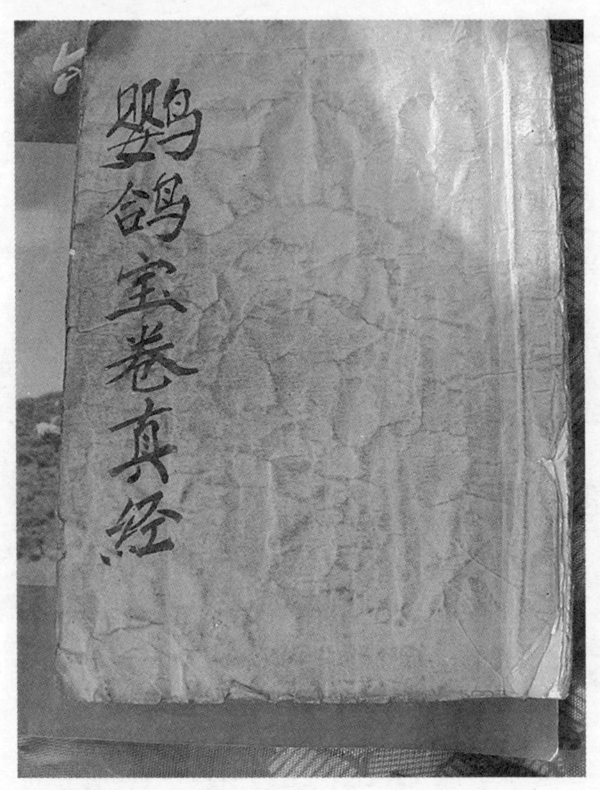

图 2－3　青海《鹦哥（鸽）宝卷》手抄本

另外《鹦哥宝卷》中，加上了较为明显的宗教色彩：鹦哥是天上的鹦哥童子。鹦哥在多次受难后，被菩萨相救，后来“蹲在那，菩萨的，莲台之下，去救度，善男女，脱灾解难。小鹦哥，今日里，得了大道；长伴着，观音母，享受香烟”。

《鹦哥宝卷》凝聚了民间知识，富有生活情趣，如鹦哥在历尽千辛万苦，找到了梨，千里迢迢带给母亲，谁知母亲已死，鹦哥悲痛不已，百鸟前来吊孝，并为鹦哥的母亲操持葬礼：

感动了，老林中，鸟王金凤，鸟中王，金凤凰，高站梧桐，
传圣旨，唤百鸟，都到林中，要与那，鹦哥母，追悼亡灵。
花孔雀，和雄鹰，排为先行，丹顶鹤，与白鹤，均为将领，
白天鹅，黑天鹅，跟着护定，保定了，百鸟王，快快飞行！
仙果山，众鸟儿，列队相迎，齐奔忙，为哥母，安送亡灵；
大鸬鹚，在山间，按下锅灶，红嘴鸪，做供礼，忙个不停；
黑老鸦，在灵前，宣读祭文，野鸽子，和麻雀，一齐念经；
海青鸟，跪地上，化钱烧纸，八哥儿，和鹩哥，大放哭声。
百灵鸟，当殡仪，呼前叫后，众杜鹃，吹唢呐，送葬出行；
小鹦哥，端孝盆，安葬招魂，滴滴血，声声泪，万分伤痛！

在另外一部宝卷异文中，则是这样描述的：

看凤凰，在空中，忙传圣旨，普天下，传圣旨，百鸟来噪。
有孔雀，和乌鸦，头里所行，白鹤儿，黑老哇（鸦），后边紧跟。
有天鹅，和地鸭，不敢消停，他后边，紧跟的，代鹏老莺。
天下的，重百鸟，来的又快，落在那，仙果山，一坐山岭。
有狼虫，和虎豹，急忙躲避，有老灌，担柴禾，功敬宅门。
红嘴鸭，蒸供献，灵前去献，剁（啄）木鸟，做官才（棺材），不敢消伫。
鹅老莺，在灵前，读念祭文，小乌鸭，合寒鸦，读念经文。
有骨鹌，你跑东，来往不断，长脖雁，来吊孝，哭的伤心。
海燕子，在灵前，祭奠烧纸，八鸽子，野鸽子，只是啼哭。
有谷鹌，在灵前，三叩九拜，小鹦鸽，哭亲娘，泪如雨下。
有喜鹊，看分（坟）水，丁山埋葬，红嘴鸭，他本是，打穴子人。
那班鸠，和青狂鸟，前边行走，黄尖子，雨查拉，披麻代（戴）孝。
有青鸟，祭后土，焚香礼拜，在山中，埋葬了，老莺死者。

这一段融入了民间对各种鸟儿的知识，这种知识从敦煌词文延续到明

代唱词，在宝卷中则更加丰富，有些较长的，保留较为完整的宝卷中描写了近三十种鸟名，并根据它们的生活习性，赋予人格化的特征，语言通俗生动，使人读来感到幽默、风趣，引人入胜。

《鹦哥宝卷》在河西和青海河湟地区广为流传，这些故事有长有短。大部分宝卷在流传中，都保留了基本的故事情节。宝卷的内容也被其他民间文学体裁所吸收，如在青海河湟地区的民歌中，就有《白鹦哥吊孝》，这些民歌在汉族、土族和回族中流传，成为富有地域文化特色的民间文化。宝卷对小鹦鸽的孝心反复赞颂之后，继续唱出中国二十四孝的典故，以警世人万事应以孝为先。《鹦哥宝卷》成为当地教育儿童，教化人心，宣扬孝道的一种重要艺术文本。

新加坡学者郭淑云对敦煌词文《百鸟名》、明代说唱词话《莺哥孝义传》与两部《鹦哥宝卷》内部结构所显示的多层次、交叉式的互文本性做了仔细的研究。她认为《百鸟名》的君臣仪仗队在《莺哥孝义传》与《鹦哥宝卷》中，是鸟类队伍，而这两部作品又是以孝道故事为主题作为互文本性联系的。另外，《鹦鸽宝卷》中的包公与二十四孝子的情节也与其他相关的口传文学有明显的互文本性关系。如此层层叠叠，某一部完成的作品是许多不同文本的套式。“百鸟仪仗”这一个文本系列在口传文学中出现的情形，也说明了“文本”的存在不是孤立的，在“文本”之前及其周围也存有其他“文本”。“从这个思路观照中国口传文本间的内部牵系，像‘百鸟仪仗’那样的文本套式，不仅会在同时期同一个故事、不同艺人创作的文本中出现，而且它也会在同时期不同作品中和不同时期不同文体的作品中出现，它的出现，是受了民间艺术、文化意识甚至是同时期文学作品所激活的。比如说，从唐代词文到词话、宝卷和当代民歌都出现了以凤凰为尊的百鸟仪仗。由于不同时代作品间的互文本性关系，《莺哥孝义传》的百鸟齐出，也在《鹦哥宝卷》和更晚的民歌中出现了。通过对这些文本系列的比较研究，我们不仅能看到不同文本“百鸟仪仗”语境的转化，而且看到它们在后期的发展形式。”①

① 参见［新加坡］郭淑云《敦煌〈百鸟名〉〈全相莺哥行孝义传〉与〈鹦哥宝卷〉的互文本性初探》，《敦煌研究》2002 年第 5 期。

第六节　《方四娘宝卷》

一　《方四娘宝卷》

《方四娘宝卷》又名《方四姐宝卷》。青海宝卷《方四娘宝卷》，唱述的是方家庄方老爷家姑娘方四娘嫁到于家做媳妇后，被于家恶婆婆虐待至死的故事。故事由“托媒”、“说亲”、“迎亲”、“施虐”、“上吊”、“复生”等基本情节构成。全篇韵散结合，韵文主要运用了宝卷中常见的“十字歌”。

此事出在宋朝时候，山东太和县员外姓方，读书成士，人礼为长。夫人所生两男一女，长子名叫方秀和，次子名叫方秀永，女名叫方四姐。此人生长美貌，针线茶饭样样都能。只因太和县北门外员外于世光女重阳先嫁于方秀和，得病身亡，于员外之妻“于妖婆”怀疑其女“死得不明”，为了达到报复方家之目的，托媒人万虎为其子于克久求婚。方员外认为“前次他的女儿许给我的长子，因病而亡。我的女儿许于他的次子，可情并好，天定这门婚事”。去和夫人商量。“老夫人说员外做事大错，北门外于氏有一个妖婆之名，她女儿先因病曾把命丧，她把我二老人当作仇人，天不幸她女儿黄泉归命，妖婆子常说道死得不明。今儿个把女儿许她婚定，恐日后把女儿当作仇人。”方员外听后，仍然坚持“这亲事对得是情通理顺”，和夫人争吵不休。有丫環告知小姐。“方四姐听得说心头泛恨，老爹爹怎把我许给仇人。”经四姐将“于妖婆”的种种说于方员外，方员外后悔不迭。正无计退了婚事，伶俐的小丫環心生一计：“员外向他要下全礼，银子四十两，绫罗绸缎样样全，不怕他不退亲。”谁知于家“金银广盛”，如数满足了方家的要求，将四姐娶进了家门。婚娶之后，于妖婆极尽虐待、迫害之能事，折磨四姐。先是说自家井中落了一只猫，支使四姐去邻家井中挑水，为她烧酸汤。由于水挑得迟了，妖婆大骂：“大胆的奴才，明明是在路上和人做了苟且，因此挑水来迟，你还瞒口。”于是用皮鞭一顿毒打，打得四姐皮开肉绽，血水淋淋。后又让四姐去采花，花采来又说不管她的茶饭，自然又是一顿毒打。于郎上前求情，被妖婆大骂一顿，告之于于员外，出主意送于郎去南学读书。“于郎送南学，四姐受折磨，无故常打骂，谁将人情说?”除了妖婆不时毒打外，嫂子、小姑也常常助纣为虐，无故打骂四姐，挑唆妖婆。“自从那小于郎出离门庭，有嫂子三天内打了五顿；有小姑把四姐两眼又瞪，每日里调教拷打四姐。”这边四姐父母想念女儿，打发兄弟去接。四姐不敢去，又遭妖婆一顿臭骂，让她带上布匹，在回娘家期间做成绣花鞋袜，“七双袜子八双鞋，今天去了明天来”。幸赖观音菩萨帮忙，一夜做成七双。回去后，妖婆见少做了一双鞋，说是“把东西少不了给了娘家”，寻茬儿打她，直打得血肉淋淋、奄奄一息，幸亏婶子说情、抢救，才免一死。“七月里来秋风凉，大麦小麦一齐黄，妖婆见人把田割，又害四姐去割秧。”“可怜四姐绣花手，麦杆戳得血淋淋。”又惊动了南海观音，见红鹰星有难，前来相助，将“八百亩麦子齐割完”。妖婆见麦子割完，自然不相信，硬说四姐招留亲人割麦，又是一顿饱打。后又让四姐织三丈五尺绸缎，菩萨带金童玉女前来相助，织了三丈四尺，尚未织完，大姑姐早晨来到机房，将机头打断，却去告诉于妖婆。妖婆前来一量，少了一尺，大怒，“叫一声梅香女鞭子拿来，管叫那狗贱人一命归阴”。毒打完后又拿来刀绳，“限午时你不死再作理论”，“我把你狗贱人油炸火烧，数条路由着你拣着所行”。四姐无奈，“哭一声爹娘来难得见面，母女们见一面死也甘心，哭一声好心的于郎丈夫，好夫妻不到头半路离分”。于是在花园上吊身亡。观世音菩萨命金童玉女拿上灵丹妙药，“吹在那四姐口莫坏她身”。四姐死后，妖婆欣喜若狂，大叫“苍天，苍天，才拔了我眼中钉”。再说四姐阴魂不散，托梦给于郎，于郎从南学回来，免不了大哭一场。第二天，到方家去报丧，先按照妖婆所教，说四姐得病身亡，忽然满口“胡话”，说出了四姐死亡真相。于是方秀才写状上告。太和县王知县领仵作前来验尸。仵作因受于家五十两银子的贿赂，说无甚伤痕，被王知县识破，打了四十大板。第二次验伤，才验得分明，四姐系虐待而死，真相大白。最后，王知县判决“着令于家请上高僧高道，给你女儿做个七七道场，埋于土中也就是了”。在做道场时，四姐的七个舅母来“当娘家人”，大闹于家。即说四姐到了阴间，因阳寿未尽，即命还阳。四姐回家途中，碰见一婆婆。婆婆问她有何事干，四姐诉说自己还阳之事，“老婆婆道，既然如此，这是传书三卷，拿上去与你的丈夫，叫他好好去读”。原来婆婆乃观音化身。后来，于家不但克了员外，其他也都受报应得奇病身亡，在地狱受了极刑。于郎葬了父母，刻苦读书，三年孝满，赴京赶考，中了头名状元，受了封赠，拜为翰林，在京夸官三日，衣锦还乡，夫妻团圆。

青海河湟地区还流传着《方四娘》故事歌（叙事诗），学者研究故事歌《方四娘》受河西宝卷《方四姐宝卷》（《四姐宝卷》）影响而形成，来源于河西流传的宝卷之一《四姐宝卷》。它虽然已从宝卷的文学形式蜕变为口头文学形式，但从其故事情节和散文式的对话来看，还大致保持着宝卷的内容。① 故事歌中常用十二月调、十字歌来抒写主人公受虐的遭遇，在《方四娘宝卷》中，也用十二月调来抒写方四娘一年中艰辛的劳动和悲酸的生活，民间文学不同体裁借用相同的表达形式，是非常普遍的现象，在《鹦哥宝卷》与民歌《白鹦哥吊孝》中如此，在《方四娘宝卷》与故事歌《方四娘》中亦是如此，如故事歌《方四娘》中，就分别运用了十二月调、十字歌：

> 七月里到了秋风凉，打得四姐把线纺。不给灯盏不照给亮，黑夜里怎能把线纺。四姐一听气刚强，转步要去寻无常。活着出不去于家的门，死了鬼冤魂回到方家庄。十二仙女把凡下，搭救了房中纺线的人。八月十五月儿圆，打得四姐织彩缎。十二仙女把凡下，暗里帮她理丝线。一夜织给了九丈三，还说鬼渣渣没手段。四姐哭得泪汪汪，打得叫四姐做衣裳。不照给灯来不照给亮，黑夜里怎把针穿上？月灯下老儿把凡下，灯儿照着眼前头。一夜能缝十二件，还说鬼渣渣没本领。九月里到了九重阳，九月菊开下的满园香。四姐上前泪汪汪，手把住花树哭一场。哭一声爹来哭一声娘，把小奴家给着远路上。你的小冤家这里把罪受，你们在那里不知情。十月里到了天气冷，吹一阵黄风下一场雪。人家都把棉衣穿，四姐挑的单汗衫。侍候公婆二三更，手脚血淋淋都冻烂。一双公婆觉不眠，冻得四姐浑身颤。十一月到了冬至节，玉郎下学穿衣衫。爹妈面前行过了礼，转步来到小房中。玉郎抬头观着看，看见贤妻不像人。玉郎有语开言道，再叫贤妻你听着。依我说你寻上个无常了去，磨难罪过受不清。四姐一听哭声动，再叫丈夫你当听。我有心寻上个无常了去，难撇下丈夫你的身。亏下我的婶娘少贤良，亏下我的丈夫心难忍。四姐哭的泪不干，打扮

① 高启安：《方四娘与四姐宝卷》，《青海社会科学》1988 年第 1 期。

给玉郎穿衣衫。玉郎穿衣起身动，来到上房把礼行。玉郎有语开言道，叫声爹妈你听着。你看方四姐的本领大，缝下的衣衫多展板。于奶奶一听怒气生，大骂奴才理不通。为娘把你一斤拉到百斤重，娶给了媳妇就变了心。为娘把你罩扎着没说个好。鬼渣渣罩扎着夸手段。到底你们夫妻的恩情重，为娘拉你的好处没半分。骂得玉郎心生气，身夹上书包南学里行。十二月来一年正，四姐来到灶房中。小姑拿钢针把手戳烂，他嫂嫂上前下狠心。小姑上前把头掺开，她嫂嫂上前把脚掺开。她嫂嫂上前拿大棍打，小姑上前拔头发。一绺头发两绺撕，方老爷听见活气死。两绺头发三绺撕，方奶奶听见活哭死。三绺头发四绺撕，她哥哥听见活急死。四绺头发五绺撕，外奶奶听见活气死。五绺头发六绺撕，她外爷听见心疼死。六绺头发七绺撕，阿舅听见打官司。七绺头发八绺撕，她姨娘听见活碰死。八绺头发九绺撕，嫂嫂看着活笑死。九绺头发十绺撕，拔上鬼渣渣的头发盘龙丝。四姐哭得泪不停，低头回到小房中。鹿活千岁终有死，人活一世必定亡。迟死不如早点死，磨难罪过受不清。找来钥匙开柜箱。观见了爹娘陪送的好衣裳。捡一头来戴一头，给我贤良的婶娘送一头。穿一身来戴一身，给我贤良的婶娘送一身，捡着穿来捡着戴，下剩下的柴草一火焚。一根白绫带袖儿里褪，哭哭啼啼地出了门。四姐来把花园进，花园里一棵梧桐树。来在树跟前把哭声动，连把爹妈哭两声。叫一声爹娘把奴家再不见，你把冤家配与有仇的人。叫一声爹娘把奴家再不见，白拉了身子枉费了心。袖儿里取出白绫带，仔仔细细的挽分明。左挽了三转阴阳路，右挽了三转鬼门关。带子挽上了阴阳扣，伸手甩在树当中。心一狠来脚一蹬，方家的四姐命归阴。方四姐走上了归阴路，可惜了方家的女花童。

口头文学与书面文学最大的不同，就是口头文学中存在着大量的程式，即“背诵部件”和“意义部件”或热内普提出的“陈词滥调”。“陈词滥调”即反复被运用的典型的主题和事件的场景；重复的叙事情节、细节描述，环境描写。程式从远古社会人类的口头创作开始，就存在于口头文学作品之中。在史诗产生的最初阶段，歌手是在不借助写的前提下创作和传播口头作品的人，在无文字或文字尚未普及的社会里，语言的记忆和实践作为一种基本的技能被歌手一代代传承下来，从史诗的叙事角度来说，高度的程式化被歌手谙熟于心，作为传承的方法也是高度传统的，即歌手必须清楚他所隶属的演唱传统和表演传统，也就是高度程式化地记忆、传承和表演作品，这样传统（两个层面上的，一是作品的程式化，二是歌手表演的程式化）不断地被保持并强化。青海民间文学体裁中大多用十二月调、十字句、五更调来叙事、抒情，既是一种叙事中的程式，在念唱中也是一种音乐程式，这些程式的运用，既方便念卷者记诵、编创宝卷，也方便听卷人学卷或更快地进入念卷的情景中，理解所讲宝卷的内容。

不同时期、不同种类的民间文学体裁文本之间互相影响、借用、融合，相同相似民间故事之间母题、主题、程式的互相影响、借用、融合，是民间文学编创的规律，而宝卷也不例外，大量的宝卷文本特别是叙事性文本组成了宝卷文本的叙事网络，表现在故事范型、程式、主题、题材等各方面，从而产生了新的宝卷文本，构筑了宝卷的互文性特征，组成了宝卷网络。这种现象在宝卷文本中特别是故事宝卷文本中，非常常见，这是民间文学的文本构成的规律之一。如“游地狱”是西北宝卷中常见的一种主题，在西北流传的宝卷中，《目连宝卷》、《观音宝卷》、《唐王游地狱宝卷》、《张四姐大闹东京宝卷》、《劈山救母宝卷》、《包公错断查颜散宝卷》、《刘全进瓜宝卷》和《葵花宝卷》等宝卷中都有这个主题的运用。①

青海宝卷在念卷中，无论是宗教宝卷还是故事宝卷，大都省去了散说部分。在故事性宝卷念卷中，据老人们讲，以前念卷要在一天一夜念完一部宝卷，念卷的形式是用散文讲述一段，再用韵文念唱一段，和传统的宝卷一样，是典型的散韵结合方式。随着社会发展，多种娱乐方式以及现代化多媒体收音机、电视和电影进入农村，20 世纪 70 年代后宝卷迅速衰落，念卷仪式简化为只唱不说，唱诵的韵文部分也是宝卷中最受听众喜欢的部分，其中一部分就直接用民间小调来命名，如《五更上佛堂》、《十二月调》，整部宝卷的念卷已经很少见到。

在宗教宝卷中，叙事性成分很少，仪式性因素较多，因此在宗教性宝

① 刘永红：《西北宝卷研究》，博士学位论文，西北民族大学，2011 年，第 108 页。

卷念卷中，多用七言、五言和十字句等韵文形式来诵唱，讲述的内容很少，在念诵中经文的仪式性很强，叙事成分减弱，主要在音乐氛围中完成某种宗教或信仰目的。在调查中所见到的宗教性念卷多见唱诵的念卷形式，以韵文为主要表达形式，偶见以散文形式来讲述，音乐性、仪式性要素强于叙事性要素。这说明宝卷在不同地区流传，在适应当地文化并形成地域化文化特征的过程中，是不断变异的，这种变异是在基本传承了宝卷的稳定性结构，如传统宝卷的多种仪式性念卷过程“和佛”、“发愿”等的基础之上，吸收了当地文化的因子，成功转型为一种适应地方文化需求的娱乐与信仰模式。

二　其他故事宝卷

另外在青海东部流传的故事宝卷还有《白马宝卷》和《韩湘成道宝卷》。《白马宝卷》讲述的是河南省偃师县城北关有一员外姓熊名子贵，娶妻杜金定，生有一儿叫小玄玄，一女叫观音奴。熊子贵终日贪花恋酒。众人说熊子贵吃穿用都靠媳妇，熊子贵甚怒，请一算命先生，算命先生说杜金定八字高贵，每日有三斗三升余粮，家道全凭夫人之命，劝熊子贵善待夫人。熊子贵大怒，日日虐待杜金定，一日取来笔墨写休书一封，杜金定苦苦哀求，熊子贵不依，杜金定求熊子贵让她带走儿女，熊子贵不允，最后只答应杜金定带走一匹骡马。杜金定祷告马王爷，许她一匹马，驮她出门，见富人嫁富人，见穷人嫁穷人。这时一匹白马挣脱缰绳，驮杜金定来到一口破窑前，杜金定便与窑内乞丐张三作为夫妻。杜金定卖了白马，换了五十两银子置房买地，日子一天天好起来。虽则如此，杜金定每日思念儿女，终日以泪洗面。

熊子贵休了杜金定，骡马死光，田产不收，所有家产都弄完了，将一双儿女卖了，不免到大街上乞讨。杜金定和张三商量放饭施粥，熊子贵来讨粥，见了杜金定，金定不由得掉下泪来，叫张三取来五两银子，给了熊子贵，不料熊子贵扯住杜金定衣服，并到县衙诬告张三拐骗他妻子。杜金定拿出休书，熊子贵被县太爷打入牢狱。杜金定心中不忍，花钱通融，救出熊子贵，并赠银七百两。熊子贵到家娶妻张氏，不过三年，吃穷弄光，依旧沿街乞讨，一天张氏烧灶糠面，将子贵一口噎死。杜金定心痛，买了棺木，请僧人超度埋葬。小玄玄被卖到山东张员外家，改名张云龙，十年苦读，中了二甲进士，官拜河南巡抚，巡河御史，一天乔装打扮，来寻访母亲，正碰上杜金定放河灯为儿女祈福，母子相见。张云龙又在孟津县寻得妹妹观音奴，一家终于团聚。

《白马宝卷》中的熊子贵是一个“陈世美”的形象，宝卷痛斥了熊子贵忘恩负义，背妻离子的丑恶嘴脸，突出塑造了杜金定善良、任劳任怨的优秀品格，这部宝卷具有积极的教育意义，深受当地民众的喜爱。

在青海东部流传有不同版本的《韩湘子宝卷》。历史最早的是现存刊行于清道光元年（赵启生藏）木刻本《韩祖成仙宝卷》，二十四品。《韩祖成仙宝卷》又名《韩祖成仙传》、《韩湘子升仙》、《湘子宝卷传》、《韩湘成仙宝传》，这部宝卷讲述的是韩湘子修行成道的故事。在故事中加入了大量的民间教派宣传教义的内容，因此是一部民间教派宝卷。宝卷发展史上讲述主人公修行得道的宝卷数量相当多，一般以女性主人公为主，如最早的讲述妙善公主修行成道的《香山宝卷》，以及后来出现的《黄氏女宝卷》、《刘香女宝卷》、《妙音宝卷》等都是，而以男性为故事主人公的不多，《韩湘子宝卷》即为其一。这也是笔者所见到的青海唯一的木刻本宝卷。另外在民间还流传有《韩湘子宝卷》（蒲生华收藏，下册，1980 年手抄本）、《韩湘子哭五更》等为《韩湘子宝卷》中脱落出来独立演唱的片段。

第三章

宗教宝卷

中国民间宗教在形成过程中，除受本土原始宗教、道教和儒家思想的影响之外，佛教的影响也至为深远。唐以来俗讲和变文等佛教世俗化的宗教活动在宋真宗时期被禁止，新产生的宝卷念卷是一种继承了这些民间佛教活动的形式而产生的新的民间宗教活动。南北朝、隋唐以后的弥勒大乘教、南宋初年的白云宗、白莲教等都影响了明清以来风起云涌的各种民间教派的兴起。明代中叶正德（1506—1521 年）以后，北直隶密云卫出现的一支新的民间教派无为教，又名罗教，给当时中原的宗教信仰带来了巨大的震动。无为教即罗教的创始人罗梦鸿在雾灵山苦修 13 年，创立了无为教。罗梦鸿死后，无为教分化为无为教、大乘教、江南斋教多种民间宗教教派，各新兴民间教派均以宝卷的形式编写宣传宗教教义的经典，演唱宝卷（宣卷）成为这些民众的宗教活动。后期的闻香教、圆顿教、八卦教、先天教等民间教派无一例外地都利用宝卷这种形式来宣传其宗教思想，传播教义，这些民间教派汲取中国传统文化中儒、释、道及民间文化中的成分，试图创立“三教合一”的宗教体系。民间教派最初多发源于华北一地，后逐渐传入江南、西北等地。西北一地的民间宝卷，也是在明清以来的民间宗教的传教过程中，被带到这一地区。历史上，青海东部地区曾有多种民间宗教教派存在，但由于民间教派所受生存的压力，特别是官方对民间宗教的打压态势，这些民间宗教教派的活动文献记录很少。进入近代后，青海地区出现了许多佛教社团，如嘛呢会、同善社、清茶会、慈善堂、大乘会、清斋门等。同善社、清茶会是典型的佛道混合团体。抗日战争期间，清茶会与河南省传入的“普化救世佛教会”联合更名为“西宁普化救世佛教会”，又名“一心堂”，教众多属于小商贩和手工业者。此外，抗战时期出现的慈善堂多系一些同善社、清茶会更名而来，拥有较多教众。会址在湟中西山堡普济寺的大乘会因有不少政界人士及知识分子的参加，而稍具规模。上述社团一般规模不大，信徒有限，且介于佛道之间，多有迷信色彩，影响不大。[①] 从近代青海一地所存的民间教派的活动来看，在这一地区流传的民间教派数量还是比较多的。这些民间教派在当地传统文化的影响下，特别是在当地浓厚的藏传佛教的影响下，逐步适应当地文化传统并有所变异而流传至今。青海现存的宝卷大多数有可能是这些民间教派流传下来的宝卷。

第一节　《王母经》、《王母新诗论》、《王母降下佛坛经》

一　与西王母有关的宝卷

民间宗教中有多种与西王母有关的宝卷，较早以西王母为中心编创的宝卷是《护国威灵西王母宝卷》，二卷二十四品，为明朝刘香山所编西大乘教宝卷，又名《西王母诸仙庆贺蟠桃宝卷》。今存清康熙九年（1670年）重刊本，四册；清康熙十六年（1677年）重刊折本，二册。傅惜华所藏首载崇祯七年（1634年）直隶沧州王胤生序旧抄本四册。《护国威灵西王母宝卷》是明朝西大乘教的重要宝卷。西大乘教为隆庆五年（1571年），京西保明寺（又称皇姑寺）尼姑归圆创立，该教创立时称大乘教，因发祥地在京西保明寺，故历史上称西大乘教。[②] 这个教派假托保明寺开山祖师吕牛（吕姑、吕菩萨）为第一代教主。传说吕牛在英宗朝幻化疯婆阻驾，历陈出师之不利，后英宗在土木堡被瓦刺军俘获，吕牛给英宗送饭，英宗获释回朝，吕牛又献计使英宗重登皇位。英宗在京西赐地修建观音寺，赐名“顺天保明寺”。该教历代教主多为女性，信仰者也多为女性，甚至当时明神宗之母李太后也成为其信徒，因此该教派受到李太后和官僚、太监的支持，并出资刊行该教派的宝卷，使最初在北京西山一带传播的西大乘教，后来除流传到华北各地区外，还远及四川、安徽、甘肃等

① 崔永红、张得祖、杜常顺：《青海通史》，青海人民出版社1999年版，第843—844页。
② 濮文起主编：《中国民间秘密宗教辞典》，四川辞书出版社1996年版，第344页。

地。其后有《王母消劫救世经》，清光绪二十六年（1900）一洞天聚贤堂刊本，一册，[①]《瑶池金母金丹忏》上中下三卷，民国十三年（1924年）刊本，原序为光绪年丁未岁中和节济颠佛祖序。[②]

近年在甘肃西王母圣地泾川发现《王母经》三卷，这部经和《玉皇经》三卷合为一部完整的经文，全称《玉皇王母救劫保生真经》，共8000字，其中《王母消劫救世真经》4100字。这部经为玉皇王母代言，和泾川回山供奉的东王公、西王母偶像吻合。该经文是清代咸丰四年（1854年）甲寅岁木刻版本。美国学者欧大年所藏《玉皇王母救劫经》，清光绪二十六年（1900年）一洞天聚贤堂刊本（一册），与泾川《王母消劫救世真经》为同一宝卷。值得注意的是，泾川是国内著名的西王母圣地，该地有很浓厚的西王母信仰，西王母祭祀仪式与文化景观群规模也相当大，泾川《王母经》的文化背景无疑与当地西王母信仰有关。

另外笔者在青海乐都、民和地区调查时发现《王母经》，1987年抄本，《王母新诗论》、《王母降下佛坛经》，2000年抄本，三部经卷，较为短小。[③] 青海近代的"介于佛道之间"的组织是明清以来民间教派分化而来的组织。上述三部宝卷有可能是同善社等组织留下来的，因为同善社是清道光年后青莲教分化后的组织，青莲教和同善社都有以王母为尊神的信仰。新中国成立后像同善社、清茶会、慈善堂、大乘会、清斋门等宗教教派组织都被取缔，停止了活动，而以女性为主体的嘛呢会成为一种承担当地民俗宗教活动的组织，传承了这些宝卷和西王母信仰。

二　民间教派宝卷中的西王母

西大乘教在各地的传播，是以西大乘教宝卷模仿"罗教五部六册"而自编的西大乘教"五部六册"和《护国威灵西王母宝卷》等宝卷为载

---

① 车锡伦：《中国宝卷总目》，燕山出版社2000年版，第106、284页。宝卷还有"经"、"宝传"、"科仪"等多种不同称呼，

② 周燮潘、濮文起编：《中国宗教历史文献集成·民间宝卷》第七册，黄山书社2005年版。

③ 《王母经》为乐都高庙新盛村嘛呢会经本，《王母新诗论》、《王母降下佛坛经》为民和马有义请人抄写。

体。《护国威灵西王母宝卷》明显吸收了道教的成分，认为西王母是“金枝大仙投生郃基，名曰姜嫄，即高辛帝妃。生前为后稷之母，没后为月殿之母”，是一位集创世与救世为一身的至圣女神，三教九流之祖，万民之母，具有至高无上的权威，西王母可以“考察儒、释、道三教”圣人，一一给予封号，凌驾于诸神之上，俨然众神之王，享有民众的最高崇拜。《护国威灵西王母宝卷》首次把西王母视为民间宗教中的至上神。由于西大乘教有浓厚的女性文化背景，西王母是中国传统文化中可凭借的少数几个女神之一，所以当时把西王母和无生老母融为一体，塑造出一个凌驾于诸神至上的西王母。

《瑶池金母金丹忏》的功能是“瑶池老母鸾笔乃示慈航尊者以金丹要旨也，文凡三卷，上卷度仙，中卷度人，下卷度鬼”。此宝卷应是祭祀西王母和民间教派做法事时所用的仪式文本。文中构拟瑶池金母向慈航菩萨传道授法的故事，极力渲染瑶池金母的至上与神圣：“瑶池金母在大罗天上，瑶池宫中，坐最上莲台，放绝大豪光，与无极众圣，太乙诸仙，宣说未来。赞扬以往，是时天花散漫，法雨缤纷，大地流香，万源俱寂。”而观自在菩萨的虔诚、惶恐和对瑶池老母的万分尊敬，衬托了王母的威严：“圣母（西王母）宣说方毕，观自在菩萨不禁怵惶惊惧，再三泣叩曰，‘自太极返无极，几经辛酸，几遭苦趣，始觉如是境，坠如是劫，可怜可悯千乞。’”

《护国威灵西王母宝卷》和《瑶池金母金丹忏》中，西王母仍旧有明显的道教神仙色彩，但是民间宗教教派把西王母这位在千年来民众信仰中举足轻重的神灵引入民间宗教中，把西王母的神格进一步放大，变型成为一位至上神，集创世和救世为一体，这与民间宗教试图突破其传统的民间的、分散的宗教状态，向制度性宗教靠拢的努力有关，另一方面也说明从神话、仙话到宗教的西王母蕴含的文化资质正好满足了民间宗教试图创造一位至上神的要求。

《王母消劫救世真经》中的西王母是一位慈母的形象，为儿女们不修行向善而发愁流泪，“言至此，泪双流，湿透衣衫为谁愁，劝大众，早回头，改恶从善莫停留，王母娘娘在瑶池，清净不惹红尘事，到于今，发慈悲，尔凡民等谨皈依，众黎民，众黎民，钦哉毋忽而奉行”。（中卷）它反复表现的主题是“劝善”。宝卷劝人为人子，为臣，为兄，为弟，为姑，为媳，为妯娌，为夫妇，为朋友，为父母，为民牧之际的行为标准，它提倡孝，忠，爱，敬，和，信，诚，廉耻，爱民，清廉，夫唱妇随，相爱相敬，忠贞不淫，上下级不欺，为官不骄奢淫逸的美德。“我见富贵人，骄奢淫逸性，傲慢贤与能，师表他不敬，不孝并不忠，不悌兼不信，昂首阔步行，倚势欺穷困，全不种福田，全不修德行，暴殄天生物，过恶难数尽。”宝卷再三宣扬持诵、抄录此卷的神奇功能：“焚香高诵念，万事得成亨，若为父母诵，父母享遐龄，若为儿孙诵，儿孙发聪明，若为家宅诵，家宅福骈臻，若为求名诵，青云有路登，若为求利颂，积玉又堆金，若为求子颂，不久产麒麟，若为求雨诵，指日降甘霖，若为遣虫诵，虫蝗化为尘，若为疾病诵，疾病不缠身……若为枯木诵，枯木复兴荣，若为禾稼诵，禾稼保丰盈。家宅供此经，福患不相侵，行人佩此经，路途免虚惊，舟船载此经，风波永不兴，生前持此经，福禄寿重增；死后念此经，逍遥脱罪刑。抄录一本送，一家免刀兵，抄录十本送，灭罪列仙真，抄录百本送，荣华及子孙，刊刻传天下，天下享康宁。功德难数尽，群众谨奉行，诚心诵此经，天兵护其身。口诵心不遵，天雷劓其形……持诵是经者，衣冠礼至尊。”（下卷）这与明清以来其他的宝卷结尾相似，也反映了中国传统宗教与信仰中的功利主义。

《王母新诗论》、《王母经》中西王母的形象与《王母消劫救世真经》中相似，以救世者的形象出现：“珠泪滚滚流满面，金母非故降淫檀。红尘忧忧循环定，不辞自劳驾慈船。闻得君黎遭大难，一片婆心好痛酸。苦度众生同登岸，悲声不住下南天。鸾像造籍垂书传，木铎传真化愚顽。”（《王母新诗论》）“王母圣诞三月三，桃花会上我为先。红袍玉带金凤冠，跨为登云下凡间。身骑白马手执花，来年尾上说不罢。……王母为生心费尽，我劝男女心回心。高叫一声无人应，一个一个跳火坑。……”民间宗教教派经常用宝卷来宣扬自己的宗教思想、修持和仪规，《王母降下佛坛经》即是如此。宝卷中用民间歌曲五更调，借王母之口来宣传宗教思想，如文中“五更里，坐蒲团，主人心安。有三花，合五气，都来朝真。有金公，合黄婆，内外招应。把两仪，合四象，各个奉陪。坐功人，坐蒲团，纹丝不动”。青海发现的这三部宝卷，从内容上来看，与内地的宝卷从形制、内容上都一致，但篇幅较为短小，是明清西王母宝卷的一部分。这些宝卷属于哪一个民间宗教教派，我们尚难得出结论，因为明清以来的民间教派的宝卷经常混用、借用，同名异卷、同卷异名的情况很常见。这些宝卷现在在当地一个民间宗教组织——嘛呢会上念诵，嘛呢会上念诵的多为这样一些短小的宝卷文本，嘛呢会宝卷念诵是目前仅存的为数不多的活态宝卷念卷活动。青海东部地区有浓厚的西王母信仰语境，也是传说中西王母的故乡，这一地区西王母宝卷的传承与传播与当地西王母信仰的语境是密不可分的。

与正统宗教不同的是，民间宗教中的西王母既不像佛教中的释迦牟尼那样庄严肃穆，也不像道教中的三清那样冷漠高远，而是向人间时时流露出慈母一般的关怀，这与以往道教体系中的西王母形象并不一样，是明清以来西王母形象新出的一个特点。

三　西王母与无生老母

在明清时期的民间（秘密）宗教中，神格与地位与西王母相似，影响更大的是无生老母。无生老母又有古母、祖母、古佛、老无生、无极老母、无极圣母、金母、瑶池金母、天地三界十方万灵真宰等称呼。无生老母的形象首先是人类的祖母，她住在“真空家乡”——天堂，是一位无生无灭、不增不减、不垢不净、至仁至慈的女上帝。她开始把混沌宇宙分出天地日月，创造了两仪四象，五行八卦，创造了山川河海等万物。民间宗教中无生老母的理论相当复杂，在明中后期发展成熟的无生老母形象和宗教理论对后世民间宗教的影响非常大，可以说我们现在所看到的宝卷，如有无生老母的形象和说辞，绝大多数即为民间秘密宗教宝卷。无生老母的来历，郑志明和马西沙认为，罗祖的继承人所尊奉的“无生老母”，显然就是从无极生祖（罗祖所创）到无极圣母，再参酌佛教的无生观念，以及在五部经中出现过的无生父母，自然而然的推演变化而来的。[①] 至于西王母和无生老母的关系，部分学者认为金母或瑶池金母（西王母）的形象是无生老母的化身或别名，至于这二者之间如何转化，何时转化，学界较少论及。台湾学者林荣泽著文《从西王母到无生老母——论道教西王母向民间宗教的转化》讨论了西王母如何由初期的神话，发展成道教

---

① 马西沙：《中国民间宗教史》，中国社会科学出版社 2004 年版，第 168 页；郑志明：《无生老母溯源》，文史资料出版社 1974 年版，第 110 页。

的瑶池金母，再转化成民间宗教无生老母的过程，尤其着力于分析西王母到无生老母的转化。该文探讨发现，这段转化的过程，很可能与元、明时期的道教金丹道南宗有很密切的关系。以往学界认为的罗祖五部六册，是无生老母信仰的源头，但根据史料来看，“无生老母”一词，可能是明代道教一支融入民间的金丹道南宗，根据道教西王母的“老母”称呼，再透过扶乩方式所创造出来的新神名。其后逐渐被其他新兴的民间宗教教派所接受，并融合五部六册中的无生父母概念。到了明末清初，由当时金丹派南宗的弟子罗蔚群，编写完成《龙华宝经》一书，代表完整无生老母信仰的形成。[①] 至于“老母”的最初源头，有可能来自于先秦对全民族始祖母的崇拜。刘宗迪研究认为，西王母转换为民间信仰，来源于祖妣之尸，祖妣之尸是整个蒸尝仪式之中心，在“西王母之山——沃之野”这一场景中处于显要地位的西王母形象无疑是祖妣神尸的写照，也就是祖母之神的象征。实际上，“西王母”之名的本义就是“祖妣”的意思。如上所述，“西王母”本应作“王母”，“王”是修饰“母”的形容词，而非表示王者的名词，《尔雅·释亲》：“父之考为王父，父之妣为王母。”郭璞注：“加王者，尊之也。”郝懿行《尔雅义疏》：“祖父母而曰王者，王，大也，君也。尊上之称。”所谓“王母”无非就是崇高之母，神圣之母；蒸尝仪式是全民性的庆典。因此，在这一仪式上敬祀供奉的“王母”必定不是一家一宗的祖妣，而是全民族的始祖母。[②]

明清西王母所具有创世神与救世神的神格，以及人类慈母的形象，从远逮汉代就已经有了雏形。从民间宗教教派所流传下来的宗教宝卷来看，只有西王母与无生老母互称，而民间宗教教派在创造无生老母的过程中，无疑从明朝以前的传统文化中汲取营养来完善自我的宗教体系和宗教思想，但是传统文化中似乎只有两位具有创世救世神格的女神可作为其文化资源：女娲和西王母。但女娲在所存世的宝卷中，似乎很少提到，那么只有西王母才有这个文化资质来充当民间宗教中的至上女神。比较突兀而出的无生老母的形象，必以传统文化中的某位女性大神为原

① 林荣泽：《从西王母到无生老母——论道教西王母向民间宗教的转化》，台北保安宫 2009 保生文化暨道教神祇国际学术研讨会。

② 刘宗迪：《西王母信仰的本土文化背景和民俗渊源》，《杭州师范学院学报》2005 年第 5 期。

型，从西王母汲取形象和信仰，创造出无生老母的形象，是符合民间造神的逻辑的，这也能解释为什么民间教派宝卷中西王母和无生老母经常交替出现。

费孝通先生在《生育制度》一书中曾写道：在社会性的断乳中，人们留恋追慕那温暖而不须自己负责的家庭，想有个永远在身边的母亲。也正是没有人能永远躲在母亲的怀里，所以在这一时期的读者会有要求母爱的情绪。“一个人一旦发现父母不是万能的保护者的时候，不免会发生一种深切的恐慌。这恐慌多少是需要一个上帝来代替父母的根据。”① 西王母在历经远古神话、历史传说、道教经籍、小说、戏曲、说唱等多种体裁描绘下，从先秦至今，一直在发展演变之中。“西王母”一词，也由地名、邦国名、氏族名转变为神、人王、女仙；其形象从早期的半人半兽，到雍容绝色的贵妇之姿；其职能由原先掌疫厉、刑杀的凶神到握有长生不死药的吉神，再到化育万物、母仪天下的天界女神，并且成为民间信仰中的“王母娘娘”。明中叶民间秘密宗教把这一丰富的文化资源纳入自己的宗教体系中，从而形成了民间宗教中的至上神。从西王母到无生老母的转化，这一过程也与千年中国传统文化中浓厚的女神崇拜有密切的关系。女神不断涌现不仅是宗教信仰的需求，也是社会生活的需要，在社会不能提供保障的场合，人们则可能会产生一种寻求社会性母亲或人类之母庇护的冲动，西王母神格的提升与无生老母的塑造不能说没有这种心理因素。

四　民间宗教与西王母信仰在南洋与台湾地区的传播

西王母信仰与“宝卷流民间宗教”的兴起与传播密切相关，以华北为中心，逐渐向全国发展。有清一代，民间教派一直受到清官方的严厉打压，道光三十年（1850 年）后，青莲教受到清政府的镇压，以青莲教为名义的传教和宗教活动逐渐式微，但道光末年传入福建的一支，改名为先天教，仍延续青莲教的传统，以瑶池金母为至尊，顽强地生存下来，并随着华人的脚步逐渐传播到南洋。远在海外的马来西亚等地由于有传道、建庙和宝卷印刷的自由，以宝卷为载体的西王母信仰与民间宗教转向海外，一直流传到东南亚的北婆罗洲、马来亚半岛以至暹罗国。王琛发在马来西

① 费孝通：《生育制度》，商务印书馆 1999 年版，第 128 页。

亚槟城大圆佛堂新发现了一批先天道罗浮山朝元洞系统经典文献，其中有《王母经》和清光绪年间刊行和抄本百多本。“这一批先天大道嫡系的文献，不仅留下了道门所尊称的‘金秘祖’在19世纪中叶授意门人远下南洋开荒传道的记载，而且，也证明青莲教当时远播东南亚的北婆罗洲、马来亚半岛以至暹罗国，传道的对象不只限于华人，也包括外族。我们可以从其中一本《无极传宗志》断定，正当清廷压迫着青莲教的同时，今日被好几个民间教派公认为先天五老之一的十五祖林金秘，眼光已经不仅仅放在中国本土。一直到金祖归天后，教派继续分裂，可是自认是他的嫡系的一派也还是继续在南洋传播无生老母即是瑶池金母的说法，尊奉老母或王母为‘无极天尊’，提倡‘普度收圆’教义。这些到南洋办道的弟子又曾经返流到中国，形成以罗浮山朝元洞为祖庭的一支先天道系统，分支遍布东南亚。”① 这一时期先天大道和其核心信仰——王母信仰规模很大。如当时马来西亚槟城大生佛堂，这间客家男众修行的佛堂原本就是建在市区的别墅型建筑，它的左邻又有属于广府男众修行的大圆佛堂，也是别墅型建筑，1883年的《建造大圆佛堂石碑》密密麻麻的约600捐款名单，足以说明其支持者众，即使今日斋堂的道众早在20世纪人事星散，亦可想象19世纪当时道堂之旺盛。据目前所知，从19世纪到20世纪太平洋战争爆发前，自认属于“先天大道”，又曾经在马来亚各处建立瑶池金母庙或修道坛奉祀金母的道门，基本上是分属普度门、归根道、同善社、万全堂四个道门。四个道门之间，同善社常会以住宅区或会所性质的建筑物聚会，里边既是活动场所，又可以奉祀神明。而其他三个系统则各自建设过一些斋堂或庙宫。一直到马来亚在1957年宣布独立后以伊斯兰教作为国教，它们还是享受着宪法延续英殖民地所保障的宗教自由，继续活动。②

西王母信仰传入台湾的时间当与传入南洋的时间大致相同。青莲教在遭清政府镇压后，其传到福建改名为先天教的一支，顽强地生存下来，并于咸丰年间传入台湾，造成很大的影响。③ 目前台湾地区对西王母的崇

① 王琛发：《重新发现青莲教最早在南洋的流传（上）》，山东大学第二届中国秘密社会史国际研讨会2009年8月16—19日。

② 王琛发：《因道门而兴起，因道门而式微——西马先天大道诸派系对金母信仰的分歧》，海峡两岸东皇公西王母信仰学术研讨会2008年10月3日。

③ 濮文起主编：《中国民间秘密宗教辞典》，四川辞书出版社1996年版，第228页。

拜，除原属于道教系统的之外，也形成了自己的独立组织，这便是遍及全岛的慈惠堂系统。这一系统常称西王母为“母娘”，崇拜极其虔诚。其信众组织缜密，教规教义严整，最特别的是，信仰瑶池金母的信众都以师兄、师姐称呼，信仰瑶池金母的宫堂都以慈惠堂或者胜安宫、瑶池宫、王母宫等为宫名，在台湾有将近一千间的庙宇。

因此，现存几部以西王母为中心的宗教宝卷，明显地显现出明清以来的民间宗教，以传统文化作为主要资源，在中国传统女神崇拜的基础之上，创造了西王母和其影响更大的无生老母的形象。与以往神话、仙话、道教和民间信仰中的西王母不同的是，民间教派宝卷与信仰中的西王母神格和形象得到了极大的提升，西王母的这种新的信仰也随着民间宗教及其信仰载体宝卷的流传，扩展到台湾和东南亚地区。

第二节 《地母经》、《土地宝卷》、《土主真经》

在以农业文明为肇始的中国传统文化中，土地崇拜是一种历史久远且相当普遍的民间信仰。从至今遍布于各地的土地庙，可以看到上千年来土地崇拜对我们这个农耕民族的影响。受明清以来小说、戏曲等的影响，土地的神灵形象是我们熟知的“土地佬儿”。实际上在明清以后，土地信仰开始分化，出现了大地女神、斗士的形象。在地域文化中，土地崇拜也以不同的形式表现出来，这一时期的土地意象丰富而复杂，并呈现出多元化、地域化的特点，这一特色集中体现在明清以来带有教化、娱乐和宗教信仰的民间宝卷中。

一 土地崇拜与信仰

土地崇拜与信仰起源于先秦以来的社神和太稷神信仰，这些信仰建立在中国传统农耕文化的基础之上，土地信仰本是先秦至两汉中国民间信仰中比较广泛的信仰。唐宋之后，土地信仰在农业区泛化，土地神逐渐演变成为管理一小地面的神，也作为村庄的守护神，旧俗以土地为民众祭祀之神，以求年丰岁熟。民众熟知的土地爷是诸神中地位最低的小神。明清的一些宝卷中的土地之神也是这种形象，如明末大乘天真圆顿教将土地作为弓长（大乘圆顿教的创始人）成佛做祖的保荐神：“祖今日，也行的，功圆行满；感应的，本家神，呈奏善功；有灶王，合土地，城隍商议，修表文，奏善功，呈上天宫。”（《古佛天真考证龙华宝卷》）在有些宝卷中，土地成为民众嘲笑的对象。清末浙江绍兴抄本《目连宝卷》中的土地爷，庙小无人供献，“小鬼饿得吱吱叫，判官肚里想饱饱”，土地爷搜寻出一件破皮袄，换来半升糙米煮饭，“上头起泡泡，下底结铁焦”，小鬼气得踢翻泥缸穷跑了；土地见和尚尼姑进庙亲热，也跟着跑下山。但明清以来的多种宝卷又赋予土地新的意象，这些意象与上述土地信仰中的土地意象不同，在原有土地信仰和崇拜基础上，形成了一种多维度的土地崇拜和多元的土地意象。

在明清民间宗教的故事宝卷中，有一部明末清初刊本的《先天原始土地宝卷》，这部宝卷原为郑振铎先生所藏，后为天津图书馆收藏，二卷十四品。① 在今河西地区仍流传着这部宝卷，在青海河湟地区，也有这部宝卷（片段）传世。这两地区把这部宝卷称为《土地宝卷》②。在这部宝卷中，土地爷的形象是一位法力无边又诙谐活泼的老头儿，同时又是一位了不起的英雄：故事讲述了土地爷去天宫访佛，巧遇元始天尊，赠予他宝杖。当他走到南天门时，受到天将们的阻挡，被众将推搡斥骂，土地爷恼怒，使动龙拐，望众打去，众将一躲，打在南天门上，将天门打开。玉帝派五方五帝，五斗星君，三十六天罡，七十二地煞率八万四千天兵天将，将土地团团围住。土地爷一看人多势众，就钻到地下，天兵刨地，刨出很多金子，金子又变成水，水又没了，弄得天兵跌跤。后来玉帝求佛祖，佛祖派来四大天王、八大金刚来战。土地爷将手中龙杖晃了晃，众神在空中东倒西歪，纷纷逃去。玉帝无法制伏土地，求佛祖，佛祖以无边法力，制伏了土地。送到灵山，投入炼丹炉中焚毙。土地肉身虽死，灵魂永存。佛祖遣使者到穷乡僻壤，到处建立土地庙。

在明清以来的宝卷中，《先天原始土地宝卷》是一部极富文学想象力的宝卷，例如土地老头和天兵天将作战一段：

---

① 濮文起主编：《中国民间秘密宗教辞典》，四川辞书出版社1996年版，第303页。

② 青海河湟地区民和乐都《土地宝卷》仅为片段，主要为宝卷中唱诵的一些“十字句”片段。

却说，土地现出身来。天兵曰："老头儿从你怎么变化，也走不了你！"土地曰："我使一个小小的法，我着你挡架（驾）不起。"天兵曰："有甚么法，使来俺看。"土地往地下抓了一把土，满天一洒，众天兵闭眼难睁，如沙石磨情（睛），痛如刀剜，甚疼难忍。土地笑道："可知我厉害！"却说那直神奏曰："若得取胜，问佛借兵。"玉皇准奏，敕命求佛。佛即差四大天王、八大金刚来战土地。两家对敌三昼三夜。土地一怒，将拐使开，百步打人，拐拐不空，天兵金刚，一齐后退。地笑曰："略你众将，非吾对手。我再使个方法。"土地曰："极（敌）你不过，我今去也。"众将后追，土地倒在地下，身化树木，稠密深林。天兵曰："老头子有变化了。这树就是他的原身，咎可伐树。"无数天兵，齐动刀斧，越砍越长。偶尔林中四面火起，烧天燎地，大火无边。天兵忙着，无处躲避。只烧的袍破甲烂，少眉无须，各逃性命，天兵大败。

《土地宝卷》语言清新流畅，人物形象栩栩如生，是民间宝卷中难得的富有文学特色的宝卷，其叙事结构，明显借鉴了《西游记》中孙悟空大闹天宫的情节，从而构成了互文性的叙事特色。郑振铎评价《土地宝卷》说："而像《土地宝卷》描写大地和天空的争斗的，也是具有极大的弘伟的声气；恐怕要算是中国第一部叙述天与地之间的冲突的事的。"①与以往的土地形象不同，这部宝卷中的土地佬儿，诙谐有趣，却又是一位不畏强权的"斗士"。宝卷肯定了大地的威严："安天立地，置下乾坤，万圣千贤，土上安身。"土地佬儿具有这样神奇本领的原因，佛祖给了最终的解释："土地神者，无极化身也。未有天地，先有无极。"明清民间宗教思想中，"无极"是宇宙的本原。难怪天兵天将、天王金刚、齐天大圣都不是土地的对手，只因为土地是万物的本原。

土地崇拜本为一个农耕民族最原初的、最普遍的早期信仰，先秦以后为了强化王权，统治者不断强调"天命"，不断提高抽象的"天"的存在，自诩为"天子"，为皇权的合法性制造话语，于是"天"的地位不断提高，神格不断上升，成为官方的、精英文化的主要构成部分；而原来最初朴素

① 郑振铎：《中国俗文学史》，东方出版社 1996 版，第 458 页。

的“地”的信仰不断下沉，最终成为民间信仰。《土地宝卷》在塑造一位伟大神灵形象的过程，实际上是民间文化狂欢化方式——通过怪诞、夸张、诙谐的民俗活动仪式化地表达自己的观点，更为重要的是通过这种方式来消解、释放压力，从而达到文化的整合。民间文学乃至于民间文化具有狂欢的性质，其中反映了民众完全不同于官方、精英看问题的视角、态度和价值观，因为自由，因为自在，因而更深刻地反映了生活的真理。宝卷中呈现出来的狂欢化的特点和诙谐幽默的特点，从一个层面反映了民间文化的一种特性，即它也是一种话语权建构的努力，是民众通过这种话语权的建立，来表达自己的与官方文化不同的声音，在某种意义上，这种声音比官方文化的做作、虚饰和装腔作势更有历史价值与真理意义。[①]

二 《地母经》

在青海东部流传的宝卷中，有一部《地母经》。《地母经》原为道教经典，后为民间教派所用，是普渡道等民间教派常用经典。除简短的“香赞”和“地母保诰”外，分《地母真经》和《地母妙经》两部分。《地母真经》、《地母妙经》二者合称为《无上虚空地母玄化养生保命真经》，简称《地母经》。二者皆用七言歌诀形式，歌颂大地作为万物之母，宣称尊敬地母、诵念该经将会给人类带来诸般好处。前者共178句1246字；后者126句882字，外加结束语41字，共923字。全文还叙述了地母的生日（农历十月十八日）和敬地母的佳期和禁忌，把地母说成是“大过天”的尊神。车锡伦《中国宝卷总目》载有编号0154的《地母宝卷》，为民国十二年（1923年）抄本，一册；民国甲子（十三年，1924年）陈宝玉抄本一册。另有编号0155《地母真经》，清刊折本，一册，为吴晓铃藏本。[②] 在河湟地区，《地母经》是广泛流传的一部宝卷，青海宝卷《地母真经》和《地母妙经》都有流传，但以《地母真经》为多。但河湟地区流传的《地母真经》全文仅存“真经八十

① 参见拙文《两种叙事、两种话语两种声音：古代传说文本叙事特点——以刘三姐传说为例》，《西北民族大学学报》2010年第5期。

② 车锡伦：《中国宝卷总目》，北京燕山出版社2000年版，第38页。

零九句”,[①] 特别在宝卷念卷组织嘛呢会中，地母被认为生养了万物，为万物之本，《地母经》也被当地民众称为“众经之母”。

地母是原始宗教中国农耕民族对土地的崇拜和信仰的大地女神，被视为“万物之母，大地母亲”。“地母”一词的流行，可能和《三教流源搜神大全》称后土皇帝神祇为“土母”及“天公地母”之称有关。《地母经》秉承了中国前秦以来的创始神话，并赋予哲学化的思辨，因而具有创世史诗的内涵。

首先，宝卷一开始就说明地母是自然界一切生命的来源：

盘古初分我为尊，阴阳二气配成婚。万物本是土中生，不是空中来发生。地是地来天是天，阴阳二气紧相连。统天统地统三光，包天包地包乾坤，坎离震兑当四柱，乾坤艮巽是为天。地母本是戊已土，包养先天与后天。天君本是玄童子，他聋我哑配成双。神与气和化天地，气与神和产贤人。真气为母母是气，真神为子子是神。阴阳会合真造化，造化天地产贤君。虽然不会人言语，三九二八时时行。子母不离怀胎孕，身怀有孕十年整。十月胎足卦爻定，胎满产出六贤君。

地母所生的六位圣人是中国古代文化中的三皇等文化英雄，不仅如此，三世诸佛和诸位菩萨也是地母所生。

天皇地皇人皇氏，伏羲轩辕与神农。伏羲能配天和地，神农配出五谷生。轩辕造屋置衣冠，留与后世照样行。三世诸佛从我出，朴素不离我一身。千千诸佛难离我，离我何处去安身？

宝卷集中了中国传统文化的“盘古创世”神话，阴阳学说，五行八卦思想，把地母这位女神视为中国古代文化英雄，以及诸教教主之母，创造出了一位超越佛、道、儒的至高位女神，地母因此成为一位创始祖母与

① 青海乐都高庙新盛村嘛呢会文本，2002年新抄本。《地母经》在河湟地区大多嘛呢会中都有传抄，内容多为《地母真经》“真经八十零九句”，调查中发现的文本为20世纪80年代后的新抄本。

万神之母。这在明朝以前的土地信仰中绝无仅有。地母新形象与新神格的出现，与明中叶后民间宗教思想中“三教合一”宗教思想的出现有关，明清民间宗教认为在佛、道、儒之上还有一位生育这些诸佛和圣人的“老母”。从《地母经》的描述来看，地母的形象完全与民间宗教中的无生老母的形象一致，《地母经》的内容是明清以来民间宗教中“无生老母”、“三教合一”思想的体现。在宝卷后一部分则更明显地体现了民间宗教的思想：

> 寿活一十二万岁，九千六百刻时辰。出世受尽千般苦，不要把我闪了空。婴儿姹女无一个，坐在南阳放悲声。若要母子重相会，除非子丑别生天。

与其他宝卷不同的是《地母经》的形式全为七言，文中没有宝卷常用的十字句。从宝卷历史来看，七言的形式要比十字句早。“婴儿姹女”是民间宗教最常用的一个词语，“婴儿姹女”指世间迷失归途的凡夫俗子。许多宗教教派宝卷中都论及无生老母在南阳等待“婴儿姹女”回心转意，重回“母亲”怀抱，于是就有了无生老母弟子弥勒佛遵照老母吩咐，在龙华大会普度众生的说法。

其次，《地母经》表达了民众对大地生养万物的认识和朴素的自然观。在宝卷中，反复叙说土地对人类的重要性。

> 春夏秋冬我造成，江河湖海不离我，万国九州我长成。历代帝王不离我，大小皇官我养成。天下五岳仙山境，山林树木我造成。庶民百姓不离我，五谷六米我长成。七十二样不离我，万物草木我长成。人活在世吃用我，死后还在我怀中。各府州县不离我，庵观寺院我休（修）成。大小贤神是我塑，诸佛金身我功成。

中国有很久远的农耕历史，土地对中国人特别是下层民众有极强的亲和力。土地是人们衣食住行的慷慨供养者，“人活在世吃用我。死后还在我怀中”揭示出民众对人类自身从土地孕育、由土地生养，死后再回到土地中的生命之路的认识。“金银财宝从我出，看来不离我一身。各国王子把我敬，累代帝王杷（把）我尊。国王为我动干戈，那个敬我地母身。绫罗彩缎从我出，花木菜果我长成，酸甜辣苦从我出。四季药苗我长成，葱蒜韭菜从我出，姜糖古月我长成，天下男女多生病，地母万药造生成。男女口中无滋味，油盐酱醋我造成。样样都是我造成，万般都是我造成，地母心血都费尽。”宝卷中反复强调大地化生万物，并直接称大地为“母亲”，经文以教人尽孝，感谢地母造物养物之恩为主，歌颂大地生养万物的功绩，表达了对大地的依恋之情与感激之情。

青海东部的河湟地区，特别是黄河上游农耕文化区域，是中国古代文明的发祥地之一。《地母经》所蕴含的土地崇拜情结，在农耕文化语境中唱诵。在当地《地母经》主要在“青苗会”等一些祈祷丰收的仪式中念诵，也在家庭“祭土”、“安土”的仪式中使用。除了汉族，这一地区的世居民族土族，部分藏族在与汉族的相处中，也接受了汉民族农耕文化，土族在许多民俗宗教场合也念诵《地母经》，《地母经》也是土族等少数民族“嘛呢会”的重要宗教文本。

因此，与以往土地崇拜、土地意象不同的是，在宝卷《地母经》中，由传统的土地崇拜，在农耕文化的根基上，塑造出了一位“大地”母亲，她创造了世界，生育了中国古代的多位文化英雄，创造了各个宗教之祖，孕育了万物，一改明清以前土地神卑微、琐小的神格，成为在民间信仰中与悠久农耕文化相匹配的女性大神。

一些民间宗教教派在清中叶流传到台湾地区，这些宗教教派的宗教信仰和经典宝卷也被带到台湾，其中就有地母信仰和《地母经》。台湾地母神被尊称为“虚空地母无量慈尊”，此称即出于《地母经》。台湾地母的造型，通常为中年女性，扎髻，余发披散，手持拂尘之形，有的地母神前曾塑有圆形地球，来显现她是大地之母。不过在大陆地区，地母造型较为罕见。在大陆地区，与地母神格相似的后土娘娘造型较为常见，如万荣古汾阴后土娘娘的造型，与台湾地母形象相比，不论在服装或脸形上均有很大的不同。

三　《土主真经》、《北山土主宝经》

与其他地区的土地信仰不同，河湟地区既有“地母”、“土地爷”为中心的土地崇拜，还有与西南少数民族白族、彝族相似的“土主”信仰。

这种信仰集中体现在《土主真经》、《北山土主宝经》中，《土主真经》又名《北山土主阿弥石迦佛经》。在多地流传的宝卷《土主真经》[①] 中，土主即为村落、家庭保护神。《土主真经》全篇为七言格式，主要在民间"祭土"和"安土"等民俗宗教仪式中使用，为宝卷中"小卷"中的一类仪式文。在当地民间信仰中，民众认为由于家中一年兴木动土，树柱开掘，开渠引水，南填北补，修前整后，添新换旧，敲响打鸣，致使上冒天星，下渎地祇，以至于"动土"，所以在冬季来临，农事歇息之时，多举行"祭土"或"安土"仪式以求土地保佑家庭平安，家道兴隆，民安物阜，田土丰收，万事亨通。宝卷开始即为请神仪式："土主经来土主经，我把土主请起神。土主起来受香灯，你受香烟我念经。此是本方土主神，诚心要念土主经。上方下方都念到，东西南北都念通。"宝卷中的土地是一位地方保护神。"我修金桥一条路，普度善人善男女。有人诵了土主经，山神土地保安宁。护我身来护我命，救苦救难观世音。"这部宝卷也加入了明清民间教派宗教思想，可能为历史上在河湟地区的宗教教派所用："四更修行稳坐身，青龙白虎一齐动，心猿意马守押定，苦修水火金丹成。五更修行把誓明，婴儿姹女两帝分，万样花果齐发生，脱壳登云烹合成。"

河湟地区有关土主信仰的宝卷，除了《土主真经》，还有广为流传的《北山土主宝经》。这部宝卷记载了一段离奇的传说，且三位土主神为内蒙古人。从文本内容来看，为近代河湟地区民众自己编写的宝卷之一。宝卷开始于一个传说之上："我土主，把根源，说与大众。我本是，内蒙古，接利之人。我兄弟，三个人，要走西天，我三人，发誓言，要见本真，来到了，水峡顶，身得重病，他二人，陪了我，不能前行。我大哥，他占了，松花之顶，他名字，叫的是，阿弥僧多。我三弟，他占了，永登清山，他名字，叫的是，阿弥西宁。我占了，北山上，水峡之顶。我的名，叫的是，阿弥什加。给大众，讲分明，三人归根。"从宝卷开头讲述的传说来看，三位上西天见本真的内蒙古修行之人，来到水峡，因得重

---

① 《土主真经》、《北山土主宝经》多流传于民和、乐都、平安等县，民和土族中也有传抄，调查者所见为1980年后抄本，未见旧本，多在嘛呢会"祭祀"、"安土"以及"祭山"民俗宗教活动中念诵。也在嘛呢会会内固定的宗教活动中念诵。

病，在水峡幻化为三个地区的保护神。在调查中，当问起这个传说的来龙去脉的时候，当地民众已经说不出这个故事的根源，但传说中出现的三个地方，永登清山、乐都松花、北山水峡为自青海东部向西的三座大山（永登现为甘肃所辖，原是甘肃向西进入青海的门户）。水峡位于青海乐都东部，当地有水峡寺，也是原来从民和、乐都进入西宁的通道。在乐都高庙新盛村嘛呢会调查时，当问起嘛呢会老奶奶这三位神灵的关系时，她们说她们庙里供奉的土主，与永登清山、松花、水峡为亲戚关系，每当庙里要举行较大的活动时，都要邀请这些亲戚来赴会。她们的神灵也经常受其他“亲戚”的邀请参加其他土主的庙会。河湟地区是青海重要的农耕地区，是历史上多民族文化碰撞交融的“华夏边缘”，这一地区的信仰中，多有多元文化、多民族文化的因素。在《北山土主宝经》中，三位向西求取“本真”的内蒙古人在民和、乐都一带幻化为这一地区的土主，可能有历史根据在其中。明朝以来，蒙古人就有取道青海东部，向西翻越日月山，进入藏区，翻山越岭到达拉萨“熬茶”的传统（即朝拜布达拉宫和拉萨三大寺的宗教活动），而宝卷中所提到的地区是“熬茶”的必经之路。

宝卷全篇为常见的“十字句”格式，语言通俗易懂，并加入大量的当地方言。宝卷中的土主为三位苦口婆心的“劝善者”，宝卷主要劝人多行善，少作恶，尊敬父母，为官清廉：“有等人，不尽孝，说长道短，把父母，抛一边，旁人一般。他咒骂，父母亲，两个老鬼，从不念，养育恩，礼义丧尽。这种人，今世上，低头思想，你的身，那（哪）里来，细细在（再）想，你父母，生养你，千辛万苦，你如何，把父母，当做（作）粪土。有些人。听妻言，要把家另①。”“把父母，抛一旁，寒苦难言。你的儿，不孝你，你心何安。屋檐水，落旧窝，点点不偏，你的儿，照样行，一报一还。那时节，后悔迟，叫苦连天。”“我劝你，善男女，做事行善，把好事，你多干，保你平安。今世上，有些人，天良丧尽，为争名，为夺利，闹的不闲。给官人，送重礼，喝酒吃肉，当官人，心不足，尽送尽收。我劝你，做官人，要抱天良，要惜劳，爱贫穷，善心至上。”宝卷还对各种社会问题，如媳妇不孝敬公婆，昧着良心赚钱等丑恶

① 方言，指分家。

现象做了严厉的批评，甚至直言“从今后，多尽孝，少来朝山，自古道，万仙佛，孝子结缘，你家中，父母亲，就是活仙，何必要，到灵山，烧香许愿”。宝卷中句句可谓“劝世良言”。

土主信仰在中原甚为少见，在云南彝族、白族民间仍然盛行土主信仰，土主是西南少数民族的村社保护神。研究者认为中国西南少数民族的土主崇拜，是受中原文化影响的产物。土主信仰在西南少数民族地区的流播，是在历史上多元文化的背景下，各民族文化相互融和交流的结果。[①]青海河湟地区也是多民族地区，多元文化特征明显，青海河湟地区的土主信仰与西南少数民族的土主信仰，二者之间有何相似之处，又有何差异，二者联系如何，尚需进一步讨论。

流传于河湟地区的几种活态的宝卷，呈现出了多种土地意象，其中既有天庭的叛逆者，也有创造了自然与文化的“万物之母，大地母亲”的地母，还有异于中原土地信仰的，建构于地域化、多元文化基础之上的土主崇拜，多种土地意象构成了河湟地区丰富的、多元的、多民族的土地崇拜与信仰。

第三节　《血盆报母恩经》、《太阳经》、《无字真经》

一　《血盆报母恩经》

《血盆报母恩经》简称《血盆经》。从唐代开始，在民间就形成了一种俗信，认为妇女的经血和生孩子时流的血露，会流浸污染土地，流入河流，因而冲犯神灵，这些血污最后汇聚到“血湖池”中，妇女死后要下地狱，受血水浸淹之苦，要脱离苦海，必须饮尽这些“血湖池”中的血污，才能超生。在元末明初抄本《目连救母出离地狱生天宝卷》下册，佛祖告诉目连“若你母脱离狗提，拣七月十五日中元节令日，修设血盆盂兰盛会；起建道场，汝母才能脱狗超生”。民间多有做“破血湖”的宗教仪式，通过子女们为死去的母亲做宗教仪式，打破“血湖”，帮助母亲早日超生。不论道教、佛教或明以后的民间教派，都在冥间开出一处血湖

① 张泽洪：《中国西南少数民族的土主信仰》，《西南民族大学学报》2007 年第 1 期。

地狱，并衍生出解脱这一地狱的仪式。这一宗教仪式在现代一些地方还能看到，在江苏靖江还有做会讲经的“破血湖”仪式。①

青海《血盆经》传抄下来的有一千四百字左右。宝卷先叙说父母的恩情如天如地，人生在世应该孝敬父母：“提父母，养育恩，如天如地。为了子，费尽力，报答不完。人生在，尘世上，各有父母。老扶幼，幼敬老，理所当然。个别人，只知道，妻儿饱暖。竟忘了，二爹娘，养你一番。说父长，道母短，意见一篇。就不怕，外人笑，说你不贤。请君看，娘生儿，报母经上，阐明了，娘养儿，千苦万难。”宝卷进一步描述了娘怀胎十月的艰辛与痛苦：“……娘怀儿，七个月，刚分七窍，食娘肉，饮娘血，腹痛不安。娘怀儿，八个月，八宝长全，坐不安，睡不宁，心似刀煎。娘怀儿，九个月，就要分娩，周身的，骨与肉，好似刀剜，生儿生，死儿死，才见娘面，赤条条，血溶身，抱在怀间，说不尽，娘养儿，十月之苦，养育恩，比山重，不似一般……”宝卷更多的内容是描述养育的艰辛，小时候挪湿就干，“左边尿，右边睡，胳膊当枕，两边尿，不能睡，卧娘胸前”，会走路又怕跌跤摔坏，提心吊胆心操碎，省吃俭用拉扯成人，又积攒血汗钱，为儿女娶亲成家。儿子婚后却“看见了，二双亲，就把眼翻，二双亲，到此时，肝肠寸断”。

宝卷结尾为劝化之词“南烧香，北磕头，是何用意，不尊父，不孝母，所为哪般。每日间，你磕头，为的甚事，你家中，有二老，现在堂前。请君看，想一想，时光有限，转眼间，就轮到，你的眼前……”

《血盆经》在传抄的过程中，加进了时代的内容，这在宝卷流传中也是新的一个特色：“老扶幼，幼敬老，共产党讲，请不要，辜负了，党的示言。损别人，利自己，请君莫做。敬忠良，爱孝子，代代相传。个别人，当父母，心存偏见，护姑娘，辱儿媳，于理也偏。你应该，把媳妇，当做（作）姑娘。新社会，家规模，亦不太严。这本是，报母经，请君细看，改恶习，去行孝，流芳百年。”宝卷加进去了党宣传的新思想，新风尚，并对一些为人父母的缺点也给予了批评，加入了新时代的新内容，使宝卷成为新农村中宣传敬老尊老的一种有效的方式。

---

① 参见车锡伦《江苏靖江做会讲经的“破血湖”仪式》，载于《信仰、教化与娱乐——中国宝卷研究及其他》，台湾学生书局2002年版，第171页。

《血盆经》虽曾是民间教派宝卷，但与其他教派宝卷相比，这部宝卷对民间宗教教派的宗教思想或教义宣扬很少，没有常见的民间教派的说辞。全文的主要功能是道德教化，特别强调了父母养育儿女的辛苦，突出传统的“孝道”对于一个人的重要性，指出了现代社会中的一些年轻人的丑陋行为，同时一分为二地指出某些父母亲的缺点。宝卷在传抄中加入了新时代的内容，这说明传统的宝卷在传承的过程中，也不断地适应新的社会要求，从以前的宗教功能转向于新社会新观念的要求，突出了教化的作用。因此《血盆经》在当下的社会中的讲唱具有重要的社会功能。青海东部的嘛呢会组织不做像江苏靖江“破血湖”的宗教活动，但《血盆经》在民俗宗教仪式中的功能与“破血湖”相似。《血盆经》一般被用于嘛呢会为老人去世后所做的超度仪式中，念诵《血盆经》的目的在于民众期望逝去的亲人能够摆脱来生的痛苦，顺利地进入另外一个世界。

《地母经》、《土地宝卷》、《王母经》等为清末先天教分支普渡道的宝卷。在青海东部流传的普渡道的宝卷还有《灶王经》、《血盆报母恩经》。普渡道亦名先天道，又称万全堂，在广西地区俗称右江道。普渡道承袭了先天道的组织结构，男称乾道，女称坤道。其教义是多神崇拜，相信菩萨，崇尚佛仙，宣扬人生罪过，主张行善积德以赎罪。又认为天道承负，因果报应，但也认为我命在我，不在于天，因而提倡清修以为己祈福，还崇尚忠孝节义，重视儒家伦理纲常。可见普渡道是穿儒家服，修太上老君道，信释迦牟尼，融儒家思想、道家符术、佛教经籍合三为一的民间秘密宗教。① 随着新中国成立后对民间教派的取缔，这些民间宗教宝卷成为嘛呢会的宗教文本。

二 《太阳经》（片段）、《太阳太阴真经》（片段）②

流传在青海东部的《太阳经》全文只留存六百余字。明清以来流传的民间教派中，对太阳神的崇拜起源于黄天道，并对以后的民间教派产生

---

① 濮文起：《中国秘密宗教辞典》，四川辞书出版社 1996 年版，第 216—217 页“普渡道”词条。

② 摘录于民和三川王家庙土族嘛呢会，卷尾题有“公元一九八〇年冬月戊巳日沐手敬录”。

了深远的影响。黄天道创造了太阳老祖这位至上神，其神格相当于无生老母，又常与无生老母交替使用。黄天道认为太阳老祖乃诸佛之祖，天上法王。“老太阳，原是个，开天祖，诸佛的总领袖。”“进去时，化燃灯，号为无极；化释迦，为现在，普照当空；第三回，化普明，未来掌教；总收元，众诸佛，同去皈依宫。”（《太阳开天立极亿化诸佛归一宝卷》），所以黄天道的祖师普明又被其信徒奉为太阳圣翁、太阳老祖。清康熙初年问世的八卦教，也把其创教祖师刘佐臣比作光被万物、普照生灵的太阳，尊为圣帝老爷。八卦教内还流传有《太阳经》，把太阳人格化，神格化，要求教徒每日向太阳磕头礼拜，以祈福禳灾。[①]

青海所存的《太阳经》开篇描述十卷太阳经的妙处：“展开太阳经一卷，东海升起圣光明。照彻乾坤养万物，一点妙运部洲通。展开太阳经二卷，两仪养活正气升。天气清明太空照，四大部洲万物生。展开太阳三卷经，圣光照耀一彻通，阴化阳和真气接，三千归和三田宫……展开太阳九卷经，北辰君和臣罡轮。天轮地轮不息动，旋乾转坤中气孔。展开太阳十卷经，小的此事能脱身。”接下来宝卷再三宣扬念诵宝卷的好处：“太阳本是天目睛，太阴太阳和合明。天地无目世不明，天地人间一体同。此事看真讽诵念，子午卯酉诵意诚。广行功德报四恩，太阳圣光显神通。传留世间和诵念，一家老幼免灾星。”

《太阳太阴真经》遗存篇幅较短，约 280 字。《太阳太阴真经》全名称为《太阴生光普照了义宝卷》，全本二卷二十四分，为明黄天道宝卷。[②]太阴有可能为黄天道的太阴圣母。黄天道宝卷《太阳开天立极亿化诸佛归一宝卷》首先把普明、普光分别比作太阳圣翁、太阳圣母：“太阳圣翁，外阳而内阴；太阳圣母，外阴而内阳。乃阳不独立，阴不单行，阴阳交泰，藏中和之气。”全文为七言句式，内容与《太阳真经》相似，先述说太阳与太阴的重要性，“太阳出现满天明，昼夜行来不作停。行得快来催人老，行得迟来道不清。家家门前都走过，到入西地始定更。纯阴五阳物不变，饿死黎民苦众生。天上无我无昼夜，地下无我不分明”。文中说

---

① 濮文起：《中国秘密宗教辞典》，四川辞书出版社 1996 年版，第 216—217“太阳老祖”词条。

② 车锡伦：《中国宝卷总目》，北京燕山出版社 2000 年版，第 269 页。

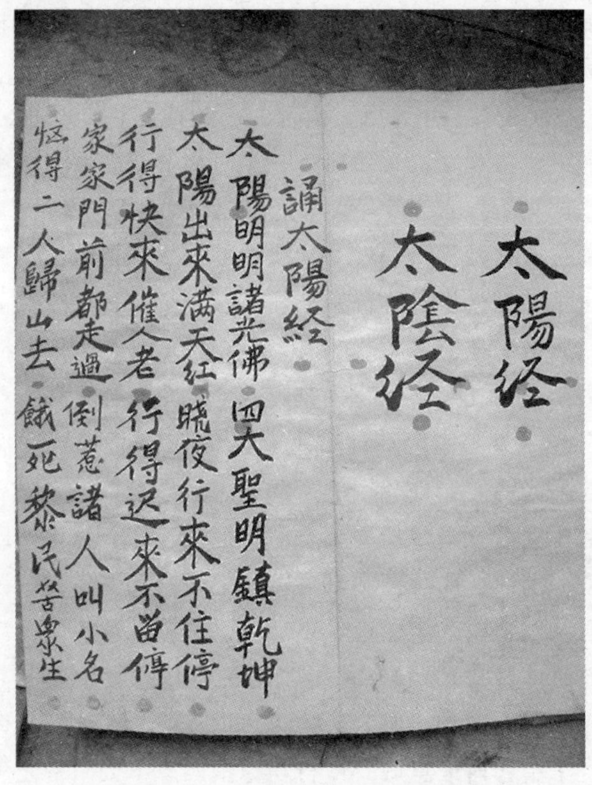
太陽经
太陰经
誦太陽经
太陽明明諸光佛 四大聖明鎮乾坤
太陽出來滿天紅 晓夜行來不住停
行得快來催人老 行得迟來不留停
家家門前都走過 倒惹諸人叫小名
恼得二人歸山去 餓死黎民苦衆生

图 3－1 《太阳经》、《太阴经》

明了太阳是冬月十九生日，再三强调了念诵真经的好处。土族嘛呢干本中也有《太阴经》：

> 太阴出现天地明，昼夜行来不住停。行得神灵有人敬，每日持念太阴经。太阴八月十五生，家家念佛点香灯。有人敬我太阴神，天下人民免灾星。无人敬我太阴神，家中疾病来相侵。月头月尾我复无，观看世界善恶人。我今不能下凡间，释迦弥佛来传经。传与善男信女人，迷人不信受灾殃。十万八千诸菩萨，足踏祥云怀抱塔。诸位菩萨西边排，释迦牟尼传宝经。有人传诵太阴经，增福延寿万年春。有一等人行恶人，不信佛法不信道。阎君见他怒冲冲，死后打在地狱门。太阴真经功德大，早晚持念免灾殃。阳间口巧钱达殿，阴间只凭两卷经。真经二字阴司用，不用钱财供金银。劝人持念真心举，诸位菩萨

来护身。脚踏莲花观世音，两个童儿紧随跟。救苦救难观世音，来护持念念真经。善男信女早回心，礼拜日月二星君。每日虔心欢礼念，免罪消灾福禄臻。朝中做官为宰相，那是前身修道人。今世持念太阴经，后辈转世一样行。诸位菩萨心欢喜，众生黎民保安宁。日落西山敬太阴，又到来日东海升。诸位菩萨还本位，先亡孤魂早超生。每日诚心诵七遍，永世不入地狱门，不踏地狱转人身，我今皈依念真经。

宝卷中蕴含了太阳崇拜与月亮崇拜。早在原始宗教中，就有日月崇拜，其源头来自于中国古代的阴阳思想，从哲学的源头上讲，就有天人合一的雏形。黄天道是外佛内道的民间宗教教派，讲究内修上吸日精月华，吸收太阳、太阴中和之气，以增寿考。

三　《无字真经》

《无字真经》的称呼在多种民间教派宗教中都有，也叫《无字经》。各派都称自己的经卷是无字真经。如黄天道说："南无阿弥陀佛念，无字真经念三声。"（《普静如来钥匙宝卷》）天地门教亦称"无咒无经"、"少经无卷"、"原人持诵"的是"无字真经"。八卦教也将其《五女传道书》称为无字真经。这些教派用"无字真经"来表示各自经卷的神圣和奥秘。其实，在民间宗教中，用完全口传方式来传教的很少，大多数教派都用文字来编创宝卷，记载、传承自己的宗教思想。青海东部流传的《无字真经》分为三个部分：《先天无字真经》、《中天无字真经》、《后天无字真经》。

《先天无字真经》宣扬了"无字"的神奇与奥妙。

无字有路还无路，无字无门却有门。无字人人看不见，无字须弥比海深。

无字前有金箍棒，无字后有定海针。无字清典好度人，无字婴儿看不真。

无字大鹏飞不过，无字两边万马坑。无字能包天和地，无字山通海也通。

无字本是灵山塔，无字本是古昆仑。无字生来小如来，无字光辉日月明。

《中天无字真经》与《后天无字真经》前半部分中一个重要的内容是其中的丹道思想。民间教派继承了道教长久以来的丹道思想，丹法分内外，其中民间教派多不再走锻炼药物、服食药物而长生的方式，而是更重视内丹之术。内丹来自远古的服气、胎息、守一、存思之法。“玉枕夹脊尾闾关，海底明月上丹田。”即修炼中打通“小周天”之术，“无字念诵黄庭经，无字修炼金刚身。无字旋结先天无，无字后天守天星。无字日月三光明，无字三华聚在身。无字五□朝元真，无字四相攒宫中。无字真人在黄庭，无字三味真火烹。无字坎水常常用，无字一身三清宫。”后天与先天相交，化元气为内丹，一旦内丹炼就，就突破了生死之界限，达到了修行的极致。“无字日月三光明，无字三华聚在身”。如黄天教《太阴生光普照了义宝卷》讲“天有三宝日月星，地有三宝水风火，人有三宝精气神，三元成玄妙”。三华齐聚，才能练成真丹，修成正果。总之，《无字经》中蕴含了复杂而深奥的民间教派内道修行思想。至于其中“婴儿姹女”、“金翁、黄婆”、“三期之会”、“六贼、四相”等在民间宗教教派宗教宝卷中更为常见。和其他宗教宝卷相似，《后天无字真经》再三宣扬了诵读《无字真经》的好处。青海东部的《无字真经》抄本比较完全，是一部典型的教派宝卷，由于明清以来民间宗教教派多称自己的经卷为无字真经，这部宝卷属于哪一个教派，由于资料有限，尚无法判定，特将全文辑录如下：

《先天无字真经》：

我领无字下凡尘，身背敕旨度缘人。无字大道人不知，未得无字自丧身。

无字右（有）路还无路，无字无门却有门。无字人人看不见，无字须弥比海深。

无字前有金箍棒，无字后有定海针。无字清典好度人，无字婴儿看不真。

无字大鹏飞不过，无字两边万马坑。无字能包天和地，无字山通海也通。

无字本是灵山塔，无字本是古昆仑。无字生来小如来，无字光辉日月明。

无字锦绣观不尽，无字未年下凡尘。无字白云九万里，无字炼命在黄庭。

无字上有量天尺，无字外有金宝库。玉枕夹脊尾闾关，海底明月上丹田。

手执定海针一条，推出六贼立四稍。三百六十五位神，昆仑道传找道根。

无字天河为精神，八宝俱全无字根。贞开涌泉找道根，无字护定金丹明。

诗曰：

灵光透玄关，跨云走干天。八宝要炼全，守定三周天。

《中天无字真经》：

吾请西方雷音开，雷音宝殿传道来。无字引路天门开，无字要下昆仑来。

无字昆仑老祖来，金气灵光天门开。无字道缘守元洞，无字玉枕关中安。

无字金光日月明，无字子午定乾坤。紫微太阳雪中定，守定宝剑管六门。

无字十二重楼定，吾定无字守洞门。无字十八罗汉洞，保定金刚不坏身。

无字内窍五行全，无字周身炼金丹。金丹不大赛蜜桔，婴儿姹女两旁安。

无字三宝保身来，无字全中压火台。无字太极成一统，连接先天接后天。

四个金柱要立端，莫教龙虎破三关。无字内有聚宝盆，无字内有回光照。

无字周天运转身，无字道贵身也贵。无字口明心也明，无字天下兄弟广。

不知无字是长生，无字智慧开天眼。无字金刚不坏身，无字当时人不知。

失了无字再难寻，无字四十八个道。无字内有缘人名，早晚焚诵无字经。都是蓬莱海岛人。

诗曰：佛祖掌善船，了劫五百年。赴坛此一会，再见是枉然。

《后天无字真经》：

无字无踪亦无形，无字三期好度人。无字一字三教清，无字波罗大道根。

无字乾坤颠倒用，无字黑虎上昆仑。无字丹安十字中，无字搭桥度缘人。

无字念诵黄庭经，无字修炼金刚身。无字旋结先天无，无字后天守天星。

无字日月三光明，无字三华聚在身。无字五□朝元真，无字四相攒官中。

无字真人在黄庭，无字三味真火烹。无字坎水常常用，无字一身三清官。

无字一字大道根，无字豪光万道明。无字泰和养真身，无字阴阳辨不清。

无字得道在黄庭，无字排列八卦门。无字世人寻不清，无字三期好度人。

无字了却五百春，无字金翁在黄庭。无字黄婆常常用，无字婴儿看不真。

无字姹女笑盈盈，无字一同姓黄庭。无字叩列三清官，无字本是一真人。

送于尔等只上寻。

有人念诵无字经，永世不入地狱门；开坛先念地母经，各门宗族的（得）超生；

早晚念诵无字经，全家大小福寿增；倘若念诵千百遍，死后能归极乐官；

耳聋若念无字经，两耳开通窍窍明；无儿若念无字经，三尊古佛送子来。

无字说来都能用，修行送经大道成。无字今世不哄人，无字无影哪里寻。

还要参透儒家根，修行了道大罗神。无字道元首一家，波罗弥陀古佛经。

第四节 《佛说大明六字真言嘛呢经》

《佛说大明六字真言嘛呢经》，又名《大明王六字真言嘛呢经》、《大明般若波罗六字真言嘛呢神咒》、《六字真言》、《佛说大明六字真经》等。宝卷不分品，全篇3800余字，这在青海宝卷中属比较长的一部。

此本宝卷为青海河湟地区流传较广的一部宝卷。在大多数嘛呢会都有一本或几本《六字真言》，在民和土族地区的嘛呢会中，几乎是人手一本。土族嘛呢会视此卷为最基本的念诵经卷，在会内活动或会外村民家中的民俗活动中都要念诵此卷。但查阅各宝卷辑录文本，并不见《佛说大明六字真言嘛呢经》的记录。《佛说大明六字真经》卷末题有：

前任平番县僧会司正王宣微
元门弟子包安庆沐手谨书

并题有“校正、无讹”字样。《佛说大明六字真经》题有写序的情况：

嘉庆岁次丙子黄钟月长至日
郡学生白复初敦甫代沐手 谨识

抄本中的平番县即现甘肃永登县，位于青海民和县东部，与民和县相邻。清世宗雍正元年（1723年），青海和硕特部罗卜藏丹津举兵叛乱。居住于庄浪卫西部甘、青边界诸山中的谢尔苏噶等六部落，附同倡乱，起兵策应。清政府派年羹尧、岳钟琪率兵前来镇压，采用军事进剿和招抚结合的办法，很快平定了叛乱。为了纪念这次胜利，于次年改原庄浪卫为

“平番县”。平番县隶属凉州府。民国二年（1913 年）归河西道，民国三年改属甘凉道，民国十六年废道，归兰山行政区。民国十七年改为永登县，由甘肃省政府直辖。民和这部宝卷系由相距几十公里的甘肃永登县流传到青海民和县。“平番”作为县名从 1723 年（清世宗雍正元年）到 1928 年（民国十七年）一直存在，那这部宝卷传入青海的时间是什么时候呢?《佛说大明六字真经》序言“嘉庆岁次丙子黄钟月长至日，郡学生白复初敦甫代沐手　谨识”说明“郡学生白复初敦甫”在嘉庆八年（1803 年）年书写序言。该宝卷应是嘉庆年间抄写。

明代，国家设立“僧录司”，主管称正印、副印。各省府设“僧纲司”，僧官称都纲、副都纲。州设僧正司，僧官称僧正、副僧正。县设僧会司，僧官称会长、副会长。僧会一人。清代基本延续明代设置。在全国各地也承明制对佛教的管理，府设府僧纲司都纲、副都纲，州设州僧正司僧正，县设县僧会司僧会；各掌其属释教之事。宝卷抄写人“前任平番县僧会司正王宣微，元门弟子包安庆沐手谨书”，僧会司正即管理当地僧人的职官。平番县职官与包姓信仰者抄写了宝卷。明清以来的宝卷，多以“佛说”加之以宝卷前命名，如《佛说牧羊宝卷》、《佛说空王如来古佛宝卷》、《佛说红灯宝卷》、《佛说开宗宝卷》，等等，有几十部之多，这是因为明清以来的宝卷多遭官府查封，民间宗教教派在宝卷前加“佛说”二字，借以佛教经典的名义来编写宝卷，宣扬其宗教思想，避免被官府打击，促使宝卷流通。《佛说大明六字真经》原本不存。这部宝卷是青海东部现存署名抄写者和抄写时间最早的宝卷。

《佛说大明六字真经》为“嘉庆岁次丙子黄钟月长至日，郡学生白复初敦甫代沐手”所做序言。但序言开篇为“新刊观音菩萨六字经序”。序言中写道：

> 圆通教主正法明王，六铢素服映冰霜，七宝光辉如日月，普陀岸畔月含万象，碧琉璃净土池中漾九莲，红菡珝净瓶甘露，宝手扬枝，度众生出业境中，运婆心游。十方国土，广大灵感莫能胪陈，兹有信士鲁诸公者，施心普发，付梓流传，欲与淄流后昆，刁为入圣超凡之路；白衣晚进，学作脱苦生方之门。启予为序，予亦欲儒释同食法味，愚贤并跻乐邦，所以不揣固陋，用数言，愿见者闻者同仰。（句

读为笔者所加)①

但在民和土族各嘛呢会所传抄的《大明六字真言嘛呢经》干本（土语，即嘛呢文本）中，大多数缺失了这一段序言，而以《志心皈命礼》开始。《志心皈命礼》诵念了大势至观世音的功德。部分宝卷直接从“炉香赞”开始。

《佛说大明六字真经》的开篇为“炉香赞”：

炉香乍热，法界蒙熏，莲池海会悉闻。随处结祥云。诚意方殷，诸佛现金身。南无香云蓋菩萨摩诃萨（三遍）

许多古老的宝卷都用“香赞”来开始宝卷。前面所述《黄氏女宝卷》用“香赞”来开经，《佛说大明六字真经》也沿用了这个形式。“香赞”后是一段七言，七言后是三皈依：南无皈依金刚上师、皈依佛、皈依法、皈依僧。这也是早期宝卷在佛教忏法的影响下保留下来的形式。文中全篇叙说六字真言的奇妙之处，神圣之处，并劝世人讽诵六字真言，超脱生死，跳出生死门，富贵功名乃一梦间而已，世人奔走于世间，忙忙碌碌，最后都得归入土丘；贪嗔痴爱只不过是白驹过隙，要解脱前劫万难，应勤念诵嘛呢真经；嘛呢受持神通广大，而佛国才是家乡，总而言之念诵六字真言可摆脱所有人生劫难，免去无尽烦恼，进入极乐国。

宝卷全篇用七言歌诀，反复宣扬六字真言精妙：

功案人人都可行，露珠灯笼放光明。耳听不信福慧少，有念无参有落空。

说是谈非一般声，不如求静念真经。一拜一声慈悲声，遇难方知有神灵。

---

① 此卷为民和古鄯马有义所藏，为2005年乙酉年六月初一至初十日、七月六日至十五日历时十日快速抄完，鄯城八一高龄老人崔定基抄写。原本不详。《佛说大明六字真经》为嘛呢经抄本中一部经。在民和土族聚居区官厅、三川一带的嘛呢会中，这部宝卷较为普遍，笔者所见为80年代后抄本。抄写者在卷末赋诗一首：丁卯年间开经卷，亥月初九经抄完。胡言乱语不可念，昆仑山上学神仙。

天乘雨露润乾坤，地生万物养众生。天地盖载恩难报，朝朝念诵嘛呢经。

大悲菩萨观世音，普度阎浮世上人。有缘千里求法语，无缘对面不听闻。

世上遇人不肯依，只求名利走东西。森罗殿上眼看问，有口难言后悔迟。

日月往来不消停，光明昼夜晃腾腾。照临之德难酬报，只念观音嘛呢吽。

宝卷全文以五言偈句结经：愿以此功德，普及于一切。上报四重恩，下济三途苦。若有见闻者，悉发菩提心。尽此一报身，同生极乐国。

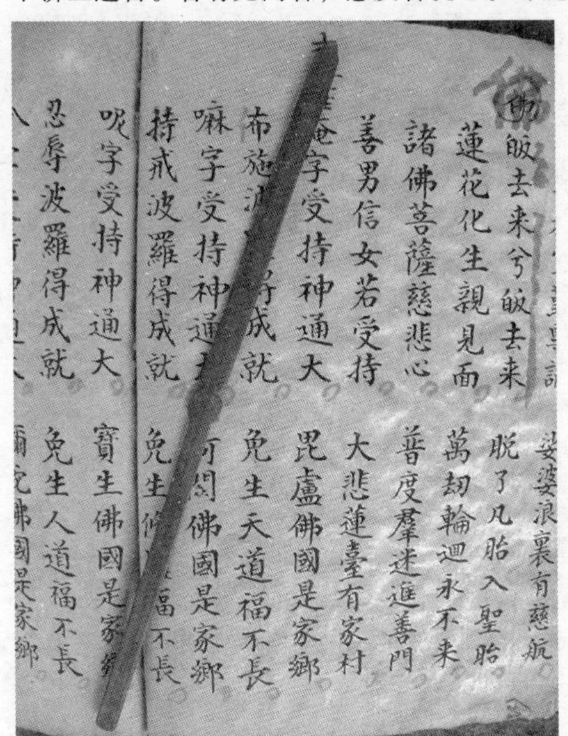
婆娑浪裏有慈航
皈去来兮皈去来　脱了凡胎入聖胎
蓮花化生親見面　萬劫輪迴永不来
諸佛菩薩慈悲心　普度羣迷進善門
善男信女若受持　大悲蓮臺有家村
[illegible]字受持神通大　毘盧佛國是家鄉
布施[illegible]得成就　免生天道福不長
嘛字受持神通[illegible]　阿閦佛國是家鄉
持戒波羅得成就　免生[illegible]福不長
呢字受持神通大　寶生佛國是家鄉
忍辱波羅得成就　免生人道福不長
彌陀佛國是家鄉

图 3－2 《佛说大明六字真言》片段与经签

“嘛呢”原为藏语，即六字真言，指唵、嘛、呢、叭、咪、吽六个字，又称“六字大明咒”，在藏传佛教地区家喻户晓。六字真言为密教重要咒语，又称观世音菩萨心咒。音译有“唵嘛呢叭咪吽”、“嗡嘛呢呗咪吽”、“唵么抳钵讷铭吽”、“唵摩尼钵头咪吽”等多种译法。意为“归命莲华上之宝珠”。依密教所传，此六字系阿弥陀佛见观世音菩萨而叹称之语，被视为一切福德、智慧及诸行的根本。为西藏地区家喻户晓之真言，在汉族佛教地区也相当盛行。时无量光佛谓大慈悲者圣观音藉此真言，以关闭六道生死之门。即“唵”能闭诸天之门，以白色表示。“嘛”能闭修罗之门，以青色表示。

"呢"能闭人间之门，以黄色表示。"叭"能闭畜生之门，以绿色表示。"咪"能闭饿鬼之门，以红色表示。"吽"能闭地狱之门，以黑色表示。故此六字能令六道空虚。宝卷中把观音菩萨两手中的光芒来比喻六字真言：

> 六字受持神通大，大悲观音降吉祥。显身超彼不动土，菩萨奥体细参详。七宝光内弥陀现，菩萨顶上坐端详。耳垂璎珞珠翠宝，身挂花髻馥衣香……上有两手高举作，合掌当胸仔细详：重重宝光从头放，庵（唵）字肉髻放玉光，上边左手有光照，白光原是嘛字彰，上班右手有光照，呢字能放红色光，中间左手有光照，青光原是八字详，中间右手有光照，弥字能放黑色光，两眉中间黄光放，吽字既是紫色光，众光共耀虚空境，自身犹如琉璃堂。六道一时都灭尽，诸般罪业化清凉。

至于宝卷中对六字真言的功能的解释，与佛教有所不同，体现了民间宗教的思想：

> 庵（唵）本是天之根，为了生死发善心。一卷打开莲花池，外面观见里边身。嘛字本是坤地门，点破虎秘其中用。一生（声）唤醒生死路，要到灵山见师（世）尊。呢字本是真无价，了脱生死连根把（拔）。寻着呢字是真道，走到西方路不差。叭字本是生死咒，达摩二字在里收。睁开一对双眉眼，周围竟是大路头。弥字本是着烦恼，圣母正闻神祖家，倒坐双林尾（无）影树，灵山会上好说话。吽字本是实空胎，金莲坐上古佛来。三千菩萨同了道，清风明月两边排。七字真言六字念，内有一字寻不见，若要寻着这个字，天地乾坤都翻遍。还有一字颠倒颠，捉住清风八百年。

"古佛"即民间教派宗教中的至尊女神无生老母。无生老母有多种称呼，其中有"无极圣母"、"无生圣母"、"云盘圣母"，这儿的圣母当也指无生老母。民间宗教以"弥勒下生"为基本教义，弥勒佛自兜率宫降世，在龙华树下承继佛位后，世界将变为天堂，只有享乐，没有痛苦。龙华树也称为“无影树”，有些民间教派也把弥勒佛所居之地称为“无影山”。达摩即达摩老祖，原为天竺僧人，达摩东来后，依据印度禅学创立了禅宗，被信徒称为“西天（天竺）”佛教二十八祖和中国禅宗初祖。民间教派宗教吸收了达摩祖师，将其奉若神明，称为达摩老祖，作为协助弥勒佛完成三期末劫总收圆的佛祖之一。至于六字真言变成七字真言，“内有一字寻不见”、“还有一字颠倒颠”、“捉住清风八百年”，这些字句中似蕴含了反清的思想。

宝卷中多次提到一些民间教派宗教中常用的术语，如“无字真言昼夜念”“认得无生老母在，千年枯树又开花”“果如婴儿思盼母，何愁不得到波罗”等语。从宝卷中“大乘盛会福犹在，讽谈道妙度人舟”等句来推断，此宝卷有可能是曾流传于青海东部的大乘会的宝卷。

还要讨论的一个问题是宝卷中出现的“大明王”或“明王”，此“大明王”非指大明王朝，早在元末明初就有“明王”之称。历史上流传于中原的摩尼教在元代仍有很大影响，宋代一些地区的“香会”是摩尼教与弥勒信仰融合的产物，元至正十一年（1355年）五月由香会而改名的香军即红巾军起事于颍州，得到了大江南北人民的响应。这支香军，初起于河北赵城韩山童，韩山童传徒刘福通，喊出的口号是“明王出世，弥勒下生”。韩山童死后，刘福通奉其子为小明王。摩尼教有《大小明王出世经》，韩林儿不称“大明王”，而称“小明王”。显然在教中，以韩山童为“大明王”。① 受这一时期香会与白莲教信仰的影响，后世民间宗教中，明王、弥勒虽名称不同，但其职能一样，即都是解民于倒悬的神佛。《家谱宝卷》：“要末了，遮天样，多了三灾八难见明王。”《佛说定劫宝卷》：“燕南赵北聚贤良，孤宿神村拜明王。”《佛说大明六字真经》中的大明王多次出现，“大明神咒无等等，观音微妙记心中。”“大明神咒甚分明，里头念起外头明。”《佛说大明六字真经》中明王当为民间宗教中的弥勒下生信仰，这种信仰对后世民间宗教思想的形成有重要的意义。由于资料所限，我们尚不能对《佛说大明六字真经》做出更多的判断。但是，这部宝卷以观音信仰和阿弥陀佛信仰为外衣，表面为佛教教义，其中包含着民间宗教思想是无疑的。就现有资料分析，这部宝卷是民间教派结合了河湟地区浓厚的藏传佛教影

① 马西沙：《民间宗教简史》，上海人民出版社1998年版，第28页。

响，特别是嘛呢六字真言在民众中的影响，融入了民间宗教教派的思想编创而成的。就目前所见宝卷来看，这一地域化文化特质特别明显的宗教宝卷尚不多见，对这部宝卷进行深入的研究有待新资料的出现。

第五节　《老母捎书经》、《十王宝卷经》

一　《老母捎书经》

《老母捎书经》又名《太皇老母捎书经》、《十封书》、《金砖十页铺善地》。这部宝卷是河湟地区流传较广的一部宗教宝卷。这部宗教宝卷中民间宗教教派的宗教思想体现得非常明显。宝卷中的老母即是无生老母。民间宗教思想中，无生老母是一位无生无灭、不增不减、不垢不净、至仁极慈的女上帝，她创造了这个世界。后伏羲和女娲经金公和黄婆两位神仙为媒人，匹配夫妻，从此生下来九十六亿皇胎儿女（又称原子、婴儿姹女、佛子、皇胎子、贤良子）——人类，在天堂过着无忧无虑的生活。由于人间没有人烟，世界空虚，无生老母便派婴儿姹女来到人间。可是婴儿姹女来到人间后，却失去了本性，不仅立刻陷入生老病死之苦和酒色财气之迷，还要受到大自然与各种人为的折磨，历经了一次又一次的劫难。无生老母再也不忍儿女们遭受苦难，大发慈悲，决定派燃灯佛、释迦佛、弥勒佛三位佛祖依次降临人间，把儿女们带回自己身边，永在天堂，不再坠入轮回。但燃灯佛时期即青阳末期，只度回二亿儿女；释迦佛在红阳末期，也只度回二亿儿女，所剩下的九十二亿儿女需由弥勒佛在白阳末期即“三期末劫”度完。届时弥勒佛将在云城（民间宗教教派所说的天堂）降临凡世，召开龙华三会，九十六亿儿女将与老母团聚一堂，“认根归母”。《老母捎书经》即是在这个宗教思想的背景中展开：老母的儿女到了人间，却被尘世所迷，不肯回来见母，老母日日思盼，以泪洗面，以至于思念成病，无可奈何，只得修书十封，并装上一些好东西，捎带给儿女，催促儿女在大难来临之前，能够醒悟，回到母亲身边。《老母捎书经》，也称《十封书》，是因为在此宝卷中，老母对皇胎儿女的劝说以十封书信的方式展开。

这部宝卷的格式与其他宝卷有所不同，宝卷按十封书信共分为十个部分，每一部分开头为一七言“偈子”：

金砖一页铺善地，家乡老母捎书籍。不知去向在哪里，十二时辰泪泣涕。

紧接着采用了一般故事宝卷的结构，用“话说”来叙述内容，但故事宝卷中，“话说”标志着用散文叙述故事，而《老母捎书经》用五言体，这种形式在其他宗教宝卷中较为少见：

话说：

老母在家乡，思想婴儿病。何日儿回来，病轻母康泰。

双眼望儿来，母泪洒云台。九九连一串，串成满数钱。

钱有一二十，十而百千万。娘想婴儿病，空眼望江杀。

然后用大段“十字句”来描述老母对儿女的思念与担忧。

有老母，在家乡，你且听言，把灵台，宝仓府，打开观看。

有什么，好物件，拣上几件，你的娘，亲手儿，装在信片。

有丫鬟，不敢慢，走到府前，打开了，黄金锁，璎珞腾腾。

书信里，先装了，纸墨笔砚，叫我的，小婴儿，先把书念。

书信里，后装了，三个字环，有图画，八个仙，文武双全……

十字句尽情渲染了老母装进的宝贝，然后再用几句七言来结束这一节：

不可笑来不可笑，太皇老母把书捎。灵山底下雪不消，阴阳二字一气包。

红尘浪里水成珠，水流东来珠成树。家乡老母泪不住，菩萨带来一封书。

如此七言“偈子”+话说+五言+十字句（多段）+七言，构成了宝卷的一个部分，这种结构在宝卷中较为少见。

《太皇老母捎书经》中的五言，多为民间宗教教派的秘密术语，比较晦涩难懂，这种情况在其他宝卷中也较为常见。这些佶屈聱牙的术语，或隐晦地表达了其教派的宗教思想，或为修行中炼内丹的方法。特别是在有清一代的许多民间宗教教派中，都有反清复明的政治意图，所以他们在宝卷中加入了一些暗语，如清闻香教经典“至书内逆词，不一而足。如清朝已尽，四正文佛落在王门；胡人尽，何人登基；日月复来属大明，牛八元来是土星”。“古月”二字指为“胡”，满人乃少数民族，故称“胡”，“古月”即指满清王朝；“牛八”用拆字，即“朱”，暗指光复明朝。还有著名的“十字合同”，即为拆“周”字而成。《老母捎书经》中，五言多为这样艰涩难懂之词：

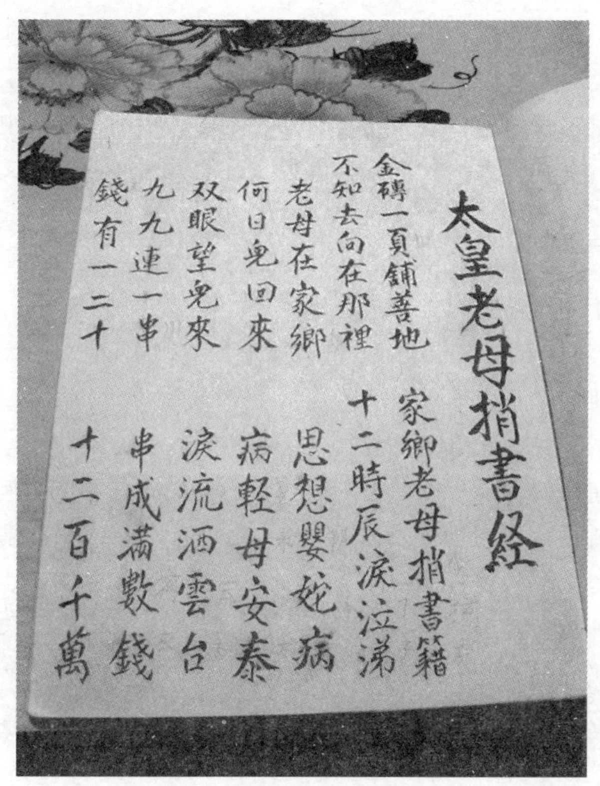

太皇老母捎書経

金磚一頁鋪善地　家鄉老母捎書籍
不知去向在那裡　十二時辰淚泣渧
老母在家鄉　思想嬰娃病
何日兔回來　病輕母安泰
双眼望兔來　淚流洒雲台
九九連一串　串成滿數錢
錢有一二十　十二百千萬

图 3－3　《太皇老母捎书经》

树影日月光，正气乾坤养。怨气冲四方，累我老皇娘。灭鼠洞内藏，青牛尾巴长，白虎把路挡，兔儿吃仓粮。

龙入沧海浪，神蛇盘山岗。黑马足下忙，黄羊把人踊。
猿猴怕鞭伤，金鸡一鸣亮。玉犬咬人忙，花猪鼻平塘。
黄鹰展翅膀，个个都在忙。

又如：

云山不云山，一连五岳山，仙童执花幡，白玉在中间。
涧下流清泉，泉源太湖山。山中灵宝丹，丹园明光闪。
闪出一位仙，仙家聚宝盘。

文中奥秘尚不能解，但《老母捎书经》以母亲对儿女的殷殷关切之情，娓娓诉说对儿女们的思念，与其他宗教宝卷不同，尽管宝卷中带有浓厚的民间教派宗教思想，但宝卷文笔较为流畅，特别是宝卷中大量的七言和五言诗文，富有诗意，较有文学色彩，可能是民间教派中文化根底较为扎实的人所编创。

二　《十王宝卷经》

《十王宝卷经》又名《亡人经》、《十王灯科》等。地狱十王信仰形成于唐代，他们本是中国佛教所传视为主管地狱的“阎王”，唐代末期已经出现的《阎罗王授记本愿功德经》、《佛说十王经》（疑伪经）逐渐发展成一种民间信仰，也形成了十王斋或十王会的丧礼制度。例如敦煌文献咸七十五《佛说阎罗王受记劝修生七斋功德经》中说：“若是新死，依从一七计，乃至七七、百日、一年、三年，并须请此十王名字，每七有一王下检察，必须做斋。”道教也很快接受了十殿阎王的信仰。宋元以后，十殿阎王成为民间信仰中主管地狱之神。十殿阎王又称十殿冥王、十殿阎君、十殿阎罗。依次是一殿秦广王蒋、二殿楚江王历、三殿宋帝王余、四殿五官王吕、六殿卞成王毕、七殿泰山王董、八殿都司王黄、九殿平等王陆、十殿转轮王薛。十殿阎王的职责是人死后先到第一殿报到，秦广王照阴律按簿稽查其生前善恶。凡大善人，即勾销其轮回名籍，送其超生天界；凡善大于恶或善恶相抵者，即直接送交第十殿发落转世；凡恶大于善或恶贯满盈者，先上孽镜台，令其照见生前诸恶业，然后押到第二殿至第九殿依次受刑。故第一殿为审判机构，二殿至九殿为执行机构，十殿掌管刑满释放事宜。民间秘密宗教承袭这种说法，依次劝诱众生改恶从善，死后升入天堂，免遭地狱之苦。受佛教的影响，在民间丧葬民俗中就形成了“十王斋”、超度等习俗。“十王斋”也叫作七七斋，包括“做七”、百日斋、一年斋、三年斋。现在人们虽不甚了解十王斋的来历，但在现实生活中仍然按照十王斋这一古老的风俗祭奠亡亲。在现实生活中做十王斋，是儿女们为逝去的亲人做，为亡亲添福报，免冥报。这些俗信的观念，延续了千年，仍是民间丧葬仪式中重要的风俗，至今在一些地区还被民众传承着。在十王斋的仪式中，就逐渐形成了斋仪文本，佛教与道教都做十王斋，超度亡灵，但所用文本不同，民间宗教也有自己的文本，在宝卷中就有一些关于十王斋仪式的文本流传。明代前期的佛教宝卷中，便有用于荐亡道场的《十王宝卷》。明代后期，民间宗教家编了各种《十王宝卷》，如《泰山十王宝卷》、《弥勒佛说地藏十王宝卷》等，民间也流传着各种《十王宝卷》。主管冥间的神，除了十殿阎罗、酆都大帝、东岳大帝及城隍、土地外，还加进了佛教的地藏王菩萨，被尊为“幽冥教主”。这种佛道混杂的神仙结构，实际上也受宋元以来的佛教“水陆法会”的影响。水陆法会上挂的水陆图中，也包含了佛、道及民间信仰的上百位神灵，它们被恭请到会，然后再被送走。①

民间流传的《十王宝卷》多为《泰山东岳十王宝卷》，今存明清多种刊本。内容为纳子悟空自述到地狱中观看犯人所受各种苦刑的情形，因劝人修善积福。其中“劝恶行善分第四”和“吕祖立地基分第五”，叙述善男信女到护国保明寺赴莲池大会，卷中赞颂该寺的开山祖，也是西大乘教的祖师吕祖：“开山吕祖根基深，原是南海观世音”，“开山吕祖立下地基，天下知识普化善人”，“黄村吕祖立，至今得兴隆。天下众善人，挂号对合同”。日本学者泽田瑞穗教授据此认为这本宝卷是西大乘教的宝卷。笔者在甘肃洮岷一带做田野时，就见过清末所抄的《泰山东岳十王宝卷》，在当地这部宝卷在葬礼荐亡仪式中念诵，也在“做七”和“期年”，即亡人去世后一年、三年的仪式中念诵，用来超度亡人。

① 车锡伦：《信仰、教化与娱乐——中国宝卷研究及其他》，台湾学生书局出版2002年版，第158页。

青海《十王宝卷经》为《泰山十王宝卷》的一部分，约有两千字，这部宝卷也称为《亡人经》，在大多数嘛呢会中都有抄本。嘛呢会主要的一个会外宗教活动是为村子里逝去的老人度亡，一般在去世后三天内举行。同时“做七”也是主要的一个宗教活动。在这些特殊的时间里，所念诵的文本中，《十王宝卷经》是很重要的一部。其实，在亡日、七七、期年为亡者做法事以超度亡灵的习俗，在中国传统文化中可谓历史久远。《释氏要览》卷下说：“人亡，每至七日，必营斋追荐，谓之累七，又云斋七。”这是因为佛教认为，人在命终之后，至受报期间，称为中有。中有的寿命极于七日而死；死而复生，若未得生缘，辗转而至七七日，自此以后定得生缘，方受报。凡此期间亲属为亡者修法追福，可以转劣为胜，故有七七四十九日诵经祈福的习俗，即所谓七七斋。而中国自古以来，传统儒家丧礼又有小功三月、小祥大功期年及三年之丧大祥等制度，所以佛教为了适应中国社会风俗，又加入了百日、大小祥祭等斋会，用以满足中国人对于父母亲友的追悼和孝思，使中国传统的百日、期年、三年丧服制度与七七斋会相互融合，发展成两教盛行的百日及大小祥斋。宝卷借鉴了佛教七七斋与百日、期年斋会的科仪，民间宗教教派也在这些特殊的时间用宝卷来荐亡。这些民俗活动成为民间宗教葬俗中的主要形式。

《十王宝卷》中对地狱十王做了仔细描述：

> 留一部，十王卷，劝化高贤。大众们，听我说，起落根源。
> 头一位，秦广王，执掌善簿，行善的，踏莲花，竟往灵山。
> 第二位，楚江王，执掌恶簿，行恶的，到此地，胆战心寒。
> 十王卷，利益深，功德浩天，宣宝卷，求甚事，需满心田。
> 无子的，若求子，既然得子，有病的，宣宝卷，百病齐消……
> 宋帝王，五官王，合众王会，五阎王，把夜镜，挂在当堂。
> 作恶的，有恶影，不离身体，有善的，自然善，形影随身……

宝卷依次叙说十王在阴间的职责，极力宣扬阴间的阴森恐怖，也描绘了做善而得的功报。至于这部宝卷的功能是：

> 留下十王卷，大众不当轻。虔诚要宣诵，地狱化天堂。

十王宝卷奥无边，日管阳间夜管阴，既查阳间男共女，善恶不差半毫分……

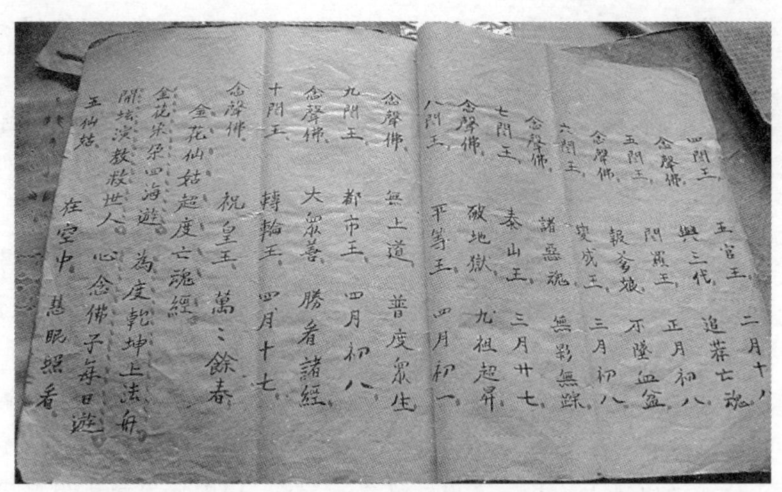

图 3-4　《十王宝卷》与《金花仙姑成道传》手抄本片段

《十王宝卷》宣扬的主要是中国传统文化中的轮回之说、善恶之报。俗话说“善有善报，恶有恶报”之说即是，只不过在宗教中的善恶之报，描绘的复杂罢了。传统认为现世是前世的结果，后世是现世的延续，一世转一世没有穷尽，只要一个人不曾得到解脱，那么他命中注定会在六道中流转轮回，至于人死后究竟命运如何要看他这一世修行积德如何，前一世决定这一世，这一世决定下一世，世代因果环环相连。于是中国人传统观念中的生死异路变成了生死轮转，这一思想的变化使得“善有善报，恶有恶报”越来越被人们所接受，人们逐渐相信了所谓的“冥报”或“现报”，也使中国人相信了人死后还有一个道德的裁判所，生前的罪孽要在死后遭到惩罚，活着的善行则在阴间得到酬劳，人们无法计算自己的善恶分数，也不敢奢望未来的幸福，只能祈求死后不至于受无尽的折磨。

唐慧皎在“唱导类”总论中说道：

唱导者，盖以宣唱法理开导众心也。……谈无常则令心形战栗；语地狱则使怖泪交零；征昔因则如见往业；核当果则已示来报；谈怡乐则情抱畅悦；叙哀戚则洒泪含酸。于是阖众倾心，举堂恻怆，五体输席，碎首陈哀，各各弹指，人人唱佛。①

对于善恶之报，佛道两教渐渐趋同，都将死后世界描述得极为恐怖，在那里灵魂要受到相应的裁决。但佛教重视的是如何通过死亡世界，道教则重视如何躲过死亡世界，所以佛教要超越轮回，道教要“飞身成仙”。唐俗讲中善恶之报，即为其宣扬的主要内容。《目连宝卷》中其母刘氏四娘被拿去地狱拷打问罪，受刑命罪，永不超生。目连来到金銮殿礼佛参拜哀告如来世尊，世尊见目连是孝子，赐了袈裟一领、明珠一颗、锡杖一根，去救母亲。目连来到地狱，上了望乡台，进入鬼门关，过了奈何桥，进入破钱山，过了枉死城，前后经过锯解地狱、血河地狱、滚汤地狱、拔舌地狱、寒冰地狱、磨研地狱、平等地狱，最后到了铁围城。各殿阎王不肯让目连母子相见。目连抡起明珠、锡杖，“锡杖震动铁城响，铁壁就如风卷云，明珠锡杖来抡起，万里铁城一起崩”，城内恶鬼都逃出城来，目连母子才得相见。从唐俗讲、变文到第一部以宝卷命名的《目连生天宝卷》，再到《观音宝卷》、《唐王游地狱宝卷》、《张四姐大闹东京宝卷》、《劈山救母宝卷》、《包公错断查颜散宝卷》、《刘全进瓜宝卷》和《葵花宝卷》等宝卷中都有“游地狱”主题的运用。民间宗教更多地继承了佛教善恶有报，生死轮回的思想，民间宗教罗教、黄天道、大乘教、无为教、静空教等教派都有大量的宝卷宣扬十王信仰与地狱之说，如黄天道的《普静如来钥匙宝卷》、圆顿教的《佛说八十一劫法华宝忏》② 专为超度在十王殿中徘徊的魂灵。

对河湟地区的信众而言，他们的内心深处始终被死亡的阴影所笼罩。在那个物质匮乏、生活艰辛的年代，死亡是司空见惯的常事。深受善恶之报，生死轮回之思想浸润的广大信众，特别重视为亡者追福祈愿，更有生时即为自己逆修之举。在用《十王宝卷》来超度逝去的亲人的时候，总

① 见梁慧皎撰《高僧传》卷十三“唱导论”。

② 笔者在临潭宝卷调查中发现的宝卷是圆顿教宝卷，这些宝卷属于一个民间宗教组织——四季龙华会。这个组织是原先圆顿教的一个分支，“四季会”所用的经典主要有《佛说八十一劫法华宝忏》十卷本、《佛说大乘通玄法华真经》十卷本。这两部宝卷各为十卷，被当地民众称为“十经”和“十忏”。另有其他宝卷三十余种。

是希望“一生罪孽化为尘”“地狱化天堂”，希望亲人在来生能有个好的去处。这也是《十王宝卷》在当地又被称为《亡人经》的原因，也是此部宝卷在当地被广为传抄的原因。

第六节　其他宗教宝卷

除了以上介绍的这些宝卷外，在青海东部还流传着许多其他的宝卷。相对完整的整部宝卷，这些宝卷篇幅都比较短小，其内容或为民间宗教教派的宗教思想，或为劝善、教化为主。这些宝卷数量众多，传抄也较为广泛，如《灶王经》、《枣儿经》、《无极处动经文》、《太上因果经》、《端茶经》、《熬茶经》、《莲花真经》、《五朵金花经》、《酒字真解》、《色字真解》、《财字真解》、《气字真解》、《酒字详解》、《色字详解》、《财字详解》、《气字详解》、《无量祖师劝善歌》、《渡村真经》、《佛说种瓜经》、《正气中堂经》、《喜乐菩萨经》、《观音古佛诗论》、《黑虎经》、《女儿经》、《男孝经》、《葫芦经》、《大道》等。其中有些宝卷篇幅在两千字以上，有些宝卷仅仅为一二百字。并且这些宝卷在不同的地区流传，文本也不尽相同，一些在流传的过程中发生了变异。由于传抄者的文化水准不一，有些宝卷中有许多的错字、别字和脱漏的词句。同时，同一宝卷在流传中，也出现了两三种别名，和明清以来的宝卷相同，这一地区的宝卷，特别是这些流传下来的片段，同卷异名或同名异卷的情况较为常见。

从内容来看，这些宝卷多是从某一部宝卷中脱落下来的一部分。我们知道明清以来的民间教派宝卷在历史上多次受到官方的查禁，有些宝卷在这一过程被焚毁殆尽，在这个过程中，其中一部分内容，特别是在口头上能够熟练记忆的部分，有保留下来的可能。在其母本消失后，这些口头的部分被重新诉诸文字，保留了下来，这是其一；另外，民间宗教宝卷篇幅较长，在宗教仪式中不可能一次性念完，因此在民间民俗活动中，民众们经常念诵的是那些耳熟能详的、经常运用的片段。这在调查中也能经常看到。如在洮岷地区，葬礼中经常念诵《目连经》、《伏魔宝卷》、《十王宝卷》等，但由于时间限制，这些宝卷不可能在一天到两天念诵完毕，念卷者只能从里面挑选一些大家都熟知的片段，这样也有利于在场的人都来参与（宝卷念诵中，会念的人都可以参加进来，不会念诵的也可以“和佛”），因此念诵的片段经常被反复念诵，许多念诵者对这些片段可以脱离文本，诉诸口头，烂熟于心。这些片段也可以脱离母本进入当地的“佛曲”（嘛呢经）中，单独被念诵。

这种情况在青海东部宝卷流传情况中较为常见，如在《黄氏女宝卷》中，黄氏女到了十王殿中，十王问黄氏女：“金刚经有多少，哪个字起，哪个字落，哪个字在中间。以多少如来，多少须菩提，几个善男子，几名善女人，何以故，恒河沙，于意云何，共有多少阿多罗，三藐三菩提，布施共有多少？几个福德？几个如是？几个三十二相？几个须陀舍？几个须陀恒？几个阿罗汉？庄严三千大千，共有多少阿陀舍？比丘、我相、人相、众生相、寿者相，我见、人见、众生见、寿者见，哪个王截身体？缛是何人？”

黄氏女回答说：

黄氏女，听见说，将经对念。金刚经，通共计，字数分明。
五千零，四百整，一十九字。如是起，奉行止，荷担中心。
五十一，四十一，世尊菩提，八十五，八十一，如来佛身。
须菩提，一百零，三十八个，三十八，何以故，叫九众生。
善男子，善女子，三十六位。一十三，恒河沙，十二微尘。
入功德，三十一，云何于意，入庄严，三十一，布施之因。
三十八，一十八，如是福德，二十九，阿缛多，三藐菩提。
有七个，共三千，大千世界。有八个，三十二，相好法身。
须陀恒，须陀舍，每相四个，波罗蜜，阿罗汉，十六尊名。
阿陀舍，四命声，比丘三众，忍辱仙，有人相，众生寿者。
九个见，十一见，八句妙语，尽都是，佛留下，般若尊经。

黄氏女回答的一段，被单独抽取出来，成为一个宝卷片段，在当地叫《黄氏女答经》。这种情况是母本存在，我们可以还原于母本之中。而有些片段，母本已经不存，脱落出来的片段重新起了一个名字，作为一个独立的经卷流传开来，如《熬茶经》：

善人来到善人家，拉开蒲团请坐下。我问你家在那扎[①]，有何贵干到我家。

我今与你说根芽，我在无影山底下。先天发下宏誓愿，为度缘人到你家。

手持佛法尊规戒，我与师傅熬仙茶。只说熬茶身不动，怀里抱着小冤家。

领在十字去玩耍，黄婆不离看守他。挖下中央戊巳土，江心水儿和泥巴。

锅头安在昆仑顶，灶门安在海底下。风匣安在半虚空，回风上下蒙仙茶。

太极锅盖将合下，倒上北方任癸水，加上东方甲乙木，点上南方丙丁火，

烧开西方庚辛金，男儿喝茶成罗汉，女儿喝茶转菩萨，喝茶喝茶请喝茶，

有家喝的结缘茶，喝了仙茶能成佛，跨上白鹤上大罗，大众同会赴龙华……

这段经文用熬茶做比喻，表达了民间宗教修持练习内丹的诀要，毫无疑问是某部民间宗教宝卷中的一个部分，这个部分从母体脱落出来，在传抄中还加上了当地方言，根据内容，抄写者加上了一个题目。中国现存明清以来的宝卷一千五百多种，有五千多个版本，但由于各种原因，目前所能见到的宝卷文本不多，限于资料，我们无法推断这些宝卷片段来自于哪些完整的宝卷文本。尽管如此，这些从宝卷中脱落下来的片段，在青海河湟地区，和其他长篇的、完整的宝卷在民间宗教生活中起着完全相同的作用。

在民间宝卷念卷中，特别是比较短小的嘛呢经或“佛词”中，多以民间小调命名，如《十报恩》、《十二愿》、《五更进佛堂》、《五更叹》、《十二把扇子》、《十渡船》、《十二月歌》、《十二花名》等。这些内容短小的宝卷（实际上是某个宝卷的一部分）由于与民间小调结合在一起，

---

① 青海东部方言，哪里的意思。

易学易记，深受民众喜欢。与上面所论述的青海一些篇幅短小的宝卷一样，这些民歌体的片段更容易从完整的宝卷中脱离出来，成为念诵的佛曲。不过这些片段直接以当地民间小调来演唱，而命名就直接用小调来命名。实际上这些民歌小调所演唱的时间频率、地域、场域比乡村中的民间民俗活动场域更为广泛。笔者在洮岷地区调研时发现，在当地除了在宗教场合，如村庙、民间宗教组织会内演唱宝卷，在家中举行的宗教民俗活动如荐亡仪式中演唱宝卷外，更多的则是在节日、庙会，在山野、花儿会等场域情境下，三五个老人坐在一起，悠扬的“佛曲”便唱了起来，所唱诵的宝卷便多是这些带有宗教色彩的民间小调，在当地叫唱“佛曲”，也叫唱“嘛呢”。这些小调都是一人领唱主要内容，其他的人则“和嘛呢”，即齐声唱“唵、嘛、呢、叭、咪、吽”六字真言，也和“佛呀，阿弥陀佛”“南无阿弥陀佛”等。如果大家对所持内容熟悉，可以齐声诵唱并同声和佛。念卷者多为老年妇女，与唱民歌如“花儿”等体裁不同的是，这些佛曲只能按照经本念唱（基本上每个人都有一个嘛呢本），不能像“花儿”那样即兴编词，也不能对唱。不过在青海地区，调查中还未见到在田野山间演唱的情况，在庙会或“花儿会”上与洮岷的演唱形式相同（花儿会一般多在当地有名寺院周围举行，如青海四大花儿会场地互助五峰寺、乐都瞿坛寺、大通老爷山、民和七里寺等）。

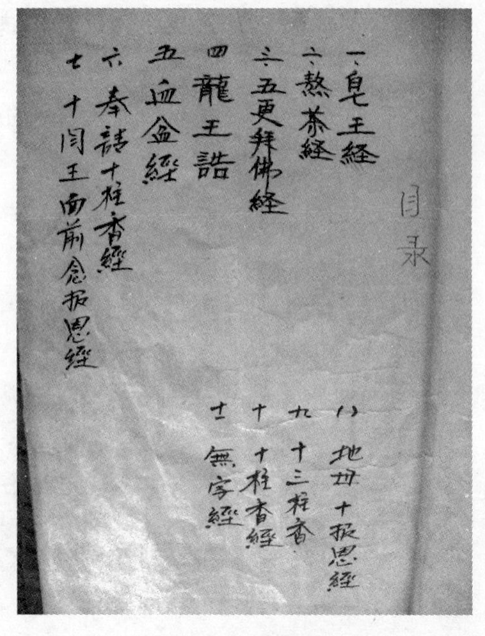
目录
一、皂王經
二、熬茶經
三、五更拜佛經
四 龍王誥
五 血盆經
六、奉請十柱香經
七 十閆王面前念报恩經
八 地毋十报恩經
九 十三柱香
十 十柱香經
十一 無字經

图 3-5 小卷目录

山东曾是明清民间教派的发源地，宣卷活动依附于宗教和民间信仰，所以它的发展受到了很大局限，近代现代山东地区已经少见其踪迹。不过在山东青州、潍坊、淄博等地农村仍流行着一种“念佛”活动，可能是明清时期某个民间教派宣卷的遗存。这种念佛活动主要在妇女中流传，除了平时聚众演唱外，每年农历三月三、九月九在青州云门山，妇女们朝拜泰山老母之后，便在庙前庙后或山林坡地围坐演唱，也有青年妇女肩挑花篮，边歌边舞。她们演唱的作品，除了部分以“经”命名（如《药房经》、《素白经》、《锁福经》、《葫芦经》、《献茶经》等），主要是一些“佛偈”，如《五拜香》、《举十香》、《寿衣佛》、《上云门》、《善人要找善人玩》、《小师傅要出家》、《樱桃开花》、《皇姑游山》、《西方路上一棵草》等。这类作品在江浙吴方言区宣卷中称作“小卷”或“偈子”。内容多劝人积德行善，敬奉神佛。形式上七字句、十字句变格混用，可转韵或一韵到底。① 这些经卷从卷名上来看，与青海流传的相似的有《葫芦经》、《献茶经》、《皇姑游山》和《西方路上一棵草》（宗教经卷片段，“西方路上一棵草”为首句）。

青海宝卷中以民间歌曲直接命名演唱的有以下几类：

（1）“五更调”。“五更调”也叫“哭五更”，“五更调”（哭五更）曲调舒缓，最能抒发主人公内心的哀愁。在宝卷叙事中，每当主人公命运突生变故，走投无路，在情节发生急剧转变时，就会唱一段“五更调”，借以抒发或内心的哀愁，或刻骨的思念，或对命运的诅咒。这在叙事类宝卷中非常常见。以“五更调”的形式固定下来的经文比较多，如《五更修行经》、《五更仙酒歌》、《五更上丹》、《五更叹》、《五更上佛堂》、《哭五更》、《五更想娘》、《五更修行》、《五更月儿》等。但“五更调”的格式也不尽相同，在与宗教内容有关的“五更调”中，常用七言体，如《五更修行经》中：

一更修行苦用功，咱们先去扫三心。天乙水发昆仑顶，咱们日月儿照定。

赤龙搭上上三清，咱们四象儿飞腾。阴气下降阳气升，咱们清浊儿分明。

二更修行苦用功，咱们安身在黄庭。心猿意马要拴定，咱们主才登金庭。

火龙性猴三变动，咱们寻找了主人。君臣会面在坤宫，咱们才收

---

① 车锡伦：《山东的宣卷》，载于《信仰、教化、娱乐——中国宝卷研究及其他》，台湾学生书局2002年版，第259页。

了五行。

三更里修苦用功，咱们九村分找寻，太阴少阳列西东，咱们霞光儿照定。

抽坎填离补命根，咱们火发者水升，西日东月照虚空，咱们阴符儿扫尽……

再如，《五更仙酒》中也是如此：

一更仙酒用一盅，咱们打扫了黄庭。心猿意马要锁定，咱们搭坐了参丹。

野马撒缰无处寻，咱们问我者师尊。把马拴在无影树，咱们牢牢记心中。

二更仙酒用二盅，咱们阴魂儿乱生。慧剑插在三江口，咱们斩妖者除凶……

在故事性宝卷多用“五更调”，在青海《白马宝卷》中，就有三处“五更调”，但故事宝卷中的“五更调”与宗教宝卷中的“五更调”结构并不一样，如《鹦哥宝卷》中的“五更调”：

一更里到了好伤心，想起母亲泪淋淋，窝中不见生身母，丢下鹦哥独自坐，我的娘，倒叫鹦哥泪纷纷。

二更里到了泪淋淋，祝告空中过往神，保佑我的母托一梦，不忘神圣护佑恩，我的娘，丢下鹦哥好伤心。

三更里到了睡卧昏，梦中见娘叫一声，忽然惊醒做一梦，不见我娘心中疼，我的娘，你儿有话对你讲。

四更里到了泪汪汪，鹦哥梦中哭一场，凄惶落泪如雨下，倒叫你儿哭断肠，我的娘，你儿有话对谁讲。

五更里到了天亮了，想起我娘没动身，忽然抬头看分明，林中群鸟来往行，唯有鹦哥好苦命，拿来梨儿没奉亲，我的娘，倒叫你儿好伤心。

故事性宝卷中加上了叹词“我的娘”，更能委婉抒发感情。在演唱中，宗教宝卷中和故事宝卷中脱落出来的“五更调”是最常见的段落。

（2）“十二月调”（“十二时调”）。“十二月调”和“十二时调”是宝卷常见的叙事音乐程式。这种形式按照一天十二个时辰的顺序或一年十二个月的顺序，或来组织故事叙事，或来抒发主人公的各种感情。《诗经》中《豳风·七月》是现存最早的一首按月咏唱的民间长篇诗歌。不过它还不够完整，月份之间的错落较多，从严格意义上讲，它还没有形成后来“十二月”歌辞那样较为固定的形式，还不能说是“十二月”联章体歌辞。到了六朝乐府民歌《月节折杨柳歌》的出现，这种“十二月”歌调形式才逐渐固定。它分题为“正月歌、二月歌、三月歌……十二月歌”，又因阴阳历的相差而置“闰月歌”，共有13首。《折柳歌》在汉魏以来就很盛行，后来还演变成各种歌调。唐代时，表达征夫怨、相思苦题材的“十二月”歌辞比较普遍。唐代时“十二月”歌辞，是按照十二个月的顺序连续歌唱的联章体裁，每月一首；有增加闰月一首的，便有13首。在唐朝变文中，这种民歌体更是被大量的运用。十二月调在唐变文中主要以十二时调表现出来，这是当时这种民歌的一个特点。十二时调与五更调的结构极为相似。现存敦煌文献中有《太子十二时》（P. 二七三四）、《禅门十二时》（S. 四二七）、《圣教十二时》（S. 五五六七），《大正大藏经》卷四十七也有《十二时歌》。

流传在青海，单独念诵的十二月调式的文本有《十二月念佛经》、《十二报恩》等，另外在《方四娘宝卷》、《老母捎书经》等宝卷中，也都用这种体式，这些段落也可以单独抽取出来念唱，所用曲调即为民间音乐“十二月调”。十二月调式依次按正月到十二月的次序或来叙事，或来宣讲宗教教义。仪式卷中的“十二报恩”、“十二大愿”也是十二月调的变体。在《老母捎书经》中，还有十二时歌，这与唐变文中的十二时调非常相似：

子时中，天地混，金鼠打洞，哭一声，娘的儿，无影无踪。
丑时中，天地沌，青牛出宫，哭一声，娘的儿，坐卧不宁。
寅时中，天地明，黑虎腾空，哭一声，我的儿，何处安身。
卯时中，天地晴，兔儿蹬鹰，哭一声，我的儿，去路不同。
辰时中，天地灵，青龙翻身，哭一声，我的儿，早早回宫。

巳时中，天地龙，毒蛇伤人，哭一声，娘的儿，三宝守紧。

未时中，天地红，灵羊报恩，哭一声，娘的儿，魅王出阵……

（3）“十字歌”。（“十字调”）。“十字歌”多用来劝化人心，教导做人的道理。早期的宝卷卷末都有类似于变文“回向”的结构，这种结构与宝卷念卷结束时的仪式有关。这与前面提到的“十二愿”功能完全一样，只不过借用的民间小调的曲调不同而已。这种结构在宝卷中运用也较多，流传在青海地区的有《十报恩》、《十朵莲花》、《传家宝十大劝》、《十只善船》、《十炷明香经》、《十个葫芦》，都用“十字歌”（十字调）唱诵，类似于民间小调中的“十道黑”、“十只船”、“十把扇子”的曲调。下面是《十报恩》：

一报天地盖载恩　　二报日月照临恩

三报皇王水土恩　　四报父母养育恩

五报佛祖传法恩　　六报一切归佛门

七报善人多供敬　　八报八方护持恩

九报九祖超三界　　十报亡者早超生

十方三界一切佛　　文殊菩萨观世音

诸众菩萨摩诃萨　　摩诃般若波罗蜜

《十朵莲花》：“一朵莲花一盏灯，开天先孝父母生。儿女孝心云厚根，千千万年乐太平。二朵莲花二盏灯，二位女子来孝心。打扫经堂来拜佛，拜天拜地拜神佛。……”

青海宝卷中古老的曲牌不多，可能是在传抄时丢失了，现有的有“挂金锁”、“西江月”、“杨柳枝”、“贫和尚”等，其中“贫和尚”也是流传在河西一带的曲牌，在青海还流传着以《贫和尚》为名的卷子，这个卷子的结构与以上所述的“五更调”等不一样：

贫和尚倒有个破草帽，

终朝每日脑后飘，

风也吹不着，雨也淋不透，

明晃晃喜煞煞——放大光明。
贫和尚倒有个龙头拐，
终朝每日离不了拐，
立起了擎天柱，放下了担过海，
这拐儿拨转了——天地空间。
贫和尚倒有个白义（意）马，
终朝每日去玩耍，
放开一千里，收回转到家，
把义（意）马拴在了——双林树下……

全卷共十四段，内容为民间宗教教义与修持的宣扬。以上所论述的宝卷片段，是宝卷在流传中从卷子里脱落出来的部分，这些片段由于与音乐紧密相关，在宝卷念卷中也是念诵频率最高，最受民众喜爱，有些片段从母本脱离出来，其母本还在；有些卷子从母本脱离了出来，但其母本因为种种原因已经遗失，这些片段从母本脱离后，实际上演唱的频率更高了，运用更广泛，更受民众欢迎。因为它们是使用某一种民间小调来唱诵的，比如说是用“五更调”、“十二月调”来唱诵的，民众们就直接以音乐曲调来命名，被民众认为是“真经”的一部分。这些卷子在青海宝卷中数量多，唱诵频率高，是青海宝卷的重要组成部分。另外还有一类小卷，主要运用在民间民俗宗教仪式中，相对其他宝卷来说，这些小卷在仪式中频繁念诵，与宗教仪式紧密相关，是宗教仪式中一类“神圣”文本，因其数目较多，内容庞杂且与宗教仪式联系紧密，我们将在第四章中展开。

第四章

青海宝卷的仪式、传承与信仰

法国著名的汉学家施舟人教授认为，“仪式是文化的真正纪念碑”，这句话精辟地概括了仪式和文化的相互影响关系。作为一种仪式的嘛呢会念卷，它所传承的是特定时期、特定地点与特定场域的文化符号。当地文化体系中的宗教意识、伦理观念、社会思想等内容皆蕴含于念卷这一仪式实体之内。从中不难发现，仪式和信仰有着互补交融的复杂关系，仪式是信仰的载体，而信仰是仪式传承的内容所在。但随着仪式的发展变化，仪式本身有时也会成为信仰。仪式也是一种象征，从仪式中，表达出一种宗教思想与社会结构的再造，作为宗教主要要素之一的仪式与文本的结合，达到信仰与宗教之目的。不仅如此，仪式的重要性绝不在信仰之下，在通常情况下，它既是信仰的外化形式，又是直接作用于生活的宗教实践，甚至可以说，有时候仪式本身就是信仰的内容，它与信仰之间不是简单的决定、被决定关系，仪式本身具有相对独立性。青海宝卷能存活到今天，与当地浓厚的民间宗教语境以及特有的传承方式密不可分。在诸多传承的因素中，信仰起了重要的作用。

第一节　念卷的仪式与仪式卷

最早的宝卷《销释金刚科仪（宝卷）》在宋元文献中未见著录，盛行于明代，有多种刊本，卷名或作《金刚科仪宝卷》、《销释金刚科仪宝卷》等，简称《金刚科仪》、《科仪卷》。关于宝卷的来历，很可能是这种情况：最早在佛教世俗的法会道场中产生了这种说唱形式，因其讲经似科文，而演唱形式又受忏法的影响，特别讲究道场的威仪，故定名为“科仪”。后来，在民间的法会道场中，用同样的形式说唱因缘故事，则被称之为“宝卷”。明王源静补注《巍巍不动太山深根结果宝卷》中说：“宝卷者，宝者法宝，卷乃经卷。”宝卷的形式和内容、仪式一直比较稳定，各教派的宝卷基本上是大致相同的。早期的宝卷念卷非常注重仪式结构和仪式过程：

（1）恭请十方圣贤，现坐道场，持公布三宝；

（2）讲解经题；

（3）讲唱“法会缘起”；

（4）举香，唱“举香赞’；

（5）请经：

①唱诵“净口业”“安土地”“五供养”真言；

②奉请八大金刚、四菩萨、护坛；

③唱诵“发愿文”（法会斋主发愿）、“云何梵”等。

（6）讲经：上述仪式结束后“开经”，唱“开经偈”，接着讲唱“提纲”，然后按着经文的分（或品）的每分，先转读经文后解说。直至全部经文讲完；又以同样形式的两段唱“道场圆满”，之后诵《心经》（有很多宝卷诵《心经》是放在“举香赞”前）。

（7）回向；讲经结束后“随意回向”，诵“结经发愿文”如“十大愿”、“十二愿”等以七言诵赞结束回向。[①]

宝卷传入青海东部地区，经历了二百年的历史变化，在当地浓厚的藏传佛教文化氛围里，逐渐融入地方文化要素，形成了地域化的、多民族参与的一种宗教信仰文化。其念卷的宗教仪式继承了以往的历史结构，但同时也发生了较大的变异。以上明清宝卷的念卷仪式，是一部完整宝卷的念诵仪式，但在青海宝卷念卷中，无论是在嘛呢会会内的宗教活动，还是在一些民俗宗教活动中，现在已经很少念完一部完整的宝卷，其中一个主要特色是根据不同的法事活动，选取不同的文本来念诵，以达到不同的信仰和宗教目的。从整个念卷活动来看，还是有一些固定的、程式化的仪式，这些仪式大部分继承了历史上宝卷的某些仪式，但具体仪式环节和内容较之历史已经发生了变化。但是有些宝卷比较古老，还有开经时“举香”，

① 车锡伦：《中国宝卷的形成及其演唱形态》，《敦煌研究》2003年第3期。

唱“心经”（或在“发愿文”前唱诵）、唱“举香赞’、唱诵“净口业”、“安土地”、“五供养”真言等，这在甘肃岷州、河西等大多数地区的宝卷中已经少见，但在青海“嘛呢经”的活动中被较为完整地保留了下来。宝卷的历史从佛教宝卷发源，到宗教宝卷，在宝卷念卷中就特别重视宝卷仪式的完整性与宗教威严。在宗教宝卷发展的过程中，无疑借鉴了佛教诵经的结构和仪式，突出其宗教性的功能和特点。宝卷转入世俗宝卷的阶段，民间故事、传说、戏曲内容融入宝卷中，宝卷念卷仪式开始简化，宗教性的仪式减少，念卷以韵散结合的方式，并加入了地域化的俗曲，音乐性增强，娱乐性增强而宗教性减弱。总体而言，这些变化是适应了当地文化环境和时代变化的要求，仪式出现从简、方便的原则。青海宝卷念卷中，有以下几个主要的仪式，每个仪式也伴随着专有的仪式文本：

（1）焚香

无论佛教还是道教，或是民间宗教，焚香是宗教与信仰活动中必不可少的仪式性要素。在敦煌唐五代的记录中，我们就能看到民间佛教佛事活动中非常注重焚香仪式。敦煌文献 P. 3562 辑录：

> 而凡斋法，至斋家坐定，洗手转经了，合主人执香，顶礼三拜长跪坐，时至难留，人各口敬，至心稽（首）。太上无极大道一切诵。命唱行香。即唱：宿命口行香，□□□□然。若丧，为之□□，至心稽首，正真三宝。

冉冉升起的香烟，形成了一种庄严的宗教氛围，成为世俗与神圣沟通的媒介。在焚香的同时，要念诵“香赞”。历史上，宝卷念卷中的香赞，多为来自佛教的“炉香赞”，在《大明六字真言》中，就录有“炉香赞”：

> 炉香乍热，法界蒙熏，莲池海会悉闻。随处结祥云。诚意方殷，诸佛现金身。南无香云盖菩萨摩诃萨（三遍）。

在青海宝卷念卷中，偶尔唱诵“炉香赞”，更多的则是唱诵《上香经》、《十炷明香经》或《焚香经》，如《上香经》：

沐手焚香敬佛前，上香换佛佑农田。千千诸佛受香烟，万万菩萨接（结）善缘。

灯又点来香又上，点灯上香过金桥。过去金桥八百里，龙华会上好逍遥。

一来报答天地恩，二来报答父母恩。唯有菩萨恩难报，上香点灯报神恩。

唯有父母恩难报，看佛念经报娘恩。

又如《十炷明香经》：

一炷明香一盏灯，举手奉香念观音。早晚讽诵三遍经，一家大小保安宁。

二炷明香二盏灯，举手口念嘛呢经。千千诸佛同名姓，万万菩萨留世尘。

三炷明香拿手中，三盏明灯放掉心。三炷明香拿手中，救苦救难观世音。

四炷明香四盏灯，龙拜中心念佛声，一心举念万神名，龙华会上逍遥成……

十炷明香十盏灯，十殿阎君善恶分，善难信女勤密念，免得灾难永无侵。

南无佛法南无僧，南无救苦观世音，口念七遍一心诚，送过金桥同路行。

阳世三间念佛名，阴司地狱无罪乘，有人认得十盏灯，句句调诵观世音。

早晚念佛把口净，净手焚香跪地平，大小事情抛世尘，消灾免罪修本身。

唵嘛呢叭咪吽。

各地嘛呢会中的《香经》内容有所不同，但整体内容多有民间宗教教派“龙华会”等宗教内容，疑为宗教宝卷脱离出的一部分。

（2）燃灯

灯，又称灯明，是佛教六种供具之一，表示的是六波罗蜜中的智波罗蜜。佛经中多以法、智慧喻为灯明，即表示以光明照破愚痴暗障之意。燃灯作为以灯来供奉佛的一种仪式，同涂香、散花、焚香、饮食一样都是对佛的供养，是僧侣、信徒积累功德的重要仪式。在佛经中专有《佛说施灯功德经》一卷，讲述施灯供佛的诸种好处。此经自北齐那连提耶舍译出之后，在我国广为流传。也正因如此，燃灯仪式作为恭敬供养之一，被广泛地应用于各种佛事活动之中。不仅寺院的佛事活动中要举行燃灯仪式，就是普通信徒在家中供养佛像也一定有燃灯之举。[①] 道教与民间宗教也是如此。事实上，燃灯不仅是佛教徒积累功德的一种重要仪式，也是中国古代传统的一项民俗活动。这一民俗起源于原始人对火的崇拜。原始部落里的“火祭”逐步演变成燃灯仪式，并被广泛应用于各种祭祀活动之中。所以对于华夏民族而言，燃灯这一仪式并不陌生，它本来就是中国传统文化的一部分。佛学大师们正是巧妙地利用了这一结合点，在佛教中国化的过程中，把这两者紧密地结合在了一起，逐渐创造出了一种具有中国特色的祈福仪式。

在青海宝卷念卷中，燃灯是一个重要的仪式，凡是宗教信仰活动必先燃灯，燃灯和焚香基本上同时进行。一般情况下念诵宝卷，举行宗教活动时点三个清油灯。但在为施主还愿、在重大的节日如清明节、端午节、中元节等特殊时刻，要点燃 108 个油灯。“除前十盏十五盏，二十五盏记分明。一百单八一架灯，但有灯来就有神。二十四师统令神，二十四盏报神恩。二十八宿转帝君，此中照类也有灯。三十六雷云雨神，二十九盏均受分。不多不少一架灯，一百单八都有神。”民间说法每一盏灯敬一位神灵，共一百单八盏灯，一百单八个神灵。灯盏为黄铜所铸，每个嘛呢会一般都有这样一套 108 个铜灯盏，有些个别嘛呢会成员，自己也拥有一套灯具，除了 108 个铜灯盏外，还备有一个灯架，为铁丝扭成。还愿时由施主家准备清油，一般一个法事须用清油五斤到十斤。施主可请嘛呢会成员到家中还愿，也可到附近的庙里还愿，请嘛呢会念卷为其做仪式。嘛呢会在

① 冀志刚：《唐后期五代宋初敦煌信众佛教信仰初探》，首都师范大学 2004 届硕士毕业论文，第 65 页。

重大节日，或庙中重要宗教活动时，也燃108个灯盏，所用清油一般由村里信仰者提供。燃灯所用仪式卷一般统称为“灯科”（有时也误写为“登科”），有《灯科经》、《大灯科经》、《交灯经》、《十王灯科经》等卷子，其中《十王灯科经》共1300多字，是其中比较长的一部，这部经文从结构上来看，是《十王宝卷》的一部分和《灯科经》的一部分组合而成，如时间允许，在丧事中可念诵一个上午，是当地一本重要的荐亡经卷。短小的如乐都一地的《交灯经》：

图4－1　嘛呢会“摆灯”还愿

诚心口（供）献一口灯，只因四季保平安。今日今时灯点起，交与我佛受分明。

一盏灯来天地灯，天地恩泽天下通。皇王有道家家乐，天地无私处处春。

二盏明灯日月灯，日月昼夜不停住。八方九州都照到，十二时辰轮流行。

三盏明灯三官灯，三官世间长查巡，天官赐福地官赦，水官解厄保灵应。

四盏交灯四海灯，四海龙君行雨神。恶风暴雨九霄外，甘露清风因时霖。

五盏交灯五帝灯，青龙朱雀玄武神。性有中央戊巳土，青黄赤白在池中。

六盏交灯南斗灯，南斗六郎住寿星，人能持念南斗经，增福延寿万万春……

十盏交灯十帝灯，十帝阎君阴曹中。人能持念嘛呢经，死后无罪再托生。

十一世上三位神，三位菩萨默佑神。大慈大悲常施恩，救苦救难观世音。

十二世上二星君，轮流传唤查善根。善报善来恶报恶，其中也有十二神。

除前十盏十五盏，二十五盏记分明。一百单八一架灯，但有灯来就有神。

二十四师统令神，二十四盏报神恩。二十八宿转帝君，此中照类也有灯。

三十六雷云雨神，二十九盏均受分。不多不少一架灯，一百单八都有神。

处心到处天地动，向神默佑地方宁。一架大小齐康太（泰），六畜平安四季顺。

(3) 请神

宝卷念卷开头都要“恭请十方圣贤，现坐道场，持公布三宝”，当宝卷转换为一种地域性的民间信仰活动后，这些所请神灵除了传统宗教佛教、道教中的神灵，凡所有地方神灵和空中过往之神都要请到。这一特点明显体现了民间宗教的多神性特点。

一炷明香一盏灯，一盏明灯接观音。观音坐在莲台上，脚踏莲花手掌经。

一炷明香一路排，一朵莲花佛前开，手掌净水洒莲台，心善弟子拜佛来。

清水洗手尊法神，有请众神众菩萨。四大金刚来护身，早晚烧香下苦功。

两耳不听门外事，一心想念观世音。大小事情甭视真，诚心口念嘛呢吽。

一炷香，举手中，虔诚谨慎，请到了，上方的，玉皇大帝。

二炷香，举手中，虔诚谨慎，请到了，冥天的，救苦天尊。

三炷香，举手中，虔诚谨慎，请到了，三元的，灵宝天尊……

十炷香，举手中，虔诚谨慎，请到了，十方的，十二上神。

请到了，阴司的，十殿阎君，请牛王，和马祖，土地山神；

请到了，灶君娘娘，家宅六神，千千佛，万万祖，请百神；

请全了，诸佛祖，各按方位，守香火，拜佛祖，消我罪证。

念经先念请神经，拜佛先拜观世音，十年寒窗苦受尽，观音度你上天庭。

在请神的卷子中，请神科仪和十二炷香的经文混在一起，这说明在开经的仪式中，焚香、点灯和请神几乎是一个仪式，这个仪式科仪和古老宝卷宣卷中的“恭请十方圣贤，现坐道场，持公布三宝”的仪式功能相同。焚香、点灯和请神实际上传承了以往宝卷的开经仪式，只不过所念诵经文并不是某一部宝卷的内容，而是从宝卷中脱离出来的某些片段，成为独立的仪式（科仪）文本，来单独地完成仪式过程。而且这些经文的内容，已经从早期的佛教仪轨转向于民间宗教的特点，比如说有“龙华会上好逍遥”等民间宗教思想的内容，请神明显有“三教合一”的特点，以及强调世俗化的内容等。

（4）奠茶、奠酒等

交换理论的创始人马塞尔·莫斯在作为社会总体事实的仪式中引入了“交换”的概念，指出交换体系不仅存在于人与人之间，同时也存在于人与神之间的献祭仪式中。在人与人之间的交换关系中，莫斯分析了在“库拉”中，“玛纳”和“豪”的概念是如何构建出一套基于“赠礼—回礼”伦理原则之上的交换体系的。在人与神之间的交换关系中，莫斯注意到在献祭过程中通常存在两种仪式：敬神的仪式与食用牺牲的仪式。第二种仪式以第一种仪式为前提，即众人食用牺牲是以向神献祭为前提的。

这一过程同时出现在莫斯对礼物的论述中，如果想要获得某物，必须以送出某物为前提。[①] 葛希芝（Hill Gates）曾专门讨论神与人之间的互惠行为（Gates, 1987）。她指出，汉人民间的“保佑”观念，与信仰者的实际生活的保障有关。确实，“保佑”的概念——当地人理解神灵对他们的祭拜的反馈（比如有求必应或所求之神的必要回应等民间观点），表达了民间仪式庆典的几项关键意义。仪式是完成宗教目的的重要行为，通常情况下，对神灵的“贿赂”是一种重要的手段，这种“贿赂”即是神与人之间建立的“赠礼—回礼”或“交换”的基础之上，类似于中国传统中现实社会中的人情关系模式。在嘛呢经中运用一些专有的宝卷来强化这种“交换”的人神关系，通过虔诚的敬奉食物来换取想象中神灵的佑护。这些仪式文本主要有《奠茶经》、《奠酒经》和《上盘经》等。

《奠茶经》：

天上月，天上月，又是圆来又是缺，月圆月缺光辉在，人老死后不回来。

一奠茶，释迦尊，血泪儿，修因果，雪山六月苦用功，修得精神掌六去，入灭在双林。

天也空，地也空，来来往往有何功，天也空，地也空，来来往往有何功。

二奠茶，二奠茶，李老君，白发儿似银，烧丹炼药鬼神惊，留下金木水火土，正心儿放光明。

田也空，宅也空，换了多少主人翁，父也空，子也空，看看就是白头翁。

三奠茶，文宣王，满腹儿文章，三千众徒列两旁，留下仁义礼智信，不免儿无常。

夫也空，妻也空，黄泉路上不相逢，你走东，我走西，人生好像采花蜂。

唵嘛呢叭咪吽。

① 张帆：《仪式：从社会理论到天下理论》，《西北民族研究》2009 年第 4 期。

《奠酒经》：

一奠酒，是王祥，卧在冰上，惊动了四个龙王，赶的神鱼自己现，救了亲娘。

天上星，天上星，自南自北自西东，天上星斗自然在，人间如天在梦中。

二奠酒，是丁兰，刻木为娘，灵前服孝三年整，妻儿不予茶和饭，眼泪汪汪。

两鬓白发似银条，枯树临崖怕风摇，家有黄金共百斗，难买生死路一条。

三奠酒是孟姜，找死儿范郎，十月寒天送衣裳，哭倒长城十万里，抱骨儿还乡，

死去了，见阎王，两泪儿十行，满门孝眷泪汪汪，上告阎王慈悲我，放我还乡。

死去了，无影树，何日儿还乡，除非纸上画金容，要想是难得见，梦儿里相逢。

唵嘛呢叭咪吽。

《奠酒经》与《奠茶经》采用的是最为常见的民间小调中的“五更调”模式。内容是民间历史传说、故事，如二十四孝故事“王祥卧冰”、“丁兰刻木”或“孟姜女寻夫”等民众喜闻乐见的故事为内容。不同地区的版本不同，但内容都来自于民间传说或故事。

除了奠酒和奠茶，对逝者亡灵美味佳肴的供奉也是仪式中的一个主要内容，有些度亡仪式上要供奉几十道菜肴，《上盘经》主要在这个场合下念诵：

南海云处普陀山，观世音菩萨在此间。三个金柱为伴侣，一枝杨柳洒正儿。珍珠献盘来供养，仙桃花果来供养。鹦鹉含花来供养，龙华喜报老上盘。足踏莲花千叶现，千枝杨柳度众生。观世音菩萨摩诃萨，摩诃般若波罗蜜。唵嘛咪叭呢吽。

受儒家学说影响，中国民众的人生观是现世的而不是来世的，普通民众把精力多放在家庭上，对虚无缥缈的来世兴趣索然，对颇费思虑的宗教理念鲜有涉及。正因为能够以极大的热情投入现实生活，所以为了解决生存等实际问题，他们也会毫不犹豫地与鬼神仙佛打交道。其目的不过是希望通过随时可行的仪式满足自己延年益寿、消灾趋福的心理，显示出极强的实用风格。所以其宗教信仰只限于与日常生活关系密切的部分，诸神几乎都有各自不同的功用，随时随地满足人们的世俗要求。大多数人参加宗教活动的动机往往不是出自对于宗教的真挚信奉，而是通过宗教仪式来获得个人幸福和某些社会效益。对于宗教活动的追求带有强烈的功利的、实用的目的并成为宗教实践者的追求，这是中国民间宗教一个普遍的特点。对民众来说，信仰、供奉神灵与其说是出于对超凡力量的敬仰以求自我精神解脱，倒不如说是出于一种十分实际的生存目的下得到廉价的现世利益。所以中国的宗教仪式逐渐由庄重、宁静走向热闹喧天、人神共娱，寺庙附近往往成为商贩云集之地。信众的宗教信仰也就少了一些虔诚与罪恶感，多了一些功利与戏谑。

（5）神咒

在仪式性要素中，有许多禁忌，如念卷前要净口、净心，如土族嘛呢会成员在每月固定的某一天或几天（一般为每月的初一、十五、二十九等三天中的任一天或全部）闭斋。具体做法是：一到每月的这一天，早起时喝一碗清茶，吃一点素食，但不能吃饱，而且也不能吃蒜、葱、肉等刺激性或荤腥的食物。直到第二天早晨开斋。期间既不再吃饭，也不再喝水。老年妇女还要在斋日空腹去村庙转一天古拉。如果实在口渴难忍，则可以回家喝一碗清茶。但喝茶前要净手、净口，并将盛满茶水的碗举至额头处念经，以向神佛致歉谢罪，然后才可以饮茶。同时在宗教活动前要念诵《净口咒》。在象征的意义上，仪式场域成为人间的“圣域”。而仪式参与者在正式斋会之前，就已经开始斋戒，实施一系列的“禁忌”仪式，随着斋会的正式开始，所有仪式参与者随即脱离“凡俗世界”进入“神圣世界”。无论是用语音念唱方式，还是实物陈设方式都是在积极地肯定“圣域”相对于“凡境”的对立，从而使斋主实现其心理的“根本转变”，达到强化信仰的目的。同时在念卷时要举行安土地、祝香等仪式，因此要念诵《净土神咒》、《祝香神咒》等。这些仪式通过禁忌来强化仪式的重要性，因此神咒是一种用来与神沟通的古奥、精致的神圣语言，念诵这些神咒的目的也是通过“语言的魔力”来实现仪式的神圣功能。在各种仪式场合针对普通信众还有着诸多的语言禁忌，各种不洁净的语言是不能使用的，因为污言秽语会玷污了神圣的仪式，必须禁止。如在仪式中念诵《净土神咒》、《净口神咒》、《开经咒》、《净心神咒》、《天地神咒》、《祝香神咒》、《金光神咒》等。

《净心神咒》：

寂寂至吾尊，虚峙劫仞阿。豁落洞玄虚，谁测此幽邃。一入大乘路，熟计年劫多。

不生亦不灭，欲生似莲花。超度三界途，慈心解世罗。真人无尚德，世世为仙家。

《净心咒》：

太上太星，应变无穷。驱邪缚魔，保命护身。智慧明心，维躬安宁。三魂永久，魄无丧倾。

《净口咒》：

丹味口神，吐秽出贪。舌神正伦，通命养神。罗千齿神，切邪卫真。喉神虎贲，计神灵应。心神丹元，合我藎真。恩神练液，道气长存。

(6) 和佛（和嘛呢、接经）[1]

唐俗讲《敦煌遗书》中《俗讲仪式》一文中有关“念佛一声”，“念佛一两声”的记载即为宝卷和佛的源头。敦煌卷子 P. 3849 纸背便记了一

---

① 河西宝卷韵文部分的表现形式为一人唱，众人和，和者称为“接卷人”、“接经人”。在洮岷地区称为“和佛”或“念佛爷”，河湟地区称为“和嘛呢”、“和经”，三地名称不一样，为论述方便，我们把宝卷韵文念唱中参与者、听众在领卷人唱诵后的齐声念卷，通称为“和佛”。

段俗讲仪式：

> 夫为俗讲：先做梵了，次念菩萨两声，说“押座”了（素旧《温室经》）；法师唱释经题了，念佛一声了，便说“开经”了，便说“庄严”了，念佛一声，便一一说其经题字了，便说经本文了，便说“十波罗蜜”等了；念念“佛赞”了，便“发愿”了，便又念佛一会了，回（向）、发愿、取散，云云。

“念佛一声了”、“念佛一声”、念“佛赞”了、“便又念佛一会儿了”即为俗讲中的和佛。变文中韵散相间“菩萨佛子”的记载，大约也是这种接佛声。历史上宝卷继承了俗讲的这个传统，宣卷也用和佛的这种形式，在《金瓶梅》中就有和佛的记载。和佛指在念宝卷时，领唱者在唱完一段后，其他人接续唱“阿弥陀佛”或“阿弥陀佛，陀佛！”或六字真言“唵嘛呢叭咪吽”。读卷时，念卷者与听者都必须宁静专心，不得喧哗，不准走动，一直到活动结束。读卷中间，听众都“接语应声”，“接语应声”者通常都称之为“接佛人”或“接卷人”。接佛人是等念卷人念完宝卷中的一段韵文或诗文之后，重复最后一句时缀尾而念“阿弥陀佛”或“阿弥陀佛，陀佛”。岷州地区和佛与河西地区相同，念唱“阿弥陀佛”或“阿弥陀佛，陀佛”或“南无阿弥陀佛”，有些唱诵“喇嘛佛阿弥陀佛、南无阿弥叭咪吽”等。但青海地区的和佛全用“嘛呢六字真言”来完成，这与其他念卷完全不同。由于地区差异与地域文化的不同，青海嘛呢经受藏传佛教的影响，和佛用六字真言。另外和佛的曲调不尽相同，不同地区借用该地区流行的民间小调音乐来和佛，像青海嘛呢经的和佛曲调部分就与当地民歌“花儿”的韵律和节奏相似。

（7）回向（发愿）

宗教类宝卷的结尾多唱诵“发愿文”，这也是明清以来古老宝卷共同的特征。青海宝卷念卷仪式中多有“十二报恩”，也称“十二愿”。叙事类宝卷部分仍保留这一形式。发愿文多为“十报恩”、“十二愿”或“十二报恩”并唱诵佛号。《十炷香还愿经》用来表达信众受持佛法，一心向善或立下愿心，虔心三宝。

回向偈：

回向今朝供此斋，明中条（调）办暗中来。昔日有个梁武帝，曾将豆（斗）笠盖如来，

会事圆满佛回程，幡幡宝盖空里来。来时降下千年福，去时留下万年恩。

会事圆满福无边，将此功德种善缘。诸佛菩萨垂摄授，保佑施主寿无边。

香烛残乱世尊前，拜送海会众神位。护法诸天前引路，诸佛早皈灵鹫山。

观音巍容赴南海，执至还归极乐拜。文殊跨上金狮子，普贤腾云驾象王。

天神金刚归九零，地水二司赴庙朝，家宅六神还本位，亡灵随佛过宝桥。

会事圆满已适终，将此功德报四恩，奉劝看经众弟子，念佛会上再相逢。

唵嘛呢叭咪吽。

下面是“十报恩”：

一报天地盖载恩　　二报日月照临恩
三报皇王水土恩　　四报父母养育恩
五报佛祖传法恩　　六报一切归佛门
七报善人多供敬　　八报八方护持恩
九报九祖超三界　　十报亡者早超生
十方三界一切佛　　文殊菩萨观世音
诸众菩萨摩诃萨　　摩诃般若波罗蜜
唵嘛呢叭咪吽。

“十报恩”或“十二报恩”或多为七言，或经变异成为十言十字句形式，如民和等地“十二报恩”：

一报上，上天恩，日月照临。 二报上，下地恩，万物齐生。

三报上，菩萨恩，慈悲之心。 四报上，皇王恩，水土之恩。

五报上，地母恩，五谷养人。 六报上，祖师恩，大道传明。

七报上，护法恩，护定吾身。 八报上，三教恩，万法归宗。

九报上，圣人恩，礼义传明。 十报上，山王恩，虎狼不侵。

十一报，灶君恩，善恶分明。 十二报，过往恩，上奏天庭。

南无佛法南无僧，南无救苦观世音。

有人讽诵报恩经，永世不踏地狱门。唵嘛呢叭咪吽（念诵佛号三遍）。①

《拜山经》：

一拜南海观世音，二拜四川峨眉山，三拜护法大罗山，四拜江南九华山，五拜中央五台山。

四大名山都拜到，千千诸佛受香烟，万万菩萨接善缘。

唵嘛呢叭咪吽。

在仪式中，文本也显得相当重要。仪式从来不是无声的表演，它常常是歌、舞、乐为一体的，并且常常有正式文本在仪式上出现。仪式在不同文化之间各不相同，但是它们总会涉及一系列记住的或写下的，口头的或文本的文字言说。因此在民间宗教中，仪式性文本成为一种“神圣”的文本，这些文本的特点一是较为艰深晦涩的语言，在民间大量传抄。但其文本中的内容，文字性的东西对文化程度较低的老百姓来说，很难理解，就是一些专业的民间宗教人士，也很难透彻理解其所含的意义。这种现象，在民间宗教中大量存在，也是民间文化中的一个普遍现象。早在1909年，范·盖内普（Amold Van Gennep）就在他的著作《人生仪式》中指出，在他研究过的多数宗教典礼中，都会使用特殊的语言。在一些情况下，这种语言中会包括一些大社会中不知道或不常用的词汇。在另外的

① 2010年农历正月十四搜集于青海民和古鄯马有义。

情况下，又会禁用一些日常语言中的词汇。我们可以把在仪式中使用特殊语言的现象当作同仪式上更换衣裳、切割纹身、吃特殊食物等一样，是一种正常的隔离过程。①

如土族地区嘛呢经中，经常念诵一些汉藏语结合的文本，这些文本带有语言的神秘性，能流畅念诵已经不易，能够理解其所蕴含的意义实属不易：

> 更万地地念多多，头节赞布绪吉呢。
>
> 着哇九家嘛呢哇，地呢洒啦过不攒。
>
> 愿以此功德，普及于一切。上报四重恩，下及（济）三途苦。我要见文（闻）悉发菩提心，进（尽）此一报生（身），同生极乐国，元（愿）消三障诸烦恼，元（愿）得智慧心明了，普原（愿）罪障悉消除，是时常行菩萨道。

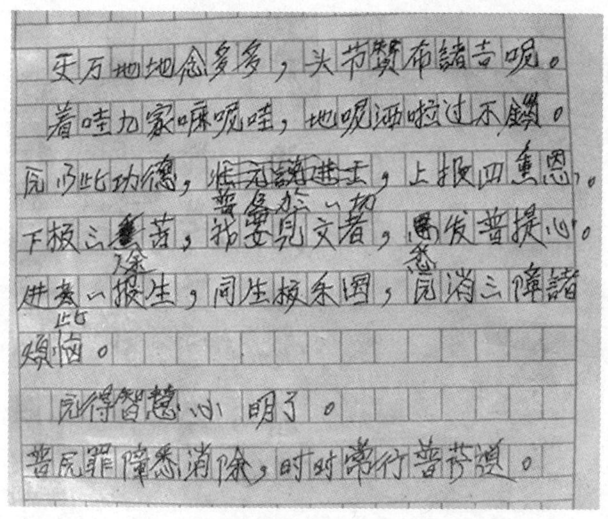
更万地地念多多，头节赞布諸吉呢。
着哇九家嘛呢哇，地呢洒啦过不攒。
愿以此功德，普及于一切，上报四重恩。
下极三涂苦，我要見文着，悉发菩提心。
进此一报生，同生极乐国，愿消三障諸
烦恼。
愿得智慧心明了。
普愿罪障悉消除，时时常行菩萨道。

图4－2　藏汉结合的发愿词（回向）

另外，在仪式文本中较为常见的现象是在抄写时用繁体字来抄写，其经文多为七言、五言等形式，大量使用排比、对偶语句，抄卷多用繁体字。20世纪初我国废除文言文，推行白话文运动。新中国成立后进行的文字改革把繁体字、文言文的使用范围一步步缩减，在世俗世界日常事务中用字，例如记账、写标语、文字创作与各种交流等，都是使用简体字，并且是用白话文书写的。与日常生活中的人与人之

① 景军：《神堂记忆：一个中国乡村的历史、权利与道德》，清华大学网络版，第42页。

间的交流不同，祭祀仪式上的各种文本是用文言文、繁体字书写而成的，具有高度重复性、程式化的特征，自古它们便是一种用来与神沟通的古奥、精致的神圣语言。比如神灵牌位、庙会对联、各种祭文、卦、签、符箓、咒语等很多都是用繁体字、文言文的格式书写的。宝卷念卷仪式文保留了文言文格式和一些古奥、生僻的文字。这种句子结构的安排、遣词造句的方式，以及大量排比、对偶语句的使用，使人读起来恍惚进入一个遥远的年代，这种文字在现代社会的日常生活中早已不再使用，即使在正式的文字书写中也不会使用这样拗口的语言，仪式上这种古代语言的使用好像已经把仪式场景与世俗社会完全隔离开了。在一些特殊的文化场域，繁体字、文言文却有一种特殊的文化表征和意义。例如繁体字、文言文赋予了宗教文本一种“神圣的”特性，而这是繁体字、文言文过去普遍运用所不曾明显持有的特性。不到一百年以前，古文还被用于世俗目的之中，而今，古文却变成了神圣知识的载体。

在民间祭祀仪式上使用文言文书写的祭文是一种沟通人神、显示神圣权威的仪式工具。正如每一种仪式用具（如香、蜡、纸、表）和献祭用品（如羊、茶、果品）必须是洁净的，要与世俗隔开一样，语言也是实现与神沟通的重要方式，也必须是洁净的、净化过的。仪式文本的书写摒弃了日常语言而使用繁体字、文言文，古老的表达方式保证了仪式展演的神圣性。

另外，宝卷文本中“三教合一”的宗教思想混杂了儒释道即近代以来的民间宗教所创造的庞杂、繁复的宗教思想体系，多而又杂的神灵体系，对今天的念卷者来说，这些以往的、传统的思想与知识成为一种乡村地区实行的、被人类学者称为“民间宗教”（Folk/Popular Religion）的信仰与活动，却一直受到支配话语的攻击。文化精英们虽然所持立场各自不同，但却又不约而同地拒绝接受这种特定的“传统”，同时民间却不断地运用一些传统的精英文化的特性来塑造和模仿这种民间文化的权威性，如尽量使自我的知识诉诸文本，文言化、历史化，提高自我存在的意义和合法性，这在宝卷念卷仪式以及文本中，表现得较为明显，因而是宝卷及“宝卷流宗教”注重仪式与文本的原因。

第二节　仪式中的音乐

宝卷是说唱结合的民间文艺形式。它的文化形态既有“诗赞系”即说的成分，又有“乐赞系”即唱的成分。宝卷中唱的因素既可以重复散文的叙事，又可以描摹情景，展示人物的思想感情。因此，宝卷的音乐成分是宝卷的重要文化属性。明清时期的宝卷多吸收了当时一些南北大曲和民间俗曲。后期的宝卷逐渐吸收了地域性的民间歌曲，进入宝卷演唱，如“五更调”、“十二月调”、“十字调”等。这些民众喜闻乐见的、熟悉的民歌，因节奏和调式的不同，在不同的情景下，固定展示不同的感情。在宝卷叙事中，随着场景的不同、主人公情感的转换，运用不同的民间歌曲来表达主人公的喜、怒、哀、乐、愁等情绪。这种固化的形式一方面是叙事的需要，另一方面也是长久以来民间叙事所形成的一个传统。下面分别论述。

一　仪式中的音乐

1. “五更调”、“莲花落”。“五更调”也叫“哭五更”，“五更调”（哭五更）曲调舒缓，最能抒发主人公内心的哀愁。在宝卷叙事中，每当主人公命运突生变故，走投无路，在故事情节发生急剧转变时，就会唱一段“五更调”，借以抒发或内心的哀愁，或刻骨的思念，或对命运的诅咒。这在叙事类宝卷中非常常见。

《仙姑宝卷》中单氏青春守寡，又被伯伯所欺，被讹三十两银子，孤儿寡母，家中事无人做主，“只落得终日悲酸，昼夜嚎啕啼哭”：

〔哭五更〕

一更里，好伤情，寡妇独坐冷清清。丈夫丢我半途程，家中事难理论。我的天呀！寡妇家难理论。

二更里，好凄惶，叫声儿夫在何方？丢下妻儿无主张，家无主好难当。我的天呀！这个家好难当。

三更里，泪纷纷，望着孩儿好心疼。孤儿寡母靠何人？儿年幼不中用。我的天呀！你几时才中用。

四更里，好孤凄，孤儿寡母被人欺。有谁与我来分辨，吞着声忍着气。我的天呀！一肚子冤屈情。

五更里，好伤心，儿父你在好威风。丢下妻儿短精神，事事儿不如人。我的天呀！丢下我不如人。

《劈山救母宝卷》中，说道刘锡（刘彦昌）高中榜首，来到华山，见砖倒地塌，冷冷清清，再也找不到华山三娘，“找不见三娘面，泪流涟涟真伤心”：

〔哭五更〕

一更里，好凄惶，想起三娘泪纷纷。我今洛阳把任上，不见三娘在何方。我的天呀！夫妻二人哭断肠。

二更里，月当头，刘锡渐渐起忧愁。百般恩爱一时休，我哪里把你寻找？我的天呀！哭哭啼啼泪难收。

三更里，将合眼，忽见三娘到床前。夫妻二人诉衷肠，抱头痛苦泪涟涟。我的妻呀！惊醒却又不见面。

四更里，天朦胧，声声不断哭三娘。你今不知到何方，叫我刘锡哭断肠。我的妻呀！为啥庙中不见面。

五更里，想你情，三娘不嫌我穷困。当年和我配成婚，为何今日不相逢。我的妻呀！想起长安救命恩。

哀婉的“五更调”唱出了刘彦昌思念华山三娘，愁肠百结，想起华山三娘对他的恩情，唱词中“泪纷纷”“泪涟涟”“泪难收”“哭断肠”形象地表达了刘彦昌对三娘的思念。在宝卷的演唱中，面对这一段“五更调”，试想听众情感和主人公会引起多大的共鸣，音乐的旋律会对听众造成多大的冲击啊。

“五更调”的基本结构是共为五段，一更为一段，六言一句，七言四句，在七言倒数第二句加上感叹句“我的×呀……” （多用“我的天呀!”）第一句六言在演唱时可以加上衬词“来”，变成七言。这种形式在宝卷中最为常见。为了便于更充分的表达感情，也可以转换成七言七句、七言十句或多句。只不过感叹句“我的×呀……”不能减省。如在《牡丹宝卷》中，张川蜂吃喝嫖赌，妻子石桂英为给婆婆买肉吃，孝敬婆婆，脱下棉衣让张川蜂去当铺当掉，却叫小偷偷了当棉衣的钱，回到家里还蛮不讲理。“桂英只好把气压在心里，身穿单衣布衫，越思越想越伤心，不由得放声大哭起来，一直哭到五更”：

〔哭五更〕

一更里来好伤心，越思越想越伤心。别看堂堂一男子，大事小事做不成。叫我以后怎么办，有气不敢对人言。我的天呀！有气不敢对人言。

二更里来好凄凉，怀抱娇儿使人愁。母子凄苦嚎啕哭，饥寒交迫身打战。思着前来想着后，男子全无营生干。我的天呀！男子全无营生干。

三更里来泪纷纷，丈夫闲坐在家中。挑葱买蒜谁笑话，半点事情他不做。胡游乱逛遛大街，好吃懒做当猞猁。我的天呀！好吃懒做当猞猁。

四更里来眼蒙眬，老天保佑儿成人。长大以后成了事，又管家来又帮亲，孩儿常在心中挂，快快成人把家掌。我的天呀！快快成人把家掌。

五更里来天渐明，母子身上如冰冷。我的心里好酸疼，有他无他一样行。望着娇儿他不差，一心养他长成人。我的天呀！一心养他长成人。

“莲花落”的曲调在宝卷叙事中出现的场景和“五更调”比较相似，多出现在主人公面临困境、走投无路的情节中。特别是主人公在沿街乞讨时的情节下多唱“莲花落”。

2. 十二月调。“十二月调”和“十二时调”是宝卷常见的叙事音乐程式。这种形式按照一天十二个时辰的顺序或一年十二个月的顺序，或来组织故事叙事，或来抒发主人公的各种感情。《诗经》中《豳风·七月》是现存最早的一首按月咏唱的民间长篇诗歌。不过它还不够完整，月份之间的错落较多，从严格意义上讲，它还没有形成后来“十二月”歌辞那样较为固定的形式，还不能说是“十二月”联章体歌辞。到了六朝乐府民歌《月节折杨柳歌》的出现，这种“十二月”歌调形式才逐渐固定。它分题为“正月歌、二月歌、三月歌……十二月歌”，又因阴阳历的相差而置“闰月歌”，共有13首。折杨柳歌，在汉魏以来就很盛行，后来还演变成各种歌调。唐代时，表达征夫怨、相思苦题材的“十二月”歌辞比较普遍。唐代时“十二月”歌辞，是按照十二个月的顺序连续歌唱的联章体裁，每月一首；有增加闰月一首的，便有13首。在唐朝变文中，这种民歌体更是被大量的运用。十二月调在唐变文中主要以十二时调表现出来，这是当时这种民歌的一个特点。十二时调与五更调的结构极为相似。现存敦煌文献中有《太子十二时》（P. 2734）、《禅门十二时》（S. 四二七）、《圣教十二时》（S. 五五六七），《大正大藏经》卷四十七也有《十二时歌》：

> 夜半子，愚夫说相似，鸡鸣丑，痴人捧龟首，平旦寅，晓何人；日出卯，韩情枯骨咬；食时辰，历历明机是误真，隅中巳，去来南北子，日南午，认向途中苦；日夏未，昳分逢说寒气；哺时申，张三李四会言真，日入酉，恒机何得守，黄昏戌，看见时光谁受屈，人定亥，直得分明沉苦海。①

一般的结构是三、七、七、七言为一节，大体为七言。有时会发生变化，出现五言和七言互相交替的情况，如上面的一首禅家说道为内容“十二时调”的便是。这种按月咏唱的联章体歌辞由来已久，比“五更转”、“十二时”歌调要早。“十二时”是指以我国古老的十二地支记时法，将一天分为十二时段而分别做成十二章歌词的民间曲词。还有“十恩德”歌调，是把父母养育之恩分成10个阶段来歌唱的一种民间曲调，由10章组成。这是那个时期比较流行的劝孝歌辞，后来民间还演化成“十杯酒”、“十杯茶”等歌调。以上这些俚曲小调歌辞，显然是一种民间流行的曲辞，与至今尚流行于民间的“叹五更”、“绣荷包”、“织手巾”、“四季相思”之类的民歌颇相似。其共同的特点是：以曲见胜，通俗易记，比喻生动，而思想感情往往低沉。

---

① 高慎涛、杨遇青：《中国佛教文学》，陕西人民出版社2009年版，第243页。

在宝卷中，多有十二月的生活描述为形式的十二月调。但与五更调不同的是，五更调较为短小，因此常用于抒情的场景下，特别是有凄苦和悲伤的氛围；而十二月调则是以一年十二月的时间顺序，来表现主人公勤劳的生活，篇幅较长，因而专注于对生活的再现，十二月调侧重于叙事，或叙事抒情兼有。

青海《方四姐宝卷》讲述的是方四姐被恶婆婆百般虐待、折磨的故事。在这部宝卷中，全篇用十二月调的结构来叙事。如：

> 三月里来是清明，家家户户忙耕种。美貌小姐担水桶，怎样行动呀！无奈，怎样行动。
>
> 身又软来脚又疼，三寸金莲走不动。邻居井有三里路，担子又重呀！无奈，担子又重。

接下来描写四姐担水的过程，婆婆鞭打四姐，四姐和丈夫于郎采花，四姐和于郎分别等情节。

再如到了六月：

> 六月里，热难当，百般生活让我做，怎样挣扎，怎样挣扎。
>
> 前流血，后流脓，旧伤未好又添疤，实在可怜，实在可怜。
>
> 八月里，月儿圆，西瓜月饼献龙天。人家都把十五过，四姐打麦，四姐打麦。
>
> 方四姐，去打麦，大麦小麦都打完。两手起泡疼难忍，浑身散架，浑身散架。
>
> 九月里，九重阳，力逼四姐见阎王。吊死花园重阳树，冤魂不散，冤魂不散。
>
> 方四姐，她冤魂，要到南学寻于郎。见了丈夫把梦托，哭诉冤枉，哭诉冤枉。

宝卷中的十二月调多为描述主人公的生产与社会生活。但用这个民间小调来描写典型场景的情况也较为常见，这与中国古代文学中情随景生、情景交融的传统手法也不无关系。如《绣罗红宝卷》：

正月里，过新年，花灯万盏；绣花亭，百花开，供奉神像。
二月里，再绣上，春花开放；迎春花，阵阵香，十分鲜艳。
三月里，再绣上，桃花开放；那桃花，满园香，处处更新。
四月里，再绣上，杏花开放；一枝杏，出墙来，十里皆香。
五月里，再绣上，端阳佳节；沙枣花，杨柳枝，都插门上。
阳间的，男和女，都过端阳；我独自，在阴间，好不凄惶。
六月里，三伏天，暑热难当；阳间的，妇女们，都绣鸳鸯。
七月里，三伏退，秋风又凉；地上的，各草木，俱都发黄。
我母子，好比那，草木遇霜；儿落阳，母落阴，好不心伤。
我今在，阴间里，不能还阳；把此事，都绣在，红罗帐上。
八月里，绣十五，中秋月圆；把月饼，和瓜果，俱各献上。
九月里，绣重阳，菊花开放；黄菊花，开的是，千层生香。
十月里，绣孟姜，磨房推面；既推磨，又缝衣，只为范郎。
十一月，三九天，冬季到来；绣冬青，开满山，好似粉状。
腊月里，再绣上，梅花开放；雪里梅，雪里开，迎雪傲霜。

这一段主要描写杨海棠在阴间，一年四季十二个月辛劳地绣罗红的情节。与《方四娘宝卷》全篇以十二个月谋篇布局不同，这一段描述篇幅相对简短，但二者的作用是一样的：突出生活的场景与描述主人公内心的情愫。在宝卷叙事中，十二月调主要用来描述主人公一年的生活，也就是说，十二月调的出现，在音乐和叙事是一种程式，即开始描摹一年为周期的生活。这种叙事传统和程式结构对念卷人来说，完全谙熟于心，对于听众来说，符合长久以来所形成的审美习惯和心理期待。

十二月调的运用并不局限于叙事和抒情。在一些宗教仪式中，就直接用一段十二月调的词文来完成仪式。但这种仪式文笔者认为是从长篇的宝卷中脱离出来，被用在宗教仪式中。因为比较明显的一个事实是在早期的佛教宝卷中，卷末都有这种形式的仪式文。不过这种仪式文只借用十二月调的格式，而内容不再表现生活场景或抒情，而是完成宝卷结束时的“回向”。如青海宝卷念卷仪式中多有“十二报恩”，也称“十二愿”：

一报上，上天恩，日月照临。　二报上，下地恩，万物齐生。
三报上，菩萨恩，慈悲之心。　四报上，皇王恩，水土之恩。
五报上，地母恩，五谷养人。　六报上，祖师恩，大道传明。
七报上，护法恩，护定吾身。　八报上，三教恩，万法归宗。
九报上，圣人恩，礼义传明。　十报上，山王恩，虎狼不侵。
十一报，灶君恩，善恶分明。　十二报，过往恩，上奏天庭。

3. 十字歌。十字歌多用来劝化人心，教导做人的道理。早期的宝卷卷末都有类似于变文“回向”的结构，这种结构与宝卷念卷结束时的仪式有关。这与前面提到的“十二愿”功能完全一样，只不过借用的民间小调的曲调不同而已。下面是《南无地藏王菩萨救苦经》结尾的“十报恩”：

一报天地盖载恩　二报日月照临恩
三报皇王水土恩　四报父母养育恩
五报佛祖传法恩　六报一切归佛门
七报善人多供敬　八报八方护持恩
九报九祖超三界　十报亡者早超生
十方三界一切佛　文殊菩萨观世音
诸众菩萨摩诃萨　摩诃般若波罗蜜

这种宗教气息浓厚的形式，在后期的宝卷中，完全照搬了民间音乐的模式，内容则更多的是民间伦理道德的演绎。如《救劫宝卷》中，陈氏教育女儿“女儿啊，你以后做人，要听为娘的教导，为你爹争气”。女儿噙着泪，点头听娘的话：

一学针工二绣活，三学茶饭四品行。五学礼貌招待客，六学人前莫张狂。七学剪裁缝补强，八学待人要周详。九学受苦李三娘，十学历代女贤良。

又如《女孝经》末“十劝人心”：

一劝人，在世上，安分守己；坏良心，到时候，定遭报应。
二劝人，见识广，心存善良；不要做，亏心事，莫行短见。
三劝人，在世上，莫要眼浅；贪钱财，害性命，神催鬼缠。
四劝人，在世上，尊敬老人；人生在，天地间，忠孝为先。
五劝人，切莫做，害人之事；坑害人，必没有，好的下场。
六劝人，有成见，面对面讲，切莫要，放暗箭，背后伤人。
七劝人，做高官，明镜高悬；切莫要，受贿赂，冤枉好人。
八劝人，交朋友，交心为重；切莫要，背良心，害友伤情。
九劝人，切不要，说东道西；说闲话，惹是非，家门不顺。
十劝人，对父母，赡养到老；不能够，重言语，顶撞与人。

这种形式和音乐多见于宝卷结尾。

实际上，在民间宝卷念卷中，特别是比较短小的嘛呢经或“佛词”中，多以民间小调命名，如《十报恩》、《十二愿》、《五更进佛堂》、《五更叹》、《十二把扇子》、《十渡船》、《十二月歌》、《十二花名》等。宝卷程式化的音乐并不局限于这些小调。这些内容短小的宝卷（实际上是某个宝卷的一部分）由于与民间小调结合在一起，易学易记，深受民众喜欢。

二　音乐与仪式

由于宝卷的音乐性非常强，宝卷的念卷中有大量的明清传承下来的曲牌和地域性的民间小调。宝卷之所以受民众的喜爱，在八百多年的历史长河中能流传至今，与这些民众熟识并喜爱的音乐有密切的关系。在音乐程式化的特点上来看，表现在两个方面：一是这些民间小调的歌词与结构呈现出明显的程式化倾向。词语与句子的重复运用，结构彼此较为相似，内容基本雷同，这一切成为宝卷念卷人记忆宝卷、传承宝卷的必备的“知识”。念卷人凭借这些程式，就能较好地掌握宝卷的内容，并在宝卷念卷中，借用口头传统并根据听众当下情景反应来扩大或缩小宝卷的篇幅，同时，这些程式也成为创造另一口头文本的根据。二是这些民间小调的音乐在叙事中，是最为重要的情景因素，可以与听众在最大程度上互动，引起听众与宝卷内容的共鸣，并自始至终保持与念卷人的互动。俗话说："见了啥人说啥话，到了啥山唱啥歌"。不同的音乐表达了不同人不同的情愫，宝卷内容中的典型场景需要典型的音乐来表达，如在宝卷念卷中主人公一落难，"五更调"就唱起来，悲剧的气氛就得到极度渲染，听众就感同身受，深深地融入那一刻的情景之中。实际上，民间小调如"蓝桥担水"、"五点红调"、"女贤良调"、"下山调"、"四季调"等诸多民间小调在宝卷中，都在固定的内容中，在固定的叙事情景下，在固定的感情表达中，固定地、重复地出现。因此，如果从活态的宝卷念卷情景中来透视，程式化的音乐是宝卷生命力——念卷、创编、传承的最重要的因素，也是宝卷这一口头传统最为明显的特点。

宝卷中的叙事内容和母题经常被其他说唱类文学和其他民间文学体裁所借用。宝卷和民间文学的其他体裁处于同一个文化语境下，诸多文本的互相借用是地域性文化常见的现象。如青海故事歌《方四娘》，唱述的是方家庄方老爷家姑娘方四娘嫁到于家做媳妇后，被于家恶婆婆虐待至死的故事。故事歌由"托媒"、"说亲"、"迎亲"、"施虐"、"上吊"、"复生"等基本情节构成。故事歌的基本构成和宝卷叙事一样，故事母体也基本相似。故事歌《方四娘》叙事模式也是采用了前面《方四娘宝卷》的十二月歌的结构，另外也用了宝卷中常见的"十字歌"。

青海故事歌《皇姑出家》多处运用宝卷中经常运用的像"五更调"、"十炷香"（十字歌）等民歌形式来渲染主人公的感情，这种情况无论在宝卷中还是同一地区的民间文学体裁中都是常见现象。《皇姑出家》讲的是康熙年间，当朝驸马吴延龙在权臣八杜公设计陷害下，将被皇上问斩，皇姑闻知此信，到皇帝殿前理论一番后，洒泪出家：

> 皇姑上殿泪悲啼，辞王表章拿手中，走上金銮殿跪在王面前，把一通表章捧上龙书案。康熙爷接章泪纷纷，口尊姑母且平身，请在养老院，俸禄加倍增，享荣华，缓缓儿再修行。皇姑听言怒气生，骂声昏王理不端。不做你家官，不享你家荣，一心落发去修行。康熙王闻听此言，泪珠儿点点不干，自从驸马死后，抛你母子可怜，官人差官送你，送在那五台山前。……

演唱中间又加入了与故事情节无关的“佛号十炷香”：

> 一炷香上予了玉皇大帝，二炷香上予了二老爹娘，三炷香上予了三大菩萨，四炷香上予了四海龙王。……

接着又加进“思凡五更调”：

> 一更里鼓儿天，皇姑出家五台山，手儿里击木鱼，口儿里把真经念。好一座孤仙山，孤山孤寺孤庙里孤参禅，孤凄凉独自一人孤安眠。二更里鼓儿交，眼望云南泪珠儿如梭，哭两声云南王，儿媳难得见，怨两声马三保，南七省江山被你毁坏了，怨将军有勇却无谋。三更鼓儿深……

从以上两个例子来看，在河湟地区，就像“十二月调”、“十字歌”来组织故事，“十炷香”和“五更调”来抒情，这在当地其他的民间文艺里也是常见的现象。不同的民间文学体裁的互相借鉴和模仿显而易见。“文本”的存在不是孤立的，在“文本”之前及其周围也存有其他“文本”。所有“文本”皆是其他“文本”的重新组织，互文本性因此成为所有文本存在的基本条件。从一个较高的层次考察，互文本性的概念在某种程度上也扩大了“文本”的范畴，使“文本”跳出本身的局限而涵盖了整个社会与文化的层面。

但与其他种类的说唱艺术不同的是，宝卷仪式性的因素加强了这种互文特性。在民众眼中，宝卷之所以具有神圣的性质和神圣的地位，是由于被用在仪式生活领域中，是仪式过程不可缺少的部分，而且是主要部分。仪式场合释放出只有当地人才能理解的象征意义，仪式生活的重复性、丰富性、可模仿性是宝卷存活下来的原因，并和仪式一样保持着生命力。仪式的不断重复和程式化，也决定着宝卷的重复和程式化。在仪式上产生的宝卷，由于仪式的复制而不断被复制。宝卷的编创与传承与宗教性因素和仪式密切相关，而当地其他民间文艺的传承和创编更侧重于生活中的娱乐层面。这一点是宝卷这一口头传统与其他体裁明显不同的地方。

流传下来的南北大曲和民间小调，特别是民间小调是当地民众老幼皆知、喜闻乐见的音乐旋律，在宝卷念卷和唱“佛词”的时候大量运用，民众对这些曲调相当熟悉，会自然地加入念卷的行列。宝卷念卷时不断回旋往复的“和佛”，要求在场的听众都加入进来，能最大限度地使宝卷念卷人和听众互动，实际上念卷人和听众们都成为念卷的主体。这个形式和其他种类的民间讲唱不同，其他种类的民间说唱，基本要依赖说书艺人通过语言、道具、乐器和身体语言等多样的表演艺术来吸引听众，说和听是分离的，而宝卷念卷是在场的全体听众与念卷人都参加，特别是听众成为念卷的一部分，这样，就克服了念卷人表演性不强的缺陷，使宝卷念卷成为一种能最大化调动在场听众的说唱艺术。听众们因为自身的参与，与念卷人一起酝酿出浓厚的气氛，积极的互动使听众们不至于产生疲倦，加上曲折的故事情节、信仰的因素，使宝卷念卷成为当地民众最喜爱的一种民间文化。

另外，宝卷中的音乐并不仅仅是一般的音乐。从音乐人类学的角度来看，像宝卷这种带有浓厚的宗教氛围的讲唱艺术，其音乐成分和音乐行为都有“社会价值”、“文化属性”的特质。“无论是使音乐声音得以产生的身体行为（如歌唱、演奏）、音乐表演者和非表演者的社会行为（如仪式角色分配、曲目选择、表演与赏听、音乐禁忌等）或是用来表述音乐的语言行为，都是在文化惯制制约下、在特定观念意象指导下发生的指向性行为，行为的指向即已包括着行为的‘意义’。”① 也就是说宝卷中的音乐不仅仅简单是为了加强宝卷念卷的吸引力，也不仅仅是为了便于听众的互动，而是一种有“意义”的行为。这种“意义”或表现为象征，表现为一种社会价值，或表现为仪式的部分结构。

宝卷讲唱不同于其他讲唱文艺的另外一个特点是宝卷有浓厚的宗教和信仰因素。在现存的讲唱艺术中，带有宗教因素的种类较少。宝卷中的宗教与信仰因素的一个表现是，参加宝卷念卷的群体对这一讲唱形式都有一种宗教信仰的情感，这种情感使念卷人和听卷人都对宝卷讲唱视为一种宗教实践，是一种修行为善的行为。参加宝卷念卷成为自己参与自我修持的一种方式，也是一种责任。由于念卷过程中的宗教性因素，所以宝卷念卷中大量地运用宗教仪式，这些宗教仪式使宝卷不同于其他讲唱艺术。无论

---

① 薛艺兵：《神圣的娱乐——中国民间祭祀仪式及其音乐的人类学研究》，宗教文化出版社2003年版，第88页。

念任何宝卷，都有沐手、忌口、上香、燃灯、摆放贡品、行礼（磕头）的仪式。念卷前要举行请神的仪式，念卷中间有“和佛”的仪式，念卷结束时还要“送神”。人类学家认为，仪式对于仪式行为者来说，同样因为有“意义”才行为，但其“意义”绝非日常的实用性意义，而是精神领域的意义。仪式行为者正是通过行动、姿势、舞蹈、吟唱、演奏等表演活动和物件、场景等实物安排构拟出一个有意义的仪式情景，并从这一场景中重温和体验这些意义带给他们的心灵慰藉和精神需求。在仪式的整个过程中，表演活动和场景、实物都是表达或表现意义的手段。一个仪式，就是一个充满意义的世界，一个用感性手段作为意义符号的象征体系。①

仪式与音乐的结合，使宝卷念卷中创造一种虚拟的文化空间和象征体系，从而形成一种庄重严肃的宗教氛围，在人们的心理上形成一种可以和神灵沟通的环境氛围。在音乐和仪式较为复杂的宝卷念卷中，如前面介绍的临潭四季会的宗教仪式中，仪式与音乐以及周围的所挂神像以及参与的群体，构成为一个神、鬼与人共在的空间，这个象征的空间由宝卷念卷作为维系的纽带。②

第三节　青海的宝卷传承

一　宝卷的几种命名

宝卷是明清以来宗教、民俗活动文本的通称。明王源静补注《巍巍不动泰山深根结果宝卷》卷上释其名云：“宝卷者，宝者法宝，卷乃经卷。”宝卷之意在于民众认为这些文本具有神圣性和珍贵的价值。不过在不同的地区，在几百年的历史发展中，受到各方面因素的影响，宝卷有了各种不同的称呼，就调查来看，青海宝卷有以下几种命名：

（1）宝卷。青海东部地区宝卷文本中，以“宝卷”命名的多是一些

---

① 薛艺兵：《神圣的娱乐——中国民间祭祀仪式及其音乐的人类学研究》，宗教文化出版社2003年版，第32页。

② 四季会作法事时，正屋挂有三界十方全神图，主神为无生老母；门口为城隍的供案，门外西侧为地藏王菩萨及十殿阎君的挂像和供案，桌下是作法事的主人祖先牌位。这个空间成为一个代表民间宗教思想中世界图式的完整象征：无生老母及三界十方全神图象征神界；城隍代表统治者——官府（人界）；地藏王菩萨及十殿阎君则代表地狱主管；桌下牌位象征着地狱中死去的亡灵。

讲述历史故事、成仙成道的宗教修行故事和民间传说，如《湘子宝卷》、《方四娘宝卷》、《目连宝卷》，等等。以这种方式命名的宝卷总量不及在“嘛呢经”念唱中篇幅较短、数量较多的宗教性文本。当地民众对宝卷口头多称呼为“经”。文本的命名和口头称呼已经不同，在调查中发现当地一些年轻人不知道“宝卷”这个称呼，但是说到《××经》、佛词或“嘛呢经”，他们就知道即是指宝卷文本。

（2）经、真经。对于虔诚的民众来说，宝卷被他们视为经典，特别与宗教、民俗活动有关的一些文本，被民众称之为“经”、“真经”。其目的在于强调宝卷的神圣与至真、至宝与至妙。民众借用佛、道教对宗教经典的命名方式，把宝卷称之为“经”或“真经”。青海宝卷因为常用于“嘛呢经”的宗教活动中，民众一般把篇幅较短的、宗教仪式上用的宝卷称之为经、真经，如《观音菩萨嘛呢真经》、《地母真经》、《太皇老母捎书经》（即宗教宝卷《老母家上皇捎书全本》，见车锡伦《中国宝卷总目》1543条）、《大无字经》、《小无字经》（《无字真经宝卷》，车锡伦《中国宝卷总目》1218条）等。

（3）传。这类称呼在青海地区的宝卷中较为少见，笔者仅在青海见到过《金花仙姑出身传》，讲述了金花仙姑修行成仙的故事。

（4）科、科仪。“科”也被称之为“科仪”。该名来自于佛教、道教，多用于宗教仪式中。南宋宗镜编有《消释金刚科仪》，这部科仪在明代民间佛教和民间信仰活动中极为流行，后又称《消释金刚科仪宝卷》。在青海“嘛呢经”活动中，“科”、“科仪”用于祝祷、还愿等仪式中，如《大灯科》、《十王灯科》、《请佛科仪》等。

（5）偈、赞等。和科仪相似，偈和赞也用在宗教仪式中。偈模仿佛教经典中的偈语。赞是在仪式开始时的颂歌。在青海嘛呢经中一般用于仪式开始和结束时。赞多在开始时使用，如“炉香赞”、“焚香赞”等。偈用于念卷结束时，如“回向偈文”。宗教宝卷中“赞”和“偈”是宝卷仪式的重要构成部分。其结构多为七言，偶句押韵，四句居多，或八句、多句不等，多以民间小调演唱。

（6）鸾谕。鸾谕是清代民间秘密宗教活动中时借神仙之名，宣扬神旨的自神其神的仪式中产生的文本。在青海宝卷中，仅见《峨眉上观音大士救劫鸾谕》一部，为清代流传的一部民间秘密宗教宝卷。

（7）小调。在宝卷演唱中，还有一类以当地小曲演唱，从长篇宝卷中摘离出来的一些短篇，多以民间小调命名，如《十报恩》、《十二愿》、《五更进佛堂》、《五更叹》、《十二把扇子》、《十渡船》、《十二月歌》、《十二花名》等。这些内容短小的宝卷（实际上是某个宝卷的一部分）由于与民间小调结合在一起，易学易记，深受民众喜欢，因而数量众多。

（8）宝传。20 世纪 80 年代，《青海日报》高级记者辛存文和民和回族土族自治县教育局指导员范文翰在民和麻地沟发现了《目连救母幽冥宝传》。说唱本《目连救母幽冥宝传》分上、下两卷，上卷《目连求道访明师》，下卷《刘氏开斋堕地狱》。[①] 当地目连戏剧本《目连宝卷》改编自《目连救母幽冥宝传》。《目连救母幽冥宝传》是说唱艺术的宝卷文本，宝卷在历史上一度被称为“宝传”。当地发现《目连宝卷》虽命名为“宝卷”，却不是真正意义上的宝卷，而是根据《目连救母幽冥宝传》改编的目连戏底本，共 10 卷，除第 9 卷原有 6 册外，其余各卷为 1 册。20 世纪 60 年代，第 5 卷和第 9 卷共 7 册书被毁。现存的 10 卷本中，第 5 卷和第 9 卷各 1 册为后来补充，其文字和风格与其他各卷有别，剧情简单，内容也较为简略。

青海民间对宝卷的称呼多用简名，如《目连经》、《老爷经》、《娘娘经》、《十王经》、《鹦哥卷》（《鹦哥经》）、《方四娘》、《黄氏女卷》等。这些民众的简称和宝卷文本的称谓有所不同，但不影响民众对所指宝卷的理解，这是一种约定俗成的称谓，形成一种特有的民间对宝卷的命名指涉。青海地区宝卷命名主要为以上几种形态。

二　宝卷抄卷

（一）佛教与民间抄经传统

宝卷抄卷的传统，与佛教传入中国并在中国本土化、世俗化有关。佛教最初传入中国，当艰深的佛教义学在名僧与士大夫阶层流行之际，一些较为简单的善恶报应、因果轮回和功德思想等观念却深入民间、融入中国社会。这些观念与本土文化中神仙之术，黄老之道等中国本土文化因子结

---

① 《目连宝卷》手抄本现藏于民和县西沟乡麻地沟村村民王存瑚家中。《目连救母幽冥宝传》手抄本的上卷抄于光绪十六年，抄录者为建康郡善信、金声、王镛；下卷由范承贤抄录于 1980 年。全本由杨正荣刻印。

合，同时与民间抄写经卷有密切的关系。

现存最早的《维摩诘经》写经题记为上海博物馆所藏支谦《维摩诘经》卷上王相高的题记，云："麟嘉五年六月九日王相高写竟，疏拙，见者莫笑也。"年代为北凉麟嘉五年（393 年）六月九日。这表明至少在北凉就出现平民百姓的写经活动。

隋朝建国初，民间写经情况发生巨变。据《隋书·经籍志四》佛经类总序载：

> 开皇元年，高祖普诏天下，任听出家，仍令计口出钱，营造经像。而京师及并州、相州、洛州等诸大都邑之处，并官写一切经，置于寺内；而又别写，藏于秘阁。天下之人，从风而靡，竞相景慕，民间佛经，多于六经数十百倍。

由此可见逮至隋代，民间抄经为一高潮，佛教影响渗入寻常百姓之家。有唐一代，官方佛经抄写活动规模庞大，所抄佛经质量精准，此种情况与当时唐政府的官方佛经抄写制度有着密切联系。除前文所提官方寺院及僧侣抄经外，唐政府为加强佛教经典的权威性，推动佛教经典的传播，还专设抄经机构，主要分布于秘书省、门下省、弘文馆左春坊司经局、崇文馆和集贤殿书院等①。

佛经抄写活动，官方与民间皆受一定的法令之限。初唐、盛唐时，民间抄写佛经均被视为非法。当时只允许官方机构及寺院僧人抄经。唐政府为此还颁布了一些法令，如开元二年（714 年）七月的玄宗《禁坊市铸佛写经诏》对此就有说明：

> 佛教者，在于清净，存乎利益。今两京城内，寺宇相望，凡欲归依，足申礼敬。下人浅近，不悟精微，睹菜希金，逐焰思水，浸以流荡，颇成蠹弊。如闻坊巷之内，开铺写经，公然铸佛。口食酒肉，手漫膻腥，尊敬之道既亏，慢狎之心斯起。百姓等或缘求福，因致饥寒，言念愚蒙，深用嗟悼。殊不知佛非在外，法本居心，近取诸身，道则不远。溺于积习，实藉申明。自今已后，禁坊市等不得辄更铸佛

① 陆庆夫、魏郭辉：《唐代官方佛经抄写制度述论》，《敦煌研究》2009 年第 3 期。

写经为业。须瞻仰尊容者，任就寺拜礼。须经典读诵者，勒于寺取读。如经本少，僧为写供。诸州寺观并准此。[①]

虽则如此，官方的限制并未能禁断民众的抄经活动，在远离文化中心的地区，平民写经成为风行的宗教活动之一。民间抄经如火如荼，敦煌藏经洞的文献，虽与宗教有关的内容只是其中的一部分，但这一宝藏即是民间抄卷活动的成果。

早期的宝卷多为佛教宝卷，传承历史久远的佛教抄经传统直接影响了民间的宝卷抄卷。宋元以后的宝卷抄卷，即是继承了佛教抄经传统而形成的一种信仰。现存最早的宝卷《目连救母出离地狱生天宝卷》，传抄者脱脱氏为蒙古族姓，结合此卷抄绘、装帧金碧辉煌的形式，它可能是元蒙贵族之物。卷末说："若人写一本，留传后世，持诵过去，九祖照依目连，一子出家，九祖尽生天。"可见当时民众已经把宝卷的抄卷活动视为与宗教修持、诵读经书等主要宗教活动一样的修行行为。

（二）宝卷抄卷者与经费

甘青地区现存的宝卷，作者和改编者很少署名，极少数早期的宝卷也有署名之作。车锡伦发现的清康熙三十七刊于张掖的《敕封平天仙姑宝卷》，写刻本，卷未刻有"题识"：

康熙三十七年五月吉旦板桥仙姑庙住持经守卷板
太子少保振武将军孙　施刊
吏部候诠同知金城谢麐　编辑
将军府椽书张掖陈清　书写
刻字　凉州罗友义　玉璋　福建　颇顺贵　甘州韩文

这是目前所见时代最早的由甘肃人编写，讲述甘肃当地故事并在甘肃刻印的宝卷。编辑者是一位"候诠同知"，即候补府、州政府副职官，通过捐纳买来的做官资格，又花钱做到甘肃候补。这部宝卷的助刊者即振武

① （清）董诰、阮元、徐松：《全唐文》，中华书局点校本1996年版，第109页。

将军孙思克，汉军正白旗人，《清史稿》卷二五五有传。①

一般由宣卷艺人或落魄文人改编的宝卷多不署名。但是宣卷人和由捐资请人所写的宝卷的持有者对自己的宝卷十分珍视，一般多在卷末附载抄写的年、月及抄写者的名字，还有抄写缘由以及抄写所花费用等。这在清中叶宝卷到近几年民间所抄的新卷都是如此。

临潭刘旗光绪年间抄写的《南无地藏王菩萨救苦经全部》卷末题道：

> 光绪二十年岁次甲午全月朔八日抄写彩画功竣
> 发心善士　刘克一　书
> 一报天地盖载恩　　二报日月照临恩
> 三报皇王水土恩　　四报父母养育恩
> 五报佛祖传法恩　　六报一切归佛门
> 七报善人多供敬　　八报八方护持恩
> 九报九祖超三界　　十报亡者早超生
> 十方三界一切佛　　文殊菩萨观世音
> 诸众菩萨摩诃萨　　摩诃般若波罗蜜
> 善信　发心　刘陈氏暨合家虔敬
> 　随资刘克泰助大十二佰七十五文

《南无地藏王菩萨救苦经全部》（《目连宝卷》）的卷末先题写抄写者的姓名，再次加上一段《十报恩》，最后题写抄卷资助人和资助费用。资助人也是宝卷的持有人。

青海民和《佛说大明六字真经》卷末题有：

> 前任平番县僧会司正王宣微
> 元门弟子包安庆沐手谨书

① 此卷原为故马隅卿（廉）收藏，今藏于北京大学图书馆。参见车锡伦《明清民间宗教与甘肃的念卷和宝卷》1999 第4期。

并题有“校正、无讹”字样。

《佛说大明六字真经》并题有写序的情况：

> 嘉庆岁次丙子黄钟月长至日
> 郡学生白复初敦甫代沐手
> 谨识

这部宝卷只题有写卷人的官职、姓名等情况，没有捐助人。这有可能是宝卷抄写者仅为自己抄写，或写卷供流通以积德行善。

洮岷和青海地区现存较为古老的宝卷，主要是清中叶以后的手抄本，全部为楷书手抄，从抄写者的情况来看，抄写者多为当地文化程度较高的读书人。宝卷抄卷被民众认为是信仰的一部分，从清朝中叶到民国期间，这一地区会识字、会写字的文化人很少，民间一些文人，部分为地方官吏，或为官学学生，如“郡学生白复初敦甫代；平番县僧会司正王宣微”，是儒家文化的继承者，也是国家精英文化的传承者，但受到当时当地这种浓厚的民间文化的影响，也投身到民间抄卷的宗教、民俗活动中，表现了对地方文化和民间文化的浓厚兴趣，很大程度上表现出对民间文化的认同。另外更多的一些抄写者，是当地一些没有功名的读书人，这些落魄文人，实际上熟知地方文化，因而有可能更投入地进行这些工作。从文化分层的理论来看，从文化的角度把社会成员分层，就有点形而上的问题。实际上地方文人阶层也是民间“俗民”的一分子，从宝卷的抄写者身上，更多地体现了精英文化、官方文化与民间文化的互动与融合。

明清乃至民国的宝卷抄卷，在当地比较兴盛，20 世纪 50 年后，由于多次的政治运动，宝卷被视为封建迷信而被扫除荡尽。50 年代到 80 年代这 30 年间，一些古老的宝卷被焚毁，抄卷这种民间传统也就被禁断。80 年后，随着社会环境的宽松，民间信仰逐步由限制而开放，宝卷抄卷传统重新迅速回复。现存的大量文本都是 80 年代后民间抄写而成。宝卷的抄写基本上沿袭明清以来的宝卷抄写传统，但在不同的地区也呈现出不同的特点。

洮岷宝卷较为严格地传承了近代宝卷的形式，如岷县郎家沟《灵应泰山娘娘宝卷》卷末题有：

公元一九八一年十一月六日　工程完毕

主办人　周户英　郎万清　　写卷人　褚玉海　周作文　沐手敬书

青海民和古鄯《太上老母捎书经》题有：

二〇〇五年乙酉年七月六日至十五日、六月初一至初十日历时十天快速抄完

鄯城八十一高龄老人崔定基　敬写　　　善士　马有义念诵

笔者见到最近新抄的一本宝卷《观音菩萨宝卷》是岷县清水乡清水村张春平所持有，这部宝卷卷末写：

造卷功德人　张春平　二〇〇八年古季冬吉日造完

书卷人　十里乡曹家村曹宗明沐手敬书

这部宝卷用楷书书写而成，字体工整有力。经折本装帧，跟当地流传的清代宝卷没有什么区别。现在会写毛笔字的人越来越少，所以抄写一本宝卷花费也相当多。据张春平介绍他这部《观音菩萨宝卷》抄写花费了近六百元钱，这笔钱在当地农村是一笔不小的开支。令他遗憾的是，他这部宝卷的“佛头”没处理好，因为现在会画“佛头”的人越来越少，费用也越来越高，一部宝卷的“佛头”画下来和抄写一部宝卷的价格相当，在当时也要六百多元，这是他难以承担的，所以只好复印了别的宝卷的“佛头”装帧在宝卷前面，这使他很不满意，但也没有办法。

青海地区宝卷多用于民间“嘛呢经”经会的宗教活动中，“嘛呢经”的参与者多为中老年妇女，当地人称之为“嘛呢阿奶”。也有一些老年男性参加。当地的“嘛呢阿奶”多不识字，请人抄写宝卷，要求不高，多是请村里一些粗识文字的人来抄写。实在没人抄写，只好动员自己的儿孙

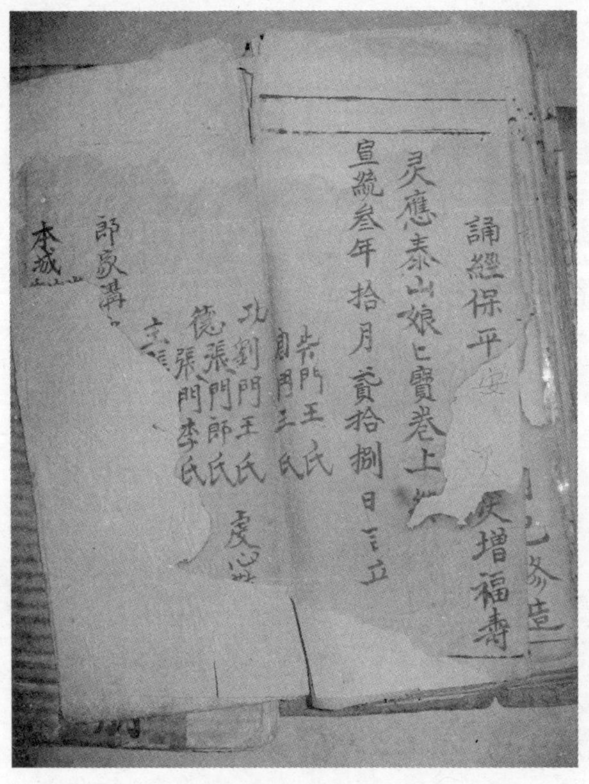

图 4－3　岷县宣统年间抄卷人及捐助人题记

抄写。一般抄写水平较好，被大家认同的文本还是用毛笔字来抄写。一般多是用钢笔抄写的宝卷，由于抄写者粗识文字，写的错字、别字较多。“嘛呢阿奶”大多不识字，也不太计较。但在她们眼中，哪些宝卷抄得好，成为“好经”“真经”，哪些抄得不行，还是区分得清楚的。但令人惊奇的是，卷子的持有者“嘛呢奶奶”大多数并不识字。但这些宝卷文本对她们却非常重要。这些抄写的宝卷在“嘛呢经”仪式中多被使用，在别人看来，对于这些“嘛呢奶奶”没什么用处，因为她们好多人根本就不识字。后来发现她们自有一套记忆的方法。用大量的符号（如农村中常用的杈、铁锨等农事工具图画来表示一定的意思），并且彼此之间各不相同，对她们来说这些用符号标记的宝卷文本，和其他会识读文字的人所用文本的功能相差无几，也起着帮助记忆的作用。

青海地区请人抄卷，一般要上门告知对方，登门拜访时需按当地礼节给抄卷人带一些点心、冰糖、水果等礼品，近几年也有给抄卷者一点钱作为辛苦费。但一般来说愿意给别人抄卷的人以抄卷作为积德修行的功德事，再者彼此都是有地缘或血缘关系的、熟识的人，都有相同的信仰，因此，多数情况下乐意为别人抄卷，收钱的情况较为少见。

河西宝卷同样多为手抄本。部分宝卷为毛笔抄写，格式工整，字体隽秀。故事宝卷大都很长，最短的五六千字，最长的甚至八九万字之多。据当地一些年龄较长的农民讲：过去抄卷一直是他们村里的一种习俗，即便不识字的农家也要请人抄上几本放在家中。在人们的传统观念中，都认为抄卷是一种积功德、修善事的好事。抄得越多，功德越大，罪过越少。1949 年前，他们这里抄卷、念卷的人很多。在明清时代至新中国成立之前，宝卷抄卷和念卷在河西极为盛行。特别是在武威、张掖、酒泉三地的二十多个县区都有流行的道场和说唱的场合，且越是交通不便，越是文化相对落后，越是穷乡僻壤，这种说唱文学传播得越为广泛。其传播方式一是口头流传，二是文字（或文本）传播，而口头传播又是最主要的。现在，随着经济的发展，诸多文化形式的出现，口头传播的方式已经消失，散存于民间的主要是文字（底本）传播。1949 年后抄卷、念卷一度被视为封建迷信，念卷和抄卷的人很少了。“文化大革命”期间破“四旧”，村里不但完全没有了传抄、说唱活动，绝大多数人家的宝卷藏本也被烧毁，因此，现在民间所有的宝卷藏本非常稀少。今天二三十岁的年轻人基本没有听过，也没有见过宝卷的样子。河西宝卷几乎到了失传的境地。现在，能够传承宝卷风格，娴熟表演说唱的人也罕见了。20 世纪 80 年代后，宝卷念卷和抄卷活动迅速兴盛。由于河西宝卷多为故事性文本，总体上娱乐性、文学性较强，抄卷也比较随意。河西宝卷很少见经折装帧的文本。过去多用毛笔字抄写，最近几年抄写比较随意，钢笔抄写的文本也较多，多以方册本线装，民间也多见打印或复印的宝卷文本。总体而言，河西宝卷的抄卷较为随意，以前宝卷的形制对“80 年代”后宝卷的抄写影响有限。

抄卷人在抄卷时都有一定的仪式，这是三个地区的共同特点。青海地区不论读卷、还是抄卷，说唱者、抄写者，开始前都要洗手、漱口，点上三炷香，向佛像或西方跪拜，念一段经文或默默祈祷一番，等待静心后，这才开始读卷或抄卷。宝卷抄卷时要沐手、净身，个别抄卷人还要斋戒。抄卷时先要焚香、点灯，叩拜三界诸神。抄卷时尽量避免别人打扰，要静下心来抄卷。抄卷人在抄卷时一般要连续进行，除了正常休息的时候，多是几天或十几天连续抄写，中间不间断。近几年抄卷的仪式不像以前那样严格，但一般的沐手、烧香等仪式还是传承了下来。

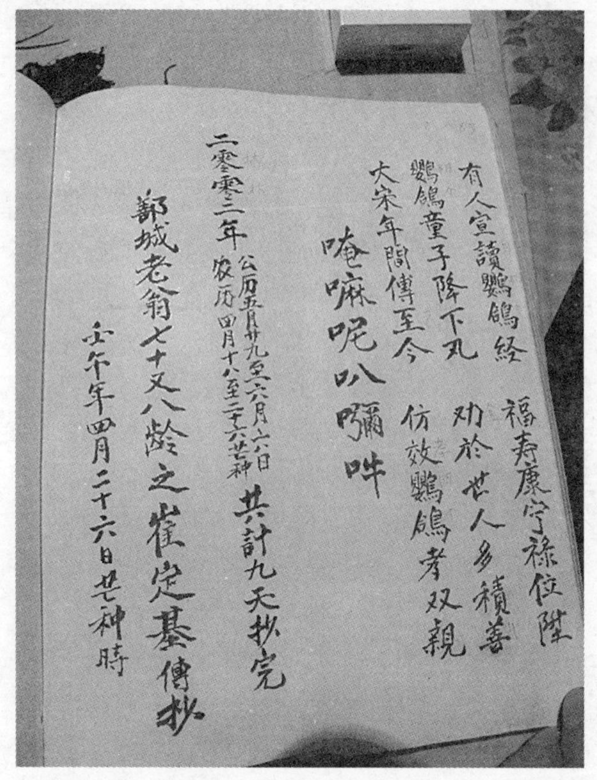

图 4－4　青海《鹦哥宝卷》卷末抄写人题记

第四节　宝卷的评判、装帧与流通

一　评判与装帧

抄写宝卷需借用其他的文本作为底本，这种借用的文本青海地区当地称之为“母经”，由“母经”作为蓝本书写的新宝卷当地称之为“子经”。一般认为，年代越是古老，书写清晰、字体遒劲有力、端庄大方的“母经”越好。但由于早期的一些手抄本比较难找，有些保管得不好，页面破损，个别字体认不清楚，难免写错。所以抄卷人在卷末有时也会注上“母经不清，难免出错，我佛赦罪”等字样，个别宝卷还题有一些谦虚字写得不好、错误多等语句。但民众对宝卷的新抄卷质量的判定多依“母经”的好坏，抄卷人毛笔字写得好坏以及出错、讹误等情况也是评判一部宝卷好坏的重要标准。一般情况下，宝卷是不允许抄错或讹误的。因为

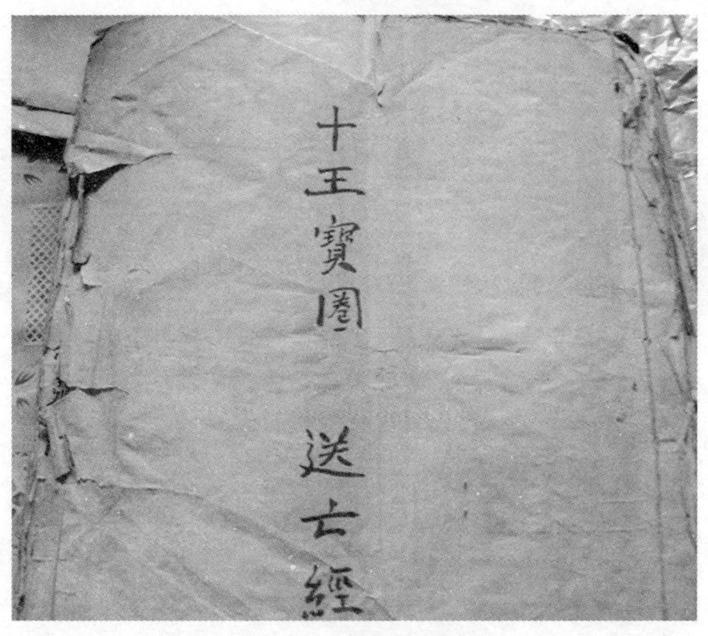

图 4－5　青海宝卷装帧

在当地民众眼里，宝卷与佛教、道教经典一样，同为宗教和信仰活动中的经典，但是在流传过程中，“母经”难免也会出现错误，所抄新本更是错误难免。明清流传下来的古老宝卷多用一些民间俗词、俗字，这成为研究方言和民间语文的好材料。岷州地区的宝卷抄写一概用毛笔字正楷书写，书写完毕经折装或蝴蝶装装帧，卷头要加上绘制的龙牌和三界十方神佛图（当地人称之为佛头），全部严格按照明清以来的宝卷形式装帧。在岷州地区，很少有电脑打印成的宝卷，复印的也很少，这种文本一般为非常喜爱宝卷却实在没有资金抄写的民众所为。用钢笔抄写的也不多见。这几种方式抄写的宝卷在当地不被认可，有时候还被斥责为“胡闹”。当地宝卷抄写保留了近代以来的宝卷抄写传统，宝卷持有者对古老宝卷的持有被认为是一件值得自豪的事，宝卷成为当地文化的一种宝贵资源和古老传统。

与此相反，青海地区的宝卷经折装或蝴蝶装的较为少见。一些较为古老的文本多为线装本。当代民间传抄的文本只是简单地装订起来，前几年大部分农村地区条件较差，抄写的宝卷多装一个硬纸的封面，有些简单地用包装牛皮纸或卷烟包装纸来做封面。有一部分直接抄写在小学生的作业本上。对于宝卷的拥有者“嘛呢阿奶”，只要能被正常使用，形式不太重要。这种情况实则是她们无可奈何之举，抄写宝卷以毛笔字抄写为好，现在会写一手好字的人特别是会写一手好毛笔字的人很少，“嘛呢经”的参与者多为中老年群体，精力和经济能力相对较低，清代以前印刷本、手抄本在近几十年已经很少见到，在这些因素影响下，宝卷抄本也较为粗糙。但在抄写过程中，还是尽量根据历史较长的宝卷为蓝本抄写，做到不出错、字迹工整、美观大方。宝卷素来被认为是“经”，如果错误太多，有违修持者信仰的初衷，对于抄写者来说有一定的心理压力，有些宝卷抄写者在卷尾加上这样一些话语：

> 黑字少来白字多，意不得来心记错。
> 观音菩萨你观点[①]，眼不看明心记错。
> 我口有错心有错，我浑身上下都是错。
> 观音菩萨你观点，我一身罪孽化为尘。

与嘛呢会宝卷抄写不同，河西宝卷宗教性较弱，娱乐性强，所以对宝卷中产生的错写、误写的现象似乎比较宽容。抄写宝卷是普通老百姓参与的活动，只要识字的人，就会亲自来抄卷，这样一大批文化程度有限的老百姓抄的宝卷中，存在着错别字、自造字、以讹传讹是常有的事。如《天仙配宝卷》是在甘州流传很广的一部宝卷，主要人物叫董永，在甘州区流传的《天仙配宝卷》中，“董永”被错抄成“董文”、“董荣”。又如《包公错断颜查散宝卷》中的“颜查散”，有的则抄成“严查三”，有的抄成“闫查三”。《方四姐宝卷》中的“方四姐”，有的宝卷中抄成了“房四姐”，还有的宝卷中抄成了“樊四姐”等。同样内容的宝卷，在不同地方传抄的过程中，往往会加入当地的方言俚语，有时还会增加一些有当地特点的内容。就是同样内容、同样名称的宝卷，经过不同的地方民众的传抄，其语言风格、表述形式、表现手法等，都会呈现出地方特色。河西宝卷正是在这样的借抄、传抄过程中，一些抄卷人对宝卷进行了又一次

---

① 方言，看的意思。

改编、再创作，对一些错误的地方又进行了校正，使宝卷内容不断丰富，这样就产生了相同内容、不同版本的宝卷。

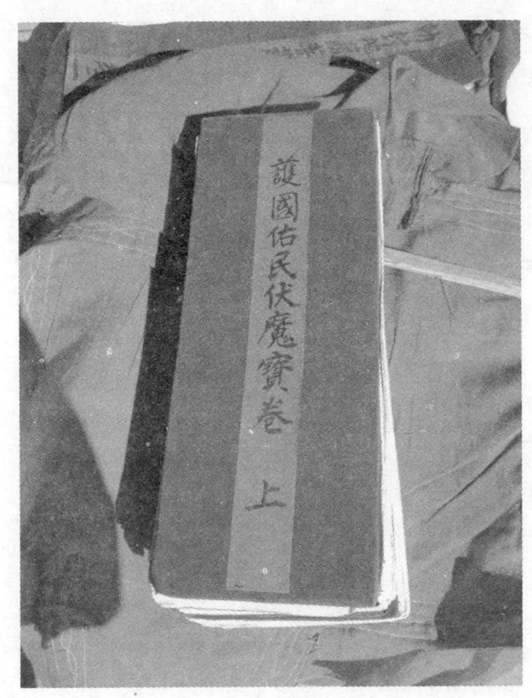

图 4－6　甘肃岷县宝卷装帧

洮岷宝卷和青海宝卷多在宗教性的语境中讲唱，被视为宗教经典，抄写过程中依据的是较为古老的宝卷文本，要求不能出错。宝卷的改编情况很少见。这是这两个地区宝卷抄写传统的一个特色。恰恰与此相反，在河西宝卷中，改编宝卷的情况很常见。河西地区民众根据当地的信仰、传说故事和历史故事编写的宝卷较多，如康熙年间根据当地民间黑河女神仙姑信仰编写的《敕封平天仙姑宝卷》，民国十八年（1929 年）自编的反映河西大地震惨景的《度劫宝卷》，至于根据其他说唱文艺编写的故事类宝卷则更多，如《方四姐宝卷》、《手巾宝卷》、《烙碗计宝卷》、《红灯记宝卷》等。在张掖市甘州区花寨乡一户农民家，收藏有 20 世纪 30 年代由其父亲亲手抄写的十多本宝卷，主要有《天仙配》、《劈山救母》、《唐王游地狱》、《康熙私访山东》、《鹦哥宝卷》、《张四姐大闹东京》等，卷本基本完整，均为毛笔抄写，格式工整，字体隽秀。这批宝卷故事大都很长，最短的五六千字，最长的甚至八九万字之多。有一位念卷人和宝卷编者刘劝善，山丹县人，他改编宝卷有 12 种。[①] 还有甘州当地的文人或民间艺人根据小说或民间故事自己创作的宝卷，如在 20 世纪 50 年代，二十里堡乡十号村的宋文轩就根据小说《二度梅》，改编创作了《二度梅宝卷》；70 年代末，他又根据小说《水浒传》章节，改编创作了《武松杀嫂宝卷》，根据民间故事改编了《张浩求子宝卷》。这些宝卷也在甘州区广为传抄，充分说明甘州宝卷在发展过程中，不仅传承了过去的宝卷，而且也产生了大量的新宝卷，为繁荣和活跃当地的文化生活起到了积极的促进作用。[②] 这种现象在岷州地区和河湟地区是没有的。

二 宝卷的流通

青海地区宝卷多为手抄本，印刷本较为少见。这和江浙一带有所不同。清咸丰时期以后，受到严厉打击的民间教派以劝善为名义多集资整理、刻印宝卷，在苏州、常州、杭州、上海等经济发达地区，一些经房和善书局如杭州玛瑙经房、慧空经房、上海的冀化堂善书局、常州的宝善堂和培本堂、南京的一得斋等，这些经房和善书局大都有民间教派的背景，经常翻版重印宝卷或借版印刷。这些宝卷的印行，多采用集资助刊、免费发放的流通方式。[③] 在青海这样大规模的宝卷印行很少，由于经济条件所限，印刷的宝卷并不多见。由于地理位置比较偏远，宝卷和宝卷念卷作为一种地域性的民间宗教和民俗文化反而保留得较为全面，宝卷和与宝卷有关的民俗活动一直流传到今。宝卷抄卷成为这种民俗活动的重要一环。

甘肃古岷州地区的宝卷抄写完备之后，宝卷用红色（朱红、大红、绛紫）的绸缎包裹宝卷。这一地区的宝卷都采用经折装帧，翻阅宝卷不能用手直接去翻阅，所以在经卷里要配上一根经签，用来翻阅宝卷，由于条件所限，经签多用竹片做成。有些古老的宝卷，也用檀木或象牙的经签。保存宝卷的办法，一是把抄写的宝卷放置到家附近的村庙里，供大家

---

① 张爱民：《河西宝卷——我国民间曲艺艺术瑰宝》，《甘肃社会科学》2008 年第 4 期。

② 同上。

③ 车锡伦：《中国宝卷总目》，北京燕山出版社 2000 年版，第 5 页。

使用。作者在岷县清水乡清水村子孙殿里，见到保存的宝卷十一部。附近民众在各种活动中如需要宝卷，就来庙里“请卷”。用完后准时送回庙里。送回时，要用红绸缎系一枚铜钱，绑在包扎宝卷的绸缎上，这是对所用宝卷所表达的心意，据当地民众说，这个传统在宝卷开始流通时就有。有的宝卷抄写得好，有些宝卷抄写得差些，抄写得好的宝卷借用的人多，系的红绸带和铜钱就多。有些宝卷上系有十几条乃至几十条红绸带和铜钱。近几年有些宝卷被借出去后，还回来时借用的人在宝卷里还加上几元钱，作为香钱布施给庙里，也用来代替红绸缎上的铜钱。村庙里的宝卷由看庙的“庙官”（一般是办事认真，信仰虔诚的老年人）管理，布施的钱财也由那些“庙官”管理以资村庙里的香火费用。这些村庙里的宝卷由信仰虔诚者出资抄写，送给村庙给大家使用，成为村庙的“公共文化资产”，这种行为在当地被视为积善修行的举动。

宝卷保存的第二种办法是由宝卷的所有人管理。一般斥资请人抄写宝卷，写完后用红绸缎包好，妥善保存。在初一、十五及清明、端午等节日时，取出来放置在家里的供桌上，烧香、点灯、叩拜，供奉起来。若有人来“请卷”或作为“母经”抄写，宝卷持有人也视为骄傲的事，乐于借予他人使用。和青海宝卷相比，现存于江苏靖江、张家港等地区的宝卷，有专业的艺人参与，艺人经济收入较高，由于艺人在实际宗教活动中，彼此之间有竞争，艺人在“讲经做会”的活动中所用宝卷一般不示于他人，宝卷具有私密性的特征。①

青海宝卷的流通多在“嘛呢经”会内部进行。每一个地缘村落的“嘛呢经”组织有十几人或更多，这些组织成员互通有无，传抄宝卷。地缘村落的“嘛呢经”组织也互相借用宝卷抄卷或念卷。抄写宝卷者多为男性。一般出于共同的信仰，宝卷的持有人并不认为宝卷具有私密性，乐意转借他人。有些中老年人虽不参加“嘛呢经”组织，但出于对宝卷的爱好和信仰，也请人抄卷，作为一种文化的象征保存在家里。个别家庭拥有清朝流传下来的宝卷。近几年来，由于电视报纸的普及，文物私下交易也很红火，这些宝卷持有人也认识到了这些有百年甚至更长时间历史的宝

---

① 参见陆永峰、车锡伦《靖江宝卷研究》，第五章：靖江宝卷的宣演，社会科学文献出版社 2008 年版，

卷具有的文物价值，所以轻易不会把这些宝卷给别人看。这无疑促进了当地民众对宝卷这种地方文化价值的认识，加强了古老宝卷文本的保护，另一方面，也加大了调查的难度，增加了研究的困难。

手抄传播是宝卷传播并得以保存下来的最普遍的方式。在河西地区的广大农村，由于受佛教功德说的影响，人们就把抄、赠、藏宝卷当成了积功行德的自觉行动。农村群众普遍把手抄传播宝卷当成立言、立德、立品的标准，认为“家藏一宝卷，百事无禁忌”。有的人认为“家藏一部卷，平安又吉祥”。于是把家藏宝卷视为镇宅之宝，其功能为“避邪驱妖”。有些人家还把宝卷贡在上房里，当作神圣之物来对待。许多人除了将抄好的宝卷自己珍藏、保存外，也作为礼物赠送给亲朋好友。如果是不识字的人家要藏有宝卷，就会请有文化的人来抄宝卷，来实现“家藏一宝卷”的目的。宝卷传抄的另一种形式就是互借互换、竞相传抄。由于宝卷的种类很多，为了使自家藏有的宝卷数量最多，就得找到更多的宝卷来抄，要是想抄卷，就得向有卷的人去借，以“我有换我无”、“互惠互利”、“有借有还”为前提。河西当地认为宝卷抄卷可以为来世修福，放在家里可以“镇妖辟邪”。借用宝卷抄写或念卷都要“请”。抄写的宝卷，持有人一般都妥善藏在家里。持卷人对自己的宝卷都很珍视。每当有人借用宝卷去抄写或念卷，出于传统的信仰，又不能不借，借出去有时难免会弄丢，所以在宝卷抄写完后，有些宝卷在卷末还要加上一些警示的话语，提示按时归还所借宝卷。如嘉峪关地区搜集到的宝卷《黄氏女卷》卷末题有：

> 卷是《黄氏卷》，有人请着念。
> 念完就送回，不可瞒眯卷。
> 若是眯了卷，再请难上难。

20世纪80年代末90年代初，河西宝卷的搜集保存多由当地文化部门和一些学者进行。河西宝卷也通过研究者介绍为世人所知，并被定为第一批国家非物质文化遗产，这几年民众大都知道宝卷是当地一项重要的文化资源，民众对宝卷的认识比前二十年大不相同，民众的保护意识普遍提高。

青海地区的宝卷念卷依附于当地“嘛呢经”组织，主要在超度亡人或在祛病禳灾的民俗活动中讲唱；河西地区的宝卷表现为宗教性弱而娱乐性强的民俗文化。河西地区的宝卷念卷都没有专业的艺人或艺人班子。和青海宝卷相比，现存于江苏靖江、张家港等地区的宝卷，有专业的艺人参与，艺人经济收入较高，由于艺人在实际宗教活动中，彼此之间有竞争，艺人在“讲经做会”的活动中所用宝卷一般不示于他人，宝卷具有私密性的特征。而青海宝卷总体上呈现出开放性的特点。青海宝卷在流传过程中，民众能够互通有无，保守性不强，这促进了宝卷的流传。

综上所述，青海宝卷的历史，与敦煌卷子里的变文有一定的关系，但没有直接的传承关系，主要反映在对民间文学传统题材的传承上。宝卷在青海的流通与明清以后民间宗教在青海的流传有密切的关系，从青海明末以后大量的教案来看，民间宗教在青海的流传，把这些宗教组织的经典——宝卷带到了青海。河西故事类的宝卷也是借鉴了民间宗教宝卷念卷的仪式和结构，融入叙事性成分而形成的。青海宝卷的命名形式有“宝卷”、“经”、“真经”、“传”、“科仪”等八种。宗教宝卷多以“经”命名。目前，存世宝卷较为古老的多为清中叶以后的手抄本，刻本较少。宝卷装帧以洮岷地区的宝卷为精致，延续了明清以来宝卷的旧有形制，大多为大字经折本，并绘有彩色卷头，部分加有故事性插图。河西和青海地区宝卷多为手抄本，装帧较为粗糙。民众对宝卷评判的标准以宝卷抄卷的书法水平、装帧好坏、“母经”即抄写母本历史久远与否等几个方面来确定。

受到佛教抄经传统的影响，宝卷抄卷是一种带有浓厚信仰因素的宗教与民俗文化活动。抄卷与念卷一样被当地民众视为神圣性的行为。青海宝卷的抄卷活动是宝卷文化中一个重要的传承环节，宝卷的抄卷成为当地传承宝卷的一个重要文化传统。青海宝卷之所以成为全国范围内现存几个宝卷念卷的民俗与宗教活动之一，当地宝卷抄卷传统是其存活的重要原因之一。因此，宝卷抄卷的研究对于宝卷这种历史久远文化的传承和保护具有重要的意义。

第五节　宝卷中的信仰

一　多神与全神崇拜

民间信仰是下层民众的信仰行为，信仰的内容不仅包括被封建社会列入祀典的神灵，而且也包括未列入祀典却在民间广泛信奉的各种鬼神等，具有广泛性特点。民间信仰与正统宗教相比较而言，虽然没有创始人、严格的教义和教规及严密的宗教组织和团体，但它却承继了原始宗教的某些成分，在民间广泛传播，对整个社会产生了深刻的影响。青海东部河湟地区虽然地处我国西北边陲，但从明代以来，民间信仰体系就十分发达。河湟地区为多民族杂居地区，历史上是多个民族、多元文化与多元宗教的交汇地区，也是中国历史上传统的“华夏边缘”，因此这一地区的宗教信仰就有明显的多元特征，从中原传入的汉传佛教、道教，与藏传佛教以及新兴的伊斯兰教在这一地区交汇碰撞，使得这一地区的宗教与民间信仰显得丰富多彩，蔚为大观。体现在宝卷念卷中的信仰最为明显的是多神崇拜，这首先与当地的多神崇拜的语境密不可分。

在青海东部河湟地区，据学者调查，从清以来就有多种神灵崇拜，这些神灵祭祀或进入官方祭祀，或广泛存在于民间乡野：①天体崇拜。包括天、地、星辰等与天体有关的信仰。玉皇庙、王母庙等是天神崇拜的产物，它们遍布于市镇、村落，成为一种普遍的信仰。在民间，无论是求雨、祈福，大都举行隆重的祭祀活动。在河湟地区，除了大通县和循化厅之外，其余各县均建有玉皇庙（阁），表明天神信仰存在的普遍性。土地神信仰亦是河湟地区的普遍信仰。据统计资料，除了巴燕厅和丹噶尔厅外，其余各地均有用来祭祀土地神的社稷坛。文昌、奎（魁）星信仰均起源于星辰崇拜。天象神主要指与气象有关的神灵，包括风神、雨神、雷神、电神、雹神等，它们与农业生产息息相关，也是河湟地区普遍的信仰对象。除了巴燕厅和丹噶尔厅外，其他各县均有风云雷雨山川坛，以及雷神、山神等庙宇。②自然物崇拜。包括山、水、火等各种自然物。河湟地区山神信仰源远流长。在人们的信念中，各个村落都有自己的神山，且这些神山具有神圣不可侵犯的特点。山神掌管着一个地区的风雨和祸福，主宰着人们的生产、生活，是神通广大的、保佑地方安宁的区域性保护神。同时，河湟地区地处青海内陆，干旱少雨，祈雨便成为人们生活中的重要活动，围绕“水”的信仰亦颇为盛行。一些著名的江河湖泊各有神灵，如黄河、青海湖、星宿海等，均被视为神水，虔诚祭祀，其中青海湖的祭祀十分隆重。人格神庙在所有庙宇类型中数量最多，西宁县32座、大通县3座、碾伯所7座、巴燕厅2座、循化厅3座、丹噶尔厅1

座、贵德所3座。[1]

多神崇拜体现在宝卷念卷中，最为明显的是在念卷前要遍请三界十方诸神以及虚空中过往的多位神灵。如在《十炷明香经》中：

> 一炷明香一盏灯，一盏明灯接观音。观音坐在莲台上，脚踏莲花手掌经。
>
> 一炷明香一路排，一朵莲花佛前开，手掌净水洒莲台，心善弟子拜佛来。
>
> 清水洗手尊法神，有请众神众菩萨。四大金刚来护身，早晚烧香下苦功。
>
> 两耳不听门外事，一心想念观世音。大小事情甭视真，诚心口念嘛呢吽。
>
> 一炷香，举手中，虔诚谨慎，请到了，上方的，玉皇大帝。
>
> 二炷香，举手中，虔诚谨慎，请到了，冥天的，救苦天尊。
>
> 三炷香，举手中，虔诚谨慎，请到了，三元的，灵宝天尊。
>
> ……
>
> 十炷香，举手中，虔诚谨慎，请到了，十方的，十二上神。
>
> 请到了，阴司的，十殿阎君，请牛王，和马祖，土地山神；
>
> 请到了，灶君娘娘，家宅六神，千千佛，万万祖，请百神；
>
> 请全了，诸佛祖，各按方位，守香火，拜佛祖，消我罪证。
>
> 念经先念请神经，拜佛先拜观世音，十年寒窗苦受尽，观音度你上天庭。

在有些嘛呢会念诵嘛呢经前邀请的神灵有：玉皇大帝、二大菩萨、三尊古佛、四海龙王、五皇五帝、南斗六郎、北斗七星、八大金刚、九天圣母、十地阎君、文昌大帝、雷公雷母、巴扎城隆、本寺寺主、西边总神、本庙福神、山神土地、万神万将，等等。

民间的念卷总是同信仰活动结合在一起的，作为依附民间信仰文化活

---

① 朱普选、姬梅：《河湟地区民间信仰的地域特征》，《青海民族大学学报》2010年第4期。

动的说唱艺术作品，宝卷也构成了一套神鬼信仰体系。前期的宝卷大都以“无生老母”为最高神，以“真空”为彼岸世界，以“入教避劫”作为摆脱现实灾难的（“末劫”）的方法。后期的宝卷，则据民间信仰架构出一套天庭、地狱、人间的神鬼体系，并据“善有善报，恶有恶报”的果报信仰和赏罚，维护着社会的和谐和秩序，这可以简单地归结为“善有善报，恶有恶报”，执行这种果报赏罚的是居于天庭、人间和地狱的众多神灵。玉皇大帝是宝卷中经常出现的居天庭的最高神，他的手下有天兵天将，同时又指挥人间、地狱的各路神鬼。他是民间信仰和国家观念合流的产物。宝卷中修仙成正的贤人，最后都受到他的封赏；作恶的人，则由他下令惩罚。他俨然是封建国家的皇帝。青海叙事类宝卷中，玉皇大帝的形象最多。民间宝卷中的地狱由阎王和地藏王掌管，他们手下有判官、小鬼，而城隍、黑虎灵官、本庙福神、山神土地等是人间统治者的化身，这样从天上、地下和人世间就想象地、象征地构成了一个神界的小宇宙。民间宝卷中的人间神十分纷杂：一类是同平民百姓生活密切相关的神，如灶君、财神等；另一类是地方性的保护神；还有一类神虽居于天庭，却常在人间游走，如太白金星。民间宝卷中的神鬼体系虽具有宗教性信仰的特征，但却不能完全归属于佛教或道教范畴。宝卷中人神的关系复杂，演唱最多的是与平民百姓生活密切的神，如灶王、宅神、财神、土地爷等。

20 世纪 30 年代初，中国的李景汉曾经在今河北定县作过一次社会调查，后来出版了很有名的一本书《定县社会概况调查》，其中在《乡村的风俗习惯》一章中他叙述了当年农村拜鬼神、信卜筮、讲禁忌、请大仙的情况，在《信仰》一章里又介绍了定县一般平民的信仰。在定县，尽管有的信仰可以用信徒所参加的宗教组织来分类，如佛教（24 个和尚，信徒不详）、道教（15 个道士，信徒不详）、天主教（神职人员 6 人，信徒 5800 人）、基督教（神职人员 3 人，信徒 525 人）、回教（阿訇等 5 人，信徒 7000 人）甚至还有包括普济佛教、背粮道、圣贤道、九功道、老师道、理门、香门道等在内的秘密宗教（信徒约 2000 人），但是明确归属某种宗教信仰的人毕竟并不占多数，大多数人还是像他一开头说的“崇拜偶像，几乎无所不信”。比如，1930 年在定县有庙宇 897 座，其中最多的是五道庙 157 座，其次是关帝庙 123 座，再次是老母庙 102 座，成千上万的人在这里祭拜祈禳、烧香请愿、参加庙会，而五道神、关帝、老母并不是纯粹的道教神仙，他们的信仰与崇拜活动也不具有任何宗教教义的色彩而完全是出于生活实际的目的，如果需要，他们还可以去拜菩萨、去听布道，就像那里的“万国道德会”一样，既侍奉释迦牟尼、穆罕默德、耶稣，又侍奉孔子、老子。①

我们知道，中国民间宗教的一个特性就是多神崇拜，对所有的神灵都来之不拒，在一个庙宇中，佛家、道家的神灵可以共同敬奉，神灵无处不在，土地神、门神、厕神、马神、虫神、床神……神灵无处不在。明清以来的宗教宝卷以“无生老母”为诸神之祖，企图融合儒释道而建构自成一体、“三教合一”的一个宗教体系，因此儒释道所有的神灵就进入宝卷中，成为明清以来“宝卷流民间宗教”的一个特征。多神崇拜尚不足以显示神灵的威仪与赫赫，从明朝开始，民间宗教中又构建了“全神”的神灵体系。如临潭四季会作法事前，在正屋供桌后要挂三界十方全神图。这幅图据会内成员讲有百年的历史。图的上半部由于常年烟熏火燎，已经模糊不清。图的最上部是无生老母的画像，无生老母下面是四大菩萨，四大菩萨下面是八位圣母，在图的周围密密麻麻地画满了多个

图 4－7　临潭四季会十方三界全神图

① 李景汉：《定县社会概况调查》，中国人民大学出版社 1986 年版，第 379—446 页；另参见江沛《民间信仰：民国时期冀东农民的精神世界》，《东方》1996 年 3 期。

神灵。据师父们讲，这幅图代表着邀请各方神灵，包括过路的诸位神灵到现场。这幅图是明清以来民间秘密宗教信仰的十方三界全神图像，也形象地说明了“宝卷流民间宗教”的全神信仰特点。这诸多的神灵，一方面，反映了民间信仰的庞杂性，对各领域内的神一律加以膜拜和祈求，神是越多越好，也体现了民间信仰的实用性观念；另一方面，众多道教的、佛教的、民间宗教的神灵系统，反映出地方传统和大的宗教传统之间的融合，民间宗教信仰与正统宗教的互动，也与明清以来三教合一的思潮不无关系。

二　女神信仰

宝卷信仰中女神众多，这是宝卷神灵信仰的一个重要特点。这些女神既有民间宗教自创的无生老母以及与无生老母有相似神格的众多圣母形象，有中国民间信仰中流传最为广泛的观音菩萨、泰山娘娘等，还有青海一地民众自造的一些女神，如金花仙姑等神灵。这些神灵及其信仰构成了宝卷中鲜明的女神形象和女神信仰。

在宝卷中，最为崇高的女性大神是无生老母。无生老母才是创世造人之祖，如《古佛天真考证龙华宝经》：“古佛出现安天地，无生老母立先天”；“无生母，产阴阳，先天有孕”；“生一阳，生一阴，婴儿姹女”；“李伏羲，张女娲，人根老祖”。又认为无生老母是拯救世界的上帝和伟大崇高的象征，如《销释授记无相宝卷》：“无生老母，度化众生，到安善极乐国，同归家乡，不入地狱”；《佛说无为金丹拣要科仪宝卷》：“无生母，度化众生，同上天堂”；《护国威灵西王母宝卷》还认为无生老母是“考察儒、释、道三圣人”的最高权威，《普度新声宝卷》则认为无生老母是凌驾一切神灵之上的神中之王：“诸神满天，圣贤神祇，唯有无生老母为尊。”与此同时，许多宝卷还把无生老母说成是一位凡情未了的人类母亲，时时向人间流露出慈母般的爱抚与关怀：“老母悲切，珠泪长倾”（《修真宝卷》），并多次派遣神佛临凡，“跟找原人，同进天宫”（《佛说都斗立天后会收圆宝卷》）。

除无生老母之外，宝卷还塑造了诸多观音菩萨的形象。观音菩萨本是佛教中的神灵，在佛教本土化的过程中，观音菩萨迅速成为民众们最崇拜、最喜爱的一位女神。宝卷中各种观音形象的塑造对观音信仰在下层民众中的传播起了很重要的作用。涉及观音出世、修行、成道、普度众生等事迹的宝卷不下十部，这些宝卷都是流布最广的宝卷，明清以来的观音题材宝卷流传很广，这对观音信仰的传播毫无疑问起了非常重要的作用。在西北一地就有与观音有关的宝卷《观音宝卷》、《观音三度华亭宝卷》等多部宝卷流传。在叙事类宝卷中，观音以主角或配角的形象出现在以女性修行、游历地狱、送子于人、劝善惩恶、度脱试炼、指引救助等方面。这些形象不仅为民间宗教提供了崇拜的对象，更成为后世文学的题材。在农村，观音信仰是民间信仰的主要构成部分。青海嘛呢经念诵前，遍请各方诸神后，要念《观音妙经》：脚踏莲花千叶现，手执杨柳一枝春。头上顶带弥陀佛，口中常念观世音。朝念观世音，暮念观世音，念念善心起，念佛不离身。慈竹林中观世音，千手千眼观世音。风波浪里观世音，救苦救难观世音。若往西方金桥过，时时救度难中人。人中难，难中人，人离难，难离人，一切灾殃化为尘。南无大慈大悲圣，救苦救难，广大灵感，观世音菩萨摩诃萨，唵嘛呢叭咪吽，唵嘛呢叭咪吽，唵嘛呢叭咪吽。

泰山娘娘是《泰山娘娘宝卷》中的一位女神。泰山娘娘即碧霞元君，全称东岳泰山天仙玉女碧霞元君，俗称泰山娘娘、泰山老奶奶、泰山老母等，原是道教中的重要女神。清人韩锡胙《元君记》载，秦始皇嬴政来泰山封禅，在岱顶发现一尊石雕女像，遂称其为神州姥姥，进行祭奠。宋真宗赵恒封禅时，疏浚山顶泉池，挖出一尊石雕女像，诏令更为玉石像，封“天仙玉女碧霞元君”，在岱顶建昭真祠（今碧霞祠址）祀之。道教认为，碧霞元君“庇佑众生，灵应九州”，“统摄岳府神兵，照察人间善恶”。民间对碧霞元君的崇拜始于宋，盛于明清。明万历二十一年（1593年）《东岳碧霞宫碑》：“自碧霞宫兴，而世之香火东岳者咸奔走元君。近数百里，远即数千里，每岁瓣香岳顶数十万众，施舍金钱币亦数十万。”泰山娘娘因为产生在与生育观念密切的泰山（先秦时泰山象征万物之始），逐渐得到社会各阶层的崇拜，民众将各种关于生育的神话传说集中到泰山娘娘的身上，最终将其塑造成古代妇女信仰的主要偶像。泰山娘娘的信仰主要在华北一带。在岷州地区，泰山娘娘也是民众信奉的女神之一，其中原因一方面是洮岷地区在明初有大量的移民来自于南京、华北一部分地区，泰山娘娘的信仰是移民先祖传承下来的历史记忆的一部分；另一方面《泰山娘娘宝卷》在洮岷地区的流传，民众在家中求平安、禳解求运、求子等民俗活动中，多念《泰山娘娘宝卷》（《娘娘经》），从而形成泰山娘娘信仰。

图 4-8 《泰山娘娘宝卷》“佛头”上的多位女神

除了这几位全国范围内信仰的女神外，西北宝卷流传的地区也有一些地方性的女神。如在河西宝卷中我们谈到的《敕封平天仙姑宝卷》中的黑河仙姑。《敕封平天仙姑宝卷》这部甘肃现存历史较为久远的宝卷（康熙初年编）以当地民间信仰——黑河仙姑的修行、得道、建桥、显灵、惩恶扬善等事迹来演绎传说故事。这部宝卷极富地方色彩，以宝卷为载体的仙姑信仰是当地至今仍为兴盛的信仰之一。

在河湟地区，有金花仙姑修行、成道、显灵的传说，这个传说在清官方文献里有记载。可能在当时关于金花仙姑修行成道、显应救助百姓的传说影响很大，“据皋兰县绅曹炯等秉称，甘肃地方高寒，雨泽稀少，每遇春雨亢旱，地方官民祈祷甘霖，其旋至立应者，唯邑西南一百二十里之巴密山山神女祠。绅等查志载，神女姓金氏，明时生于省城南门外井儿街，自幼端谨不轻言矣。尽意静坐，专事焚修。人咸异之。及及笄，父母欲字之，金氏弗愿，后至巴密山石崖间辟谷修炼，瞑坐而化，时成化四年也。殁后，居民有事祈祷无不立应，因庙而祀之。近缘亢旱，官民迭次祈祷，立沛甘霖”。[①] 这些传

① 台北故宫博物院：《宫中档光绪朝奏折》第二辑，台北故宫博物院 1974 年版，第 163 页。

说后来向西流传，被编为宝卷《金花仙姑成道传》（今流传于青海东部地区），向西传播，今天主要在河湟地区流传。有趣的是，民众所自创的神，在宝卷为载体的传播下，引起了官方的注意，官方奏请朝廷对其封号。"瑾查明金氏事迹，请奏加封号列入祀典。……臣维祀典能御大灾，则祀之。我朝百灵效职，凡遇祈祷有应着，一经臣工奏请，无不立予封号。兹查金氏女幼秉贞，长登仙籍，数百年后其精灵尤能庇荫桑梓，祷雨辄应，准诸御灾之典，应在从祀之列。"① 神道设教历来是统治者惯用的手法，同时也反映出统治阶级意在通过这种方式以彰显其顺乎民意，体察民情的姿态。其实，在统治者看来，对神灵世界的管理与对人世间的控制是完全一致的。不过，能否赢得官方的认可而被列入祀典，神祇的灵验程度至关重要。金花仙姑的事例说明女神的造神在民间信仰中是一个常见的现象，模仿《观音宝卷》修行、成道、显灵的宝卷层出不穷，地方民众也模仿这些宝卷中的女神创造出自己身边的女神来，毕竟这些来自身边的女神无疑具有更高的亲和力，官方为了方便自己的教化和统治也参与其中，乐此不疲。

在宝卷流传地区甘肃洮岷地区、青海河湟地区，九天圣母是当地一位非常显赫的神灵，在洮岷地区的藏族、汉族，青海东部的汉族、藏族、土族中，都有对九天圣母的崇拜，特别是在青海东部民和、乐都、平安等地的村庙中，都有九天圣母的塑像，嘛呢会奉为主神。在洮岷地区，除了在村庙中集体供奉之外，还有许多村民把九天圣母作为家神拜祭。在当地就有许多关于九天圣母的传说。在青海《瞿昙新城街福神庙匾文》记载："盖自洪武开基、永乐周流至此，创建瞿昙寺居住。随请来宝贝佛祖一位，金光大菩萨一位，九天圣母福神娘娘一位，跟来佃户五十二名。将军民安住在佃户庄，务农为业，侍侯寺内大事。将金光佛祖请与佃户军供奉，以保吉祥风雨。而菩萨为慈悲之主，保吉祥而佑有余，挡风雨而救不足。军户等请示与梅国师商议，换出福神佛像，菩萨仍请进寺内，于是军等公议，福神供在人家不便，我等五十二名人单薄，请来各庄众姓商议，盖神道无私，我大众举起功德，建修庙宇于下山根。"中坝庄村还流传着一则关于供奉九天圣女的传说：很早以前，有一喇嘛背了幅画有九天圣母

① 台北故宫博物院：《宫中档光绪朝奏折》第二辑，台北故宫博物院1974年版，第163页。

像的唐卡，住在中坝乡何家山村本康湾一间草房后去世。有一人家将神像供为家神，每天点灯烧香，后因灵验，被众人请到村庙中受村民香火。中坝庄村原与何家山村共为一会，后因人口增多，求神祈福多有不便，便与何家山人分开，另建庙宇。

女神信仰来自于人类远古以来的母亲情节，这个母题不管是在宗教中还是在文学艺术中，都是常说常新、亘古不变的主题。民众需要女神，也需要创造自己信仰所需的女神来。费孝通先生在《生育制度》一书中曾写道："在社会性的断乳中，他们留恋追慕那温暖而不须自己负责的家庭，想有个永远在身边的母亲。也正是没有人能永远躲在母亲的怀里，所以在这一段时期的读者会有要求母爱的情绪。""一个人一旦发现父母不是万能的保护者的时候，不免会发生一种深切的恐慌。这恐慌多少是需要一个上帝来代替父母的根据。"① 女神不断涌现不仅是宗教信仰的需求，也是社会生活的需要，在社会不能提供保障的场合，人们则可能会产生一种寻求社会性母亲或人类之母庇护的冲动，无生老母的塑造不能说没有这种心理因素。特别是在多灾多难且赈灾体系尚不完备的乡土社会，灾难的发生，不仅使百姓蒙受巨大的生命财产的损失，而且会带来精神心理上难以抚平的持久的伤害，如恐惧、迷惑、彷徨、紧张、焦虑等。因此，无生老母等女神的出现，也迎合了百姓对于精神救援与心理干预的一种迫切需要。②

---

① 费孝通：《生育制度》，商务印书馆1999年版，第128页。

② 参见梁景之《清代秘密宗教与乡土社会》，社会科学文献出版社2004年版，第51页。

第五章

宝卷念卷群体——嘛呢会

从社会学意义上而言，民间宗教并不具备作为“社会组织”或“初级群体”的形态。也就是说，这是一种组织化程度较低、结构较为松散，而人际关系却较为亲密的群体形式，它通常以面对面的互动，即面对面地直接交往与合作以达成活动目标。同时，重要是它以信仰等非强制性因素来维持群体的规模，而不存在正式的社会控制手段如法律等。因此，基于对民间宗教形态构造的这种基本认识，这里没有继续沿用“组织”这一概念，而是沿用了外延更广的群体的概念。不过需要说明的是，文中出现的所有群体的提法，都是指小群体意义上的群体概念，而不是次级群体，目的是要着重说明人情和地缘的关系在宝卷流宗教群体中构成的作用。

任何群体都是一种结构性的存在，民间宗教的群体也不例外。关于民间宗教的形态结构，日本学者佐佐木卫根据自己的研究将之划分为三种情况：即世袭型、分派型与自唱型。所谓世袭型是指家族世袭掌教，一门传承，并拥有圣俗两面权威的宗教集团。如刘左臣为始祖，延续七代约150年的刘门八卦教属于此类。分派型是指从世袭型分化独立出来的分支集团，如林清的天理教就是一个典型。而所谓的自唱型，则是指那些活动于乡村聚落间的小集团，即由那些手持经卷通晓咒文者，在每村召集信徒而组织的那种小型宗教集团。其中，绝大多数的活动范围似乎仅限于一村或数村，如一炷香教等。他指出自唱型宗教集团的日常性宗教活动，如应邀诵经、做道场、聚众焚香吃斋、治病消灾，等等，是见之于任何类型的宗教集团的极为普遍的活动。[①]

① 佐佐木卫：《中国的民间宗教集团——关于其结构的特性》，《民族学研究》1988年第3期。

第一节 嘛呢会的历史与组织

前面提到佐佐木卫的民间宗教分类中有自唱型一类，所谓的自唱型，则是指那些活动于乡村聚落间的小集团，即由那些手持经卷通晓咒文者，在每村召集信徒而组织的那种小型宗教集团。其中，绝大多数的活动范围似乎仅限于一村或数村，如一炷香教等。他指出自唱型宗教集团的日常性宗教活动，如应邀诵经、做道场、聚众焚香吃斋、治病消灾，等等，是见之于任何类型的宗教集团的极为普遍的活动。这种组织较为松散，从嘛呢会的结构和宗教活动来考察，嘛呢会即属于这种自唱型的群体。

嘛呢会是青海分布比较广泛的一个民间宗教团体。据笔者调查，青海东部农业区，主要是河湟谷地都有嘛呢会，在甘肃洮河流域的岷县、漳县、临潭、卓尼及临夏地区的一些汉族聚集区（主要临近于青海东部地区）都有嘛呢会的存在。根据嘛呢会所念唱的文本来看，这个组织的形成最初与宝卷的传播有关系，是明清以来“宝卷流民间宗教”的一部分。以下主要根据笔者的田野调查对嘛呢会做一介绍。

一 历史

嘛呢会的历史具体起源于何时，现存的文献资料、地方志似无记载。但近代在青海已有大量的嘛呢会存在。“进入近代后，青海地区出现了许多佛教社团，如嘛呢会、同善社、清茶会、慈善堂、大乘会、清斋门等。嘛呢会，以念六字真言为修持，除劝人行善外，并以自编的通俗偈语让信徒诵唱，不断向信徒讲解佛经。嘛呢会遍布西宁、民和、乐都、湟中、湟源等县农村。”① 这儿所指近代嘛呢会，可以理解为民间宗教的结社，他们所念诵的经文经调查证实大多数不是佛经，而是宝卷。至于同善社、清茶会、慈善堂、大乘会、清斋门等，更不是佛教社团，而是民间秘密宗教组织或其组织的余绪。嘛呢会生存的地区多为历史上和当今的多民族杂居的地区，现仍广泛存在于汉族、土族和藏族农村社会。“嘛呢”为藏语，

---

① 崔永红、张得祖、杜常顺：《青海通史》，青海人民出版社 1999 年版，第 843 页。

即六字真言，指唵、嘛、呢、叭、咪、吽六个字，又称“六字大明咒”，在藏传佛教地区家喻户晓。六字真言为密教重要咒语，又称观世音菩萨心咒。音译有“唵嘛呢叭迷吽”“嗡嘛呢呗咪吽”“唵么抳钵讷铭吽”“唵摩尼钵头迷吽”等多种译法，意为“归命莲华上之宝珠”。依密教所传，此六字系阿弥陀佛见观世音菩萨而叹称之语，被视为一切福德、智慧及诸行的根本。为西藏地区家喻户晓之真言，在汉族佛教地区也相当盛行。据许多嘛呢会成员说，嘛呢会名字的来历是因为在念嘛呢经时，起首大家要和嘛呢六字真言三遍，在嘛呢经的念诵过程中，“和佛”都念嘛呢六字真言，嘛呢仪式结束时，也要和嘛呢三遍，所以所念经文都称之为“嘛呢经”，宗教团体也称为“嘛呢会”。

在河湟地区文献中所见嘛呢六字真言最早可见于笔者见到的青海民和《佛说大明六字真经》。《佛说大明六字真经》序言中提到“嘉庆岁次丙子黄钟月长至日，郡学生白复初敦甫代沐手 谨识”说明“郡学生白复初敦甫”在嘉庆八年（1803 年）书写序言。该宝卷最迟应是嘉庆年间抄写。[①] 说明至迟在嘉庆年间民间就有念诵嘛呢经的活动。嘛呢会与该会生存地区浓厚的藏传佛教的文化生态有关系，是藏传佛教影响下形成的民间宗教活动。在汉族佛教地区，嘛呢六字真言也流传甚广。特别是在一些民间宗教教派的活动中，也有念六字真言的仪式。如离卦教的日常修行：“初一十五系念俺马呢吧咪牛（吽），希单罗婆哒拉。每初六日系念一炷心香……”[②] 在清一代宝卷中也可见用嘛呢和佛的例子。再从现存嘛呢经的文本来看，有许多为宝卷一部分，或为一部完整的宝卷。最后，在上述地区流传的民间宗教也不少。“进入近代后，青海地区出现了许多佛教社团，如嘛呢会、同善社、清茶会、慈善堂、大乘会、清斋门等。……同善社、清茶会是典型的佛道混合团体。抗日战争期间，清茶会与河南省传入的‘普化救世佛教会’联合更名为‘西宁普化救世佛教会’，又名‘一心堂’，教众多属于小商贩和手工业者。此外，抗日战争时期出现的慈善堂多系一些同善社、清茶会更名而来，拥有较多教众。大乘会中，会址在湟

---

① 民和古鄯镇马有义手抄本。这部宝卷抄写于 1990 年。

② 《军机处录副奏折》，中国第一历史档案馆，农民运动类 2598 卷，同治五年十月四日存诚等折。

中西山堡普济寺的大乘会因有不少政界人士及知识分子的参加，因而稍具规模。上述社团一般规模不大，信徒有限，且介于佛道之间，多有迷信色彩，影响不大。”① 同善社、清茶会、慈善堂、大乘会、清斋门实则并不是佛教社团，它们是民间秘密宗教社团，不过民间秘密宗教教派多糅合佛教、道教及自创民间宗教教义，从外表看起来，像一个佛教或道教的民间组织，这些教派宣扬其教义的主要文本就是各种宗教宝卷。例如上述清茶门教，是清代白莲教重要支派，由东大乘教（闻香教）教主王森子孙所创，因该教做会时上供清茶三杯而得名。顺治十三年，王森子孙因朝廷严禁其祖上创立的东大乘教，遂将东大乘教改名为清茶门，代代传习，自称教主。此教曾在山西、河南、直隶等地传播，后又传到江南。清茶门收徒，是三房三支，各收各徒，所收徒弟各认支派，不许杂乱，各成系统。清茶门定有严格的宗教仪式与教规。教徒于每月初一、十五献茶烧香，奉弥勒佛。教规有三皈五戒，主张反清复明，历来受清朝严厉镇压。清茶门的经卷主要有《三教应戒总观通书》《黄极金丹正信皈真还乡宝卷》，还念诵《护国佑民伏魔宝卷》等。同善社系清末先天道支派，光绪三十二年（1906 年）四川永川先龙水镇人彭汝珍创立，奉瑶池老母即无生老母为最高神，主张“三教合一”。民国六年在北京北洋军阀北京政府内务部备案，并公开成立总社。② 慈善堂、大乘会、清斋门都是这样的民间教派组织，其宣扬教义的文本皆为宝卷。而嘛呢会的文本多为有民间宗教内容的宝卷。因此，较为可靠的推断是，嘛呢经和嘛呢会是民间宗教宝卷流传到该地区，与当地的藏传佛教信仰结合而产生的一种民间宗教。

土族中的嘛呢会已有悠久的历史。用土族老人的话来说，嘛呢会是祖祖辈辈传下来的，土族有多长的历史，嘛呢会就有多长的历史。但嘛呢会的具体起源已不可考。据笔者推断，嘛呢会的形成应当与民间（教派）宗教在土族地区的传播有密切的联系。嘛呢会至少在清中叶就已存在，并延续至今。近百年来，土族嘛呢会的发展脉络是较为清晰的，主要可以分为三个阶段：

第一个阶段是从民国初年到 1958 年。据土族老人回忆，当时，由于

---

① 崔永红、张得祖、杜常顺：《青海通史》，青海人民出版社 1999 年版，第 843—844 页。

② 濮文起：《中国民间秘密宗教辞典》，四川辞书出版社 1996 年版，“清茶门”条、“同善社”条。

人口数量和平均寿命等原因，参加嘛呢会的人数比较少，组织相对弱小，但其活动形式和今天基本相同。

第二个阶段是从 1958 年到 1981 年。1958 年，土族地区进行宗教改革，庙宇、寺院等宗教建筑被拆除，喇嘛还俗参加生产队的劳动，一切宗教活动均告停止。在这种情况下，嘛呢会也失去了存在的空间和基础，嘛呢干本[①]被烧毁，嘛呢念珠被丢弃，嘛呢会作为土族中的民间组织一度消失。但即便如此，个别老人在自己家中仍然偷偷地念嘛呢。“文化大革命”结束之后，宗教政策渐趋宽松，在个别村庄，开始出现三五个老人一起念嘛呢的情况，时间是晚上，地点则是某人家中，常常是一天换一个地方。这一时期，许多古老的嘛呢经文本——宝卷损失殆尽，现今幸存下来的嘛呢经文本都是这一时期的信仰者偷偷保存下来的。

第三个阶段为 1981 年之后。随着改革开放和宗教政策的落实，人们的思想逐渐活跃，蛰伏的民间传统开始复兴。三川地区成立了寺院管理委员会，各村村民捐资修复了庙宇和寺院，到庙宇烧香拜佛、念嘛呢的行为已不再被制止。嘛呢其[②]的活动也开始从家中转移到庙里。人们到处搜寻偷偷保存下来的嘛呢干本，找到后就进行抄写，并由资格较老、会念经文的人组织学经。最初，中川乡嘛呢会的人数还比较少，后规模渐大，并发展至今。[③] 其他地区嘛呢会的历史发展脉络基本上和土族地区的一致。河湟地区和洮岷地区的嘛呢会的历史也大致经历了这三个阶段。

二　组织

（一）组织

嘛呢会的组织较为松散。该组织主要以共同的信仰为纽带，多以自然村为范围，以民间庙宇为中心。一般在一个自然村就有一个庙宇，也有几个自然村共用一个庙宇的，其组织原则也是以村庙为单位，活动的主要场所是在自然村的庙宇里进行。这几年，农村的民间信仰活动较为兴盛，原来庙宇被毁掉的，多在原地址重修了庙宇。有些庙宇就是村子里的嘛呢阿

---

① 嘛呢干本，土族语，即嘛呢经文本。

② 嘛呢其，土族语，即念嘛呢经的人。

③ 裴丽丽、李文学：《土族民间团体嘛呢会调查》，《民族研究》2007 年第 1 期。

图 5－1 土族嘛呢会念卷

奶牵头盖起来的，如民和马营乡肖家村金岭上的庙宇。这些庙宇为当地的民众提供了一个信仰场所，嘛呢会的活动就依托于当地庙宇进行。一般属于同一个庙的村落，即组成同一个嘛呢会；不属于同一个庙的村落，就不能组成同一个嘛呢会。以自己村落活动的嘛呢会一般较少去其他的庙宇念唱嘛呢经，有时受其他庙宇的嘛呢会邀请才去念嘛呢。但是，例如在传统节日，神佛成道日、诞辰日等，她们也去一些较大的寺庙、道观念诵嘛呢。

嘛呢经组织具有地缘的特点和血缘的特点。构成同一个嘛呢会的自然村，一般都离得比较近，这显然是因为地理位置的邻近便于这种民间团体的活动。以自然村为单位组成嘛呢会，经常在自己生活的自然村做一些宗教活动如摆灯等，这是其地缘的特点。如民和县中川乡，聂家庙从喇家庙分出，王家庙又从聂家庙分出，故视喇家庙为老庙。在过去三个村共为一庙，随着村庄规模扩大，出现了分庙，但仍然供奉老庙神。在“纳顿”①刚恢复时，杨家、文家、祁家三村同一个庙同一个纳顿，在两年以后由于三村合起来规模过大，出现矛盾导致了分庙，所以目前两个纳顿供奉同一个庙神。而且，赵木川、前河沟两大区域供奉的神灵基本相同，这可能与

① 民和土族庆丰收的节庆民俗活动，规模盛大，时间跨度达一个月余，在“纳顿”期间，每个庄子里的嘛呢其都要念嘛呢经。

相同的地缘有关系。但构成同一个嘛呢会的村子，不仅有地缘关系，而且往往还有血缘关系。如构成民和县辛家庙嘛呢会的辛家庄和辛家湾子，既是邻近的两个自然村，其居民又是同一个祖先的后代；朱家庙八姓嘛呢会中，大房、二房和四房的居民也是同一祖先的后代。同时，嘛呢会作为一个宗教群体，宗教信仰对于成员的群体认同也至关重要。每一个庙的保护神均有所不同，而每个保护神又都有一定的信众范围，因此人们多不到别的庙宇中去念嘛呢。只有二郎庙是一个例外，因为二郎庙是三川地区的总庙，二郎神在三川土族心目中是最大的保护神，其信众范围遍及三川地区。由此可见，嘛呢会是民和县三川地区土族地缘关系、血缘关系和神缘关系三者结合的产物。每个嘛呢会的规模大小不一。一般来说，嘛呢会成员的数量与构成嘛呢会的村庄的数量及人口规模具有相关性。以祁家庙“五姓嘛呢会”为例，其构成成员来自五个自然村，共有 50 名左右，年龄从 53 岁到 80 岁不等，其中以三塔日自然村的汪姓人数最多，有 20 余个。辛家庙嘛呢会成员共 29 人，从 52 岁到 87 岁不等。成员的姓氏有辛、马两姓，构成主体是辛姓，马姓只有 2 人。综观三川地区的嘛呢会，其成员年龄构成一般是 50—80 岁的中老年人。这似乎可以证明随着年龄的增长，土族成员更多地参与宗教活动，宗教信仰也越发虔诚。下面是裴丽丽于 2006 年农历四月初一在辛家庙对 73 岁辛姓嘛呢老人的访谈记录：

问：您念嘛呢几年了？

答：20 多年有了。

问：您为什么要参加嘛呢会？

答：尕娃结婚了，尕孙子有了，老人抬埋（去世后埋葬之意）了，我的任务完成了，顺顺当当的，家里光阴也好，就来念个嘛呢。

问：参加嘛呢会的最年轻的有多少岁？

答：一般都是四五十岁以上。年轻人要种地干活，来不下。个别 30 多岁的人，身体有病，也念嘛呢。

问：今天嘛呢会来的人全吗？

答：有两个没来。家里有事或者身体不舒服的时候可以不来。

问：村中的老年人也有不念嘛呢的？

答：来的来着呢，不来的也不来。有的人腿子疼着走不动，来不下。

从调查来看，这些成员的年龄多大于 60 岁，他们的家庭结构以三代同堂的主干家庭为主，只有一个是核心家庭，是因为孙子分家另户导致的。由此可见，加入嘛呢会是年岁较大的人在家中事务已经移交给下一代管理，身心清闲之时而作的选择；是否能够参加嘛呢会，和老人社会角色的转变以及他们的身体健康状况有密切的联系。念嘛呢的个体成员在家庭中处于最高的一代，这样的代际位置意味着已经不需要负担重要的农业生产劳动，而是转向自愿性地从事一些家务活动，如照顾小孩、喂养牲畜、烧水扫地等简单劳动。随着这种劳动任务的转移，老年人从当家的繁忙事务中“退休”，其社会生产地位也相应产生了很大的变化，这种角色的转换无疑对他们的心理带来了一定的冲击。参加嘛呢会就成为退出生产舞台的土族老人寻求心理寄托的一种方式。与此同时，生产劳动负担的减轻为老人参加嘛呢会、进行各种集会活动提供了充裕的时间。当然，除了土族中老年人的角色转换导致的心理因素之外，健康状况也是制约他们参加嘛呢会的一个客观条件。朱家庙嘛呢会成员中有一位双目失明的男性，辛家庙嘛呢会成员中有高血压和冠心病的患者，祁家庙嘛呢会中有一位口齿不清的女性成员。患有身体残疾和体弱多病的老人，对神和佛的情感往往更为深沉，参加嘛呢会可以唤起他们超乎异常的勇气和力量，忍受现实生活中的苦难。但往往腿脚的疾病又迫使一些老人无法参加念嘛呢的活动。在研究者访谈中，清一村一位93岁的辛姓老人表示，如果不是腿疼，他也会参加嘛呢会的聚会活动。①

乐都县高庙乡新盛村是一个自然村，其活动的中心以村子里南山寺为活动中心，成员之间为村里的近邻，也有一些有亲戚关系。南山寺里供奉九天圣母、灵官爷等神灵，村子里民众在平时都到这座庙里来上香、祈愿、还愿。虽然离乐都县城只有七公里的距离，村里人很少到村庙以外其他的庙里去烧香。该村嘛呢会的十三个老太太轮流住庙里，很少去其他宗教场所念嘛呢。村庙的修建、平日里的日常宗教活动由她们来主持。大多数嘛呢会都具有共同的地缘关系、部分的血缘关系和共同神缘关系的特点。

嘛呢会组织在藏族农村社会也存在，在邻近中川乡的杏儿乡，土族和藏族杂居，藏族嘛呢会也有每月定期的活动和仪式，但他们念嘛呢的地点是嘛呢康，经文书写用的是藏文，诵经时所用的语言是藏语，拜佛时磕的是长头，

① 裴丽丽：《土族文化传承与变迁研究》，博士学位论文，兰州大学，2007年，第142页。

只煨桑而不烧黄表纸，这些都和土族嘛呢会、汉族嘛呢会有所不同。

嘛呢会的规模一般都不大，其成员从十几人到几十人不等，组织相对松散，没有入会和退会仪式，进出自由，也没有正式的规章制度。从性别构成来看，嘛呢会都是以女性居多，男性只占少数。

图 5－2　汉族嘛呢会念卷

例如，祁家庙嘛呢会有女性 40 人，男性 10 人；辛家庙嘛呢会有女性 26 人，男性 3 人；中川乡其他嘛呢会的情况也与此相似。据红崖村村民说，在嘛呢会恢复时期，嘛呢会成员中只有一个男性，其余的均为女性。调查中普遍发现老年女性对宗教活动往往更为虔诚。辛家庙嘛呢会的四位领经者都是女性，她们虽然都不识字，但通过请教村里的高中生，再通过刻苦学习和强迫记忆，已能把经文背得滚瓜烂熟。乐都高庙新盛村的嘛呢会有约 20 个成员，其中轮流住庙的有 13 个嘛呢阿奶，没有男性成员。“我们一块的老阿奶年龄最大的 87 岁了。那个 × × × 的婆婆也 82 了。年轻的也多着呢。（三十来岁的有吗?）三十来岁的念得多，她们不住庙，平常念卷也来听，也来念着。”

但嘛呢会中所用的经卷要由男性来抄写。土族称为“嘛呢干本”，汉族称为嘛呢经本，是嘛呢会在活动中所念的经文，原则上不能由女性来抄录。嘛呢会之所以以老年女性为主体，除了女性的平均寿命较长之外，还有其他一些原因。一般来说，只有停经的女性才可以加入嘛呢会（但在实际生活中并没有如此严格）。

（二）成员

一个嘛呢会中有一个经长（土族称为嘛呢头），有些会里有两三个经长，但一个经长的情况较多。经长主要由念嘛呢时间长的，会识字或对嘛呢经很熟悉，嘛呢经念得好，声嗓也不错的女性来担任。嘛呢会的组织是相对松散的，尽管嘛呢会都有其首领，但经长并没有什么权力，其职责主要是通知成员参加活动、领读经、安排会里的过会时间、督促嘛呢会的各项事宜等。一般情况下，嘛呢会经长多为心地公平，能为大家办事的人担当，这样才能获得村里人的信任。经长的换届，一般是在其年龄太大或身体状况不佳之后才进行。嘛呢会成员会提出一个或几个入会时间较长、威望较高、组织能力较强的成员做候选人，大家商量并待决定之后，在众人中公布。经长的交接没有正式的仪式，接任经长只需在活动中代替前任坐到领经的中间位置即可。参加嘛呢会的活动都是自觉自愿的，没有强制性的规定，也没有惩罚措施，但每个成员都能主动参加集体的活动，也能在家中坚持每日的念诵。

如果向嘛呢其询问嘛呢会属于什么宗教，得到的答案往往都是佛教。嘛呢会作为青海汉族、土族民间宗教团体，在组成原则、信仰对象、活动仪式等方面均体现了藏传佛教和汉传佛教信仰的结合，但其文本反映的却是“宝卷流民间宗教信仰”的宗教思想，因此呈现了一种较为复杂的、多元的文化形态。土族的嘛呢会借用了一些藏族文化，但同时又结合了土族信仰，形成了自己民族的一些特点。

嘛呢经的学习主要方式是自学。因为受当地民俗文化的影响和熏陶，实际上这些学嘛呢的人在念嘛呢经前就多少会哼唱一些嘛呢经的调子。进入嘛呢会后，主要的任务是记住经文。嘛呢会成员多为老年人，且女性较多，多不识文字，嘛呢经的记忆方式主要是死记硬背，如果遇到不认识的字，或背不下去，就找一些粗识文化的人教教，更多的是向自己的儿孙问问。这样天长日久，嘛呢经文也就记得滚瓜烂熟了。在民和调查时，笔者还见到一些嘛呢经阿奶在嘛呢经本上标上一些自创的符号，用这些符号来标音或记忆。那些符号多为农村中所用的劳动工具，如梿枷、杈、铁锨等，这些符号在嘛呢经文本中的作用和文字一样，是帮助记忆的一套符号，略像象形文字，不过这些符号只有她们才能辨认、识别。

三　经费

嘛呢会没有自己固定的活动经费，更没有专职的会计和出纳，不过一个班子里，各有分工负责。嘛呢会的经费来源，主要依赖村子里有信仰的村民的捐献。在新盛村嘛呢会，当笔者问到经费的问题时，经长说：

> “烧香来的人多。以前政府不让烧，以前信奉的人也偷着烧着哩呗，好多人都偷着烧，现在开放了，烧香的人就多了，烧的时候（仪式）和以前是一样的。我们庙里的烧纸（自己）没买着，都是烧香的人拿到庙里来的。进香来拿着就够着，那海碗（农村中用的一种大号粗瓷碗）没明昼夜的着着，这次拿下的油一大缸有呢。大家拿来的多着。这十二、十三、十四拿来的（油）一缸半有呢。二三百斤有呢。去年的三缸油就修了下面的这个路，就吃完了。腊月里又拿来了些，现在拿来的油我没用着，就放在缸里供着。”①

与汉族嘛呢会相似，民和土族嘛呢会活动中所需的灯盏、灯油均由村庙提供，所需的纸张、柏香则由每位成员自备。念嘛呢一天所需的食物，或由村庙负责，或由村庄的牌头轮流派饭。献给佛和神的“钱粮”、“宝盖”，都由嘛呢其自己制作，未设专人负责。尽管如此，嘛呢会的每次活动都能办得有条不紊，秩序井然。

---

①　一般村里村庙的经费也由嘛呢会管理。像新盛村这几年重新修建了山门、主殿，硬化了道路，这些经费主要由村民自愿捐献，也号召这个村出去工作的人捐献。捐献的资金，由嘛呢会成员管理，所以从入账、支出、核算、结算、监督等过程都有嘛呢会成员各负其责，从而实际上形成了一个资金的管理班子。平常所用香和烧纸都是信奉的村民带到庙里。嘛呢会在庙里轮流住，虽然管理着大伙捐助的资金，但生活很简朴。笔者在2010年中秋节去她们的庙里南山寺调查，中午嘛呢会阿奶邀请一起吃饭，虽然是过节，但只炒了洋芋菜。她们认为念嘛呢经就是修行，佛前的事一定要对得起良心，要多做善事。美国学者周锡瑞在谈到20世纪初鲁西一带农民的生活时这样写道：“其食物亦非常的简单，每年只有极少数机会吃肉，以粗茶淡饭为主。只有新麦打下之后，才吃几顿面条和蔬菜。园内所产蔬菜，并不完全食用，还担去城镇换些粮食以维持生活。城里平常使用的油盐酱醋等调味品，在乡下视为贵重品。若吃香油时，则用小棍穿过制钱孔从罐中取油，滴到菜里调味。平常饭时，水里煮些大蒜、辣椒、大葱，也就是一顿。除了喜庆、丧葬或新年之外，很少见荤腥，老人也不例外。”参见［美］周锡瑞《义和团运动的起源》，江苏人民出版社1998年版，第31页。尽管现在生活比那个时候好多了，但在信仰面前，似乎生活简朴是保证信仰纯洁度的途径。

嘛呢会也经常参与村子里的一些民俗宗教活动。如组织还愿，“摆灯”等。特别是在家中老人去世后，按当地传统多要请嘛呢会的成员来家中念嘛呢经，以超度亡灵。一般村子里的嘛呢会成员都要参加，有些时候村子里的嘛呢会成员较少，也会邀请其他村子里的嘛呢会成员一起来举行超度的仪式，这样，在丧葬仪式中，念诵嘛呢的嘛呢经成员就有百十人之多。除了在村子里老人去世时念诵嘛呢，在去世的人“做七”或周年祭等活动中也念嘛呢经。念嘛呢的嘛呢其可以从这些活动中得到一定的报酬，报酬的多少视办丧事人家的经济条件而定，一般是每人一块手帕或毛巾以及一些现金（从 1 元到 10 元不等）。这和汉族地区的嘛呢会所受报酬差不多。下面是乐都新盛嘛呢会调查时的录音：

问：阿奶，你们嘛呢会进会的时候有啥说法吗（当地方言，即有要求吗）？

答：也没有啥说法。

问：外面去念着吗？

答：就在庙里。家里没念着，家里有家神的也去念着。家里没念着。

问：比如人家把你们请来了咋办？

答：请来也没去着，人死掉了，人家请来，人家相信，我们过去点个灯，念一个。

问：家里念个啥经？

答：家里念个《点灯经》、《亡人经》，《亡人经》这个（抄本）上有呢，你见了啥。（翻开抄本让我看）就这个，《送亡人五更词》。

问：平常人家家里不顺，念去着吗？

答：人家不请是没念去着。请来才念去着。我们经常去给人家摆灯，在家里也行，在庙里也行。

问：你们去人家家里，念完给报酬着吗？

答：老阿奶们去了念给个，人家就给些褐孝。

问：褐孝是？

答：褐孝就是孝布。人家就给些褐孝布。

问：钱或其他东西给着吗？

答：钱也给些呢，给着也不多，给钱随人家的心愿着，有的人给着，有的人没给着，有时候给着擦脸的毛巾。钱就是几块，一二十块，反正是随人家的心愿给着，佛背后的事，钱不多，给多了我们也没要着。

因为过去几十年民间宗教活动者所受的遭遇，直到现在她们仍是心有余悸，因此在调查中，她们多否认参与民间宗教活动，但在深入调查时却发现这些阿奶多为虔诚的信仰者。调查中一般嘛呢会成员在村子里做法事所得报酬较少，有时就是一些生活用品，如擦脸的毛巾、袜子、布匹等，钱很少，多少不计，因为在她们眼中，她们所做的这些都是善事，为自己修行积德，不在乎钱物的多少。但是出去作法事有一个原则，就是嘛呢阿奶再三强调的，如果主人家不邀请，是不去的。实际上这关乎信仰共同体的问题，一般村民们还是比较信赖那些嘛呢阿奶的。

四　禁忌

念卷前嘛呢会成员首先要净手，有些虔诚的嘛呢阿奶常年吃素。如乐都新盛村的经长阿奶说：

> 念卷前我们就先和一个嘛呢叭咪吽么，和上三遍，（忌口吗）口也没忌着，葱韭荤蒜吃得很少，最好别吃。平常没管着。我把那个吃了就嘴烂了，那别的人就不。我们的娃娃也就吵着不让我吃，就是别的人也没啥。（你是经长，佛爷给你找麻烦呢）（另外一个嘛呢阿奶说）她到佛爷前头去时要问着些呢，我们佛爷前啥也没说着，我们吃了就没事。我也到佛爷前告祷说佛爷你原谅着，你甭管着，佛爷就是不成，一吃嘴就烂了。

多数成员由于各方面条件的限制，如家庭成员的反对等原因，一般不践行吃素，但是很多嘛呢阿奶在念经前是不吃荤和五荤的。[①]

嘛呢会的经卷被奉为其活动的“经”，对手抄经文，嘛呢会成员都视为珍宝，保存得很好。经文都有封面，有些封面做工较为讲究。用红布或红绸包裹起来，念经的时候才打开。有些保存时间较长，比较少见且书写

① 调查中发现大多嘛呢阿奶还是倾向于吃素，但是在农村家中主要劳力要从事一些体力劳动，或外出打工，或经商来养活家庭，那些老年妇女的主要工作是照顾家里的孙辈，做家务，一日三餐由她们负责，由于时间和条件的限制，她们无法既给家中其他成员做饭，又为自己做素食，这样严格地吃素而不沾腥荤做不到，所以在条件的限制下，她们就放弃了吃素。

工整书法遒劲的经卷，一般不轻易示于他人。经卷在不用的时候，就供奉在佛龛前或家里正屋的长桌上，要避免经卷沾上水渍、油污。

五 信仰原因

从调查来看，嘛呢会的性别构成主要成员是老年女性，大多数嘛呢会成员的年龄都在50岁以上，男性只占少数。例如，祁家庙嘛呢会有女性40人，男性10人；辛家庙嘛呢会有女性26人，男性3人；中川乡其他嘛呢会的情况也与此相似。土族老年女性对宗教活动往往更为虔诚。多数嘛呢会入会时要求停经后的女性才能参加，但是实际的情况并不是特别严格，有些嘛呢会成员较为年轻，有些是30来岁的女性，因为各种原因参加嘛呢会，实现她们的宗教实践。一般嘛呢会吸收成员主要看的是她们是否对信仰虔诚，是否能够按时参加周期性的宗教活动。女性参加嘛呢会的原因较为复杂，可分为以下情况：

在调查中，许多女性是因为身体有病，通过参加嘛呢会的宗教活动，希望借冥冥中的力量来解除疾病或减轻痛苦。例如民和马营肖家嘛呢会的经长说她十几年前头疼得不行，去了好多医院，吃了好多药，都治不好，实在没办法，就找人算了一卦，算卦的人让她去庙里念念经。她家里离当地的一个寺庙较远，有十几里路，来去不方便，就到本村的嘛呢会去学念嘛呢。念了不长时间，觉得头疼就减轻了。后来就去的次数多了，跑得更勤了，头疼病也好了，再没犯过。这样的个案不少。从医学人类学的角度来说，信仰在治疗疾病中有明显的作用，在农村，特别是以前经济较为艰苦的时期，缺医少药，信仰所具有的心理治疗功能确实是吸引女性参加宗教活动的主要原因之一。

另外一个原因是老年女性在家庭生活中，会遇到各种难以解决的问题，诸如老伴的离世，家庭的矛盾，特别是婆媳之间的矛盾，这些老年人在农村子女成年后或外出工作，或出门打工挣钱，作为农村主要的留守者，其内心孤独寂寞却无法解脱，许多老年妇女就用宗教信仰来化解这种内心的孤单和彷徨。这些生活问题表现出各种各样的形式，但解决的途径似乎只有一个——转向宗教信仰。宗教信仰于是成为解决这些空巢老人心理问题的灵丹妙药。下面是笔者在调查时遇到的两个个案访谈：

问：阿奶念经有多长时间了？

答：十年以上了吧，十年肯定有了。

问：你最初是什么时候开始念的？

答：这就早了，十几年这样个。二十年前就念着，进这个庙，有十四五年了。最早是跟上大家念着，没进庙。

问：最早你念嘛呢有啥原因吗？

答：最早念的时候，阿么说呢，心上不宽展么。

问：心上怎么不宽展呢？

答：这个家务间的事。我掌柜的升天早，他没升天的时候，我就来念着，念得少。他升天后，我一个人，心上也不好受，我就来庙里念了。

问：（另外一个阿奶）阿奶，你刚开始的时候为啥进庙念经的？

答：我嘛，刚开始的时候就跟着她（经长）念的。我的那个丫头走掉着我的心上没来（不舒畅），我们这儿来了个道姑，让我去水峡寺和隍庙去个，我那里去过着，后来我就到我们村子里的庙里，就在我家跟前（距离近）。（丫头走掉了）丫头走新疆了。（嫁到新疆了?）没有，到新疆打工去了。丫头没出过门，出去把我想着（想得很），那时电话也没有，就只能写个信，把我想着。就到庙里来念个嘛呢。

再次，是感情寄托的需要。有些老人的物质生活并没有什么问题，农村社会多保留有较强的传统型家庭结构，他们的家庭多是三代同堂的主干家庭，但也不乏一些核心家庭，即两代人组成一个家庭，老人和儿女们分开来过日子，这些老人多是身体较为健康，老两口都健在，自己不愿和儿女们一起生活。近些年来农村的经济发展较快，生活条件得到很大的改观，这些老人在物质生活方面都不存在太大的问题，参加嘛呢会的老年人已不需要承担重要的农业生产劳动，而且也把当家的事务移交给下一代管理，只是从事一些简单的劳动，如照顾小孩、喂养牲畜等。随着这种转移，老年人就从繁忙的事务中退了出来。角色的转换无疑对他们的心理带来了一定的冲击。以前是家庭的顶梁柱，现在“退居二线”，因此，这些老人们需要一次心理上的转型过程，与此同时，生产劳动负担的减轻也为老年人参加嘛呢会的活动提供了充裕的时间。辛家庙一位 73 岁的老人念嘛呢已有 20 多年了。谈到参加嘛呢会的原因，他说：“尕娃结婚了，尕孙子也有了，老人抬埋（去世后埋葬）了，我的任务完成了，顺顺当当的，家里光阴也好，就来念个嘛呢。”念嘛呢实为心理寄托的一种方式。

另外，一些虔诚的信仰主体认为，转古拉、念嘛呢时，不能含有任何的私利之心，要将自己的身、口、意集中于一境，而不能妄想诸如成佛或来世转生于人道等事，这也正是佛教密宗修炼的要求。对此，他们还用许多生动的传说故事来进行说教。如有一个传说讲，从前有一位念了大半生嘛呢的老太太和一位打了大半生猎的老翁。老太太常心怀私心杂念。有一天老太太要去找如来佛询问自己来世将能否再转生为人。途中恰遇一生中从未念过嘛呢的老猎人，老猎人也请她替自己问问佛祖，他来生将转为何物。及至老太太见到佛祖后，按照指示，在佛祖的后花园中，看见自己来生是一只皮开肉绽的小鹿，身上爬满了蛆虫、苍蝇之类的毒物；而在草地的另一边，婷婷的莲叶上正站着一位手持弓箭、身背猎枪、着豹皮袄的猎人，那正是那位猎人。据访谈人讲，这个故事告诉我们，如果心怀私利，就是念一辈子嘛呢，也只能遭受苦难，而不会有什么幸福可言。如果心怀利他之心，就是终生杀生，那也是为生存计，故不会遭到恶果报应，来世仍可转生为人。就佛教的观点来看，念经既是一种学习知识的过程，也是一种去恶修善的途径。而信仰主体认为他们所做的善业，依据动机的不同，可以分为两种不同性质的类别，一种是真善，一种是假善。所谓假善，即是以行善为手段而获取自己的私利，如故事中的那位老太太即是如此，她一生念嘛呢的目的，就是希望自己来世生而为人。所谓真善，即是以行善为目的的广利众生的善业。

但总体而言，中国老百姓在信仰方面的基本特点，就是在相信彼岸来世、天堂佛国的同时，更注重其功利性与现实性的一面。诚如一位西方学者在20世纪初观察到的那样："普通的中国人在宗教方面如同其他方面一样，追求实用，认为菩萨是世界上获取利益的源泉。他们从菩萨那里，寻求恢复健康、好收成、科举考试成功、经商获利和仕途顺利。如果一种宗教未向他们提供要求的这些方面，而只是以诸如忍耐、鼓励和战胜引诱等方面的精神祝福来回答他们，他们是非常惊异的。他们首先进行嘲笑，然后认为此种宗教是奇谈。"① 嘛呢会的念卷者多为在现实的宗教活动中，也多带有这样功利性和现实性的特点。

需要强调的是在青海地区的宝卷念卷和与之有关的宗教活动群体，主要是大大小小遍布各地的嘛呢会，这些群体多少与历史上流传的各种民间

① E. A. 罗斯：《变化中的中国人》，时事出版社1998年版，第229页。

秘密宗教的派系有关系，他们所念的宝卷多为民间宗教派系的宗教宝卷，这些念卷比较完整地保留了历史上宝卷的念卷仪式、宝卷文本和宝卷音乐。但是我们不能再把它们和历史上的民间秘密宗教的活动画上等号，因为随着历史的变迁，这些群体的念卷活动与曾经几百年来具有反叛性的民间秘密宗教毫无关系，它们的活动已经成为当地民俗文化的一部分。从研究的价值来说，这些群体的念卷活动非常宝贵，因为我们可以通过他们的念卷活动回溯历史上那些民间宗教组织的一些不为人知的情况。相对甘肃临潭如四季会这些较专业的宗教群体，嘛呢会的组织关系更为松散，但念卷人员众多，流布地域更广。嘛呢经在湟水河流域和洮河流域都有流布，主要成员是一些老年人，因其传播区域广阔，信众众多，因此成为青海地区传承宝卷的主要组织之一。嘛呢会在形成的过程中受到藏族文化的影响，不仅是汉族群体的信仰组织，而且在土族居住区，在部分藏族居住区也有流传，因此嘛呢会是青海地区多民族所拥有的，具有浓厚藏传佛教特点的一个宝卷念卷群体。

第二节　宗教活动

一　“做会”与“日课”

一般而言，民间宗教群体内的活动形式，可以分为“做会”与“日课”两种基本类型。所谓做会，是指由若干人或更多的人共同参与的一种宗教活动；而日课，则是指信徒个人作为日常修行的内容。两者活动形式不同，但却是同一宗教活动的有机组成部分。嘛呢会的活动可分为会内和会外两个部分。会内和家里的活动属于“日课”，而会外的活动属于“做会”的内容。会内活动主要时间在初一和十五，这在各地的嘛呢会都是如此。除了这两个日子外，不同的庙宇可能有不同的传统。比如乐都高庙新盛村，每个月的十九日，要“过会”。我们在调查中，嘛呢阿奶说：

问：你们平常主要在啥时候念经?

答：我们主要在初一、十五和十九念。

问：十九也念啊，十九念有啥说法吗?

答：每月十九我们村子庙里有个会，我们来了就烧香、点个灯啊，会头安排着哩，每月（在十九）有一个小山会。

问：会头就是管理庙里的人吗？

答：会头安排那几个人点灯来，她们就点了。

问：你是会头吗？

答：我会头里有哩。（会头中的一员）我们几个月啊几个月轮着当着。（轮着当？）就是比如你这个月当，我下个月当，她下下个月当。这是定下的。一年一回，一年只当一回呗。

这个嘛呢会在每个月的十九日有一个小山会，这个小山会由嘛呢会里的成员轮流负责，一个人负责一个月。嘛呢会的常规活动也有一些例外的情况，如民和清二村王家庙嘛呢会的活动时间是在每月初八和十八，朱家庙嘛呢会除了每月初一、十五之外，还要于每月初八到中川乡的宗庙——二郎庙中念嘛呢，此时其他嘛呢会的老人也可以参加。活动地点也有不在庙宇中的，如祁家庙五姓嘛呢会每月初一在祁家庙里活动，每月十五在三塔日自然村的“崩康”[①] 活动，民和土族嘛呢会的活动有常规活动和随机活动两种。农历的每月初一、十五是常规活动日，嘛呢会成员均要穿着斜襟长袍（土语叫作“大褳”，女性一般穿深蓝色，男性穿灰色），携带嘛呢念珠、黄纸或白纸、柏香等必备物品，于早晨9点左右聚集到村庄的庙宇中，进行一天的念嘛呢活动。老年女性还携带或大或小的“古拉”[②]，以便在念经开始后一定的时间，即在认为神灵将要降临之时顺时针转动。80年代初由该嘛呢会的嘛呢头制定的，并相沿至今。汉族嘛呢会在初一、十五都自发来到庙里，然后点灯、烧香、叩头，再念嘛呢经。烧的纸钱为黄纸和柏香，嘛呢珠可有可无。相比之下，土族嘛呢经受藏传佛教的影响更大。汉族和土族嘛呢会共同的特点是除了那些各自会里固定的日子，在观音圣诞、观音成道日、释迦牟尼圣诞、腊月八日以及各自村庙里所供奉神灵的不同的纪念日，还有每一年的中国传统的四大节日以及中元节、农历十月初一祭祀亡灵，嘛呢会都要念嘛呢。这样，不同嘛呢会除了一些传统的时间如初一、十五和民俗节日外，就有了一个自己传统的念经的日

① “崩康”，土族语，意为“十万佛”，是一种木结构的亭子，里面安置着三四千个一寸大小的泥佛。

② “古拉”，土族语，意为经轮，是藏传佛教的一种宗教器物。嘛呢其的古拉一般都是自制的。

子。土族村落每年的常规活动还有正月初九的“应册儿”、二月十九菩萨圣诞日的念嘛呢。

六字大明咒属藏密咒语，信仰者认为，诵此咒语，可以呼求观音菩萨的佑护。在密教中人们认为这些真言（六字真言）具有召唤并使之出现的能力，几乎是以自动的方式进行的，只要虔诚地转读并伴随以适当的禅定修持即可实现。对于广大信徒来说，这主要是一种信仰活动，其中也包括诵读经文，这种信仰可以使“我”集中或消失，正因为六字真言所具有的这一“神奇”效用，加之便于记忆念诵等特点，它在信仰主体中流传最为广泛，可说是家喻户晓、妇孺皆知。

学者对嘛呢研究认为，对于一般的信仰主体而言，他们懂得佛教果报说，即懂得前世之因，现世之果；现世之业，来世之报的道理，也知道依据个人现世的行为轮转于六道之中的道理，即六道轮回说，但他们又都自认为自己是属于那种根器不足者，因而无法达到佛教涅槃成佛的终极境界，所以，他们只希望能够以今世的功德改变来世的“羯摩”（即佛教所谓的业）。而转念六字真言，也正是积累功德以改进羯摩的重要途径之一。所以念嘛呢、转古拉就成为信仰主体的一种普遍的宗教行为。就主位认识来说，念嘛呢、转古拉这些宗教行为，含有两个方面的意思，即一是度众，二是利己。一方面，信仰主体认为，自己口念嘛呢经文，手转嘛呢古拉或嘛呢念珠，心思圣佛圣迹，在避免自己身、口、意方面的恶业外，还可以祈求菩萨佑护包括自己在内的世间生灵。同时，他们将嘛呢古拉架设于风、水、烟囱之上，将希望寄托于风、水、烟等这些自然流动且生生不息的事物之上，让它们携带佛法，为大千世界的芸芸众生传送佛之妙音和真谛，从而达到教化有情众生的目的。另一方面，信仰主体绕圣物而转，默思佛祖大德的神圣功业，用虔诚的心态念诵嘛呢经文，以神圣的极富乐感的法音，唤起他们内心对佛的深沉情感，从而也唤起他们超乎异常的勇气和力量，忍受苦难，走向佛陀指引的道路。同时，信仰主体认为，自己在一天或一生的劳作过程中，难免会在不知不觉间损害各种生灵的幸福和安宁，甚至于危及它们的生命安全，而念嘛呢、转古拉则可以消除这些罪孽，从而使自己免受堕入三恶趣之苦。[①]

---

① 翟存明：《土族女性祖母期的宗教行为述略》，《青海民族研究》2003年第1期。

图 5－3 土族嘛呢会的“日课”

二 特殊时空的念卷

（一）节日念卷

在节日里，念唱嘛呢的常规活动地点，一般都集中在本村的寺庙（喇嘛寺、王母庙、城隍庙、龙王庙等）中，有时也会去附近村庄中比较有名的寺庙里。例如农历九月初九重阳节，这天一大早，村子里几乎所有的嘛呢奶奶都会不约而同地赶往寺庙，有条件的嘛呢奶奶要穿上黑色、深蓝色或灰色的斜襟长袍，还有人会穿上蓝色的大褂，其他人虽穿着平时的衣服，但也整理得干净整洁。大家拿着提前准备好的白酒、香烛、用黄纸和白纸剪的纸幡（又叫化纸），来到寺庙里，如果是在喇嘛寺里，嘛呢奶奶们就会先在院中焚化纸幡和香烛，一边念唱嘛呢。如果有所求的话，还会点燃 108 盏酥油灯。她们在院子里围着煨桑台念唱嘛呢并鞠躬，之后又会到祭台前集体念唱嘛呢，还有人在院子里燃放鞭炮。这时候嘛呢奶奶一般会选择念唱《交灯经》、《敬香经》、《观音拜灯科》、《十拜灯经》等，内容多是赞颂菩萨、观音或者玉皇、龙王的。有些嘛呢奶奶还带有念珠串、嘛呢经本，虔诚地进行着一天的念嘛呢活动，活动中所需要的灯油、灯盏等都由寺里提供，其余的供品则由嘛呢奶奶们自备。

再如清明节的嘛呢念唱，以民和古鄯的清明节隍庙嘛呢念唱为例。每年一度的清明节在当地人们的心中是最重要的日子，也是嘛呢奶奶们最隆重的节日。在清明节的前一天，隍庙的院中就挤满了来自本地、周遭地区的嘛呢奶奶们。有三三两两坐在院子地上念唱嘛呢的，也有在神龛前叩头祈祷许愿的，还有许多人围坐在灯架前念唱嘛呢，神案前焚香、化裱、点灯的人也是熙熙攘攘，与平时不一样的是，人群中还夹杂了几个“嘛呢阿爷”（当地对念唱嘛呢经的中老年男性的民间称谓），部分陪伴嘛呢奶奶远道而来的青年人。几乎每个人跟前都放着一个鼓鼓囊囊的提包，里面放着第二天要给逝去的亲人们及祖先化送的纸裱、冥币及供品，还有带给自己的干粮、水杯、御寒的衣物等，她们要在这隍庙里念唱嘛呢直到天亮。天黑以后，隍庙院中偌大的表演台上就聚满了来自四面八方的嘛呢奶奶们（台子的正面用尼龙布整个封围起来了，形成一个封闭的大空间）。一盏大灯泡照射着室内，由于空间太大，所以发出的光仍然是昏暗的。地上铺着厚厚的秸草，左右各有一个挂着棉布帘的小门供人出入，除此再没有任何设施。笔者粗略统计了一下，最多时这里聚集了200多个人，几乎可以用拥挤来形容了。晚上10点以后，念经活动正式拉开序幕，嘛呢奶奶基本上是以本村或熟识的人为一个小集体、小圈子，围坐在一起念唱经文。虽然是清明节，但因为是清明节的前一天的晚上，所以大家并不念唱《十王宝卷》或《请奠亡灵》等经，而选择一些如《灶王小真经》《三宫主经》《金花仙姑词》或《佛说大乘经》《熬茶经》等。较之平时的念唱，清明节的嘛呢念唱规模大、人数多、时间长，并且显得很隆重。时而会有一两个盲艺人也来到会场。虽然平时他们都以给人算卦、唱曲四处卖艺为生。但在这个日子里他们却拉着自制的四弦胡，边为嘛呢奶奶伴奏，边念唱嘛呢经。几个嘛呢奶奶还像藏族老人一样右手摇转着“嘛呢廓罗”（小转经筒），左手数着嘛呢珠，口中不断念唱着嘛呢经。夜里1点多钟的时候，陆续有些嘛呢奶奶开始离去，这些都是自家或亲戚家就在附近的人们，她们还会在第二天一早赶到这里的。三三俩俩的人们撑不住了，便倒在麦秸上睡去。这时就有人唱起歌来了，民歌、小调、行酒令全上了，风趣幽默。还有人用大家熟悉喜爱的黄梅戏《天仙配》的曲调即兴编词，内容逗人发笑却又不失寓警之意。就这样，整场的气氛又逐渐活跃起来了。大家开始一起念唱嘛呢经，声音比先前还要整齐洪亮些。

天亮后，一夜疲惫的嘛呢奶奶又提起精神，来到院子里，继续点灯、上香、献供、念唱嘛呢经。然后来到庙里统一圈起来的地方焚化纸幡钱粮，祭奠祖先亲人。外面涌进来的人流越来越多，一时间，隍庙内火光冲天、灰烬飘浮，念经声不绝于耳。这一切都寄托着人们的哀思与祝愿，捎给了他们各自的亲人。

（二）度亡仪式中的念卷

嘛呢经在特殊时空念唱的一个主要内容，是嘛呢奶奶在丧事上的念唱与仪式过程。村子里有人去世后，会请嘛呢奶奶们去家里给亡人念经超度。去念经的人员数不固定，少至三五个，多达数十个，更多者达百十人，一般要念八到十卷经。根据当时的实际情况，会选择念唱《亡灵登科经》和《阳五更经》、《往生经》、《给亡人点灯经》、《五更鼓儿天》以及《阴阳五更经》、《三奠茶》、《奠酒歌》等，也要念一些真经，如《地母真经》、《十炷香经》、《十王宝卷》、《六字真言经》等，念经的同时还要点灯。在民和县的同一地区内，各村子选择念唱的经文在曲目、数目、内容上都不一定相同。例如这首流行于巴州的《亡灵登科经》内容是这样的：

> 擎驾南来星月波，忽闻此处尽孝声。原始留下一卷经，复兴法门度亡灵。阎罗阴法下天宫，慈心缓缓过山村。一天星斗挂瑞台，三阳任口焕山城。多行妙经常佩念，六字真言日日诵。可将灯烛灵前照，无非救度要虔心。阴风飘飘在此生，悲声连连叫苦声。度尽阴阳做罪汉，阴阳相感造罪坟。今日今时度罪魂，善堂就是枉死城。纵有纸钱难逃律，法度今生往西天。孝子虔诚点香灯，答报佛祖超亡人，救苦慈尊妙难求，身披霞衣立云头。五色祥云生足下，九头狮子道前游。梦中甘露时常洒，手执杨柳不计求。奈何常做度人舟，诵经功德不思议。孤魂游魄早超生，十方救苦大天尊，一切方便是修真。唵嘛呢叭咪吽！

由这段嘛呢经文我们还可以发现，当地民间宗教信仰中将汉传佛教信仰和道教信仰融并在了一起，同时又糅入了藏传佛教的六字真言明咒。救苦天尊是道教神名，位于梁时陶洪景《真灵位业图》的第一神阶右位，居玉清境，是专门拯救不幸堕入地狱之人的。救苦天尊的神名出现在河湟民间信仰的嘛呢经文中，可见道教神仙谱系中的冥神在青海民间信仰中得到了认同，道教的神灵信仰也影响、渗透到此地的民间信仰体系中了。这种典型的多元民间信仰的形式，在整个河湟地区文化中占据着一定的地位。

另一部流行于古鄯镇及转导乡的《亡人交灯经》和这部《亡灵登科经》使用的情况大致相同，内涵一样，但经书文辞表述及篇幅就有区别，《亡人交灯经》有140多句，将近1000字。"一盏总灯天地灯，天地能泽天下通。秦广王前悔罪行，恐续天地盖载恩。此灯交与亡人明，幢幡宝盖引路行。救苦天尊发善念，不受地狱早超生。二盏灯来日月灯，日月昼夜不住停。楚江王前悔罪行，恐续日月照临恩。此灯交与亡人明，地狱无罪出幽冥。死后孝于报亲恩，早转阳世也聪明……"

嘛呢经文念唱完以后，嘛呢奶奶们就开始焚纸幡香烛送佛，并要对办丧事的人家说一些吉利话。之后，在亡人的"头七"、"三七"、"五七"以及"百天"，甚至有些人家还在"周年"、"三周年"时，丧事人家还要请嘛呢奶奶念唱嘛呢经，请喇嘛、活佛诵经，举行一系列的超度活动。民和当地汉族实行的是土葬，他们认为以上这些日子是亡人西行路上要过的关口，为使亡人顺利平安地度过这些关口，就必须得请嘛呢奶奶们和喇嘛来家念经。念经当天所有的开销用度，如点灯用的清油、酥油、嘛呢奶奶们吃的两顿饭、祭奠用的黄纸等，都由丧家来负责。嘛呢奶奶可以从这些活动中得到一定的报酬，报酬的多少视办丧事人家的经济条件而定，一般是每人每天两个馒头、两个油果，念两天嘛呢的话就加倍。有时也会给一些现金，3元5元不等，再把孝布（现在一般都是用毛巾代替棉织孝布）也会赠给嘛呢奶奶每人一条。①

三　土族嘛呢会的念卷

除了在会内固定日期举行宗教活动外，土族会外的宗教活动也比较丰富。如四月初一的祭鄂博、四月初九的"汤应"、五月初五的祭祀酬神。这些活动的目的都是为了祈求风调雨顺，庄稼丰收，村庄平安。"应册儿"和"汤应"的主要活动是由村庄派人去胡李家寺背甘珠尔经到牌头

① 商文娇：《青海民和妇女念唱嘛呢经的调查研究》，《青海社会科学》2010年第4期。

家中，并请寺院的喇嘛念经，嘛呢会也要念嘛呢。四月初一要请胡李家寺的喇嘛到附近山上的鄂博去念经，嘛呢会也要念嘛呢。端午节要请二郎神到祁家庙，并请阴阳念经，宰羊酬神，嘛呢会也要念嘛呢。不同的嘛呢会在特殊活动上的作法不尽相同，都有自己的特色，但都是和所属村落的其他宗教活动结合在一起的。嘛呢会的随机活动是指村庄里有人去世后，在“三个多浪”、“五个多浪”、“七个多浪”（相似于汉族人去世后“一七”到“七七”的“做七”的民俗宗教活动）或“百天”时举行的超度活动。民和土族实行土葬，他们认为这些日子是亡人西行路上要过的关口，为使亡人顺利平安地度过此关，应当请嘛呢其念嘛呢，请喇嘛诵经超度。这种活动是临时性的，由嘛呢头负责通知，在办丧事的人家中举行。当天所有的开销用度，如点灯用的清油、嘛呢其吃的两顿饭、祭奠用的黄纸等，都由亡人已经出嫁的女儿、侄女、孙女负责。经文念完后，嘛呢其就开始烧纸送佛，嘛呢头还要站立在堂屋门口，对办丧事的人家说一些诸如“亡人已顺顺利利地度过关口，家中顺顺当当，外出工作的人平平安安”等话。①

嘛呢其会外要做的一项重要的法事是“插牌”。这项活动由做法事的喇嘛或阴阳和众多嘛呢其一起完成。立夏刚一结束，就要立“插牌”。由众牌头负责实施，大多数“插牌”立于村界，有“界牌”之意，画清各村之间界线，有利于“罚香”时的认定。另外，插牌被认为能够镇佑地方，阻挡恶风暴雨、冰雹。立插牌的具体办法是，先请阴阳先生在一块柏木牌或椿木上书上符文以及一个狗头，并用一个画有符文的黑瓷碗，加上砖、羊毛、五金、杂粮、各种花、茶叶、棉花等物埋于地下。上堆起小土堆，插上十字形草把，中间插上上书“勒令封山神土地把守地界”等字样的木条。之后十来天，答“俄博”，村内各家群众携带石头、柳梢等到“俄博”，请喇嘛和嘛尼其念经，用一天时间安置“俄博老爷”。“俄博”的形式与功用和“插牌”相类似，只是比插牌要规模大，正规一些，地点比插牌所在的地点要高，多在周边中山顶部，或小山顶上，一般是用四根一米五左右，直径五至七寸左右的圆木为柱，中间架设横梁，呈正方体，并在周边竖起栅栏，内部地下埋置与插牌相似的物品，并在四方形的

① 裴丽丽、李文学：《土族民间团体嘛呢会调查》，《民族研究》2007 年第 1 期。

图 5－4　土族嘛呢会的宝卷

木架中垒置每次由群众携带上去的石块，插上柳条，并在四方形中间立起的嘛尼杆上悬挂经幡，由四个方向斜拉线绳，上悬各色印有经文的彩色布条。“俄博”可以让阴阳先生立，也可以让喇嘛立，效力相仿。

嘛呢其要做的另一项重要的法事是“立夏嘛呢”，即从夏至开始每个村庙持续 6—18 天的“夏至嘛呢”。在庙神前供献长明灯，用来祭祀庙神，由牌头安排嘛呢其轮流到庙念经。这次活动结束后，各村准备收割庄稼，“罚香”活动结束。有些村庄在大、小暑期间，以羯羊给神灵祭祀，祈求众神在临近开镰收割之际，保佑庄稼平安收获。小暑刚过，大暑不到，三川地区就要开镰收麦了，各项祭祀活动暂时停止，直到庄稼收获后，喜庆“纳顿”节。有些村庄在开种之前也有一些仪式，但不普遍，如中川王家，在开始播种之前，将庙内众神轿请到庙外的会场供奉，并约请喇嘛念经，集中村内嘛尼其念经，亦跳同纳顿中一样的面具舞《庄稼其》。祈求能够保佑一方人民一年平安，顺利播种并获得好收成。①

除了会内和会外的活动，一些嘛呢成员平日在家里也念嘛呢经。一些

① 参见文忠祥《土族信仰研究》，博士学位论文，兰州大学，2006 年，第 164 页。

虔诚的嘛呢会成员，如果时间比较宽裕，特别是在农闲的时候，念经前要洗手、漱口，每天早晨都焚香、点灯、念经。但时间没有具体的规定。有时也念一些长篇的宝卷，如《黄氏女宝卷》、《鹦哥经》、《韩湘子宝卷》，嘛呢阿奶称之为“闲经”，顾名思义是和宗教信仰关系不是太紧密，娱乐性为主的经卷。不过在农村，特别是在青海嘛呢经存活的这一地区，经济还欠发达，农村的主要收成还靠天吃饭，农村养育孩子、做家务等工作主要要依靠老年人来完成，因此生存的压力不允许农村的老年人每天进行宗教修持来完成自己的宗教实践。因此除少数家里经济条件许可的老人每天在家里念嘛呢，大多数嘛呢会成员主要在会内的固定时间完成自己的宗教实践和宗教愿望。

民间宗教的做会基本上是开放性的聚会，来者不拒，随来随去。除师傅、信徒外，还包括有不少往观的普通群众以及家口老小，其中以中老年妇女居多。做会的目的无非是听经念佛、祛病消灾、祈福纳祥，做会的经费基本上来源于信徒或信众的捐纳，多少不一，完全出于自愿，即所谓“随缘乐助”。与会者，多是本村或邻近各村的信众。这反映出民间宗教做会的大众性、通俗性与乡土性。事实上，佛堂或斋堂做会，已成为广大信徒聚会交流、心理宣泄、排解烦恼与苦衷的不可或缺的一项生活内容。嘛呢经的“做会”也明显地反映了这一民间宗教共同的特点。

土族嘛呢会念嘛呢的时候，不是用自己的民族语言，而是用汉语。土族嘛呢会的经典嘛呢经，和当地汉族的嘛呢经相差无几，都是宝卷或宝卷的片段（有些属于宝卷中的小卷和仪式文），土族嘛呢会活动的仪式也和当地汉族比较相同，不同的是他们多参加当地土族的其他宗教活动。从这些调查来看，土族嘛呢会应该是受汉族“宝卷流”民间宗教影响下形成的。但土族嘛呢会也有自己的一些民族特点，如平时“煨桑”，土族多信仰藏传佛教，“煨桑”是藏传佛教的一个仪式。土族念嘛呢是要转动“古拉”，即经轮，叫嘛呢会成员为嘛呢其（其，土语，人的意思），嘛呢会成员也参加多种当地的由喇嘛和“法拉”（师公）做的宗教活动，这些与当地汉族中的嘛呢会有所不同。因此，我们可以说土族嘛呢会是一个在宝卷及宝卷信仰影响下，借用了宝卷及宝卷念卷这种汉文化的宗教形式并融入了自己民族的文化而形成的一种民族宗教和民间文化。部分地区的少数藏族也念嘛呢，如洮岷地区甘南藏族自治州的临潭、卓尼等藏汉杂居的地区，青海民和、乐都的部分地区的藏族。这些念嘛呢的藏族都为不会说藏语，或藏语说得不好，他们有些参加当地的嘛呢会，也念嘛呢。

第三节　念卷的群体特点

就前面讨论的宝卷念卷的群体来看，遍布洮河流域、湟水河流域的嘛呢经会，是一种组织化程度较低、结构较为松散，而人际关系却较为亲密的群体形式。这个群体的活动和组织主要是依靠信仰的作用来维持，而不是依赖于组织内部的规范、戒律等强制性的因素来维持群体的活动。从群体的构成来看，多为具有地缘关系或血缘关系的成员，活动以人情和互惠为中心展开。从群体的结构和活动来考察，这些具有乡土性、通俗性、大众性的宝卷念卷群体有以下几个特点。

一　嘛呢会的群体特点

（一）规模小、松散，但持久

在宝卷念卷群体中，无论是嘛呢经会，还是四季会，人数都较少。嘛呢经会一般不超过十五人。大多数有4—10人，个别较大的嘛呢会有三四十人。宝卷念卷的群体都以自然村的村庙为自己的活动中心，主要的群体内部的活动在村庙进行，包括“日课”和“过会”，向外延伸至村民家中的一些民俗宗教活动。但这些群体内部或外部的活动都没有强制性的规定，群体成员的宗教活动都是自发的、自愿的，没有强制性的命令或安排。比如在农忙的时候，嘛呢经会都要参加家里的劳动，即使在初一、十五应该举行活动的日子，也难免因为生计而耽误了念经。通常是能来几个成员就行，活动照常举行。这些群体的活动都是松散的，以信仰为纽带，不具有强制性的因素。因此，宝卷念卷群体主要不是一种结构严密的“组织实体”，而是一种松散简单、带有某种不稳定性与变异性的“关系网络”或“关系群体”。正因为如此，虽然它有脆弱的一面，但却有着组织实体无法比拟的再生功能。在念卷中，念卷人追求的不是经济利益，而首先是“人情”，“人情”在差序格局的中国乡土社会中，在维持人际和谐和社会稳定方面起着重要的作用。“人情”在互惠的前提下起作用，就是民间宗教活动也不能例外，脱离了这个基本的原则，无论是念卷人还是听卷者都无法在当地正常地生活，因此，宝卷的念卷也体现了乡村这种基本的社会关系，而这种社会关系，是无法用金钱来替换的，特别是在传统社会之下。这个“人情”的因素体现了宝卷念卷的乡土性的一面。

虽然这些群体组织松散，但一个群体形成后，却能一代人接一代人保持下去。在调查中，念嘛呢经十几年、二十年左右的老年妇女随处可见。即使在“文化大革命”期间，念嘛呢经被视为牛鬼蛇神，一概被打倒，宝卷被焚烧，念卷人被批斗，神像被毁掉，庙宇被拆掉，但有许多老年妇女仍偷偷地躲在家中念经。乐都新盛村的几位老太太“文化大革命”期间把村庙里的佛像偷偷地藏了起来，有人做了一个假的佛像，让造反派拿去烧掉了，改革开放后，藏起来的旧佛像才被拿出来，重新放置到村庙中。一些嘛呢经会已经传承了百余年的历史。因此，这些群体的组织虽然松散，没有很强的约束性，但这些群体不乏稳定性的因素，而这些稳定性的因素是建立在深厚的宗教信仰之上的。

（二）老龄化的特点

在调查中，我们发现参加农村这一类宝卷信仰群体的人多为老年人。嘛呢经会的成员主要是老年妇女，男性所占比例较少。四季会和漳岷山区的念卷师傅、河西走廊的念卷先生多为男性，他们（她们）的年龄大部分在五十岁以上，这中间不乏七十岁乃至八十岁的老年人。遍布青海东部的嘛呢会成员，平均年龄在六十岁左右，年轻人较少，许多年轻人对这些群体的活动不理解也不感兴趣，即使有个别感兴趣的年轻人，因为家庭生计的原因，也不能参加这些活动。以前农村结婚早，四十几岁已经当上爷爷奶奶，从家庭的“一把手”退居二线，家中大小事务交给儿女来处理，自己只做一些力所能及的家务活，这样就给老年人的宗教活动提供了可能性。大多数参加念卷群体的人都在五十多岁开始念卷，多数能持续十年以上。念卷群体的老龄化特点也是这些群体保持稳定的一个原因，因为相对来说老年人其他活动较少，时间宽裕，信仰又比较坚定，受社会其他方面的诸如物质的诱惑影响较少，信守承诺，这些都是他们的宗教群体能保持下来的原因。

（三）地缘性和亲缘性

参加念卷群体的民众以一个自然村为单位，活动中心一般是村里的村庙。彼此之间的关系多为庄间邻里，也就是熟人。群体中也不乏夫妻、亲戚等关系，亲戚的关系更多一些。念卷群体的活动范围很窄，一般也就是一个自然村或几个自然村为中心，范围的大小要看村庙的供奉情况：一个自然村供奉一个神庙，那他们活动的范围就在这一个自然村里。几个自然村供奉一个神庙，那他们的活动范围就是这几个自然村，村内嘛呢会和其他村子的念卷群体很少往来，彼此互不统属，独立活动，平行发展，跨区域的互动很少。这与村落里的其他普通民众的信仰生活相似：村民们很少跑到村子以外的庙里烧香拜佛，除了一些较大的、大家都认可的寺庙，诸如城隍庙和一些佛教寺庙和道观。因此，宝卷念卷群体在空间上呈现出来的特点是各支群体的信徒组成与分布基本上以小区域为范围。村落或地域神的祭拜如村庙与村神，也体现了乡土性与大众性的特点。村庙和村神往往是村落与邻里社区认同的象征。其祭祀仪式以村为单位，参与者都是村民，宝卷念卷的活动和仪式联络着村民，村民与村落村庙的关系成为地方性社会互助、认同的共同体。一般来说，村庙的活动被视为村落展示自己认同与力量、划分“我者”和“他者”的一项重要活动，因而村庙的活动主持者不是有无皆可的问题，活动的主持者成为村落活动的权威和纽带。而嘛呢会等“准”宗教群体则是村落村庙与村民之间的纽带，也是村落认同的纽带。在宝卷群体中，受家庭影响，随母或随夫（或随妻）的情况较多，有些则是受到亲戚的影响，他们往往成为最执着、最虔诚的信徒。他们受邀去参加邻里家一些宗教仪式，往往带有很浓厚的人情的成分，而经济的因素考虑较少，因此他们的活动更多地建立在乡缘的基础上。这些群体香火钱的捐助主要来自于本村的村民。因此，可以看得出，宝卷群体带有明显的地缘性与亲缘性。

（四）女性信仰者居多

嘛呢会都是以女性居多，男性只占少数。例如，在青海民和祁家庙嘛呢会有女性 40 人，男性 10 人。辛家庙嘛呢会有女性 26 人，男性 3 人。中川乡其他嘛呢会的情况也与此相似。辛家庙嘛呢会的四位领经者都是女性，她们虽然都不识字，但通过请教村里的高中生，再通过刻苦学习和强迫记忆，已能把经文背得滚瓜烂熟。青海乐都高庙乡新盛村嘛呢会十三位成员，全为女性成员。岷州地区的嘛呢会多为女性成员，偶有男性参加。临潭四季龙华会是个例外，其中成员多为男性。但四季龙华会与嘛呢会有个明显的区别，嘛呢会的组织比较松散，其成员多为女性的自主修行者，偶尔参加村里的一些民俗宗教活动。而四季龙华会则是一个较为专业的宗教组织，除自修外，多主持周边村落的宗教活动，其活动较为接近于阴阳、道士和和尚等专业的宗教人士，因宗教活动较为专业和正式，所以以男性为主，成员多有一点文化。河西地区的念卷先生多为男性，但念卷中参与的群体却多为女性，在宝卷念卷时，听众“接语应声”，是宝卷念卷中的“和佛人”或“接卷人”。这些“和佛”的人多为女性，实际上对宝卷的信仰，女性更为虔诚一些。

总体来看，嘛呢会是青海宝卷念卷的最大组织，河湟地区的各村落里，都有大小不一的嘛呢会，其成员多者三四十人，少者五六个人，以村庙为活动中心。这些嘛呢会的成员绝大多数为老年女性，其总体数量难以统计，但肯定的是成员较多。像四季龙华会和河西地区的宝卷念卷组织者和念卷人多为男性，但参与者女性较多，且数量要比念卷人多得多，这些参与宝卷念卷的女性我们也可看作宝卷的念卷活动的主体和宝卷信仰者。因此，我们可以说宝卷和宝卷的信仰群体以女性为主，宝卷是一个存活于甘青地区的以女性为主要信仰群体的民俗宗教。

图 5－5　嘛呢会成员多为女性

（五）分布地域广、念卷者数量多

宝卷在西北所依附的念卷群体中，嘛呢经会地域分布最广，从青海东部湟水河流域一直到古河州地区，从洮河流域延伸到陇南部分地区。四季会在新中国成立前存在于漳岷山区的几个县。河西走廊的大部分地区都有演唱宝卷的传统，只不过没有像河湟地区和洮岷地区那样的宗教群体，表现为一个个念卷先生独自组织的念卷活动。在这些地区形成了一个宗教文化信仰圈，这一地区的民众多年来受这一文化传统的影响，几乎每个人都会哼唱一些“佛词”，如“五更调”，“十炷香”等。这一地域是多民族杂居的地区，是藏汉、回、汉文化的交融区，多种文化互相影响、互相渗透，从而形成了多元文化多民族文化的特点。所以以宝卷为载体的信仰也存在于多个民族中。除汉族之外，青海土族聚居区民和县、大通县、互助县的土族有大量的嘛呢会的群体存在，在藏汉交界的地区，一些藏族群众也有嘛呢经会，经常演唱嘛呢经。这些多民族地区的宝卷演唱群体在传承了传统的宝卷文本、演唱仪式、宗教活动的同时，也融入了自己民族的文化因子，加入了地域文化的一些因素，从而形成了富有民族特色的宝卷流信仰圈。因此这一地区的宝卷演唱具有地域广、多民族文化和多元文化共存的特点，这在全国的宝卷信仰中是绝无仅有的。

（六）以自学为主，较少师承关系

青海地区的宝卷念卷者多为乡村的普通民众，其生计方式为农业生产，文化程度较低，多为不识字或识字较少的民众。宝卷被认为是神圣的经文，在念卷活动中，宝卷文本是必需的，对于宝卷文本的掌握，多数人不可能通过阅读的形式来完成，对宝卷文本只好采用死记硬背的方法。大多数念卷者主要是通过群体的集体活动，在集体念唱中逐渐掌握文本，学习的方式主要靠自学。一般是念卷时间长，念卷流利的成员帮助新手逐渐学会文本，但是这中间没有必然的师徒关系，在一个群体里，成员彼此是平等的，即使念卷早的成员教给了新手念卷文本及所遵循的仪式，彼此之间没有师徒的关系。经文文本的记忆主要还是靠自学来完成。[①] 有些老人在学经时，遇到不认识的字，便去问识字的人，通常情况下，这些请教的

---

① 宝卷的念唱中，实际上音乐性的成分是最主要的，因为在念卷的时候，不同的段落要用不同的音乐来唱出来，如果不会这些音乐即调子，就无法完成宝卷念唱，即使对文本记得滚瓜烂熟也无济于事，所以学习前首先要学会宝卷中常用的调子。这些调子在嘛呢经中称为“嘛呢调”。在当地人眼中，看嘛呢唱得好不好，不仅看文本记得熟练与否，而且要听唱腔是否优美，是否腔圆字顺，也就是唱得好不好。不过这些学经的人都从小生活在这种文化环境中，耳濡目染，从小就会哼唱这些“嘛呢调”，这些“嘛呢调”似乎成为当地民歌的一部分。因此音乐成分对他们来说，不是什么太大的问题。文本内容的记忆成为他们学习的主要内容。

对象是自己的儿孙们。这些老人念卷时间一般都较长，所以在长年累月的自学中，逐步掌握宝卷的文本，几年后多能把手头的文本记得滚瓜烂熟。

宝卷的文本虽然被视为“经”，但很少有人把这些“经”作为文本而去阅读，领悟。这些文本成为信仰的象征——需妥善保存，烧香供奉。至于就像洮岷地区的念卷师傅，河西走廊的念卷先生，他们的学唱多数情况下也是自学。因为宝卷念唱者报酬很低或没有报酬，最多受东家所请，拿些好吃好喝的招待一下，宝卷念卷者在当地人眼中更多的是“准”宗教人士而不是一位民间艺人，也不是专业的宗教人士。所以凭借这个技能无法来谋生，因此许多宝卷的念卷者多是出于自己的爱好，另外出自于对宝卷为载体的信仰，来学习宝卷的念唱。这种学习也是在地方文化的口头传统之下，在生于斯长于斯的文化环境的熏陶之下，逐渐耳濡目染并通过有意识的学习而掌握宝卷的念唱。这其中大量的民间宝卷念卷的当下情景中的学习至关重要。在调查中，我们发现有师承关系的较少。因此我们认为宝卷念唱的学习主要是这一地域特定文化环境下的一种口头传统，这中间不仅仅是文本在起作用，文本只是宝卷作为一种信仰的象征物，在宝卷的学习与演唱中起更大作用的当地的文化环境，以及众多的宝卷念卷的仪式，民众在当地文化传统、口头传统的影响下，一代代地把宝卷传承了下来。

对宝卷念卷组织的调查，使我们也反思在平常的研究中，经常性地带着想象、理所当然地去看民间宗教。梁景之认为民间宗教的研究应注意辩证的观点。辩证的观点，也即是整体的联系的观点。第一，教义或经典与宗教时间的统一，也即文献的真实与活动的事实之间的统一。因为教义的真实不完全等于活动的真实。决定一个教派性质的最主要的因素，应该是宗教活动的实践（特别是教义的实践）本身，唯有两者的统一才构成民间宗教完整意义上的事实和真实。第二，“经卷教义”和“口传教义”的统一。由于教义的流布与实现的程度，取决于满足信众实际状况与需要的程度，因此当布教者将经卷中贯穿的教义思想传达给信徒或信众时，就不能不考虑接受方的理解能力和水平有所取舍，加之布教者本身对经卷理解的不同，事实上就形成了经卷教义和口传教义之间的某种差异，那么妥善处理两者的区别与关联，对准确把握宗教的实态相就显得格外重要。第三，宗教生活与世俗生活的有机统一。诚然，作为一种宗教的存在，任何教派均有其独特性，这是教派区别于其他教派的要素之一。但作为一种社会性的存在，宗教生活的状况很大程度上取决于世俗生活的状况。也就是说，世俗生活总体上规定着民间宗教生活的样式，体现出民间宗教与民间生活相适应、相协调的方面，同时也说明世俗性常常是对应于民间宗教之神圣性的另一侧面。[①] 这是对“宝卷流”民间（秘密）宗教研究的问题提出的建议。实际上这三个关系要弄清楚，必须从调查中得出事实。这在嘛呢经念卷的研究中特别明显。嘛呢经的文本大部分是宝卷，但嘛呢经成员没有多少人能去研习里面的宗教思想，经文会唱就行，文本是一种神圣物，如果我们不去深入了解，只根据文本，那就会得出与事实不符的结论。像宝卷这样在历史上曾经被视为“邪教”经典，历来在研究者眼中视为禁区。我们且抛开历史的偏见不说，在调查中发现：①宝卷特别是民间秘密宗教宝卷，文献文本所记录的内容，与当地民众的信仰无太大的关系，宝卷念卷者很少理解“无生老母、真空家乡”、“三教合流”、“婴儿姹女”等原来民间宗教的术语，宝卷在他们心中只是一种神圣的象征物，与佛经无异。②现在民俗活动中的宝卷特别是宗教宝卷在念卷人眼中，与历史上的秘密宗教时期的宗教宝卷只是文本与记录相同，其实质已经完全不同。宝卷的“经卷教义”只是文字性的死的教义，对此老百姓没人感兴趣，也没人能读得懂，“口传教义”只是修行与向善。③世俗性常常是对应于民间宗教之神圣性的另一侧面，民间宗教在很大程度上是世俗性的，从调查来看，与其说它们是民间宗教，不如说它们是民俗生活，是带有信仰的民俗宗教，其宗教的意义小而民间生活的特性突出，是民众生活的一部分。

二　多元民族文化与地域性文化

从调查情况分析，嘛呢会是青海东部“华夏边缘”带有多民族文化交融特征与地域化文化特征的民间宗教群体。宝卷中的多民族文化和地域文化是相辅相成的，青海宝卷念卷的地域文化特点包含着多民族文化的特点。处于藏汉交接的边缘地区，从青海东部及西宁向西，逐渐进入藏族传统的聚居区，这一地区许多地方都有嘛呢会，有念嘛呢经的传统。而我们

---

① 梁景之：《清代民间宗教与乡土社会》，社会科学文献出版社2004年版，第3页。

前面所论，嘛呢经和嘛呢会是受宝卷念卷影响下，结合本地民族特色和地域文化形成的一种民俗文化。在河湟地区土族有嘛呢会，有念嘛呢经的文化传统，另外有部分藏族也念嘛呢经。河西走廊是中原通向西域的重要通道，历史上蒙古族、藏族都曾在此地活动。河湟地区一直到明朝初年，居住此地的民族仍是多为“番”、“夷”，散布着大量的游牧、半游牧的番族部落，这些部落分属“西番诸卫”。“西番诸卫”辖下的里甲编户，民族成分也主要是少数民族。如河州卫，“所属地方多是土韃番人”。西宁卫编户 4 里，其民族成分或称“达民”，或称“土民”。岷州卫编户 17 里，其中 16 里都是番族。明初在河西也有大规模的军戍和屯田的汉族。由于军戍和屯田移居河湟和洮岷一带，民族格局的变化，就不能不对这一地区的文化产生深远的影响。这个影响包括两个方面，一方面是汉族文化对少数民族的影响，另一方面是少数民族对汉族的影响。民族文化多元性的历时性特征，体现在历史的长河中，在某一时间段，彼此影响，彼此学习、借鉴，彼此融合、涵化。在这一过程中，不同民族文化因子发生变化，多元性成分增加，而新的民族格局也在多民族交流以及多民族杂居等因素影响下逐渐定型，不同的地区文化逐渐呈现出不同的地域文化色彩。

在明中后期宝卷流传到这一地区，受当地民族文化和民族格局的影响，呈现出新的变化。宝卷在甘肃河州地区和青海东部流传的过程中，逐渐受藏传佛教的影响，在宝卷念唱中“和佛”的时候，加入藏传佛教六字真言“嘛呢”，对宝卷一概称之为“嘛呢经”。这个变化又可能是由于明清民间秘密宗教屡受朝廷打击，宝卷作为这些教派的经典自然不能幸免，流传到这一地区的宝卷拥有者用嘛呢来伪装自己，使自己本土化为当地的民俗宗教，另一个可能是宝卷在这一地区的流传过程中，受当地浓厚的藏传佛教的影响自然地“因风化俗”，因没有可以证明的材料，我们尚不能确定这个变化的原因。但变异确实实实在在发生了。例如部分地区在念卷前不再用汉族民间宗教常用的草香，而用藏传佛教仪式中常用的“柏香”，即柏树的枝叶来“煨桑”。酥油是藏区主要的食物，在藏传佛教中酥油是供奉神佛的上好贡品，也是雕塑酥油花的主要材料。在汉族的仪式中，很少用酥油。在藏传佛教寺庙里，嘛呢会成员嘛呢奶奶也经常去念嘛呢经。如果我们仔细地去看嘛呢奶奶们念的经文，我们就会惊奇地发现，这些经文中经常有民间秘密宗教的一些术语，文中也有民间秘密宗教所供奉的“无生老母”等神灵。但对于民间那些虔诚的信仰者来说，这些内容并不影响她们对神灵的景仰和自己宗教信仰的追求。当然宝卷在流传到青海东部——青藏高原东缘传统上的“华夏”边缘地区，由于汉文化一直是主流、强势的文化，所以就宝卷这种宗教性的民间讲唱来说，少数民族的影响不是太大。但是少数民族文化的确对宝卷产生了一些影响，嘛呢会和他们所念的宝卷，也在形式上发生了变化。

宝卷最初起源于元末明初的中原地区，这一点已经被学术界所证实。到民国初年，宝卷还流布于全国各地，后来逐渐消亡，今天只在个别地区有活态的宝卷念卷。宝卷是农业文化的产物，也是汉文化的产物，这一宗教性民间讲唱艺术流传到青海以后，对当地的部分少数民族也产生了影响。这其中土族的嘛呢经是一个较为典型的例子。

明朝大军横扫青海，元末原安定王卜烟贴木儿部众散亡，明朝迁蒙古军队部众于青海沙棠川、威远镇一带，融合于当地民众中，形成土族。土族在明初时期，与汉族有了较多的交往，受汉族影响日深，开始向汉族学习农业技术，农业规模逐渐扩大，畜牧业逐渐缩小，最后大多土族从事农业生产。在另一土族居住区民和回族土族自治县的土族每年都要举行规模宏大的庆丰收的“纳顿会”，在“纳顿会”上要演出一个节目，当地人叫“庄稼其”。故事内容是有小两口，不想种庄稼，总想出去做买卖，地里的农活一点都不会干，父母亲非常担心，就请来村里的几位长者，批评教育小两口，让他们知道农业的重要，从商不是为人之本。在这出小剧里，明显地表达了土族传统的农业文化和土族的价值观，同时也显现了土族受周边民族特别是汉族农业文化的影响之深。从这个例子，我们可以看出在土族文化中，农业文化和牧业文化都占有重要的地位，其民族文化具有多样性和多元性的特点。在调查中，土族聚居地的嘛呢会成员认为嘛呢会有相当长的时间了，至少有一百年的历史。和其他的嘛呢会一样，土族嘛呢会的历史没有文字记载。土族有自己的语言，其语言属于阿尔泰语系蒙古语族，土族的一个族源来自于蒙古族。但是土族嘛呢会念嘛呢的时候，不是用自己的民族语言，而是用汉语。土族嘛呢会的经典嘛呢经，和当地汉族的嘛呢经相差无几，都是宝卷或宝卷的片段（有些属于宝卷中的小卷和仪式文），土族嘛呢会活动的仪式也和当地汉族比较相似，不同的是他们多参加当地土族的其他宗教活动。从这些调查来看，土族嘛呢会应该是受汉族“宝卷流”的民间宗教影响下形成的。但土族嘛呢会也有自己的一些民族特点，如平时“煨桑”，土族多信仰藏传佛教，“煨桑”是藏传佛教的一个仪式。土族念嘛呢是要转动“古拉”，即经轮，叫嘛呢会成员为嘛呢其（其，土语，人的意思），嘛呢会成员也参加多种当地的由喇嘛和“法拉”（师公）做的宗教活动，这些与当地汉族中的嘛呢会有所不同。因此，我们可以说土族嘛呢会是一个在宝卷及宝卷信仰影响下，借用了宝卷及宝卷念卷这种汉文化的宗教形式并融入了自己民族的文化而形成的一种民族宗教和民间文化。部分地区的少数藏族也念嘛呢，如洮岷地区甘南藏族自治州的临潭、卓尼等藏汉杂居的地区，青海民和、乐都的部分地区的藏族。这些念嘛呢的藏族都为不会说藏语，或藏语说得不好，他们有些参加当地的嘛呢会，也念嘛呢。

第六章

宝卷念卷的女性主体与乡土特征

民间宗教的信仰人群多为老年且女性占较大比例。从调查的情况来看，以宝卷为文本的民间宗教与信仰，多以女性为主要信仰群体，在西北现存宝卷念卷的河西地区、洮岷地区都是如此，青海东部的宝卷念卷群体——嘛呢会女性信众则占有更大比例。不仅如此，以宝卷为文本的民间宗教活动带有明显的乡土性与大众性的特点，这一地区的宝卷及宝卷念卷活动在几百年中的传承与变迁中，逐渐抛却了宝卷以往的私密性的特点，演变成为乡土地域下无论老少，不同性别、各种身份皆可参与的民间信仰活动，因此这种信仰成为与乡土文化特征相适应的日常生活的一部分。

第一节　以女性为中心的宝卷及念卷

一　宝卷信仰和女性信仰主体

宝卷形成期的流传区域，文献中没有记载。明代前期民间佛教宝卷，有些可能产生于宋元时期，但没有留存文本，或留存文本已有较大的改动，难以论证。从《金刚科仪》产生于江西，《目连宝卷》流传于北方来看，宝卷传播的区域是很大的。从传世宝卷的情况来看，明清时期宝卷信仰流布比较广泛，遍及全国。当时宝卷信仰群体人数众多，在这些宗教信仰者中，女性占有很大分量。明代世情小说《金瓶梅词话》第 51 回演唱《金刚科仪》中有“和佛”记载：“月娘因西门庆不在，要听薛姑子讲说佛法，演颂《金刚科仪》，正在明间安放一张经桌儿，焚下香。薛姑子和王姑子两个一对坐，妙趣、妙凤两个徒弟立在两边，接念佛号”。[①]《金瓶梅词话》中共记录了五种宝卷，它们是：《五祖黄梅宝卷》、《金刚科仪》、《黄氏女宝卷》、《红罗宝卷》和一种不知名的宝卷。“薛姑子宣卷毕，已有二更天气”，“桌上蜡烛，已点尽了”，“已是四更天气，鸡鸣叫”。明中叶以后，宣卷活动在家庭和社会中流行，宣卷者多以尼姑为主，以妇孺为主要对象。她们主要宣讲果报地狱、前世来世、戒杀行善或一些生离死别、苦难折磨最后团圆幸福的故事。据崇祯十一年刊行的《崇祯乌程县志》记载，县内村庄流行佛经劝世文，名为宣卷，群集唱和，以村妪为主。[②]

明清时期秘密宗教中的女性教徒，人数众多。她们无论是平日传教或是当激烈的斗争爆发时，都是教团内不可忽视的一支活跃的力量。在各个教派中，弘阳教的教徒尤多。清嘉庆时那彦成在河北束鹿县查抄弘阳教时，发现入教之人，全部为女性。[③] 民间宗教女性不仅数量众多，而且涌现了许多女教首。如永乐年间自称佛母的唐赛儿和嘉庆年间川楚白莲教大起义的首领王聪儿，她们勇敢善战，不让须眉。嘉庆时天理教首领李文成的妻子张氏，也是一位女中豪杰。乾隆四年，河南伏牛山查获白莲教女教主一枝花。当地民谣说：“一枝花，十七八，能敌千万马。”明清期间，还有许多这样的女教首，她们有深厚的群众基础和过人的胆识，深受教徒的信赖，是民间宗教女性信仰者中的佼佼者。

民间秘密宗教由于自身所具有的反叛性，历来被官方严格控制乃至镇压，宝卷也被屡屡查抄、焚毁。到了民国时期，民间秘密宗教趋于衰落。而作为民间普遍的一种宗教活动，宝卷宣卷（念卷）却一直传承了下来。一直到20世纪80年代，在江苏靖江、甘肃河西、漳县、岷县、青海东部地区还保留着这种民间宗教活动。河西宝卷讲唱主要以家庭院落为场所、讲唱者主要是农村中的居士、坛主、巫婆、神汉、阴阳先生和一般粗识字的人，没有专门以讲唱宝卷为生的民间艺人，只有业余艺人。河西寺院里的僧人，无论在寺院内或寺院外都不讲唱宝卷。虽然河西宝卷念卷者多为

---

① 兰陵笑笑生：《金瓶梅词话》，人民文学出版社1985年版，第659—660页。

② 喻松青：《明清时期民间秘密宗教中的女性》，载于马西沙主编《当代中国宗教研究精选丛书——民间宗教卷》，民族出版社2008年版，第326页。

③ 《那彦毅公奏议》，卷四十二，转引自喻松青《明清时期民间秘密宗教中的女性》，马西沙主编：《当代中国宗教研究精选丛书——民间宗教卷》，民族出版社2008年版，第326页。

男性，但听卷人和信仰者多为女性且数量巨大，河西宝卷能够幸运地传承下来，也与众多的女性信仰者分不开。在河西，宝卷故事中多有一些世俗性的故事，这些故事多讲因不尊重父母、不孝顺父母、不赡养父母的一些小夫妻，因因果报应而受到惩罚的故事。在念卷的时候，要让家中的小两口特别是媳妇，跪在地上听宝卷。所念的宝卷多选那些具有教育意义的篇目，通过听宝卷达到重塑社会道德的作用。这些宝卷念卷的对象多为妇女。青海东部众多的“嘛呢经”会会众大多数为老年妇女。这些老年妇女所创造的这个宗教组织和口头传统，一代代被后人所传承下来，成为当地的一个文化传统和重要的准宗教组织。这个组织在当地社会中，实际上成为当地妇女参与社会生活、提高妇女社会地位的重要方式，同时是当地妇女的宗教生活的重要组成部分。以妇女为中心的“嘛呢经”会的组织也是宝卷赖以生存的宗教文化语境，同时成为宝卷赖以传承的主要因素。另外，在青海宝卷中，有一些反映爱情婚姻故事的宝卷和反映封建社会妇女所受压迫的宝卷，如《方四姐宝卷》、《白马宝卷》等，这些宝卷中的主人公的命运引起了听宝卷妇女深深的同情，为宝卷中女主人公的命运或叹息、流泪，或高兴、雀跃，因为这些妇女的命运实际上是她们生活中的影子。由于大多数宝卷中的内容与妇女生活、妇女的感情紧密地结合在一起，所以宝卷也成为妇女现实生活的一部分。在宝卷的听众中，妇女就成为最主要的构成部分，在宝卷的传承中，妇女也成为最重要的因素。

从宝卷信仰的整个历史过程来看，宝卷和民间宗教的关系非常紧密。从女性宗教信仰的角度，我们更加清晰地看到这种关系的脉络。从明清时期一直传承到当今社会的宝卷，成功地塑造了女性神祇系统，这些女性神祇成佛得道的经历，指引着妇女为改变自身的命运而虔诚地参与民间宗教活动中。宝卷中由于叙事内容多以女性为主，许多是民间喜闻乐见的传说故事，把深奥的宗教思想通俗化，对妇女有着特殊的亲和力，能够被妇女很快地、无障碍地接受。宝卷中宣扬的男女宗教平等思想，开拓了女性朦胧的男女平等意识，宝卷对妇女洋溢的女性关怀以及在此基础上而产生的女神崇拜，反映与代表了下层女性的心声与愿望，因而得到了她们的热诚拥护，成为她们挣脱封建礼教枷锁，勇敢地走上社会，与男人一起从事宗教活动与政治斗争的思想源泉和精神武器。

二 信仰的原因与在生活中的作用

为什么那么多的女性去参加宗教生活，去念宝卷，女性如何融入当下的民间宗教生活，怎样通过宗教活动建立自己的话语，如何在社会中以宗教的方式确立自己的社会地位，宝卷信仰在女性生活中的作用是值得研究的课题。从调查的情况来看，在洮岷地区和河西地区的宝卷念卷活动中，念卷师傅多为男性，而听众女性居多。特别是在分布于河湟地区和洮岷地区大大小小的嘛呢会中，女性占相当大的比例。在前面对嘛呢经念卷组织的调查分析的一章里，我们分析了民和土族嘛呢会和乐都汉族嘛呢会。对整个信仰者的性别初步地分析，发现嘛呢会成员中女性要占约 90% 或更多。在当今的各大宗教中，妇女仍是宗教信徒中举足轻重的一部分，在全民信教的社会中，妇女的人数不会少于 1/2，而在非全民信教的社会中，妇女往往构成信徒的主体。20 世纪 80 年代以来有关学者进行的调查表明，参加宗教活动的信徒中妇女要占 70%—80%。如前苏联境内各宗教教徒中妇女占 70%—80%，莫斯科某个教会中妇女比例已达 88%。从上海基督教会 1980—1990 年发展的信徒中抽取了 13000 个样本做统计，女性占了 80%。同样，哈尔滨市对较虔诚的 2350 名信徒的调查表明，90.2% 是女性。[①] 这说明在宗教生活中，女性占了很大比例，在民间宗教和宝卷信仰中也是如此。有人把土族老年妇女的宗教行为称为“女性祖母期”的宗教行为，“宗教行为是宗教奥义的物化形式，并以自己的存在诠释和体现着宗教存在的意义和价值。无论它们的存在带来了怎样或复杂或广泛的影响，但有一点是毋庸置疑的，即它们调节了土族女性的心理机制，满足了土族女性的心理需要，在其晚年的精神生活中，发挥着非常重要的平衡作用。嘛呢阿奶们一边念诵嘛呢经文，一边用柏香枝在桑炉中燃起香火，再将炒面撒于火上，袅袅香烟便布满庭院，于是又对着桑炉磕头祷告，祈求或感谢一日的平安。接着再清洗净水碗，在佛房中供献净水和顶礼佛像。这样一天的生活就在这满院的香烟中开始或结束。在劳作之余，不管是白天还是黑夜，或坐或行之时，总是手捻嘛呢串珠或摇转嘛呢古拉，口诵嘛呢经言，心观观音圣事，将自己的身、口、意专于一境，一

---

① 罗伟虹：《宗教与妇女的心理需求》，《妇女研究论丛》1997 年第 2 期。

心向佛”。[①]

有这么多的女性参与到宗教生活中，必有一种需要，正如西蒙·波伏娃所说：“如果妇女非常愿意接受宗教，归根结底是因为宗教满足了一种深深的需要。”那么，念卷满足了女性怎样的需要？首先，信仰是精神的依赖和归宿。在调查中，我们发现，许多女性是因为身体有病，通过参加嘛呢会的宗教活动，希望解除疾病或减轻痛苦。信仰者希望通过信仰和宗教，增强战胜疾病的勇气，在神的帮助下迅速摆脱病魔。这在各种宗教信仰原因中都占较大的比例。医学人类学证明宗教信仰能对病人心理起到心理暗示，通过心理暗示对心理起到良好的调节作用，特别是对一些比较敏感的个体起到药物不能起到的作用。这在我们生活中经常可以看得到，有些疾病，特别是一些有心理诱因的疾病，在病人转向于某种信仰后，疾病奇迹般地治愈了。另外一个原因是老年女性在家庭生活中，会遇到各种难以解决的问题，诸如老伴的离世，家庭的矛盾，特别是婆媳之间的矛盾，在农村子女成年后或外出工作，或出门打工挣钱，老年人作为农村主要的留守者，特别是农村中大量“空巢”老人，其内心孤独寂寞却无法解脱，许多老年妇女就用宗教信仰来化解这种内心的孤单和彷徨。另外在农村生活中，特别是乡土社会中，经济还不是很发达，会遇到一些较大的灾难和困难，需要家人、社会的关心和帮助，如果这些帮助不足以使那些妇女改变局面，恢复克服困难的信心，她们就会转向信仰，以获得一种精神的依赖。事实上，在农村近些年由于生活节奏的加快，最需要精神抚慰和关心的是老年人，但子女却由于经济所迫，多出门打工，这些老人成为留守者，精神的空虚成为老年人最难克服的困难。所以，精神的依赖和归宿是女性特别是老年女性转向信仰的一个主要原因。

其次，情感补偿和沟通的需要。在调查中发现还有一些女性，在身强力壮的时候，是家庭的主要劳动力，也是家庭经济的管理者，在家庭中有重要的话语权。随着年龄的增加，子女的长大，这些老年人已不需要也不可能承担重要的农业生产劳动，而且也把当家的事务移交给下一代管理，只是从事一些简单的劳动，如照顾小孩、喂养牲畜等。随着这种转移，老年人就从繁忙的事务中退了出来。以前是家庭的顶梁柱，现在“退居二

---

① 翟存明：《土族女性祖母期的宗教行为述略》，《青海民族研究》2003年第1期。

线”。处于祖母期，角色的转换无疑对她们的心理带来了一定的冲击。就像翟存明在对土族老年妇女宗教行为的调查中所发现的那样，“祖母期”是一个明确的概念，无论各种学科对它有何种不同的界定，我们只将有了直系孙子（女）的女性称之为“祖母”，所以，土族女性的祖母期是从拥有第一个孙子（女）开始的。同许多民族的女性一样，这一时期的土族女性，开始逐渐卸下农业劳动的繁重负担，而转向了以带孩子、看门户为主的家庭劳动，这种劳动任务的转移，使得女性的心理也产生了很大的变化，即她们逐渐感觉到了自己在社会生产中地位的下降。与此同时，由于绝经等生理现象的来临，使这一时期的土族女性又意识到了自己生育能力的丧失，即意识到了自己在人口再生产中的无地位。女性在这两种生产中的能力被消解，让她们感到了自己人生的辉煌时期已经过去，换言之，她们内心充满了被社会忽视的落寞。在这种情况下，宗教便成为她们精神的重要寄托，当然，此前的土族女性，无疑一直在接受宗教的熏染和渗透，但由于年龄、精力的限制，直到祖母期，她们才表现出比任何时候都更为成熟的宗教信仰者姿态，笔者在调查中发现她们大多数的空闲时间，都被各种丰繁的宗教行为占去了。①

在农村，老人们最怕的是被人看作“吃闲饭”的，但由于身体的原因，也无可奈何再像以前一样为家庭做同样多的事情，因此，这些老人们需要一次心理上的转型过程。由于各种原因，女性的寿命要比男性长，在农村有许多老伴过世的妇女，这些妇女由于老伴的离世，内心孤独无依，而子女们又忙于生计，无暇照顾这些老人。在家庭关系中，以前是“多年的媳妇熬成婆”，现在厉害的媳妇不少，不赡养老人的现象也常有发生。这些对老人来说，都需要一种精神和心理的补偿，也需要一种宣泄的渠道。在青海东部农村，几乎每个村庄都有像嘛呢会这样的一些“准”宗教群体，在这个群体中，参加者都是年龄相仿，在地缘上都是熟人关系，彼此之间多是从小长大的伙伴，有些是有血缘关系的亲戚。因此，在这些群体中，大家可以互相沟通，借参加一些宗教活动的机会拉拉家常，诉诉自己的苦恼和烦心事，这样，可以减轻心理的压力，情感得到补偿，心理得以调节，重新激起对生活的信心。这也是老年人参加宗教活动的一

---

① 翟存明：《土族女性祖母期的宗教行为述略》，《青海民族研究》2003 年第 1 期。

个主要原因。

再次，实现自我价值和寻求话语权。乡土社会，村民的集体生活多依赖于在神灵的名义下进行，特别是一些节日的庆贺，集体娱乐如演戏、扭秧歌、迎神赛会，等等。每一个村落或几个村落都有一个村庙，村庙就成了活动的组织者和活动的中心。在这些活动中，以村庙为活动中心的一些宗教小群体是这些活动的重要组织者，像嘛呢会就是如此。在对嘛呢会调查分析时，我们举了一个个案为例：乐都新盛村的嘛呢会组织。新盛村嘛呢会这几年重新修建了山门、主殿，硬化了道路，这些经费主要由村民自愿捐献，也号召这个村出去工作的人捐献。这些集体事务的组织由村里的嘛呢会负责。村里村庙的经费也由嘛呢会管理。捐献的资金，由嘛呢会成员管理，所以从入账、支出、核算、结算、监督等过程都有嘛呢会成员各负其责，从而实际上形成了一个有效的资金管理班子，村民们还是信赖嘛呢会成员的。在这些活动中，领头的是个别村里的有威望的男性，但嘛呢会的 13 个老太太起了重要的组织作用，能在村中的这些事务中说的上话，大家也信任这些宗教群体中的老太太，这使她们感到很骄傲，在村里的集体事务中更加投入、认真。在这些集体事务中，这些老太太无疑具有一定的话语权。而这种话语权在传统的乡土社会里，在正常的世俗生活中，女性是无法获得的，因为传统中国是一个男权社会。在以村庙和嘛呢会为中心的活动中，这些老年妇女通过自己的宗教身份获得了对自我价值的肯定。

第二节　乡土性与大众化的民间宗教

一　文本传统的民间宗教

对于中国大多数人的宗教信仰，直到今天我们都很难准确地予以定义，过去很多论者将之简单地定义为三教融合，似乎并未切中要害，而代之而起的民间宗教或民间信仰、共同宗教（Common Religion）的提法也都有未及兼顾之处。诚如《宗教百科全书》所言："渗透于中国社区中的宗教信仰和实践的混合物被称为'民间宗教'。这一宗教现象的集合在中文中没有特定的名称，人们只说'拜神'或在某一特定的祠堂和庙宇中礼拜。一种结构松散的信仰、实践、神、仪式、神话以及价值的聚合，它由祖先崇拜、丧葬仪式、自然崇拜、万物有灵论、地方祭祀、世俗道教、世俗佛教以及儒教组成。然而，通常中国人关于民间宗教的观点，并没有认识到这一多样性，而是简单的把它描绘成三教（儒教、道教以及佛教）的融合。"

对于民间宗教，现存的看法主要有两类：一类不承认民间的信仰、仪式、象征为宗教。另一类认为它们构成一个"民间宗教"。采用古典宗教学的分类构架的学者认为，因为民间的信仰没有完整的经典和神统、仪式不表现为教会的聚集礼拜，而且象征性地继承了许多远古的符号，所以不能与基督教、伊斯兰教、佛教等制度化的宗教（Institutionalization Religion）相提并论，也不能与中国大传统里的儒释道等同待之。为了把它们与制度化的宗教分开来，保守的古典宗教学者主张可以把它们与"多神信仰"、"万物有灵论"、"民俗"、"迷信"、"巫术"等归为同类，19世纪末至20世纪初的前三十年，这种看法在人类学界和宗教社会学界也颇占上风。著名英国古典人类学家泰勒的《原始文化》和弗雷泽的《金枝》两书中，都把中国民间的信仰、仪式、象征与"原始文化"列为同类。后来的法国社会学派著名的中国学家葛兰言在他的著作《中国古代的节庆与歌谣》一书中，也认为中国民间文化形态是远古民间习俗的表现，后来被早期的中华帝国及其士大夫系统转化为完整的宗教象征体系，但它们本身不是正规的宗教形态。德国著名的社会学家韦伯也认为，中国本土的宗教只有儒教和道教，民间的巫术和习俗是道教的延伸，本身并不形成独立的宗教体系。他的一段话代表了西方许多古典宗教学者对中国宗教的看法："这些民间的、停留在巫术的救赎宗教仪式，通常完全没有社会性，换言之，只是个人求助于道教的武士和儒教的僧侣。只有在佛教的节庆时，才形成临时的共同体。只有那些异端的、经常主求政治目的、因此也常遭到政治迫害的教派，才形成永久的共同体。这些教派中，不仅缺乏我们西方的灵魂关注的观念，而且没有一点'教会纪律'的蛛丝马迹，这也就是说，没有任何规范生活的宗教手段。"①

在中国历史上，民间宗教一直被以儒家为中心的统治思想所诟病，尽管有时为了"神道设教"而方便统治，选择性地对部分民间象征加以提

① 马克斯·韦伯：《儒教与道教》，洪天富译，江苏人民出版社1995年版，第131页。

倡，但总体而言，与西方的这些学者相似，在国内也有一些学者认为民间宗教并不能构成一种宗教体系，相对世界上的四大宗教，其从组织、教义、规范和经典等方面都不能有完整的形态。

把民间宗教的信仰行为看成宗教体系的主张有两个来源，其一是汉学家格如特的古典文本与仪式的关系的分析。其二是后来的社会人类学界发展起来的功能主义的学说。在此影响下，20 世纪 60 年代以后，从事民间文化研究的社会人类学家和部分宗教学家认为可以把民间信仰和祭祀仪式看作一个完整的体系。如著名美国学者弗里德曼在《中国宗教的社会学研究》（1974 年）的论文中，提出了“存在一个中国宗教”的观点，但他认为中国民间的信仰和仪式看起来好像是相当弥散的文化元素的组合，不过在这些表面现象下，存在一个宗教秩序。他说：“中国存在一个宗教。或者说，无论如何我们必须以如下一个观点的出发点：中国人的宗教观点和实践不是一些偶然因素的巧合……在表面的多样性背后，中国（民间）宗教有其秩序，在观念的层面，中国人的信仰、表象、分类原则等表现一定的系统化特征。在实践和组织的层面，他们的仪式、聚会、等级也具有系统性，所以，我们可以说有一个宗教体系存在。”社会学家杨庆堃认为，从社会学角度来看，中国宗教有制度性宗教和扩散性宗教两类。他援引了瓦哈在《宗教社会学》（Joaehim Waeh：*Sociology of Religion*）中把宗教划分为“自然组织”和“特定性宗教”的观点，认为借着独立的宗教观念、仪式和组织，构成了社会学意义上的独立制度性宗教。而扩散性宗教则将其神学观念、崇拜意识和职事人员深入扩散到世俗的社会组织中，并不以独立的形式存在。制度化宗教作为一个独立的系统起着宗教的各种功能，扩散性宗教在世俗社会组织之中起作用。

在认定存在着一个中国民间宗教体系的基础上，学界对民间宗教的研究主要从两个方面来研究：文本传统的研究比较重视文本，从文本着手探讨中国民间宗教文化。虽然民间宗教与官方宗教不同，但是仍然具有“文本传统”的特点，包括大量的文字记载的经书和制度化的仪式。这一点在“宝卷流”的民间宗教中非常明显。例如格如特的研究深受人类学进化论的影响，他主张，研究中国民间宗教必须熟知上古和中古文献，因为民间宗教是这些传统的衍生形态。另外传统制度性宗教对民间宗教有深刻影响，民间宗教同样是儒释道的衍生。这是一种自上而下的研究，是一种从文本到草根文化的研究。对中国民间宗教特别是秘密宗教有深入研究的美国学者欧大年对文本的重要性也持肯定的态度。另外一种方法是走进田野，从田野调查中获得一手资料，再进一步比照文献记载，以实证的方法来说明民间宗教的实质与特征等问题，这是一种自下而上的方法，也是一种从草根文化到文本的方法。例如葛兰言研究认为，中国民间宗教起源于中国先秦时期，是农业季节性庆典的社会衍生物。乡村民俗活动具有社会意义的仪式被官方吸收、改变、蜕变为古代帝国所需要的和采用的官方象征文化和宇宙观。中国民间宗教产生于民间的生产与社会生活，官方、文本传统是它的“模仿”。总体上来说，受人文社会学科整体研究方法和实证研究影响，20 世纪末的学者，对中国民间宗教的研究，虽然不论是文本第一，还是田野第一，各有侧重。但是，总体呈现的研究态势是文本（文献）与田野作业的结合，互相比照证实，二者互补。这一时期的研究已经突破了传统的单一依靠文本（文献）的研究，并且二者结合的研究已经成为学界在民间宗教研究中不可或缺的方法。20 世纪末，学者对于民间宗教的研究，不再聚焦于起源与文化形态等方面，而是从更宽广的视野、更深层次的文化层面，如象征与仪式等方面进行。把民间宗教作为自己的研究对象，人类学、民俗学、宗教学甚至社会学开始打破各自学科原有的樊篱，汲取不同学科的有效方法，来面对这一共同的研究对象。如 1992 年英国学者王斯福的《帝国的隐喻》一书，试图从政治—意识形态的角度探讨中国民间宗教。他认为汉人的民间宗教，隐含着历史上帝王的影子，但在地方上民间仪式的实践具有地域性。民间宗教的仪式是帝国政治秩序格局的象征。人类学家特纳的象征—仪式理论对民间宗教仪式研究有重要的启示。特纳认为研究象征—仪式，有必要探讨三个层面的意义：注释意义、操作意义和方位意义。仪式的过程是一种结构—反结构—结构的阈限过程，这种研究理论对民间宗教仪式的分析，是比较有效的，国内近年对民间宗教的仪式研究中比较重视这种理论的运用。

各种民间宗教的理论，不管来自于文本或来自于田野，都在日趋丰富之中，其最大的成果便是对于民间宗教感兴趣的学者多承认有一个自成体系的、事实存在的民间宗教遍布于华夏大地上。但如果更深入地探讨我们身边的民间宗教事项，我们会发现，我们所建构的理论远远无法统摄整个丰富多彩的民间宗教现象，事实上有些情况下理论面对多元的文化事项显得苍白无力。这使我们想起来了藏在历史深处的故事。1935 年春天，一个西方汉学家来到华北的一个乡村进行他的中国宗教调查研究，充满自信的他预备用半个月的时间结束他预先设定的题目，在他看来，他对于中国宗教长达十年的文献研究已经使他有一个不容置疑的思路，现在的事情就是用半个月的时间搜集例证，把来自乡村的故事填放在他事先设计好的章节里。可是几天以后，他就惊讶地发现，他的时间远远不够，因为他所看到的华北乡村真实的信仰和他在文献中看到的中国宗教竟然大不一样，预先设想的思路和预先安排的章节已经全然无用，一切都得重新开始。欧大伟在华北的研究，证明民间宗教的复杂性远比“坐在图书馆的躺椅上”的学者的想象复杂得多。

正如金泽所说，民间信仰是千百年来民众认识和把握人生、把握社会、把握世界及其相互关系的一种方式。尽管这种把握具有不可以理喻甚至拒绝理性的特征，但它是贯穿于民众精神和意识世界的历史，解释着一切，宣示着一切，也使民众虔诚地接纳着它所诠释和认可的一切。信仰是人类认识和把握世界的一种方式，它既试图帮助人们认识和把握外部世界，也试图引导和帮助人们去认识和把握内部世界，以及两者之间的那些可知不可知的关联。无论是外部世界或者内部世界，都在人们面前展示着十分丰富而变幻的图景，置身其中，人类往往感到无所适从，理性的认知手段给人们以有效的但也有限的把握世界的能力，而信仰作为一种认知方式，却向人们作出大包大揽的承诺，它所指向的是超越了理性边界的世界。这种情况在我们的研究中是可以看到的，也是我们感同身受的。但是，民间信仰也并不是说是雷同的。[①] 在对西北的宝卷包括青海宝卷的研究中，我们发现，面对同一个研究对象，在不同的地区、不同的场域、不同的信仰对象面前，宝卷在不断地变换着它的面目，使我们感到捉摸不定。其实，这是很多宗教研究者都遇到过的困惑。学者在经典文献中看到的宗教与信仰活动，好像总是在遥远的古代，隔着时间的帘幕，他们看到的是，古代经典作家撰写的精英人物、精英人物发表的精辟见解、精辟见解连缀成的经典历史，我们的宗教研究就在这舍弃了普通信仰者的“经典”层面构筑着又一轮书本上的宗教信仰历史，而读了这种书本的读者

① 金泽：《民间信仰的聚散现象初探》，《民俗研究》2005 年第 3 期。

则更是深信不疑，以为书本里那些唇枪舌剑、妙语连珠的场面就是生活中的宗教信仰场面，可是，一旦他们要凭书本知识在社会中按图索骥，其结果就肯定是缘木求鱼。

从青海宝卷的历史渊源来看，最有可能的一种情况是青海宝卷是明朝中后期随着民间秘密宗教的传播，从华北向西，再从陕西传入甘肃地区的（当时青海为甘肃一部分）。宝卷传入甘肃后，在甘肃渭河一带的天水等地流传，后又流传到兰州府附近的皋兰等地。这在历史上这些地区发生的民间宗教教案可以看出一些流传的情况。这一点在宝卷的历史一节中我们有所论述。民间宗教有可能被迫于形势，向西南进入洮岷地区，向西北进入河西地区，向西进入青海河湟地区。这些地区当时都远离统治中心，比较偏远，但当地宗教气氛较为浓厚。在这些地区宝卷与当地文化环境相适应，不断地调适自己，结合当地地域文化、民俗文化的一些特点，逐渐渐变为一种民俗宗教，即原先民间秘密宗教的组织系统逐渐散失，原先是一种专业宗教人士所拥有的，作为民间宗教教义集中体现的宗教经典，宝卷念卷转变为一种受民众们普遍欢迎的乡土性的、通俗性的、民俗性的活动，这种活动是一种带有宗教仪式和宗教信仰的，但与乡土生活、民俗紧密相关的日常行为。与宝卷有关早期的民间秘密宗教的组织、仪式与教义有很大的差别。

尽管如此，宝卷从其源头开始，就是一种带有宗教性特征的讲唱文艺，早期的佛教宝卷就被用于民间荐亡的宗教活动和仪式之中，明朝正德年间罗祖“五部六册”的问世，使宝卷同民间秘密宗教结合了起来，从此不同的宗教派别开始编创大量的反映自己教派思想、教义和修持的宝卷，这些宝卷的一部分我们还可以在洮岷地区和河湟地区看到。因此宝卷从内容形式到仪式都带有明显的宗教特点。流入甘肃的宝卷自然带有这样的特点。在西北三地的宝卷中，洮岷宝卷的宗教性最强。如洮岷地区流传的《十王宝卷》、《目连宝卷》、《泰山娘娘宝卷》、《观音宝卷》等都至今仍运用于民间祭亡、禳灾、祈福等民俗活动中。虽然民众们很少知道这些宝卷都曾经是民间教派的宝卷，民众们对宝卷所宣讲的内容也不甚了解，但他们对宝卷的态度与对佛经、道藏的态度一样，都认为宝卷与传统的宗教经典佛经、道藏一样具有相同的地位和效应。

图6－1　正在讲唱《白马宝卷》的盲艺人

青海宝卷是宝卷流传到这一地区，很可能与当地浓厚的藏传佛教的文化环境结合后，改变了宝卷念卷的部分形式，特别是在和佛的过程中，加入了藏传佛教的六字真言，使宝卷念卷活动成为具有当地文化色彩的一项民俗活动。同时宝卷念卷具有的藏传佛教的气息和文化特点，使宝卷这一历来受官府密切关注和严厉打击的“邪教”文本，变形为一种能被当地民众接受的，又被官府（因改变了形态）认可的民俗活动。青海宝卷保存下来的较为完全的不是太多。流传在这一地区的宝卷多是明清以来某些宗教宝卷的片段。这些片段多者有千余字，少者有百十字，都被运用到嘛呢会的民俗宗教活动中。嘛呢会的成员多是一些老年妇女，请人抄写这些宝卷，视这些宝卷为嘛呢会的宗教经典。在每月初一、十五以及一些固定的传统节日里念诵这些宝卷，并受邀给村民们举行“摆灯”还愿、超度亡灵或祈福禳灾的民俗活动。由于念唱宝卷的老太太们文化程度普遍不高，对宝卷里所反映的内容所知甚少，实际上宝卷的内容并没有太多的影响到嘛呢会成员的宗教实践，与洮岷地区的宝卷一样，嘛呢会的宝卷也在很大程度上是该会成员和当地民众的一种宗教象征，民众们都认可嘛呢经——宝卷的神圣性和宗教效应。由于河湟地区嘛呢会分布很广，几乎每一个村子都有一个村庙，以村庙为中心，村子里就有成员或多或少的嘛呢会，这些嘛呢会所用的经文大致相同，多是一些宝卷，更多的是一些明清宝卷片段。这样看来，宝卷及宝卷念卷在河湟地区分布得最广，尽管这些嘛呢会所用宝卷不像洮岷地区那么完整，宝卷也没有洮岷宝卷那么精致，但宝卷流传和信仰的民众数量要比洮岷地区多，流布区域也较为广阔。这一地区的宝卷宗教性特征也比较强烈。

因此，从青海地区的宝卷来看，从宝卷流入该地区开始，传承了宝卷这一民间讲唱的宗教性特征。与信仰和宗教紧密相关，这一地区的宝卷的内核仍是宗教特征比较明显，这与宝卷的历史文化形态相关。尽管在流传的过程中，这三个地区的宝卷都有或大或小的变异，都有一个适应当地文化、民俗化的过程，但在传承的过程中，宝卷的核心文化特征即宗教与信仰的核心并没有改变。在中国这样一个幅员广袤、区域和社会差别甚大的社会中，唯我独尊的制度性宗教从未产生（除非说儒教是一制度性的宗教），我们需要正视的应该是不同区域、不同阶层、不同族群之间的差别。① 我们强调的是面对纷繁复杂的民间宗教现象，例如西北三个地区的宝卷念卷，虽都带有明显的宗教与信仰色彩，是当地民众宗教与信仰生活的一部分，彼此之间也有较为明显的历史渊源与影响，但是在不同的地域文化、不同的宗教语境以及不同的民族与社会环境下，我们发现在宝卷文本、仪式、念卷群体各方面都有所不同，因此要找出一种“普遍的”民间宗教来，恐怕是徒然，在西北以宝卷为中心的文本传统下的民间宗教如是，而全国事象纷呈的民间宗教亦是。

二 宝卷及念卷的乡土性与大众性

青海东部地区在历史上都是比较偏远的、经济欠发达的地区，也是处于汉族向少数民族传统世居地过渡的“边缘”地区。历史上的经济发展本来就不平衡，在现代与中原地区经济差距更大。这一地区又是山大沟深，交通多不方便。由于经济条件和地理条件所限，直到今天这一地区仍有很强的保守性和传统性，具有中国传统社会典型的小农业经济特点。传统农业社会的农村结构是以村落为中心，以地缘和血缘关系为基础的社会结构。宝卷及其念卷的组织和规模与农业社会的这种结构相辅相成。

宝卷的宗教与信仰特征非常明显，这一方面是历史传承的原因，宝卷

---

① 复旦大学文史研究院编：《民间何在，谁之“信仰”》，中华书局2009年版，第3页。

的形成受到唐以来的俗讲、讲经的影响，明朝罗祖“五部六册”的问世，使宝卷与民间宗教紧密地结合了起来。宝卷被民众视为神圣的文本，宝卷的念卷活动也成为一种带有信仰因素的民俗活动。宝卷及宝卷念卷的民俗活动，是以大大小小的念卷群体为载体而展开的。对念卷群体的民俗活动、宗教信仰和组织构成等是宝卷深入研究不可缺少的方面。民间宗教是属于大众的，为民众所喜爱的，易于理解的、流行的，其背后是民众的狂欢式的宗教实践。同时，如同许多思想领域内的新发现一样，它又是粗糙的、浅薄的，对宗教教义的理解看起来是表面化的。民间宗教是抵制精神控制的一种工具，它呼吸着一种自由的空气，同时散发出某种草根气息。民间宗教包含两部分内容——各自独立的民间神灵信仰以及围绕这些神灵信仰而进行的祭拜活动和由相互熟悉的成员构成的集体信教活动。[①]

在西北的宝卷念卷群体中，大致可分为三类，第一类是较为专业的群体，甘肃西南临潭四季龙华会是这样一个群体，这个群体初步考证为民间宗教黄天教影响下形成的圆顿教一个支系，在清初传入甘肃。这个群体延续了明清以来民间念卷传统，组织较为严密，仪式复杂。该群体保存的宝卷数量较多，有些是不见于文献记载的珍本。这个群体的念卷较为全面地传承了宝卷念卷的仪式、音乐，就目前研究所见，是全国少见的宝卷念卷研究的“活化石”。第二类是宝卷念卷中最为松散的一部分。甘肃岷县、漳县等地、河西地区的宝卷念卷即是。以村落为中心，在一些民俗活动如祭亡、祈福等民俗生活中，村中会念宝卷的人聚集在一起，其他人随声“和佛”，念诵宝卷。河西地区请个别的念卷师傅来家中念卷，听众们“和佛”，但与洮岷地区不同的是，河西宝卷念卷文本以反映教化和娱乐为中心的故事宝卷为主，宗教宝卷很少。这两个地区的宝卷念卷，符合乡土社会“人情”、“互助”的特征，但群体性较弱。第三类是较为松散的念卷群体。河湟地区的“嘛呢会”即属于这一类。河湟地区的“嘛呢经”与念卷组织“嘛呢会”，是宝卷传入这一地区后，与当地浓厚的藏传佛教信仰结合而形成的一种新的宝卷念卷群体。受藏传佛教的影响，内地宝卷念卷“和佛”的形式，在河湟地区变异为念诵藏传佛教“六字真言”，但念诵内容仍为传统的宝卷文本。河湟地区的“嘛呢经”宝卷念卷流传地

① 金泽：《民间信仰的聚散现象初探》，《民俗研究》2005 年第 3 期。

域广，参与人数众多。特别是土族“嘛呢会”，用汉语念卷，部分仪式与当地汉族嘛呢念卷不同，结合了当地地域文化与民族文化，土族嘛呢经念卷成为土族信仰的一部分，土族的宝卷念卷具有浓郁的民族特色。宝卷和念卷群体的神灵信仰为多神崇拜，有浓厚的女神崇拜情结，这一特点和其他民间宗教信仰是一致的。念卷群体总的特点是规模小；松散但持久；老龄化；地缘性和亲缘性；女性信仰者居多；以自学为主，较少师承关系等。宝卷念卷群体存活的土壤是传统农业社会下乡土生活的土壤，念卷本身就是民众民俗生活的一部分，也是民间生活的一部分。因此，宝卷念卷及念卷群体具有浓厚的乡土性，通俗性和大众性的特征。

河湟地区的嘛呢会念卷组织多以村落为中心展开。每一个村落都有一个相对固定的念卷组织。河湟地区的嘛呢会组织较为固定，一个常态的规模为几人到几十人的组织，这些组织以村落为活动中心，而每一个村落或地缘范围的几个村落多有一个村庙，嘛呢会成员活动的主要地点就是村里的村庙，很少跨越村落的范围，走出去参加其他村落的宝卷念卷。日常的宗教活动都是在村落的范围进行。除了初一、十五等固定日子的修持，她们的宗教活动主要是满足本村民众的宗教需求，如超度亡灵、求福禳灾等民俗活动，这些活动仅仅局限于本村而已。嘛呢会的内部成员都是平等的，没有严格的等级区分，成员之间的关系也是地缘或血缘的关系。在念宝卷的时候，村里人都可以参加，来去自由，没有强制性。受邀参加村里民众的活动，念卷者所收报酬很少，可以忽略不计，这其中更重要的是“人情”。虽然在民间有许多道教道观、佛教的寺庙，也有为数不少的职业宗教群体，但从调查的情况来看，民间乡土生活中的宗教活动似乎在更大层面上是由那些村落里的“准宗教人士”——会念宝卷的本村人来完成的，这可能与经济原因有关。一般经济条件较好的人家也请道人、和尚或喇嘛来做法事，但这些宗教人士的法事都费用可观，特别是近年来动辄需要千数元的开销，这样的经济花销对许多家庭来说是一笔庞大的开支，许多人家都负担不起。因而主家更趋向于请村子里会念宝卷的人来举行宗教仪式。就是家庭经济条件较好的人家，即使请了那些宗教人士来做法事，大多还是要让村里的那些“准宗教人士”参加，另外再举行仪式，这是一种文化传统，另外与“人情”有关。

实际上，在当地人眼中，宝卷的功能和那些专业人士的佛经、道经一样，只不过举行仪式的人有专业与非专业的区别而已。一般说来偏远地区的宗教生活，因受各方面的限制，与接近城镇的、城镇的宗教生活有许多不同的特点。在偏远地区，受交通条件所限，也受经济条件、时间所限，即使有一些道观、寺庙能满足民众们信仰和宗教实践，民众们也无法经常性地去那些宗教场所参加宗教活动。宝卷信仰者多为老年人，实际上有许多老人一生就没有走出过山沟。所以在民间社会，受宋元以来白莲教"吃斋事魔"的影响，形成了吃斋念佛、自我修行的传统。在这个传统之上，有了"结社"念佛的宗教活动。宝卷念卷群体多表现为这样一种民间"结社"的行为。这种"结社"行为完全出于自愿，简单易行，可以随来随去，没有强制性，结社的老年人在一起可以拉拉家常，说说心中的烦心事，加强与邻里、乡亲间的关系，因此宝卷念卷虽说是一种宗教活动，实际上是常态的日常生活的一部分。至于结社时的一个主要活动"吃素"，更与农村生活一致。美国学者周锡瑞在谈到20世纪初鲁西一带农民的生活时这样写道："其食物亦非常的简单，每年只有极少数机会吃肉，以粗茶淡饭为主。只有新麦打下之后，才吃几顿面条和蔬菜。园内所产蔬菜，并不完全食用，还担去城镇换些粮食以维持生活。即使平常使用的油盐酱醋等调味品，在乡下视为贵重品。若吃香油时，则用小棍穿过制钱孔从罐中取油，滴到菜里调味。平常饭时，水里煮些大蒜、辣椒、大葱，也就是一顿。除了喜庆丧葬或新年之外，很少见荤腥，老人也不例外。"① 嘛呢会结社念经的主要场所是当地的村庙，嘛呢会在庙里轮流住，虽然管理着大伙捐助的资金，但生活很简朴。笔者在中秋节去乐都南山寺调查，中午嘛呢会阿奶邀请一起吃饭，虽然是过节，但只炒了土豆。她们认为念嘛呢经就是修行，佛前的事一定要对得起良心，要多做善事。如今虽然生活好多了，但农村生活仍是粗茶淡饭为主，与其说"结社"、"吃素"被看作是一种宗教实践，不如说是乡村老人的一种社会生活而已。因此，青海东部的宝卷及宝卷念卷是乡土社会中的一种历史久远的文化传统。我们在民间看到的更多的是多种传统的传承人，在这些传统中要寻求一个放之于四海的普遍模式，恐怕是徒劳的。宝卷及宝卷念卷，在明朝中叶曾普遍受到城市市民的青睐，这我们可以在《金瓶梅》中多次提到的

① ［美］周锡瑞：《义和团运动的起源》，江苏人民出版社1998年版，第31页。

宝卷念卷活动看得出来。在清末民国初年，宝卷也一度在上海、杭州大城市流传。受民间教派被打压的影响，宝卷逐渐退居到偏远的乡村。因为宝卷简单易学，不像佛教道典那么深奥烦琐，在陈述朴素的宗教思想时，用民众们喜闻乐见的故事来帮助宣扬传统的善恶观、道德观，很快就流行开来。更重要的是在青海乡土的文化语境下，宝卷和宝卷念卷组织自身带有特别适合于乡土语境存在的条件，因而得以流传至今。

研究中国民间宗教的学者，多从民间宗教与正统宗教，或者说制度性宗教与弥散性宗教的区分与对比来说明二者之间的相同或不同，但很少注意到民间宗教与乡土社会的相适性。不同的社会环境和文化环境，就会有不同的社会现象产生，民间宗教与制度性宗教的不同，正是产生在不同的社会环境下的。学者争论在中国是否有一个纯粹意义上的民间宗教存在。产生这些歧义的原因是因为民间宗教庞杂无序，每一个地方的民间宗教都显示出与其他地区不同的形态和特点。实际上在乡村、城镇和城市其宗教都有不同的表现形态，并且在很大程度上是不一样的，这与其存活的社会土壤不同有关。弗里德曼认为证明宗教多样性表象背后的一致性，这其实是一种从历史学研究中寻找社会学答案的思路。他指出，20 世纪上半叶

图 6－2　嘛呢阿爷、阿奶在家念卷

英语世界的社会科学家的重要“发现”是，“在儒家烟幕的背后，隐藏着一种不同的生活方式，一套不同的价值，此即乡民文化”。而20世纪中叶以后的重要“发现”是，前者只是一个“幻觉”，“精英文化与乡民文化并无不同。它们互为各自的版本”。[①] 我们观察到的是，不同地域的宗教形态，不同社会、经济条件下的宗教形态下，宗教的表现形式有可能是完全不同的。民间社会中，乡土社会下，民众们都有某种能满足自己的宗教形式，无论它们是多么的简单、多么朴素。青海东部的嘛呢会及宝卷念卷，就是这样一种适应当地乡土社会环境和文化生态的朴素的自然的，但又能满足民众信仰的乡土性民间宗教。

① Freedom，On Sociological Study of Chinese Religion，转引自复旦大学文史研究院编《民间何在，谁之“信仰”》，中华书局2009年版，第3页。

结　论

宝卷是一种集宗教、教化、娱乐为一体的民间讲唱艺术。宝卷自元末明初产生以来，已有约八百年的历史。宝卷产生后，大致经历了早期的佛教宝卷，民间宗教宝卷以及晚期世俗宝卷三个历史发展过程。早期佛教宝卷传承了唐以来俗讲、讲经艺术，适应本土民俗环境，成为元末以后民间荐亡祈福的重要文本，宝卷念卷也成为民间民俗宗教活动的重要仪式。对宝卷影响较为深远的是罗教“五部六册”的问世，民间宗教家借用宝卷作为民间宗教的经典，在传承早期佛教宝卷的同时，也对传统宝卷精心改造，宝卷的形制、装帧、文本等就此固定下来，同时也编创了几百部宣扬各教派宗教思想的宗教宝卷。清中叶民间宗教受到清政府严厉打压，民间宗教各教派衰落，宗教宝卷在吸收当时说书、戏曲等其他艺术精髓的基础上，宗教性淡化，娱乐性加强，大量的以民间故事、历史传说为内容的故事宝卷得以产生和流传。受各方面原因的影响，目前宝卷念卷只在全国少数几个地方见到。本文以青海东部河湟地区的宝卷及活态宝卷念卷为中心，探讨宝卷在民众生活中的重要作用以及其他一些问题。

青海是多元文化并存的典型地域之一，来自中原的儒释道文化和来自西域的伊斯兰文化，来自北方草原的萨满教文化和各种东西方文化在这里交融并存，形成了各种特征的多元宗教文化。宝卷在青海的流传地区，在历史上、在当下都是多民族地区，居住在此地的民族在文化上互相影响、互相融合，呈现出多元民族文化的特点。当宝卷随着民间宗教教派的流传传播到这一地区，宝卷接受了当地地域文化的影响，适应了地方传统文化的要求，使传统的宝卷念卷从不同的方面都展现了地域性的特征。宝卷在这一地区的流传或多或少地受到多民族文化的影响，从而形成了民族特色，土族“嘛呢经”宝卷念卷就是其中的一个特例。宝卷及宝卷信仰的演唱、传承建立在多元文化、多元宗教与丰富的民俗文化的语境之上，成为地域性民间文化的宝贵财富。

青海宝卷被民众视为神圣的文本，宝卷的念卷活动也成为一种带有信仰因素的民俗活动。对宝卷以及宝卷念卷所依存群体的田野调查，是本论文重要的实证研究的一部分。对青海宝卷历史的记载文献资料阙如，但从明末清初民间宗教在青海的流传情况和清中叶以后青海地区特别是甘青地区风起云涌的教案来看，正是民间宗教在青海的流传，把宝卷这种宗教性强烈的民间讲唱艺术与它的文本带到了青海地区。因此较为可靠的推断是，这一地区现在流传的宝卷念卷是明清以来民间宗教在青海流传的结果。至于变文，与宝卷有千年的历史跨度，二者之间的继承关系不明显。青海以宝卷为文本而进行宗教民俗活动的主要载体是遍布于青海东部地区的嘛呢会念卷群体，其历史初步推断为民间宗教流传到该地区，受浓厚的藏传佛教的影响，改变传统“和佛”的唱词，改用藏传佛教六字真言，这样一方面改变了民间宗教的面目，避免受官方的打击，另一方面适应地域文化并转变成一种本土信仰。嘛呢会是这一地区宝卷念卷的最大群体，以老年妇女居多，以村落庙宇为活动中心，以每月初一、十五和传统节日为时间轴展开活动，所用文本多为宗教宝卷，或宗教宝卷中的一部分，在当地叫“嘛呢经”。特别是土族“嘛呢会”，用汉语念卷，部分仪式与当地汉族嘛呢念卷不同，土族嘛呢经念卷结合了当地地域文化与民族文化，成为土族信仰的一部分，土族的宝卷念卷具有浓郁的民族特色。

手抄经文是自唐以来民间自有的一个民众实践信仰的传统。青海宝卷的流通总体上呈现出开放性的特点。青海宝卷在流传过程中，民众能够互通有无，保守性不强，这促进了宝卷的流传。宝卷在这一地区的传承与当地历史久远的抄卷传统有密切的关系。宝卷在其历史发展中，与民间宗教和信仰密切相关，这一地区的宝卷及宝卷念卷活动，体现了明显的宗教性的特点。首先民众把宝卷视为一种“神圣”文本，抄写宝卷，在家中保存宝卷是一种信仰的实践，也相信宝卷可以驱邪纳福；其次念诵宝卷的活动语境，经常是在民俗宗教活动中进行，气氛庄严而神圣；再次宝卷在民俗生活中的功能就是满足民众们宗教与信仰的需求。青海宝卷的命名形式有“宝卷”、“经”、“真经”、“传”、“科仪”等几种。宗教宝卷多以

"经"命名。目前存世宝卷较多的是20世纪80年代以后的手抄本，印本较少。宝卷抄卷在民众眼中是类似于念经、拜佛的修身向善的行为，也是一种满足民众信仰的活动，因此，民间抄卷受到民众的欢迎，宝卷成为家中祈福禳灾的"吉祥物"与"神圣文本"。民众视宝卷为和佛经、道藏一样的"经"文，因此宝卷抄卷成为一种信仰行为，宝卷相互借用、抄卷也促使了宝卷的大量多维传播。对宝卷的评判依据是以宝卷抄写书法、宝卷装帧、宝卷抄写所据母本（新宝卷抄写所依据文本）等多方面来判断。通过对宝卷的田野调查，发现与宝卷有关的抄卷、念卷、念卷群体所体现出的信仰与民间宗教特质，是宝卷能够在乡土社会与民俗文化中，几百年来流传并被传承下来的重要原因。同时，地域性的文化特征如民族地区浓厚的宗教氛围也为宝卷在这些地区的传播创造了文化语境。

宝卷念卷群体多表现为一种民间"结社"的行为。这种"结社"行为完全出于自愿，简单易行，可以随来随去，没有强制性，结社的老年人在一起可以拉拉家常，说说心中的烦心事，加强与邻里、乡亲间的联系，因此宝卷念卷虽说是一种宗教活动，实际上是常态的日常生活的一部分。

青海宝卷特别是宗教性宝卷，传承了俗讲的仪式结构，宝卷文本结构与宝卷念唱仪式相辅相成，受当地文化影响，加入当地方言俗语，多用当地民间小调来演唱，具有地域性文化特征。宝卷念卷风格多为韵散结合，边说边唱。宝卷在不同地区吸收了当地的民歌小调，用一些民众耳熟能详的民间音乐来演唱宝卷，并用"和佛"和阶段性仪式等方式使听卷人融入到念卷活动中，完成念卷人和听众在当下情景中的互动，是宝卷能吸引观众并传承至今的重要原因。宝卷念卷中浓厚的宗教性情景和地域性音乐语境是宝卷区别于其他讲唱艺术的一个特点。宝卷在流传的过程中，不能不受到一个地区的地域文化的影响。因此宝卷体现出不同的地域特色，这些地域特色也是一个地区宝卷及宝卷念卷所表现出的个性特点。这方面最为明显的是音乐的影响。宝卷是一种多元艺术，宝卷的念卷集说、唱、表演、仪式为一体，这与其他民间说唱艺术是不一样的。这其中宝卷音乐性的成分较为突出，宝卷之所以能吸引民众的原因，一个是它能满足民众信仰与教化的要求，另一个原因是婉转悱恻、耳熟能详的、地域性的民间小调的加入，用当地民众熟知的民间音乐如"十二月调"、"五更调"、"十字歌"等来演唱，使音乐成为念卷的重要组成部分，是宝卷吸引民众参与宝卷念卷与传承的一个重要原因。青海东部地区的宝卷念卷，都吸收了各自地区的民间音乐成分，这些不同的民间音乐与藏传佛教的语境，使青海宝卷的念卷呈现了浓郁的地域色彩。

在调查过程中，发现青海宝卷八十余种，其中有清中叶的印本，也有近几年的手抄本。青海宝卷初步可分为宗教宝卷和故事宝卷，分类的依据是这些宝卷在民俗生活中的功能和作用。宗教宝卷多用于宗教民俗活动中，即民间超度亡灵、祈福禳灾等宗教民俗中，在民众眼中是类似于佛经或道藏的神圣文本，因此当地民众称之为“真经”。河湟地区宗教宝卷多为一些短小的“小卷”，即民俗活动中的仪式文。这些宗教宝卷的特点是仪式性较强，其功能为完成宗教仪式的神圣文本。故事宝卷以叙事为中心，多汲取民间口头传统中民间故事、历史传说、戏曲故事等传统题材，叙述主人公的身世遭遇和喜怒哀乐等复杂感情世界，以道德教化和娱乐为主要功能，当地民众称之为“闲经”。

历史上宝卷文本中“三教合一”的宗教思想混杂了儒释道即近代以来的民间宗教所创造的庞杂、繁复的宗教思想体系，多而又杂的神灵体系。青海宝卷也是如此，其中宗教宝卷多有“无生老母”等明清以来的民间宗教教派的宗教思想，另外一部分宝卷则以劝善和劝孝为中心题旨。宝卷文本中的这些民间宗教教派思想在当下的念卷中已经不太重要，念卷人多不理解其中的宗教内容，文本内容的念诵与仪式相配合，以满足信众的宗教信仰的需求。宝卷中的劝善与宣扬孝道的内容在现代社会下显得较为重要，特别是一些宝卷改编有当下生活的内容，比如歌颂新人新气象，宣传政府政策，既完成了宝卷的教化功能，也是宝卷适应新时代的举措。

宝卷不仅属于文学，也属于宗教，更是民间生活的一部分，其生活层面的内涵要远远大于其他的方面。本著作从不同的角度展现了宝卷所体现的民间立场、民间观念与民间思想。宝卷是一种“草根”文化，是民众们所享有的一种生活文化，民众们享有着宝卷这一话语体所创造的集体经验、集体智慧与集体想象。宝卷和念卷群体的神灵信仰为多神崇拜，凡佛、道和地域性民间宗教所信奉的神灵都可进入神灵系统。宝卷内容和宝卷念卷群体有浓厚的女神崇拜情结，特别是观音、金花仙姑、黄氏女等女性成仙故事在宝卷中的演绎，开拓了宝卷女神描写的专有领域，且在民间扩大了女神信仰。多神信仰、女神信仰这一特点和其他民间宗教信仰是一致的。宝卷来自于民间，与官方文化不同，其内容多有对女性的关怀和体贴。女神崇拜是宝卷中浓厚的一种信仰情结，这些因素吸引、促使女性接近宝卷，成为宝卷信仰、宝卷念卷、宝卷听卷的主体。宝卷作为一种简单、通俗的民间信仰，吸引女性为了治疗疾病、心理慰藉、人际沟通，参与社会、谋求话语权力等生理、心理、社会的原因参与宝卷念卷，宝卷念卷因此也成为一种乡土地域下，民俗生活中女性文化的一个重要构成部分。从更大层面上来说，宝卷与女性相关的内容，信仰、仪式与宗教情怀以及与之相关其他方面都是女性人类学的范畴，特别是宝卷中女主人公九死不悔、修行成道的故事，对女性追求自我解放与个性独立，在传统男性话语社会中，谋求话语权力有重要的意义。

在调查中发现宝卷念卷群体嘛呢会总的特点是规模小、松散但持久；老龄化；地缘性和亲缘性；女性信仰者居多；以自学为主，较少师承关系等。宝卷念卷群体存活的土壤是传统农业社会下乡土生活的土壤，嘛呢会群体念卷没有严格的要求，来去自由，所念诵宝卷通俗易懂，因此念卷本身就是民间生活的一部分，也是民众民俗生活的一部分。青海宝卷所赖以生存的土壤是传统的农业社会，传统农业社会的农村结构是以村落为中心，以地缘和血缘关系为基础的社会结构。乡村经济基础薄弱，无法在民俗宗教生活中举行大规模的仪式，而宝卷群体的宗教服务不收费或费用低廉，注重“人情”和“互助”的特点正好满足了乡村生活经济条件下对宗教与信仰的要求，宝卷及其念卷的组织和规模与农业社会的这种结构相辅相成。依赖于特定的经济条件和民俗环境，宝卷念卷呈现出乡土文化特质和大众化的特点。因此，宝卷念卷及念卷群体具有浓厚的乡土性、通俗性和大众性的特征。

参考文献

（按文献析出时间排列）

一　古籍文献资料

傅惜华:《宝卷总录》，巴黎大学北京汉学研究所1951年版。

胡士莹:《弹词宝卷书目》，中华书局1957年版。

王重民等编:《敦煌变文集》，人民文学出版社1957年版。

李世瑜:《宝卷总录》，中华书局1960年版。

（明）兰陵笑笑生:《金瓶梅词话》，人民文学出版社1985年版。

郭仪、谭禅雪等编:《酒泉宝卷（上编）》，兰州大学出版社1992年版。

段平编:《河西宝卷选》，台湾新文丰出版公司1992年版。

青海省地方志编纂委员会编:《青海省志》，青海人民出版社1993年版。

乐都风情编委会:《乐都风情·第二卷》，内部资料，青新出（98）准字第178号。

王见川、林万传编:《明清民间宗教经卷文献》，台北新文丰出版公司1999年版。

车锡伦:《中国宝卷总目》，北京燕山出版社2000年版。

项楚:《敦煌变文选注》，中华书局2004年版。

周燮潘、濮文起编:《中国宗教历史文献集成·民间宝卷》，黄山书社2005年版。

王见川等编:《明清民间宗教经卷文献续编》，台北新文丰出版公司2006年版。

徐永成、崔德斌主编：《金张掖宝卷》，甘肃文化出版社 2007 年版。

张旭主编：《山丹宝卷》，甘肃文化出版社 2007 年版。

二 专著

钟敬文主编：《钟敬文民间文学论集》，北京师范大学出版社 1985 年版。

段平：《河西宝卷的调查研究》，兰州大学出版社 1992 年版。

马西沙：《中国民间宗教史》，上海人民出版社 1994 年版。

郑振铎：《中国俗文学史》，东方出版社 1996 年版。

濮文起主编：《中国民间秘密宗教辞典》，四川辞书出版社 1996 年年版。

葛兆光：《中国思想史》，复旦大学出版社 1997 年版。

刘祯：《民间目连文化》，巴蜀书社 1997 年版。

车锡伦：《中国宝卷研究论集》，台海出版社 1997 年版。

方步和：《河西宝卷真本校注研究》，敦煌文艺出版社 1997 年版。

郝苏民主编：《甘青特有民族研究》，民族出版社 1999 年版。

崔永红、张得祖、杜常顺：《青海通史》，青海人民出版社 1999 年版。

车锡伦：《信仰·教化·娱乐——中国宝卷研究及其他》，台湾学生书局 2002 年版。

徐明、霍福：《青海目连戏》，青海人民出版社 2002 版。

尹虎彬：《古代经典与口头传统》，中国社会科学出版社 2002 年版。

[罗马尼亚] 米恰尔·伊利亚德：《神圣与世俗》，王建光译，华夏出版社 2002 年版。

李亦园：《李亦园自选集》，上海教育出版社 2002 年版。

张鸿勋：《敦煌俗文学研究》，甘肃教育出版社 2002 年版。

[日] 井口淳子：《中国北方农村的口传文化——说唱的书本、表演》，林琦译，厦门大学出版社 2003 年版。

郑振满、陈春晓主编：《民间信仰与社会空间》，福建人民出版社 2003 年版。

容世诚：《戏曲人类学初探——仪式、剧场与社群》，广西师范大学出版社 2003 年版。

薛艺兵：《神圣的娱乐——中国民间祭祀仪式及其音乐的人类学研究》，宗教文化出版社 2003 年版。

赵宗福、马成俊主编：《中国民俗大系·青海民俗》，甘肃人民出版社 2004 年版。

梁景之：《清代民间宗教与乡土社会》，社会科学文献出版社 2004 年版。

[美] 阿尔伯特·洛德：《故事的歌手》，尹虎彬译，中国社会科学出版社 2005 年版。

马西沙：《中国民间宗教简史》，上海人民出版社 2005 年版。

[法] 葛兰言：《中国古代的节庆与歌谣》，广西师范大学出版社 2005 年版。

[美] 韦思谛：《中国大众宗教》，陈仲丹译，江苏人民出版社 2006 年版。

万建中：《民间文学引论》，北京大学出版社 2006 年版。

[美] 杨庆堃：《中国社会中的宗教——宗教的现代社会的功能与其历史因素之研究》，范丽珠译，上海人民出版社 2007 年版。

张禹东、刘素民：《宗教与社会》，社会科学文献出版社 2007 年版。

王斯福：《帝国的隐喻——中国民间宗教》，赵旭东译，江苏人民出版社 2008 年版。

陆永峰、车锡伦：《靖江宝卷研究》，社会科学文献出版社 2008 年版。

马西沙主编：《当代中国宗教研究精选丛书——民间宗教卷》，民族出版社 2008 年版。

复旦大学文史研究院编：《民间何在，谁之“信仰”》，中华书局 2009 年版。

三　论文

李世瑜：《宝卷新研》，载于《文学遗产增刊》第四集，作家出版社

1957 年版。

曾子良：《宝卷之研究》，硕士学位论文，台湾政治大学中文研究所，1975 年。

蔡国梁：《宝卷在金瓶梅中》，《河北大学学报》1981 年第 1 期。

郑天星：《中国民间秘密宗教研究在国外》，《世界宗教资料》1985 年第 3 期。

段平：《论“宝卷”的宗教色彩和艺术特征》，《兰州大学学报》1985 年第 3 期。

车锡伦：《宝卷叙录一》，《扬州师范学院学报》1987 年第 3 期。

谢生宝：《河西宝卷与敦煌变文的比较》，《敦煌研究》1987 年第 4 期。

车锡伦：《宝卷叙录》，《东南文化》1987 年第一辑。

车锡伦：《宝卷叙录二》，《扬州师范学院学报》1988 年第 1 期。

高启安：《〈四姐宝卷〉与〈方四娘〉》，《青海社会科学》1988 年第 1 期。

谢生保：《谈谈宝卷研究》，《上海高校图书情报学刊》1994 年第 3 期。

罗伟虹：《宗教与妇女的心理需求》，《当代宗教研究》1996 第 1 期。

伏俊连：《河西宝卷》，《文史知识》1997 年第 6 期。

陈俊峰：《有关东大乘教的重要发现》，《世界宗教研究》1999 年第 1 期。

车锡伦：《中国宝卷文献的几个问题》，《民俗研究》1999 年第 3 期。

车锡伦：《明清民间宗教与甘肃的念卷和宝卷》，《敦煌研究》1999 年第 4 期。

濮文起：《宝卷研究的历史价值与现代启示》，《中国文化研究》2000 年冬之卷。

车锡伦：《中国宝卷研究的世纪回顾》，《东南大学学报》2001 年第 3 期。

［新加坡］郭淑云：《敦煌〈百鸟名〉、〈全相莺哥行孝义传〉与〈鹦哥宝卷〉的互文本性初探》，《敦煌研究》2000 年第 2 期。

翟存明：《土族女性祖母期的宗教行为述略》，《青海民族研究》2003

年第 1 期。

车锡伦：《中国宝卷的形成及演唱形态》，《敦煌研究》2003 年第 2 期。

万晴川、曹丽娜：《宣卷与进香：明清妇女生活剪影——以小说为考察对象》，《中国典籍与文化》2003 年第三辑。

车锡伦：《山西介休“念卷”和宝卷》，《民俗研究》2003 年第 4 期。

［日］吉冈义丰：《中国民间宗教概念》，载于《世界佛学名著译丛》卷 50，台湾华宇出版社 2003 年版。

韩秉方：《观世音信仰与妙善的传说——兼及我国最早一部宝卷〈香山宝卷〉的诞生》，《世界宗教研究》2004 年第 2 期。

尹虎彬：《河北民间表演宝卷与仪式语境研究》，《民族文学研究》2004 年第 3 期。

冀志刚：《唐后期五代宋初敦煌信众佛教信仰初探》，硕士学位论文，首都师范大学，2004 年。

车锡伦：《明代的佛教宝卷》，《民俗研究》2005 年第 1 期。

江海怒：《书写和口传：论中国宗教的两种类型》，《民俗研究》2005 年第 3 期。

金泽：《民间信仰的聚散现象初探》，《民俗研究》2005 年第 3 期。

李丽丹：《源同形异说差别：汉川善书与宝卷之比较》，《湖北民族学院学报》2006 年第 6 期。

文忠祥：《土族民间信仰研究》，博士学位论文，兰州大学，2006 年。

郑如卿：《清代宝卷中的妇女修行故事研究》，硕士学位论文，台湾国立花莲教育大学民间文学研究所，2006 年。

裴丽丽、李文学：《土族民间团体嘛呢会调查》，《民族研究》2007 年第 1 期。

车锡伦：《最早以“宝卷”命名的宝卷——谈〈目连救母出离地狱生天宝卷〉》，《宁夏师范学院学报》2007 年第 3 期。

韩秉方：《香山宝卷与中国俗文学之研究》，《中国科技大学学报》2007 年第 3 期。

裴丽丽：《土族文化传承与变迁研究》，博士学位论文，兰州大学，2007 年。

［日］荒见泰史：《九、十世纪的通俗讲经和敦煌》，《敦煌学辑刊》2008 年第 1 期。

张爱民：《河西宝卷——我国民间曲艺艺术瑰宝》，《甘肃社会科学》2008 年第 2 期。

车锡伦：《对江苏靖江做会讲经和宝卷的调查与研究》，《河南教育学院学报》2008 年第 4 期。

喻松青：《明清时期民间秘密宗教中的女性》，载于马西沙主编《当代中国宗教研究精选丛书——民间宗教卷》，民族出版社 2008 年版。

王耀东、刘永红：《两种叙事、两种话语、两种声音：古代传说文本叙事特点——以刘三姐传说为例》，《西北民族大学学报》2012 年第 4 期。

王淑英：《多元文化空间中的湫神信仰仪式与口头传统——以甘肃洮岷地区为田野调查中心》，博士学位论文，西北民族大学，2010 年。

商文娇：《青海民和妇女念唱嘛呢经的调查研究》，《青海社会科学》2010 年第 4 期。

朱普选、姬梅：《河湟地区民间信仰的地域特征》，《青海民族大学学报》2010 年第 4 期。

李言统：《故事歌研究——20 世纪以来甘青汉语故事歌为例》，博士学位论文，西北民族大学，2010 年。

刘永红：《西北宝卷研究》，博士学位论文，西北民族大学，2011 年。

杜常顺、郭凤霞：《明代“西番诸卫”与河湟洮岷边地社会》，《青海民族研究》2010 年第 3 期。

刘永红：《神圣文本与行为——西北宝卷抄卷传统》，《青海社会科学》2011 年第 4 期。

刘永红：《明清宗教宝卷中的西王母形象与信仰》，《青海社会科学》2011 年第 5 期。

刘永红：《青海古老的宝卷〈黄氏宝卷〉》，《西北民族大学学报》2012 第 2 期。

刘永红：《土族宝卷〈佛说大明六字真言嘛呢经〉初探》，《青海民族研究》2012 年第 3 期。

刘永红：《传说与信仰的互动：宝卷〈金花仙姑成道传〉形成与传播》，《青海师范大学学报》2012 年第 3 期。

附　录

青海宝卷目录

以下为青海东部地区调查中所见宝卷：

1. 《黄氏女宝卷》（许彦国搜集、整理）

2. 《白马宝卷》（许彦国搜集、整理）

3. 《鹦哥宝卷》（《鹦哥经》高建明搜集、整理）

4. 《目连救母幽冥宝传》（《目连宝卷》上卷抄于光绪十六年，抄录者为建康郡善信、金声、王镛；下卷由范承贤抄录于1980年。全本由杨正荣刻印）

5. 《湘子宝卷》（下卷，蒲生华收藏，20世纪80年抄本）

6. 《地母经》（《地母真经》）

7. 《地藏王菩萨本愿经》

8. 《佛说报恩经》

9. 《太皇老母捎书经》（《金砖十页铺善地》，许彦国搜集、整理）

10. 《太上三官北斗真经》

11. 《金花仙姑出生传》

12. 《方四姐宝卷》

13. 《佛说大明六字真经》

14. 《血盆经》（《血盆报恩经》，杨应秀搜集、整理）

15. 《种瓜经》（《佛说种瓜经》）

16. 《观音嘛呢真经》

17. 《醒世渡迷经》

18. 《枣儿经》

19. 《葫芦经》

20. 《普光菩萨普光经》
21. 《土地经》
22. 《罗卜经》（即《目连宝卷》之部分）
23. 《东岳泰山十王宝卷》（《十王真经》）
24. 《无极处动经文》（杨应秀搜集、整理）
25. 《北山土主经》
26. 《端茶经》
27. 《熬茶经》（杨应秀搜集、整理）
28. 《奠茶经》
29. 《三公主宝卷》
30. 《上香经》
31. 《王母降下佛坛经》
32. 《三公主前文经》
33. 《渡村真经》
34. 《土主经》（《土主真经》）
35. 《孝男经》
36. 《孝女经》
37. 《女儿经》
38. 《茶碗经》
39. 《贫和尚》
40. 《交灯经》
41. 《十炷明香经》
42. 《正气中堂经》
43. 《莲花真经》
44. 《五朵金花经》
45. 《五更修行经》
46. 《十二月念佛经》
47. 《太上因果经》
48. 《五更仙酒经》
49. 《酒、色、财、气真解》
50. 《酒、色、财、气详解》

51.《佛说六字真言》

52.《怀孩子真经》

53.《喜乐菩萨歌》

54.《大无字经》

55.《中无字经》

56.《小无字经》

57.《大灯科》

58.《十王灯科》

59.《观音菩萨慈航普渡真经》

60.《金龙大王降经》

61.《荷担僧》(目连故事一节)

62.《佛说蒲团真经》

63.《烧香经》(《忏悔经》)

64.《太阳经》(《日光菩萨新降太阳经》)

65.《太阳太阴真经》

66.《钥匙真经》

67.《金花菩萨度亡点玄妙经》

68.《净水真经》

69.《海水潮潮真经》

70.《八洞神仙经》

71.《请神经》

72.《卖货真经》

73.《韩祖成仙宝卷》(清道光元年木刻本，赵启生藏)

74.《奠酒经》

75.《王母经》

76.《王母新诗论》

77.《五更调》(包括《哭五更》、《五更想娘》、《五更修行》、《五更月儿》等多种五更调)

78.《十二大愿》

(以上宝卷未注明出处者为笔者在调查中搜集整理，年代除注明者外为 20 世纪 80 年代后手抄本。)